Ullstein

W0024400

ÜBER DAS BUCH:

1945 flüchtet Ella Butkus mit ihrem zehnjährigen Sohn Hans vom »masurischen Wasser« zum »mecklenburgischen Wasser«. In der Sieben-Seen-Stadt Schwerin wächst Hans Butkus auf. Im »schönsten deutschen Sommer« lernt er seine Eva kennen; als in Berlin die Mauer entsteht, wird die Tochter Claudia geboren. Aber Hans Butkus gerät in Konflikt mit seinem Staat, wird verhaftet, nach fünfzehn Monaten im Zuchthaus Waldheim vom Westen freigekauft, kommt nach Hamburg, heiratet wieder ... Im März 1990 fährt Hans Butkus zu seiner Vergangenheit nach Schwerin. Er will mit jenem Mann abrechnen, der ihn einst denunzierte und ins Zuchthaus brachte – doch die persönliche Abrechnung findet nicht statt, wohl aber eine Abrechnung mit der traurigen deutschen Geschichte, mit der braunen und der roten Diktatur und dem ganzen menschenverachtenden Unheil dieses Jahrhunderts.

DER AUTOR:

Arno Surminski, am 20. August 1934 in Jäglack als Sohn eines Schneidermeisters geboren, blieb nach der Deportation seiner Eltern 1945 allein in Ostpreußen zurück. Nach Lageraufenthalten in Brandenburg und Thüringen wurde er 1947 von einer Familie mit sechs Kindern in Schleswig-Holstein aufgenommen. Im Anschluß an eine Lehre in einem Rechtsanwaltsbüro und zweijähriger Arbeit in kanadischen Holzfällercamps war er seit 1962 in Hamburg in der Rechtsabteilung eines Versicherungsunternehmens tätig. Seit 1972 arbeitet er freiberuflich als Wirtschaftsjournalist und Schriftsteller. Er hat dreizehn Romane und Erzählungsbände veröffentlicht, darunter *Jokehnen oder Wie lange fährt man von Ostpreußen nach Deutschland?*, *Polninken oder Eine deutsche Liebe*, *Grunowen oder Das vergangene Leben*.

Ähnlichkeiten mit lebenden Personen sind zufällig und nicht beabsichtigt.

ARNO SURMINSKI

# Kein schöner Land

Roman

Ullstein

ein Ullstein Buch
Nr. 23747
im Verlag Ullstein GmbH,
Frankfurt/M – Berlin

Ungekürzte Ausgabe

Umschlagentwurf:
Hansbernd Lindemann
Foto: G. Gräfenhain/Superbild
Alle Rechte vorbehalten
© 1993 Verlag Ullstein GmbH,
Frankfurt/M – Berlin
Printed in Germany 1996
Druck und Verarbeitung:
Ebner Ulm
ISBN 3 548 23747 9

Februar 1996
Gedruckt auf alterungs-
beständigem Papier mit
chlorfrei gebleichtem Zellstoff

Die Deutsche Bibliothek – CIP-Einheitsaufnahme

**Surminski, Arno:**
Kein schöner Land : Roman / Arno Surminski. – Ungekürzte
Ausg. – Frankfurt/M ; Berlin : Ullstein, 1996
(Ullstein-Buch ; Nr. 23747)
ISBN 3-548-23747-9
NE: GT

In den Sechs-Uhr-Nachrichten hörte er von dem Unglück auf der Nordsee: Das Fährschiff »Hamburg« war südlich Helgoland mit dem Frachter »Nordic Stream« kollidiert.

»Das gibt Arbeit«, sagte Hans Butkus und wischte sich den Rasierschaum aus dem Bart.

»Kommst du später?« fragte Christa, als er sich verabschiedete.

Wenn der Firma eine Havarie zustößt, haben die Herren Prokuristen an Deck zu sein. Vielleicht müßte er mit einem der Inspektoren hinausfliegen, um den Schaden zu besichtigen.

Wie war die Wetterlage?

Wie immer im November, nicht gerade heiter. Nebelfelder bei der Doggerbank. Ein kräftiges Hoch über Osteuropa.

Christa begleitete ihn zur Tür. Als Butkus das Auto erreichte, drehte er sich um und sah sie am Fenster stehen. Danach der gewohnte Ablauf: die Feuchtigkeit von den Scheiben wischen, vor dem Einsteigen die Hand heben. Christa winkte, der Motor sprang an, das Scheinwerferlicht prallte gegen die Betonmauer. Als das Auto vom Parkplatz rollte, grüßte er hinauf in den zweiten Stock.

Vierzig Minuten brauchte er gewöhnlich, um im Berufsverkehr vom Ostrand der Stadt zum Hafen zu kommen. Diesmal ging es schneller, weil er früher gefahren war. Die Fenster im Hochhaus an der Palmaille lagen in Dunkelheit, über dem Freihafen traf sich das Licht der Schiffe und Laternen mit der Morgendämmerung. Der Pförtner sagte, es habe Tote und Verletzte gegeben. Der Chef sei auch schon im Haus.

Butkus zog die einschlägigen Akten, vergewisserte sich über Fracht und Besatzung. Die Kaskoversicherung lief über London, Kargo war in Hamburg und Bremen gedeckt. Er studierte die Papiere und wartete auf den Anruf des Sekretariats.

In diesem Augenblick kam, ohne anzuklopfen, Gassmann.

»Schon gehört? Die roten Bonzen sind zurückgetreten!«

Gassmann war in Zwickau geboren, das verriet sein Dialekt. Obwohl er viele Jahre im Westen lebte, gab er sich keine Mühe, das sonderbare Sächsisch abzulegen, das eine verrufene Sprache geworden war. Da er wußte, daß Butkus auch von drüben kam – aber ihm merkte es keiner an, er sprach nicht mal Mecklenburgisch –, besuchte er ihn oft, um ihn mit Nachrichten aus jener Welt zu versorgen, die sie zurückgelassen hatten. Also, die DDR-Regierung war zurückgetreten.

»Na und«, sagte Butkus nur, während er die Schiffahrtszeitung, Ausgabe November, durchblätterte. Ihn interessierte das Unglück südlich Helgoland, den Osten hatte er sich abgewöhnt, wie man wildes Fleisch herausschneidet oder eine eiternde Wunde ausbrennt. Es ärgerte ihn, daß Gassmann ständig darauf zurückkam. Auch das Kürzel DD in der Schiffahrtszeitung brachte ihn ungewollt dorthin zurück, ebenso die Heimathäfen Wismar, Rostock, Warnemünde und Wolgast, die er kannte, deren Kais er abgelaufen war vor ewig langer Zeit, als er noch jung und sehr dumm war und glaubte, eines Tages werde ein Kapitän Butkus die Weltmeere befahren.

Als Gassmann verschwunden war, studierte er die Schiffsbewegungen im Nord-Ostsee-Kanal. Aus der Elbe in den Kanal waren avisiert die »Blue Day« mit Erz für Rostock und die »Ingeborg 2« auf Leerfahrt. Aus dem Kanal in die Elbe fuhr die schnelle »Antilope« mit Kali von Wismar nach Antwerpen und MS »Brocken« mit Stückgut für Barcelona. Schließlich verließ das DDR-Schiff »Freiheit« den Kanal mit weiter nichts als einer Ladung Schrott.

Aus dem Hubschrauberflug über die südliche Nordsee wurde nichts.

»Das macht Herr Abel persönlich«, sagte das Sekretariat.

Für Butkus blieb der Afrika-Terminal, Schuppen 91. Da lag das Motorschiff »Edgar André«, wieder ein Gruß von drüben. Der Name sagte ihm nichts. Butkus dachte an einen antifaschistischen Widerstandskämpfer oder einen Toten des Spanischen Bürgerkriegs, dessen Name am Bug eines DDR-Schiffes um die Welt fahren durfte. Als er die Gangway hinaufkletterte, sagte er sich: Nun betrittst du den sozialistischen Sektor Deutschlands. Denn Schiffe sind, wie jeder weiß, ein Stück des Landes, dessen Flagge sie führen. Unzählige DDR-Inseln befuhren die Meere, lagen in fremden Häfen, völlig ungeschützt, umgeben nur von einem Fußbreit Wasser.

Der Offizier, der ihn empfing, hieß Grewe. Er komme aus Schwerin, sagte er unaufgefordert. Dort wohne er auch, wenn er nicht gerade auf See sei. Der Mann hielt eine westliche Zeitung in der Hand, die noch nicht von dem Schiffsunglück in der Nordsee berichtete, wohl aber von dem heillosen Durcheinander an den Grenzübergängen Schirnding und Waidhaus; dort hatten in drei Tagen über zwanzigtausend Menschen das Weite gesucht.

»Dürfen solche Zeitungen auf DDR-Schiffen überhaupt gelesen werden?« fragte Butkus.

Grewe lachte. »Wenn ein kein annern hett, is dei Ul ok 'n Vagel. Jeder Ümswung geiht los mit ein Zeitung.«

Das hatte er lange nicht mehr gehört, Mecklenburger Platt. Lieschen Lehmkuhl fiel ihm ein, die auf ihrem Bauernhof mit Hühnern, Kühen, Schweinen, Kindern und Flüchtlingen plattdeutsch zu reden pflegte und die wohl nicht mehr lebte, denn sie war aus dem vorigen Jahrhundert. Wo sünd dei Dierns nüdlich! rief sie, wenn die Flüchtlingsmädchen sich mit Dreck beschmiert hatten.

Grewe bot ihm eine Zigarette an.

Rums! machte es, da fiel der Schemel um, und Hans Butkus hatte sich das Rauchen abgewöhnt.

»Ich rauche schon einundzwanzig Jahre nicht mehr«, sagte er und hielt sich bereit, das Ereignis auf Tag und Stunde genau zu datieren, damals nämlich, als der Schemel umfiel.

Die »Edgar André« wollte am Abend den Freihafen verlassen, um leer durch den Kanal nach Klaipeda zu fahren. Als Hänschen in die Schule ging, hieß jene ferne Stadt Memel und das umliegende Land...

Aber lassen wir das.

Während er mit Grewe über die kleine DDR-Insel spazierte, verfolgte ihn die Vision, mit einem Schiff wie diesem die Elbe abwärts zu fahren, bei Brunsbüttel in den Kanal einzubiegen, im Novembernebel durch die Marschen zu gleiten. Auf den Wiesen brüllten Rinder, Nebelhörner gaben Laut, auf der Hochbrücke rasselten endlos lange Güterzüge. Bis Holtenau mitfahren und niemals den Zwang verspüren, über Bord zu springen. Auf keinen Fall weiter ostwärts, weder nach Rostock noch nach Klaipeda. Bevor das Schiff die letzte Schleuse verließ, wollte er einfach an Land gehen, mit dem Zug nach Altona fahren, um an seinem Schreibtisch Platz zu nehmen.

»Ich hab' auch mal in Schwerin gelebt«, sagte Butkus.

Grewe wunderte sich nicht. In Schwerin leben vor zwanzig, fünfzig oder hundert Jahren, das konnte vorkommen. Er erzählte von der Neubausiedlung Großer Dreesch im Süden, ganz in der Nähe des Badestrandes Zippendorf, da sei er zu Hause.

»Vor einundzwanzig Jahren war der Große Dreesch ein Waldgelände, durch das die sowjetischen Freunde ihre Soldaten marschieren ließen«, erklärte Butkus.

»Ja, damals«, sagte Grewe nur und winkte ab.

Grewe lud ihn ein, mal rüberzukommen, um die Veränderungen der letzten Jahrzehnte in Augenschein zu nehmen und zu würdigen.

»Ist ja nicht weit«, sagte er.

Butkus schwieg. Eher besuchst du Timbuktu als dieses Schwerin, dachte er.

Beim Mittagessen berichtete Abel über das Ausmaß der Schäden und die vermutete Unglücksursache. In den Nachrichten zur vollen Stunde war die Schiffskollision immer noch erste Meldung.

Christa rief an und sagte, sie habe von drei Toten gehört. Birgit sei zwei Stunden früher aus der Schule gekommen wegen angeblicher Erkrankung des Geschichtslehrers... Der Maler habe endlich die Wände ausgemessen.

»Ich war gerade in der DDR«, sagte Butkus.

»Wo warst du?!« rief Christa.

»Auf einem DDR-Schiff im Freihafen.«

»Du sollst mich nicht immer so erschrecken«, antwortete sie, und dann lachten beide.

Im Fahrstuhl traf er den Personalleiter, der sich beklagte, daß auf eine Stellenanzeige nur zwei Bewerber geschrieben hätten. »Butkus, ich sage Ihnen, die deutsche Seeschiffahrt wird an Nachwuchsmangel zugrunde gehen!«

Die beiden, die sich gemeldet hatten, kamen übrigens von drüben. Sie waren im September über Ungarn geflüchtet, der eine Mechaniker vom VEB Schwermaschinenbau »Karl Liebknecht«, der andere ein Agronom mit Großmaschinenprüfung, der Traktoren und Mähdrescher fahren konnte. Der Personalleiter wollte es mit beiden versuchen. »Schließlich kommt unsere Firma auch von drüben«, sagte er. »Zu Kaisers Zeiten wurde sie in Magdeburg als ›Schiffahrtskontor Elbe‹ gegründet, später kam eine Hamburger Niederlassung dazu, die bald größer wurde als das Mutterhaus. 1945 war es dann zu Ende mit Magdeburg.«

Butkus dachte sich fünfundzwanzig Jahre jünger, als seereisenden Kapitän, Schiffsjungen oder Klabautermann. Seine Jugendträume, die Schiffe und Meere bewegten, waren längst auf Grund gelaufen. Nur soviel war geblieben: Er saß in einem Büro über dem Elbstrom und erlebte die Seefahrt auf dem Papier, in den Klassifikationslisten, den Positionsmeldungen und Havarieberichten aus aller Welt. Er rechnete Raten aus, wälzte Text und Kommentar zu der Schiffsbesetzungsordnung, korrespondierte mit Schiffsausrüstern, verfolgte Schiffsbewegungen im Nord-Ostsee-Kanal und studierte die Wetterberichte von Aberdeen bis Hammerfest. Über seinem Schreibtisch hing eine Riesenkarte, auf der Helgoland und die Doggerbank als markanteste Punkte aus dem eintönigen Grau des Meeres ragten. Du bist zu alt für maritime Träume, Hans Butkus. Mit dem Finger den Meridian hinabfahren bis Honolulu, das mag noch gehen, Ansichtskarten vom Zuckerhut an die Innentür kleben, das mag noch gehen. Kann es sein, daß du noch niemals durch den Nord-Ostsee-Kanal gefahren bist?

Nachmittags klarte es auf. Nichts Neues kam von der Nordsee, die Verletzten waren in die Krankenhäuser gebracht worden.

Grewe aus Schwerin verließ, es begann schon zu dunkeln, den Freihafen Richtung Klaipeda. Karl Butkus ist auch in Klaipeda gewesen. Der kam viel rum mit seiner Eisenbahn, warum nicht Memel?

Und wieder war er im Osten. An einem warmen Junimorgen beluden sie am Kai in Rostock ein Schiff namens »Völkerfreundschaft« mit Maschinen für Kuba.

Auf der Rückreise bringen wir Zucker für kleine DDR-Mädchen mit, versprach ein Matrose.

Das sagte er 1966, als das kleine DDR-Mädchen fünf Jahre alt war und Hans Butkus von diesem sonderbaren Kanal hörte, der den Weg von Rostock nach Havanna um einen Tag verkürzte.

Der November ließ es früh dunkel werden. Die Elbe begann zu leuchten, über dem Ölhafen brannten tausend Kerzen, Glühwürmchen kletterten über die Köhlbrandbrücke. Er fuhr sein Auto durch die Waschanlage, tankte voll und wartete, bis der Feierabendverkehr abgeebbt war.

Woher kam diese Unruhe? Weil er einen Grewe aus Schwerin getroffen hatte? Nachmittags hatte er in den Büchern nachgeschlagen und herausgefunden, daß Edgar André der Führer des Rotfrontkämpferbundes Hamburg gewesen war. 1933 verhaftet, 1936 hingerichtet. Nun fuhr er wie der Fliegende Holländer über die Meere und durch den Kanal bis Klaipeda.

In der rechten Hand spürte er ein leichtes Kribbeln, die alte Krankheit.

Der Weg nach Hause führte ihn durch die Innenstadt an Wegweisern vorbei, die Lübeck, Lauenburg und Berlin anzeigten. Er war die Strecke tausendmal gefahren, aber gedankenlos, ohne das Kribbeln in den Fingern. An diesem Abend nahm er sie wahr, die gelben Schilder mit der schwarzen Schrift, und er fragte sich, warum die große Hansestadt keinen Wegweiser nach Schwerin besaß. Das lag nicht ferner als Bremen, Heide, Kiel, Travemünde oder Celle, aber die Hauptstadt Mecklenburgs kam nicht vor.

Von seiner Wohnung bis zum Grenzübergang Gudow war es näher als quer durch die Stadt zur Arbeit am Hafen. Aber die halbe Stunde nach Gudow war er noch nie gefahren. Er mied alles, was ihn in die Nähe der Grenze hätte bringen können. Berlin nur mit dem Flugzeug. Das ist schon Aufregung genug, wenn du beim Landeanflug die Sperranlagen so überaus deutlich siehst und nachts die Scheinwerfer eine helle Schneise in die Stadt schlagen. In Berlin mußt du ständig denken, daß dich jeder Schritt, ob nach Norden, Süden, Osten oder Westen, der Grenze näher bringt.

Er wartete allein vor roten Ampeln. In den Pfützen lag rotes Licht. Bald werden die ersten Tannenbäume in den Vorgärten leuchten. Immer weiter ging es die Bundesstraße 5 stadtauswärts Richtung Bergedorf, Lauenburg und Berlin. Nein, nicht nach Berlin.

Aus den Fenstern im zweiten Stock fiel Licht. Christa erwartete ihn, sie war immer da und wartete. Sie hielt das Abendessen bereit. Sie wird nach dem Schiffsunglück in der Nordsee fragen, nach Grewe und seinem leeren Schiff, und schließlich wird sie sagen, daß es wirklich nur ein Katzensprung ist bis nach Schwerin. Christa nahm Anteil an seiner Arbeit, sie hatte weiche Hände und begleitete ihn nun bald zwanzig Jahre. Daß der 25. Hochzeitstag groß zu feiern ist, versteht sich von selbst, aber was unternehmen wir am 20.? Die Schiffsreise nach Dänemark wiederholen, auf der sie sich kennengelernt hatten?

In Gedanken an Dänemark und Christas weiche Hände drückte er den Lichtschalter.

Das Treppenhaus sofort lichtüberflutet. Er wunderte sich über die Stille. Bevor er den zweiten Stock erreichte, ging oben eine Tür auf.

»Komm schnell!« hörte er Christas Stimme.

Aus der Ferne vernahm er Gesang, ein Chor übte die Nationalhymne. Christa vor dem Fernsehgerät. Im Bild der Adler über dem Präsidentenstuhl. Die Abgeordneten stehen und singen, ein alter Mann in der ersten Reihe hat Tränen in den Augen.

»Sie haben die Mauer geöffnet«, flüsterte Christa.

»Wir schalten um nach Berlin«, sagte das Fernsehen.

»Noch ist es ruhig an der Grenze«, antwortete eine Reporterstimme.

Rückblende in eine Pressekonferenz. Ein untersetzter Mann mit rundem Gesicht und hängenden Backentaschen las eine Erklärung vor:

»Mir ist eben mitgeteilt worden, ... Privatreisen nach dem Ausland können ohne Vorliegen von Voraussetzungen (Reisean-

lässe und Verwandtschaftsverhältnisse) beantragt werden…
Ständige Ausreisen können über alle Grenzübergangsstellen
der DDR zur BRD erfolgen…«

Um 18 Uhr 55 betrat die Weltgeschichte beiläufig den Saal und
setzte sich in die letzte Reihe.

Einer der Journalisten sprang auf und eilte zur Tür, die anderen
folgten. Vor den Telefonen entstand ein Tumult.

»Du weinst ja«, sagte Butkus zu seiner Frau.

Christa stand, die Hände vor dem Leib gefaltet, neben dem
Fernsehgerät.

»Du bist doch gar nicht von drüben«, sagte er.

»Trotzdem bewegt es mich.«

Butkus – immer noch im Mantel – sah die Bilder springen:
vom Brandenburger Tor zu den Sängern in Bonn, in den leeren
Pressesaal, wo die Weltgeschichte auf der letzten Bank hockte
und sich die Zeit vertrieb.

»Freust du dich gar nicht?« fragte Christa.

»Da ist bestimmt ein Trick bei«, antwortete er und ließ sich von
ihr aus dem Mantel helfen.

Das Kribbeln in der rechten Hand wurde stärker.

Christa wollte das Abendessen auf den Tisch bringen, aber
Hans Butkus winkte ab: »Heute nicht, ich kriege keinen Bissen
runter.«

Sie holte eine Flasche Sekt aus der Anrichte und stellte sie in
den Kühlschrank. Er kauerte im Sessel, die Augen halb geschlossen, und dachte fast gar nichts. Der Sender brachte achtundzwanzig Jahre Mauerbilder: Fleißige Handwerker bei der Arbeit…
Jemand fällt in ein aufgespanntes Sprungtuch… Die ersten
Holzkreuze, davor Blumensträuße… Graffiti, so weit das Auge
reicht.

Er spürte Christas weiche Hand in seinem Nacken. »Es muß
dir doch eine Genugtuung sein.«

Plötzlich rumorte ein Satz in seinem Kopf, von dem er nicht wußte, wie er da reingekommen war:

»An der überlegenen Ruhe unserer Grenzsoldaten und an ihrer Besonnenheit prallen alle feindlichen Angriffsversuche auf unsere Staatsgrenze ab.«

Wortfetzen kleckerten hinterher: zuverlässiger Schutz… die Staatsgrenze gegen alle Verletzungen und Provokationen sichern… hervorragende Leistungen… pioniermäßiger Ausbau… rücksichtslos…

Am Übergang Oberbaumbrücke versammelten sich die ersten. »Wer diese Nacht verschläft, ist tot«, sagte einer in die Kamera.

»Tor auf! Tor auf!« schrie die Menge östlich der Quadriga.

Die ersten kamen. Ohne Papiere. Nur mal so. Eine Nacht durch West-Berlin bummeln.

Christa fing wieder an zu weinen.

»Das ist der helle Wahnsinn!« rief eine Stimme ins Mikrofon.

Nun fängt alles von vorn an, ging es ihm durch den Kopf. Das Kommen und Gehen, das Fragen und Antworten, die Vorwürfe und Entschuldigungen. Gleich wird Gassmann anrufen und triumphierend ins Telefon schreien: Der Spuk ist zu Ende!

Christa schenkte den Sekt ein. Als seine Hand das Glas mit der kalten Flüssigkeit umklammerte, hörte das Zittern auf.

»So ein Tag, so wunderschön wie heute«, sang eine Gruppe auf dem Kurfürstendamm. Es gab Freibier.

Christa hob das Glas. »Prost, Mauer«, sagte sie.

Wie kann ein Mensch nur soviel Tränen verschütten? wunderte er sich. Er stieß mit ihr an, konnte aber nicht weinen.

»Da ist irgendein Trick bei«, murmelte Hans Butkus.

Christa schaltete um in den Osten.

Das Fernsehen der DDR wie immer ernst und besonnen. Keine Direktübertragung von der Mauer, statt dessen ein Bericht über die Aufbauarbeit bei den sozialistischen Freunden in Angola, danach folgte ein Musikfilm aus den dreißiger Jahren. Wollen die etwa Marika Rökk im Ostfernsehen tanzen lassen, während Hunderttausende sich auf dem Ku'damm in den Armen liegen?

November, dieser trostlose Monat. 9. November 1918, 9. November 1923... 9. November 1938... Nebel behinderte die Schifffahrt, südlich von Helgoland gab es Tote. Die in der Nacht zum 9. November in der Nordsee Gestorbenen erlebten nicht mehr, was sich am Abend des 9. November 1989 ereignete. Das Unglück auf dem Meer wurde aus den Nachrichten verdrängt. Morgens verließ ein DDR-Frachter namens »Freiheit« den Nord-Ostsee-Kanal und war mit weiter nichts beladen als mit Schrott. Vermutlich werden sie das Zeug im Meer versenken und nach Kuba fahren, um Zucker zu holen.

Gegen Mitternacht kam Birgit nach Hause.

»Was ist denn mit euch los?« wunderte sie sich.

»Die Mauer ist umgefallen«, sagte Christa.

»Ihr habt ganz schön getrunken«, lachte Birgit.

Das Kind versteht davon nichts, dachte Butkus. Als es geboren wurde, war die Mauer elf Jahre alt und eine Selbstverständlichkeit wie die große Chinesische Mauer, die errichtet wurde, um ein zivilisiertes Land vor den Einfällen der Barbaren zu schützen.

»Walter Ulbricht wird sich im Grabe umdrehen«, sagte Butkus.

Den kannte Birgit auch nicht.

Hans und Christa Butkus saßen vor dem Fernsehgerät, bis alle Kanäle in Dunkelheit fielen. Marika Rökk tanzte nicht mehr.

»Daß wir das noch erleben dürfen«, sagte eine junge Frau, die um 22 Uhr 50 am Prenzlauer Berg losgelaufen war, um ihren Bruder in Wedding zu besuchen.

Am Freitag, dem 10. November, traf um die Mittagszeit der erste Trabi aus Schwerin in Hamburg ein. Der Mann hatte sich um sechs Uhr früh zum Büro der Volkspolizei begeben, hinter ihm bildete sich eine Menschenschlange von fünfzig Metern. Um 8 Uhr 45 bekam er das Visum, um 9 Uhr 10 war er auf der Autobahn Hagenow.

Die Hamburger Börse tendierte fest.

Die Zeitungen teilten ihre Aufmerksamkeit zwischen dem Unglück in der Nordsee und dem Glück an der Mauer.

Am 11. November um 11 Uhr 11 begann die Karnevalssaison. Zu dieser Zeit gab es in den Supermärkten keine Bananen mehr.

Christa lud eine Familie aus Ludwigslust, die sie auf der Mönckebergstraße getroffen hatte, zum Essen in den Ratsweinkeller ein.

Am 12. November sprachen sie in den Hamburger Kirchen ein Dankgebet:

»Herr, unser Gott, wir danken dir dafür, daß die Menschen der DDR, die nicht mehr daran glauben konnten, jetzt Freiheit erleben und uneingeschränkt zu uns reisen dürfen.«

———————

Der November, den sie später den deutschen nennen sollten, ging rasch vorüber. Die Stadt gewöhnte sich an den Gestank des Zweitaktgemisches und den sächsischen Dialekt. Der Mann, der diese Sprache in Verruf gebracht hatte, drehte sich, wie von Butkus vorausgesehen, im Grabe um. In der Firma lachten sie über sächsische Sprüche: »Der Sozialismus wird siechen!« Wenn morgens einer mit geröteten Augen zur Arbeit erschien, hieß es: »Lieber häufig übermüdet als ständig überwacht.« Der Montag wurde zum Feiertag, der blaue Montag, berüchtigt für seine Ausschußware, erhielt einen festlichen Glanz; vor allem die Montagabende vereinten die Menschen auf den Straßen unter Fahnen und Transparenten. »Das Volk sind wir – gehen solltet ihr.«

Christa sammelte Geld und Kleidung für drüben. Einmal fuhr sie mit Birgit zur Grenze – Hans Butkus verweigerte sich immer noch –, um dabeizusein, wenn die Autoschlangen in den Westen rollten.

»Du machst dir keine Vorstellung, was da los ist. Winkende Menschen. Hupende Trabis. ›Willkommen in Deutschland‹. Klatschende Hände. ›Wir kommen aus Güstrow und wollen zum Hamburger Fischmarkt.‹«

Er hörte sich das schweigend an, schüttelte nur den Kopf, und Christa wunderte sich. Es war doch seine Grenze, die sich auflöste, sein verhaßter Staat, der in die Knie ging.

Sogar Birgit, um elf Jahre jünger als die Mauer, ließ sich anstecken. Sie bekam eine Brieffreundin aus Wismar und sprach davon, daß sie Silvester Berlin besuchen werde, um auf der Mauer spazierenzugehen. Hans Butkus aber saß stumm vor dem Fernsehgerät, manchmal schlief er ein, wenn das Volk durch Leipzig marschierte.

Dann kam die Weihnachtsfeier der Firma. Wie immer Anfang Dezember, wenn die langen Abende länger werden und das Licht nur noch von der Leuchtreklame und den Adventskerzen kommt. Der Festausschuß schmückte die Kantine, richtete sieben Tische her und verschwendete dunkles Tannengrün auf weißen Tüchern. Neben dem Rednerpult breitete eine Fichte ihre Zweige aus, jemand behauptete, der Baum sei im Harz geschlagen worden, und zwar im östlichen Teil des Gebirges.

Butkus saß mit den Befrachtungsassistenten und Schadeninspektoren an Tisch 3. Einen Antrag, auch die Ehepartner und sonstigen Anhang zur Weihnachtsfeier zuzulassen, hatte der Betriebsrat abgeschmettert. Dafür durften wie immer die Pensionäre teilnehmen. Sie erschienen um die Mittagszeit, kamen zu Fuß vom Altonaer Bahnhof durch die Fußgängerzone, besuchten jede Abteilung, bestaunten die neuen Computer und hielten die Leute von der Arbeit ab. Abends tranken sie vorzugsweise Grog und sangen »Junge, komm bald wieder«.

Gegen neunzehn Uhr eröffnete Abel die Weihnachtsfeier 1989 mit einem Grußwort der Geschäftsleitung an die »lieben Mitarbeiter«. Er rechnete vor, daß es die neunundsiebzigste Feier sei, nur einmal mußte Weihnachten besonderer Umstände wegen gestrichen werden, das geschah 1945. Dagegen konnte das Weihnachtsfest 44 gefeiert werden, allerdings bei Kerzenlicht, gegen neun Uhr setzten die Luftschutzsirenen der Feier ein Ende. Es war übrigens die letzte Weihnachtsfeier der Firma in Magdeburg.

Butkus zählte die elektrischen Kerzen an der im Harz geschlagenen Fichte, während Abel – das gehörte zum Ritual jeder Weihnachtsfeier – die Geschäftsergebnisse des ausklingenden Jahres lobte, von der »Cap Trafalgar« sprach, die zum Jahreswechsel bei der Lübecker Flender-Werft vom Stapel laufen werde, und von den Bemühungen um eine Zusammenarbeit mit der DSR in Rostock, die immerhin 160 Schiffe besitze. Ein Reedereiinspektor, der am 1. Dezember 1949 als Lehrling in der Firma begonnen hatte, wurde für treue Dienste geehrt, ein Ehrengast vom Verein der Kapitäne und Nautischen Schiffsoffiziere besonders herzlich begrüßt. Es folgte eine Gedenkminute für die Toten, auch die der Meere.

Butkus zählte zweiundsiebzig Kerzen.

Danach wich Abel vom vorbereiteten Konzept ab und sprach von bewegenden Zeiten. Er verließ das Rednerpult, steuerte auf Tisch 1 zu, den Tisch der Geschäftsleitung, und griff nach der Hand eines kleinen Mannes, der zusammengesunken auf einem Stuhl saß und der Belegschaft den Rücken zukehrte.

»Zum erstenmal ist ein Pensionär aus der DDR auf unserer Weihnachtsfeier.«

Der Mann verbeugte sich nach allen Seiten.

»Herr Wolter arbeitete bis Kriegsende in unserer Niederlassung Magdeburg, er hat sich dort hauptsächlich um die Flußschiffahrt gekümmert«, erklärte Abel und ermunterte den Gast, einige Worte an die Mitarbeiter zu richten.

Die Gespräche an den Tischen verstummten, Butkus zählte einundsiebzig Kerzen.

Hilflos stand er am Pult, das Holz reichte ihm bis zum Hals, niemand sah, daß seine Hände zitterten.

»Daß ich das noch erleben darf«, sagte der alte Mann. »Ein Menschenleben lang fuhr meine alte Firma nur nach Westen, nach Helgoland, Amerika und zu den Kanalhäfen. Flußaufwärts ist keiner gekommen, als wäre dort die Welt mit Brettern vernagelt.«

Bretter ist gut, dachte Butkus.

Er hoffe sehr, nun bald wieder Schiffe in Magdeburg begrüßen zu können. Vielleicht werde die Filiale Magdeburg neu eröffnet. Nicht daß er dort arbeiten wolle, dafür sei er zu alt, aber es wäre ihm ein schöner Gedanke, seine Firma in Magdeburg zu wissen.

Ein Tonband verbreitete Weihnachtliches, Mahalia Jackson sang »Stille Nacht«.

Vor der Essensausgabe hielt Feodora, die einzige Frau im Betriebsrat, eine Rede.

»Der Erlös der Tombola ist für unsere Landsleute drüben bestimmt. Es kommen jetzt so viele zu uns, im November waren es vierzehn Millionen. Wir wollen die DDR-Bürger mit einem Präsent begrüßen.«

Anhaltender Beifall.

Der Tischnachbar stieß Butkus an. »Sie sind doch auch von drüben.«

»Ja, schon, aber das ist lange her.«

»Aus welcher Gegend?«

Butkus zögerte. »Geboren wurde ich jenseits von Oder und Neiße, aber von 1945 bis 1968 lebte ich in Mecklenburg.«

»Haben Sie noch Angehörige drüben?«

Butkus schüttelte den Kopf, korrigierte sich aber sofort. »Vielleicht eine Tochter.«

»Warum vielleicht?«

»Weil ich 1968 zuletzt von ihr hörte.«

»Den Pensionären wird das Essen serviert, die Kollegen und Kolleginnen müssen es sich selbst holen«, verkündete Feodora.

Drei Gerichte gab es zur Auswahl: Wildschweinbraten, gewöhnliches Kotelett und gebratene Scholle.

Die Getränkebons waren so bemessen, daß sich niemand betrinken konnte, es sei denn, er ließ sich von nicht so trinkfesten Damen ein paar Bons zustecken. Es gab auch Glühwein ohne Alkohol.

Der Pensionär aus Magdeburg wanderte von Tisch zu Tisch und erzählte von seiner Stadt, von damals und heute.

Butkus kannte Dessau, Halle, Merseburg, natürlich auch Leipzig und Dresden, das kleine Waldheim nicht zu vergessen mit der schönen Aussicht vom dritten Stock über die Dächer der Stadt. Warum nicht Magdeburg?

Abel ergriff noch einmal das Wort, um zu verkünden, daß die Geschäftsleitung eine vierstellige Summe für ein Kinderkrankenhaus in Greifswald zur Verfügung gestellt habe, ein kleiner Beitrag zum großen deutschen Herbst.

»Vielleicht werden wir die Filiale Magdeburg zu neuem Leben erwecken. Schließlich hat die Firma dort wertvollen Grundbesitz, unmittelbar am Elbufer, 1949 wurden wir enteignet.«

Das Band spielte »Süßer die Glocken nie klingen«.

Gassmann kam an den Tisch, um zu erzählen, daß er Dresden besucht habe. Mit dem eigenen Wagen. »Ist ja heute kein Problem mehr, nur die Straßen sind furchtbar.« Im Hotel fragt ihn eine junge Frau, ob er eine Karte für die Oper haben möchte.

»Ich bin ja nicht so für Oper, aber die Frau sagt, es ist ein bedeutendes Stück, und das Opernhaus sieht schön aus.

›Was gibt es denn?‹

›Etwas über die Freiheit.‹

Freiheit ist immer gut, denk' ich und kauf' ihr die Karte ab. Ich sitze also in der schönen Oper, plötzlich reißt der Vorhang auf, und was sehe ich? Unsere elende Grenze. Stacheldraht wie bei Lübeck-Schlutup, ein Wachtturm wie hinter Ratzeburg, die ganze Bühne ein Gefängnis. Hinter doppeltem Draht singt der Gefangenenchor, die Sänger hängen am Zaun und sehen aus wie die, die vorgestern von Nordhausen nach Duderstadt laufen wollten.

Als das Stück zu Ende ist, erheben sich die Zuschauer, die meisten weinen. Auf der Bühne weinen sie auch. Mein Nachbar reicht mir das Programmheft. Sein Finger zeigt auf einen Spruch der vorletzten Seite:

›Für alle, deren Land in Ketten liegt,
damit unsere Heimat frei ist – einen Gedanken.‹«

Feodora griff zum Mikrofon und erklärte, daß nach dem Essen getanzt werde. Wie üblich.

Am nächsten Abend, es ist ein Montag, geht Gassmann über die Dimitroff-Brücke zum Theaterplatz. Nur mal so, um die Füße zu vertreten. Eine Menschenmenge kommt ihm entgegen, die Zeitungen werden am Morgen schreiben, daß es fünfzigtausend gewesen sind. Und Gassmann mittendrin. Auf einem Schild steht etwas von freien Wahlen und »Weg mit dem Führungsanspruch der SED«.

Plötzlich sieht er eine grün-weiße Fahne und »Deutschland, einig Vaterland – Bundesland Sachsen«.

Komm mit, sagen sie.

»Ich laufe also mit den Fünfzigtausend zurück über die Dimitroff-Brücke. ›War es sehr mühevoll, das Loch in die Fahne zu schneiden?‹ frage ich einen Mann, der aus Schwarz-Rot-Gold das DDR-Emblem rausgetrennt hat.

›Nein, es machte mir große Freude.‹

Im Haus der Deutsch-Sowjetischen Freundschaft öffnen sich oben die Fenster. Die Kellner winken den Demonstranten zu, die Straße antwortet mit rhythmischem Klatschen.

›Das machen die jeden Montag‹, sagt der Mann mit dem Loch in der Fahne.

Wie eine düstere Ruine liegt das Haus der Volkspolizei am Elbufer. ›Schämt euch!‹ schreit die Menge und: ›Lumpenpack!‹ Einige stellen brennende Kerzen vor die Tür…«

Genau gezählt, brannten einundsiebzig Kerzen in der Harzer Fichte.

In Dresden geschah es auch, daß Gassmann in einen Verkehrsunfall verwickelt wurde. Direkt auf der Kreuzung an der Auffahrt zur Dimitroff-Brücke. Nur Blechschaden, nicht weiter schlimm. Ein West-Golf und ein Wartburg standen sich gegenüber, um sie flutete der Verkehr.

»Um ehrlich zu sein, es war meine Schuld. Ich bin als erster draußen, sehe mir den verbeulten Kotflügel an, dann geh' ich rüber, also ich gehe ganz ruhig auf den Wartburg zu. Ein älterer Mann sitzt am Steuer, kurbelt die Scheibe runter. Mensch, das Gesicht kenn' ich! Das ist Porwik. So also trifft man sich wieder. Er steigt aus. Verdammt, der ist schon ziemlich alt, denk' ich. Wir stehen uns gegenüber, die verbeulten Autos stehen sich gegenüber, der Verkehr poltert vorbei. Ich hab' ja schuld, denk' ich und geh' auf ihn zu. Porwik stinkt nach Schnaps und Knoblauch.

›Ich kann mich an Ihren Namen nicht erinnern‹, sagt er leise.

›Aber damals kannten Sie ihn gut, Sie wollten mich nach Bautzen verschicken.‹

Ich stell' mich vor. ›Gassmann‹, sag' ich, ›Bauschaffender der DDR. Ich komm' Ihnen bekannt vor, nicht wahr?‹

Er ahnt nichts Gutes…

Also, um es kurz zu machen: Dieser Porwik wollte vor dreißig Jahren die Stadt von unzuverlässigen Elementen säubern. Hätte ein Kollege mir nicht einen Wink gegeben, Porwiks Besen wäre mit mir bis nach Bautzen gekehrt. Damals konnte man noch türmen. Ich also los bei Nacht und Nebel, Frau und Kind blieben im Arbeiter- und Bauernstaat, sie werden nachkommen, sobald es geht… Und so ein Schwein triffst du nach dreißig Jahren auf der Kreuzung!«

»Frau und Kind werden nachkommen«, sprach Butkus leise mit.

»›Entschuldigung, mein Herr, Sie haben die Vorfahrt nicht beachtet‹, sagt Porwik.

›Mit eurer Vorfahrt ist es vorbei‹, sag' ich. ›Vierzig Jahre habt ihr Vorfahrt gehabt, ist das nicht genug?‹«

»Die Tombola hat siebenhundertsechsundzwanzig Mark ergeben«, verkündete Feodora. »Erster Preis: eine Waschmaschine.«

Die Musik verließ die christlichen Sphären und tauchte ein in die blauen spanischen Nächte.

»Es sind noch Gewinne abzuholen.«

Feodora verteilte übriggebliebene Getränkebons: »Schließlich wollen wir der Firma nichts schenken.«

Auf der Kreuzung vor der Dimitroff-Brücke ging es so aus, daß Porwik seine Schuld einsah und davon Abstand nahm, die Polizei zu rufen.

»Zum Schluß will er mir die Hand geben. ›Nichts für ungut‹, sagt er. ›Wir haben alle Fehler gemacht‹, sagt er. ›Gut, daß Sie wiedergekommen sind‹, sagt er. Das hältst du im Kopf nicht aus! Die erste Autofahrt in die DDR, und ich treffe dieses Schwein!«

Der private Ausflug kostete Gassmann 650 Mark. Ein neuer Kotflügel mußte her, die Stoßstange gerichtet werden. Von Wertminderung wollen wir gar nicht reden.

Die spanischen Nächte wurden lauter, das Licht ging aus, nur die einundsiebzig Kerzen am Tannenbaum verbreiteten Helligkeit.

Gassmann wanderte um den Tisch, legte Butkus die Hand auf die Schulter. »Bist du auch schon drüben gewesen?«

Butkus schüttelte den Kopf und sagte, er habe drüben nichts zu suchen.

»Was soll ich anstellen mit diesem Porwik?« fragte Gassmann. »Der Kerl hat mein Leben zerstört, mich um Frau und Kind gebracht. Anfangs dachte ich, die lassen sie nachkommen, aber als die Mauer stand, ging nichts mehr. ›Wenn Ihr Mann zu seiner Familie will, soll er zurückkommen‹, sagte Porwik, als er noch jung war und jederzeit Vorfahrt hatte.«

Es wurde Zeit zu gehen. Die Musik schwoll an und unterband jedes Gespräch. Bald wird Feodora Damenwahl verkünden, dann ist alles zu spät.

Noch ist Suppe da und toter Fisch. Glühwein ist ein gutes Getränk, besonders zur kalten Winterszeit.

»Ob man diesen Porwik anzeigen kann? Gibt es für solche Schweine Gesetze und Gerichte?«

»Den kannst du vergessen«, sagte Butkus.

»Vergessen geht nicht. Der Kerl hat mir Frau und Kind genommen und mich nachts über die Grenze gejagt, und das soll's gewesen sein? Wenn es dafür keine Gesetze gibt, werde ich hinfahren und ihm persönlich in den Arsch treten.«

Bing Crosby träumte von weißen Weihnachten.

Danach kann doch kein Mensch tanzen.

Feodora verkündete endlich Damenwahl. Butkus erhob sich, schlenderte wie nicht aufgefordert durch den Saal, in der Linken ein Glas Bier, in der Rechten dieses seltsame Kribbeln, das ihn heimsuchte, wenn es ihn innerlich aufwühlte, wenn es nicht heraus konnte.

»Sie dürfen noch nicht nach Hause«, sagte der Personalleiter, der an Tisch 1 saß. »Solange der Chef an Bord ist, muß die Mannschaft bleiben.« Er bot ihm eine schwarze Havanna an. Die kam von der Insel, wo der Zucker wächst. Süßigkeiten für die kleinen DDR-Mädchen und schwarze Zigarren für die verdienten Kämpfer. Und die Schiffe, die das Zeug transportierten, mußten durch den Nord-Ostsee-Kanal. Sie hießen »Freiheit«, »Frieden« oder »Völkerfreundschaft«, und manchmal waren sie nur mit Schrott beladen.

»Danke, ich rauche schon einundzwanzig Jahre nicht mehr.«

Er erinnerte sich lebhaft des Augenblicks, als er das Rauchen einstellen mußte. Ein kahler Raum, viel Beton, ein Tisch, ein kleines Fenster. Rums, da fiel der Schemel um. Die Zigarette, eben noch in seinem Mund, glimmte in der Ecke auf dem Fußboden. Wollen Sie die Bude anstecken? schrie der Genosse Oberleutnant. Butkus mußte hingehen, die Zigarette austreten, die Reste aufsammeln und in den Aschenbecher werfen. Seitdem rauchte er nicht mehr.

An der Tür traf er Wolter aus Magdeburg.

»Daß ich das noch erleben darf!«

Butkus fragte ihn, wo er nach 1945 gearbeitet habe.

»Immer im gleichen Kontor, nur war es nicht mehr unsere Firma, sondern ein volkseigener Betrieb.«

Feodora steckte Butkus ein paar Getränkebons zu, nichts darf umkommen. Eigentlich hast du genug getrunken. Du denkst schon krummes Zeug, willst nach Schwerin fahren und auf dem Demmlerplatz einen Verkehrsunfall verursachen.

An Tisch 5 stellte Gassmann die Frage, was er mit einem wie Porwik anstellen solle.

Genug getrunken, genug gedacht. Diese endlos langen Abende, und kein Stern am Himmel. Im Grunde war es nur ein Katzensprung. Er könnte zu Fuß hinmarschieren über Ratzeburg und Gadebusch. 45 sind die meisten auch zu Fuß gekommen, die Gadebuscher Straße wimmelte von Fußgängern, als Hänschen Kartoffeln sammelte. Eine von den zerlumpten Gestalten blieb stehen und bat um eine Kartoffel. Er biß hinein, als wäre es ein Apfel.

Nun spielten sie »Lili Marleen«. Auf einer Weihnachtsfeier »Lili Marleen«, die sind doch bescheuert!

Als er den letzten Getränkebon über den Tresen schob, hörte

das Kribbeln in der rechten Hand auf. Nun bist du betrunken, Hans Butkus.

Frau Eylmann aus seiner Abteilung, in fortgeschrittener Stunde immer sehr mütterlich besorgt, zog ihn zurück in den Saal und bestand auf Tanzen.

»Sie dürfen nicht mit dem eigenen Auto nach Hause fahren«, beschwor sie ihn. In einer halben Stunde wird sie ihm eine Übernachtung in ihrer Wohnung nahe dem Fischmarkt anbieten; vorerst beschränkte sie sich auf die öffentlichen Verkehrsmittel und den Taxibetrieb.

Du bist betrunken, Hans Butkus. Das wurde ihm klar, als er die Verkehrsverbindungen nach Schwerin erfragte. Immer wenn er betrunken war, bekam er Sehnsucht nach Christa und ihren weichen Händen. Die saß nun vor dem Fernsehgerät und vergoß Tränen. Mal ehrlich, Christa, noch niemals ist in Deutschland soviel geweint worden, vor den Fernsehgeräten und hinter den Fernsehgeräten und auf den Bildschirmen, ein Meer salziger Tränen.

Die Musik spielte den »Sonderzug nach Pankow«. Na, das stimmte wenigstens.

Was soll man mit einem Schwein wie Porwik anstellen?

Um halb zwölf ging der Lotse von Bord, danach verbreitete sich die übliche Auflösung. Den Pensionär aus Magdeburg brachte ein Firmenwagen ins Hafenhotel. Morgen wird man den alten Mann mit einem Sack voller Geschenke zum Interzonenzug bringen, der immer noch fuhr, nach Magdeburg oder Schwerin.

Ein Taxi, bitte.

»Immer nach Osten«, sagte Hans Butkus.

»Also nach Wandsbek?«

»Nee, weiter.«

Weihnachtlich geschmückte Schaufenster flogen vorüber. In den Vorgärten und auf den Balkonen leuchteten Tannenbäume, jeder bestückt mit siebzig Kerzen.

»Wie weit ist es nach Schwerin?«

»Eine solche Tour habe ich noch nie gemacht«, antwortete der Taxifahrer.

»Kommt aber wieder«, wußte Butkus aus sicherer Quelle. Heute nicht, heute bin ich betrunken, aber irgendwann fahren wir nach Schwerin.

Bevor er das Haus betrat, nahm er auf der Treppe Platz, um die Gedanken zu ordnen. Bier und Glühwein, ein Pensionär aus Magdeburg und dieser Porwik auf der Kreuzung. Ratzeburg wäre ungefähr die halbe Strecke. Er entdeckte unmittelbar über der Betonmauer des Parkplatzes ein Schild: »Dem Klassenfeind die Faust ins Gesicht!«, konnte es aber nicht zuordnen. Eine Stimme tönte aus den winterlichen Gärten: »…bezeichnen wir es als wichtigen Auftrag, die jungen Armeeangehörigen und Grenzsoldaten wirksamer zu befähigen, jeden Tag ihre militärischen Pflichten vorbildlich zu erfüllen und so einen persönlichen Beitrag zur allseitigen Stärkung der Republik und zu ihrem zuverlässigen Schutz zu leisten…« Konnte er auch nicht zuordnen. Aber dann eine Schrift, die er sofort erkannte:

»Wir verwirklichen den Sinn des Sozialismus,
wir tun alles für das Wohl des Volkes.«

Das hing im Schaufenster eines HO-Ladens, dahinter stand Eva und lachte ihn an, und das Ganze war mindestens fünfundzwanzig Jahre alt.

Christa war vor dem Fernsehgerät eingeschlafen. Die vielen Sondersendungen aus Budapest, Prag und Ost-Berlin hatten sie müde werden lassen. Montagsdemonstrationen, Runde Tische, Gespräche an der Mauer, Gespräche über die Mauer, Gespräche durch die Mauer.

Viele Texte hatte sie auf Band genommen, viele Bilder auf Video.

»Das sind historische Ereignisse, die muß man schwarz auf weiß haben, sonst glaubt uns später keiner.«

»Humanitärer Akt

In dem Bestreben, die nicht von der Regierung der DDR herbeigeführte unhaltbare Situation in den Botschaften der BRD in Prag und Warschau zu beenden, hat die Regierung der DDR nach Konsultationen mit den Regierungen der ČSSR und der Volksrepublik Polen sowie mit der Regierung der BRD veranlaßt, daß die sich in diesen Botschaften rechtswidrig aufhaltenden Personen aus der DDR mit Zügen der Deutschen Reichsbahn über das Territorium der DDR in die BRD ausgewiesen werden.«

Schnitt: Ein hoher Zaun, an dem Menschen hängen. Trauben wäre nicht das rechte Wort, Kletten schon eher. Schiffbrüchige, die sich an ein Fallreep klammern.

Totale: Ein Kleinkind wird über den Zaun geworfen.

Als er das Zimmer betrat, wachte sie auf und wunderte sich, daß er schon da war.

»Sie fingen zu tanzen an, da bin ich abgehauen«, sagte er.

Birgit kam im Pyjama aus ihrem Zimmer.

»Du, Papa, wir wollen Silvester in Berlin feiern. Feuerwerk an der Mauer hat es noch nie gegeben und wird nie wieder vorkommen, weil es bald keine Mauer mehr gibt.«

»Und wo werdet ihr schlafen?«

»Silvester braucht keiner zu schlafen«, lachte Birgit.

Aufmarsch der FDJ zur Silvesterfeier an der Mauer. »Für ein glückliches Leben aller friedliebenden Menschen!« Blaue Fahnen. Verleihung der Artur-Becker-Medaille um Mitternacht.

Christa fragte, wie es gewesen sei, und er erzählte von Gassmann. Wie der durch Dresden fährt, die Vorfahrt nicht beachtet, auf der Kreuzung zusammenstößt. Und wer steigt aus dem Wagen? Jene Kreatur, die ihn vor dreißig Jahren ins Zuchthaus bringen wollte.

»Damit bist du doch durch«, sagte Christa.

Jawohl, damit war er durch, ganz und gar.

---

Gassmann hatte schuld. Der mit diesem Porwik. Butkus malte sich den Zusammenstoß auf der Kreuzung in grellen Farben aus, geballte Fäuste kamen vor, auch Blut. Je mehr er daran dachte, desto klarer wurde es: Auch du wirst deinen Porwik eines Tages treffen. Nicht auf der Kreuzung, aber vielleicht in einem Demonstrationszug, unter den Kerzenträgern vor einer Kirche in Ost-Berlin, am Runden Tisch, auf der Mauer, am Grenzübergang Mustin ganz in der Nähe.

»In Mustin, wenige Kilometer östlich von Ratzeburg, hat die DDR einen neuen Grenzübergang eröffnet. Noch in der Nacht zum Sonntag ließen die DDR-Behörden in Gadebusch Straßenbauarbeiter aus den Betten holen, rückten NVA-Pioniere mit Kränen und Bulldozern an und rissen den Metallgitterzaun auf.«

Von Gadebusch nach Schwerin sind es höchstens fünfundzwanzig Kilometer.

Stumm saß er neben Christa auf der Couch, starrte in den Kasten und wartete auf ein bestimmtes Gesicht. Irgendwann wird es erscheinen, und sofort wird ihm der Name einfallen.

Aufmerksam las er die Passagelisten des Nord-Ostsee-Kanals, begleitete einen zypriotischen Frachter auf dem Weg nach Helsinki, ein Containerschiff zum Sankt-Lorenz-Strom. Frachtschiffe mit so entrückten Namen wie »Wilhelm Pieck«, »Artur Becker« und »Roter Oktober« fuhren stumm vorüber. Heute wäre es ein Kinderspiel, in Rostock an Bord zu gehen und in Holtenau mit einem freundlichen Gruß das Schiff zu verlassen. Damals verbreiteten sie blutrünstige Gerüchte über den Flüchtlingstod auf hoher See. Von Schrauben zerfetzt, im Nord-Ostsee-Kanal zwischen zwei Schiffswände geraten, an der Schleusenmauer plattgedrückt, in den Netzen der Fischereiflotte hängengeblieben. Greuelpropaganda zur Abschreckung aller, die es über See versuchen wollten. Bleibe im Land und nähre dich redlich! hieß das. Zwei Millionen SED-Mitglieder können sich nicht irren!

»Bis zum Samstagmorgen tanzten, lachten und sangen Tausende rund um das wieder geöffnete Brandenburger Tor. An der Westseite des Tores leuchtete ein Weihnachtsbaum. Um den Baum herum bildeten die Menschen einen Kreis, faßten sich an den Händen und sangen ›O du fröhliche‹.«

Nach dem Kalender war die Nacht, in der das Brandenburger Tor geöffnet wurde, die längste des Jahres. Er, auf den er wartete, trat nicht auf. Der Mann hatte ein steifes Bein, vermutlich ging er an einer Krücke, doch erschien ihm das keineswegs sicher. Butkus sah ihn umsichtig und verantwortungsvoll seine Pflichten erfüllen, trotz der Gehbehinderung die Treppen aller bedeutenden Gebäude Schwerins hinauf- und hinabsteigen, die wenigen Stufen zur SED-Bezirksleitung, die breite Treppe des Justizgebäudes am Demmlerplatz, immer tatkräftig, immer rüstig. Er sah ihn in Dresden auf der Kreuzung... Nein, das war der andere.

Wo mochte er sich das steife Bein geholt haben? Im antifaschistischen Widerstand? Vielleicht eine Kriegsverletzung. Oder ist er in der Gadebuscher Straße vom Fahrrad gefallen? Trotz der Behinderung beherrschte er das Autofahren, jedenfalls sah Butkus ihn am Steuer eines Tatra, dem Automobil der mittleren Kader.

Einmal glaubte er, ihn am Runden Tisch in Berlin, der Abend für Abend im Fernsehen gezeigt wurde, entdeckt zu haben. Einer sah aus wie Turnvater Jahn, bevor er Nationalheiliger wurde. Aus einem finsteren Bart blickten hinter dicken Brillengläsern glühende Augen. Wenn du dir den Bart und die zwanzig Jahre wegdenkst, könnte er es sein. Der am Runden Tisch hatte auch eine Krücke. Eines Tages werden sie dich abholen, zuführen, in Schutzhaft nehmen, der Öffentlichkeit vorzeigen. Das Fernsehen wird dabeisein und mit deinem Bild eine Sondersendung für die langen Nächte füllen. Das ist der, der für die sozialistische Ordnung im Norden der Republik gesorgt hat.

»Deine Tochter wird auch bald vor der Tür stehen«, bemerkte Christa. »Bis auf Säuglinge und Kranke kommen doch alle, sie wird auch kommen.«

»Claudia weiß nicht, wo wir wohnen«, erwiderte er. »Eher kommt Eva.«

Christa ließ das Geschirrtuch fallen und blickte ihn groß an.

»Die nicht«, sagte sie, »die hat hier nichts zu suchen.«

Es kam ihm so vor, als hätte er Claudia zwischen den Zelten des Roten Kreuzes in Ungarn gesehen. Auch in Prag, innerhalb des Zauns der Botschaft, ging sie vorüber. Dann wieder auf dem Bahnsteig in Hof, immer nur ein flüchtiger Blick, aber eine gewisse Vertrautheit, sogar Ähnlichkeit.

»Du weißt doch gar nicht, wie sie heute aussieht«, sagte Christa.

Das letzte Bild, das er in seinem Kopf trug, zeigte Claudia als Kind, schon in der Verkleidung der Jungen Pioniere. Inzwischen war sie eine erwachsene Frau, vielleicht verheiratet mit einem Offizier der bewaffneten Organe, einem Grenzaufklärer oder einem, der in Zivil herumfuhr, Tag und Nacht auf der Hut war als Späher oder Kundschafter.

»Stell dir vor, sie hat schon Kinder, ich bin Großvater und weiß nichts davon.«

Christa schlug vor, im Sommer in die DDR zu reisen. Rügen soll schön sein, den Spreewald möchte sie besuchen und natürlich Potsdam.

»Schwerin ist auch sehenswert«, bemerkte er. »Schwerin ist eine Sieben-Seen-Stadt mit einer Umgebung wie in Masuren, aber ich bin durch mit Schwerin.«

Es gab keinen Menschen, der ihn dort interessierte. Claudia war mit ihrer Mutter nach Warnemünde verzogen, das immerhin hatten sie ihm noch mitgeteilt. Lieschen Lehmkuhl, die er manchmal, wenn er an Lankow denken mußte, auf ihrem Bauernhof beim Hühnerfühlen sah, wird auch nicht mehr für die Erhaltung und Verbreitung der mecklenburgischen Sprache werben können. Wihnachten gifft dat Wust un sünndachs Häuhnerflüchten. Sonst fiel ihm keiner ein. Bis auf den einen. Der humpelte forschen Schrittes durch die Stadt... Wann wir schreiten Seit' an Seit'... Immer ein waches Auge auf den Fortschritt gerichtet, ein Aktivist der ersten Stunde, ein Bestarbeiter, ein Neuerer, einer, der die Mach-mit-Bewegung zur Verschönerung der Dörfer und Städte in Schwung hielt. Doch blieb er namenlos.

In der Firma brachte einer ein Stück Mauer mit, das er eigenhändig an der Bernauer Straße geschlagen hatte. Der faustgroße Stein, auf der einen Seite mit roter Farbe beschmiert, wanderte durch die Abteilungen, jeder durfte ihn berühren und ihn schaudernd weiterreichen wie einen Bombensplitter aus dem Weltkrieg oder Mondgestein, das auf die Erde gefallen war.

Gassmann fragte, ob er schon drüben gewesen sei. »Ab Weihnachten brauchst du nicht mal ein Visum.«

Warum sollte er rüberfahren? Niemand stand ihm nahe. Die ganze Republik mit den sechzehn Millionen Menschen erschien ihm fremd wie die Äußere Mongolei. Mit Ausnahme vielleicht der einen Tochter, die er drüben hatte oder auch nicht.

Stell dir vor, die ist, als sie zwanzig oder einundzwanzig Jahre

alt war, mit dem Kopf gegen die Mauer gelaufen! Oder untergegangen bei dem Versuch, Travemünde zu erreichen.

»Wenn sie lebt, wird sie eines Tages vor der Tür stehen«, behauptete Christa.

Auf dem Friedhof am Obotritenring lag Ella Butkus begraben.
Die wird nicht vor der Tür stehen, die mußte er besuchen. Auf
dem Stadtfriedhof von Angerburg lag Karl Butkus und wartete
auf seinen jüngsten Sohn.

Von Eva wollen wir nicht reden, die war so gut wie gestorben
oder in die Äußere Mongolei ausgewandert. In den Nächten,
wenn das Fernsehgerät verstummte, wenn die Bilder auf dem
Schirm nachglühten, sah er manchmal, nein, nicht Eva, sondern
den Uferweg nach Zippendorf, den er mit ihr geradelt war, die
hohen Erlen am Wasser, oben am Steilhang Kiefern, weit hinaus-
greifende Bootsstege, den Fähranleger und davor, in den moori-
gen Grund gerammt, die Losung des Nationalen Aufbauwerkes:
»Jeder eine gute Tat für unsere gemeinsame sozialistische Sache.« Am Sandstrand mußten sie wegen der vielen spielenden
Kinder absteigen.

Eva wollte ein Eis.

Erdbeer oder Vanille?

Er fünfundzwanzig, sie zwanzig Jahre alt, und am Schweriner
See gab es den schönsten Sommer, den Deutschland in diesem
Jahrhundert zu bieten hatte. Angenehmere Erinnerungen besaß er
nicht als diesen einen Sommertag mit dem Seeuferweg und Evas
zwanzig Jahren.

Nach dem Abspann und dem hübschen Gesicht der Ansagerin
erschien gelegentlich der Mann, den er suchte. Ein schmales, as-
ketisches Gesicht mit stechenden Augen hinter dicken Brillengläsern. Es haftete auf dem Bildschirm, löste sich allmählich auf wie
die Nebel am Schweriner See, wenn über Kaninchenwerder die
Sonne aufgeht und den Uferweg in warmes Licht taucht.

Meistens ging er ohne Krücke. Wenn er in der Gruppe marschierte, war ihm die Gehbehinderung kaum anzumerken. Im Sommer trug er ein farbenfrohes Oberhemd, im Winter eine dunkelblaue Joppe. In der warmen Jahreszeit bedeckte er seinen Kopf mit einer Mütze, wie Lenin sie getragen hatte; an kalten Wintertagen, wenn der Ostwind Schneekrümel über den See trieb, bevorzugte er jene Fellmützen, die die sowjetischen Befreier an den Schweriner See gebracht hatten. An bedeutenden Feiertagen trat er im Straßenanzug auf, das rote Tüchlein hob sich vorteilhaft vom dunklen Blau ab. Über seinem Haupte brausten Fahnen, ihm voraus eilte kräftiger Gesang. Mit ihm zog die neue Zeit. Butkus erinnerte sich seiner weichen Stimme. Auch wenn sie Sätze wie diesen sagte, klang sie noch angenehm und keineswegs drohend: Wir wissen genau, was Sie denken, und wir werden Sie für ein paar Jahre in eine neue Umgebung bringen, damit Sie anders denken lernen.

Im Grunde hatte er ihn vergessen. Nach so vielen Jahren klingen die Gefühle ab, keine Wut vermag endlos zu überleben. Vergessen wie Eva, die sich etwas zu schnell hatte scheiden lassen und von der nur der schöne Sommertag übriggeblieben war, der Seeuferweg und ihre jungen zwanzig Jahre. Aber dann kam Gassmann mit seinem Blechschaden, und alles fing von vorne an.

In der Zeitung begegneten ihm sonderbare Anzeigen:

»In Neubrandenburg schied die Genossin Erika Wenk, Trägerin des Ordens Banner der Arbeit, durch Freitod aus dem Leben. Wir werden ihr ein ehrendes Angedenken bewahren. VEB Grünanlagen.«

Nun zählst du die Kerzen in den Kirchen Ost-Berlins und die Kerzen, die vor den Soldaten des Wachregiments Feliks Dzierzynski auf der Straße flackern. So große Stiefel und so kleine Lichter… Kletterübungen am Zaun in Prag… So ein Tag, so wunderschön wie heute... Was richtet ihr mit solchen Bildern an? Diese ständigen Wiederholungen, die Jahresrückblicke und die Ausblicke in die Zukunft. Irgendwann wird Claudias Gesicht auf dem Bildschirm erscheinen, Eva wird ihm zuwinken, der Mann mit dem lahmen Bein wird die Leninmütze vom Kopf reißen, um ihm einen freundlichen Gruß zu entbieten.

»Kannst du wieder nicht schlafen?« fragte Christa.

Auf der Netzhaut glühten die Bilder nach.

»Was hältst du davon, wenn wir Silvester nach Schwerin fahren?« schlug sie vor.

Solche Einfälle hatte sie nachts um halb drei. Silvesterknallerei am Alten Garten vor dem Schloß. Der Großherzog fällt vom Sockel. Begrüßung des Jahres 1990. Die sowjetischen Freunde schießen ihre letzten Leuchtkugeln in den Schweriner Nachthimmel. Der Krieg ist zu Ende.

Um halb drei Uhr schaltete er das Licht ein und verschwand im Badezimmer. Als er in den Spiegel blickte, sah er Walter Strobele. Das hagere Gesicht, die stechenden Augen, die funkelnden Brillengläser. Alt war er geworden, dieser Strobele, ein Veteran der Arbeit. Kaum noch Haare auf dem Schädel, die Ohren groß wie Muschelschalen.

»Geht es dir nicht gut?« fragte Christa, die ihm gefolgt war.

»Doch, doch, es ist alles in Ordnung.«

Als sie nebeneinander in den Betten lagen, sagte Butkus: »Ich möchte wissen, ob Strobele noch lebt.«

»Wer ist Strobele?«

»Das ist... ach, das ist eine furchtbar lange Geschichte. Sie fängt neu an und muß noch einmal erzählt werden.«

Plötzlich kamen Fragen über die Grenze und klopften nachts an die Türen. Wo warst du damals? Warum bist du nicht treu geblieben? Warum hast du mich verraten?

Die Grenzen fallen, und alte Gefühle spülen wie Ozeanwellen herüber. Die Nächte sind voller Unruhe. Hier kann einer nicht schlafen und dort auch nicht. Schritte unter dem Fenster. Komm raus, Strobele, ich hab' mit dir zu reden!

———————

Das denkwürdige Jahr wollte zu Ende gehen. Am frühen Abend spürte er ein leichtes Kribbeln in der rechten Hand, nicht der Rede wert. Christa deckte in aufgeräumter Stimmung den Tisch.

»Keinen Sekt, bitte.«

Ach so, in Schwerin galt Alkohol null.

Also Räucherlachs auf Toast ohne Sekt.

Das Fernsehen brachte eine Reportage über die Silvesternacht in Berlin. Wie Schwalben auf der Telefonleitung saßen die jungen Menschen auf der Mauer und sangen.

»Hast du Birgit gesehen?«

»Jugendliche aus aller Welt sind gekommen, um die erste Silvesternacht nach dem Fall der Mauer zu feiern«, sagte die Reporterstimme.

Das Kribbeln in der rechten Hand wurde stärker.

1950 fuhr er im blauen Hemd zum Deutschlandtreffen der FDJ nach Berlin (Ost). 1951 traf sich die Jugend der Welt zum Friedensfest der Völkerverständigung. Wieder durfte Hänschen dabeisein. Und nun kam die Jugend der Welt nach Berlin, um das Ende der Mauer zu feiern.

Silvesterraketen platzten über der Quadriga, ein Sternenregen ging auf die stürmenden Pferde nieder, hoffentlich gehen sie nicht durch.

»Wie lange fährt man nach Schwerin?«

»Wenn es keinen Stau gibt, sind wir in anderthalb Stunden da.«

»So nahe!« wunderte sich Christa. »Das ist ja wie nach Bremen fahren.«

Ja, verdammt nahe, geographisch schon, aber im Kopf so fern wie Wladiwostok.

Nachdem sie gegessen hatten, verließen sie das Haus, etwa gegen zehn Uhr. Eine trübe, milde Nacht empfing sie, erfüllt vom Knallen der Chinaböller, dem Knattern der Frösche und dem Jaulen der Heuler und Pfeifer. Rauchschwaden in den Straßen, ein Krankenwagen raste mit Blaulicht zum Unfallkrankenhaus Richtung Bergedorf. Außerhalb der Stadt hörte der Lärm auf, über den Dörfern standen Leuchtraketen wie Bethlehemsterne. Im Autoradio tobte die Silvesternacht.

Sie fuhren ostwärts, und er sagte kein Wort. Das Kribbeln hatte sich gegeben, seitdem die rechte Hand das Lenkrad umklammert hielt. Christa summte die Melodien mit, und manchmal zeigte sie hinaus zu den roten, weißen und grünen Bethlehemsternen.

»Schade, daß kein Schnee liegt«, sagte sie. »In einer weißen Landschaft sehen die Silvesterraketen viel schöner aus.«

In der Silvesternacht 1944 schossen deutsche Soldaten vom Mauersee aus Leuchtkugeln über die Stadt Angerburg. Damals gab es Schnee, er leuchtete rötlich, und die Männer hatten Gesichter wie die Indianer, wenn über der Prärie die Sonne untergeht.

Je näher sie der Grenze kamen, desto langsamer fuhr er.

»Wann warst du zuletzt in Schwerin?« fragte Christa.

Er wußte den Tag genau, es war der 17. März 1968.

»Und es gibt keinen Menschen, den du besuchen könntest? Ich meine Freunde von früher, Arbeitskollegen oder Nachbarn.«

»Mir sind alle Namen entfallen, bis auf einen.«

Was mochte er anstellen in dieser Nacht? Rotkäppchen-Sekt trinken? Am Neujahrsmorgen die Fahne mit Hammer, Zirkel und Ährenkranz vors Haus hängen zur Begrüßung des Jahres 1990, das wieder eine wichtige Etappe auf dem Wege zum glücklichen Leben aller friedliebenden Menschen sein wird?

»Was ist das für einer, dieser Strobele?« fragte Christa.

»Ein ziemlich alter Mann, vielleicht lebt er nicht mehr.«

Sie spürte, daß er nicht darüber sprechen wollte, also fuhren sie schweigend zur Grenze, nur das Radio lärmte.

Schwarz die Wälder, in den Niederungen Nebelstreifen, keine Lichterketten mehr am Himmel. So sahen Grenzen aus.

Noch tausend Meter.

Er schaltete das Radio aus, weil ihm die Silvesterfröhlichkeit deplaziert vorkam an so einer Grenze.

Gelbes Licht flutete ihnen entgegen. Nirgends wird soviel Strom vergeudet wie an Grenzen, denn hier muß alles erkennbar und einsehbar sein, mit anderen Worten: sehr hell.

Natürlich kein Stau. Wer fährt schon in Silvesternächten über Grenzen?

Christa schlug die Pässe auf und legte sie griffbereit in den Schoß.

Auf westlicher Seite trafen sie keinen. Langsam rollte das Auto auf die Betonlandschaft zu, auf Eisen, Schranken, Mauern, Pfähle.

»Herzlich willkommen in der Deutschen Demokratischen Republik!«

Weißes Licht, das den Augen schmerzte. Aussichtstürme, Schießstände, neben der Fahrbahn kilometerweit Wände. Kein Wald mehr. Sterne haben über dieser Mondlandschaft noch nie geleuchtet.

Sie fuhren allein, mit ihnen fuhr keiner, niemand kam ihnen entgegen. Die Menschenleere verstärkte die um sich greifende Trostlosigkeit. Wie von guten Geistern verlassen, wie aufgegeben und verloren. Während er auf die Grenzübergangsstelle zurollte, fielen ihm die Betontrümmer im masurischen Wald ein, die er 1974 mit seinem Bruder besichtigt hatte. Im lieblichen Masuren hatten sie wie hier mit Beton gewütet und zertrümmertes Gestein zurückgelassen, das darauf wartete, in tausend Jahren zu verwittern.

Zwei Uniformierte feierten in der Betonwüste Silvester. Grenzaufklärer auf Friedenswacht.

»Je stärker die DDR, um so sicherer der Frieden.«

Das stand am Wegesrand wie vergessen.

Das Kribbeln in der rechten Hand kehrte wieder.

Er kurbelte die Scheibe runter.

Mal sehen, ob sie das Lächeln gelernt haben.

Hinter dem Fenster des Wachhäuschens brannte eine Kerze, ein verspäteter Weihnachtsgruß als Anerkennung für die schwere, verantwortungsvolle Tätigkeit der Grenzaufklärer.

Es sind immer noch die gleichen Augen, dachte er.

Der große Blonde könnte im März 1968 geboren sein, der andere sah älter aus, vielleicht war er so alt wie Claudia. Die Uniformen kamen ihm vertraut vor, erinnerten ihn an Soldaten, denen er als Siebenjähriger zugewinkt hatte an einer sehr, sehr fernen Chaussee. Auf ihrer letzten Silvesterfeier schossen sie Leuchtkugeln zu den Schneewolken.

»Eine Stunde vor Mitternacht fahren Sie noch spazieren?« fragte der Blonde.

»Wir wollen das neue Jahr in Schwerin begrüßen«, erklärte Christa.

Flüchtig blickte er ins Innere des Autos, Butkus hatte die Uniform nahe vor Augen, konnte sie riechen, spürte auch den Atem des Mannes.

Der eine kommt aus Sachsen, der Blonde ist Mecklenburger, dachte er.

Christa holte eine in Weihnachtspapier gewickelte Flasche unter dem Sitz hervor und reichte sie aus dem Fenster.

»Damit Sie auch Silvester feiern können«, sagte sie.

Die beiden verständigten sich mit Blicken, schauten prüfend in die Betonlandschaft. Als sie sich überzeugt hatten, daß niemand sie beobachtete, griff der mit der sächsischen Stimme nach der Flasche.

»Danke schön«, sagten beide und lachten nun wirklich.

»Es sind doch auch Deutsche«, meinte Christa, als sie weiterfuhren.

Ihm fiel ein, daß er noch kein Wort gesprochen hatte, die Grenze hatte ihn stumm gemacht. Er fuhr sehr langsam, hielt die vorgegebene Geschwindigkeit strikt ein, im Rückspiegel sah er, wie sie die Flasche auswickelten.

Noch immer nahmen die Befestigungen kein Ende. Es wuchsen neue Türme, Mauern und Zäune aus dem Scheinwerferlicht, um hinter ihnen zu versinken wie die Ruinen in den masurischen Wäldern.

Als die Landschaft wieder zu sich zurückgefunden hatte, es wieder einen Horizont gab, die Bäume sich vom Nachthimmel abhoben und die Wälder Konturen bekamen, drosselte er das Tempo und blieb mitten auf der Autobahn stehen.

»Was ist?« fragte Christa.

»Ich kann nicht weiter.«

»Soll ich fahren?«

»Nein, überhaupt nicht, ich möchte umkehren.«

Er lenkte das Auto über den Grünstreifen auf die Gegenfahrbahn und beschleunigte.

»Sie sind doch eben erst gekommen«, wunderte sich die sächsische Stimme.

»Wir haben etwas vergessen«, sagte Butkus. Das war alles, was er an dieser Grenze herausbekam.

In der Raststätte Gudow bestellte er Sekt.

»Findest du das sehr originell, das neue Jahr auf der Autobahn zu begrüßen?«

»Wenn du willst, fahren wir in den Wald, trinken eine Flasche leer und schlafen im Auto«, antwortete er.

Sie stießen an, ein paar Tropfen schwappten über, Butkus beeilte sich, sie mit einem Papiertaschentuch aufzuwischen. Kaum hatte er das Glas geleert, rannte er in den Waschraum, ließ kaltes Wasser über die Hände laufen, kühlte das Gesicht, spülte den Mund aus und gurgelte wie ein Ertrinkender.

Auf dem Heimweg übernahm Christa das Steuer, Butkus saß mit geschlossenen Augen auf dem Beifahrersitz.

»Wenn wieder Silvester ist, feiern wir in Alaska oder in der Äußeren Mongolei«, murmelte er.

Um 1 Uhr 35 stürzte auf der Ostseite des Brandenburger Tores ein Metallgerüst mit einer Videowand um und begrub die Jugend der Welt. Einen Toten und über hundert Verletzte beklagte die Nachrichtensprecherin. Hans und Christa Butkus erfuhren von dem Unglück erst am Neujahrsmorgen. Birgit rief an, um mitzuteilen, daß sie noch am Leben sei.

————

Am ersten Sonntag im Januar – noch immer war kein Schnee gefallen – sagte er, während sie frühstückten, daß er zur Grenze fahren werde, nicht rüber, auf keinen Fall rüber, nur mal sehen, vom Westen aus die Grenze ansehen. Als Christa bemerkte: »Na schön, dann machen wir einen Grenzspaziergang«, stippte er den Zwieback in den heißen Kaffee.

»Ich möchte allein fahren.«

»An der Grenze ist doch nichts los«, meinte Birgit und ließ Honig aufs Toastbrot tropfen.

»Eben deshalb«, antwortete er.

Christa nahm ihm das Versprechen ab, rechtzeitig zum Mittagessen heimzukehren. Als die beiden Frauen in der Küche waren, hörte er, wie sie zu Birgit sagte: »Es ist das erste Mal, daß dein Vater allein sein will. Das kommt von der Wende, seitdem ist er anders, es kehrt alles wieder, es fängt alles von vorn an.«

Vom Fenster aus sah sie, wie er in groben Geländestiefeln, die Kapuze des Parkas über den Kopf gestülpt, zum Auto stapfte. Er kratzte das Eis von den Scheiben. Bevor er einstieg, grüßte er hinauf zum Fenster wie an den Werktagen, wenn er zur Arbeit in die Palmaille fuhr.

Als erstes besuchte Butkus den Zeitungskiosk.

»Gorbatschow in Gefahr« lautete die Schlagzeile. Auf der

Schiffahrtsseite schrieb die Zeitung von der »Otto Grotewohl«, die im Hamburger Hafen festgemacht hatte und in zwei Tagen Richtung Kanal auslaufen werde, um nach Gdynia zu fahren.

Butkus fuhr der Wintersonne entgegen, aber nicht nach Gudow zu diesem Monstrum aus Stahl und Beton, sondern zur alten Grenze, die 1982, als sie die Transitautobahn eröffneten, in Dornröschenschlaf gefallen war. Lauenburg markierte das vorläufige Ende der Bundesstraße 5. Sieben Jahre Schlaf, im November 89 ein großes Erwachen. Zwanzigtausend kamen an einem Wochenende in die kleine Stadt, darunter viele Autonummern aus Schwerin.

Früher hatte er Lauenburg oft besucht, auch mit Christa. Ihm fielen Spaziergänge auf dem Elbdeich ein, Birgit im Kinderwagen, die Wachttürme in Sichtweite.

»Herzlich willkommen in Lauenburg an der Elbe«, grüßte ein Schild am Ortseingang. Es berichtete von Partnerschaften mit Manom in Frankreich, Dudelange in Luxemburg und Boizenburg in der DDR.

»Der Schloßberg bietet eine vorzügliche Aussicht über die Stromlandschaft der Elbe bis zur DDR-Grenze und ins Herz der Lüneburger Heide hinein«, verkündete ein Stadtführer.

Im zweiten Gang über die Rote Brücke. Jenseits des Elbe-Lübeck-Kanals traf er das vereinsamte Grenzabfertigungsgebäude West. Eine stark nadelnde Fichte, mit elektrischen Kerzen bestückt, erinnerte an vergangene Weihnachten.

»Hier ist nichts mehr los«, sagte ein Grenzschutzbeamter, der übriggeblieben war, um die Fichte zu bewachen.

»Ich will nicht rüber«, antwortete Butkus. »Nur mal im Niemandsland spazierengehen, weil ich in dieser Gegend zu Hause gewesen bin.«

Letzteres stimmte nicht ganz, aber der Uniformierte verstand ihn.

»Geschossen wird jedenfalls nicht mehr«, sagte er und lachte.

Es war gar nicht lange her, da detonierten hier, in der Stadt deutlich hörbar, die Minen und Selbstschußanlagen, wenn Rehböcke von Ost nach West wechselten. Die Ampeln zeigten ständig Rot. Auf dem westlichsten Turm Mecklenburgs stand die Friedenswacht mit Fernglas und Schnellfeuergewehr. Aber heute war Sonntag, der Wachtturm unbesetzt, und von Südosten schien die Sonne gegen die roten Mauern der lieblichen Stadt an der Elbe. Er stellte sich vor, daß der Turm eines Tages für Touristen geöffnet oder Mittelpunkt eines Abenteuerspielplatzes werden könnte, ein Ansitz für Entenjäger und Ornithologen, die den skandinavischen Vogelzügen nachschauen wollten.

Butkus ließ das Auto durch die sumpfige Niederung rollen, vorbei an hohem Schilfgras. Ein Fischreiher überflog die Bundesstraße 5, die eigentlich nach Berlin führen sollte, aber besonderer Umstände wegen im Niemandsland zwischen Lauenburg und Horst steckengeblieben war. Auf der Fahrbahn begann Gras zu wachsen.

Es tat ihm wohl, allein zu sein. Kein Kinderplappern, kein unnötiges Fragen, eine solche Gegend ist nur allein zu ertragen.

Er hielt an einem Bach, der seit Menschengedenken durchs Urstromtal der Elbe südwärts geflossen war und den es für einen kurzen Atemzug der Geschichte zur Grenze hatte werden lassen. Zwei Meter breit, träge fließendes Wasser, schwarz, kein Plätschern, kein Gluckern. Angeln verboten!

Butkus setzte sich auf die warme Motorhaube und blickte nach drüben. In einem Kiefernwäldchen entdeckte er Kasernen, sorgfältig mit Stacheldraht umgeben. Das Dörfchen Horst sah aus, als hätte die Pest in ihm gewütet.

Als Hänschen Butkus achtzehn Jahre alt war, gab es in dieser Gegend die »Aktion Ungeziefer«. Eine »Verordnung über Maßnahmen an der Demarkationslinie zwischen der Deutschen Demokratischen Republik und den westlichen Besatzungszonen Deutschlands« belebte nicht nur die Produktion und den Handel mit Stacheldraht, sondern veränderte auch den Flecken Horst mit den umliegenden Kiefernwäldern. Der kleine Bach, den es zur Elbe zog, erhielt eine Stacheldrahtverkleidung, am Ostufer begleitete ihn ein zehn Meter breiter Kontrollstreifen, ihm folgten fünfhundert Meter Schutzstreifen und fünf Kilometer Grenzzone. Im Schutzstreifen gingen die Lichter aus, Gaststätten und Kinos mußten schließen. Wer hier leben wollte, durfte sich von Sonnenuntergang bis Sonnenaufgang nicht im Freien blicken lassen. Alle Veranstaltungen innerhalb der Grenzzone, auch Kindergeburtstage und Übungsabende des Gesangvereins, mußten den zuständigen Organen gemeldet und genehmigt werden. Spätestens um zweiundzwanzig Uhr endete jedes Ereignis.

Wurde damals nicht eine Familie aus dem Grenzgebiet in die Lankower Flüchtlingsbaracke umgesiedelt? Von den Leuten hieß es, daß sie RIAS-Hetze verbreiteten, der Vater sei ein Grenzgänger und für ein Leben zwischen Schwanheide und Horst nicht geeignet.

Uns Herrgott sien hütiger Dach fängt schlimm an, sagte Lieschen Lehmkuhl, als morgens eine Frau mit Pferd und Wagen auf den Hof gefahren kam. Das war eine entfernte Verwandte aus dem Grenzgebiet, der man die Umsiedlung befohlen hatte mit der Begründung, als Tochter eines ehemaligen Großbauern sei sie nicht recht zuverlässig für ein Leben in der Grenzzone. Na ja, Pferd und Wagen konnte Lehmkuhls Bauernhof brauchen, die Tochter des Großbauern bekam eine Dachkammer, ein paar Monate sah man sie mit der Mistforke über den Hof und durch die Ställe laufen. Abends studierte sie Bäuker und traf sich mit einem Avkaten, denn damals herrschte noch der Glaube, die Gerichte könnten helfen, wenn einem Unrecht widerfahren war. Helpt et nich, so schad't ok nich.

Es muß in jenem Sommer geschehen sein, daß das Dorf Horst zu veröden begann. Die Kühe hörten auf zu grasen, die Äcker verwilderten, die Häuser bekamen Risse, verloren ihr Fensterglas, und durch die Kiefernwälder streunten die Jäger.

Im Januar 1990 stand ein Soldat in Horst auf der Bundesstraße 5 und winkte.

Früher starrten sie durchs Fernglas und entsicherten die Maschinenpistole, heute winkten sie. Vor drei Monaten ist er noch bereit gewesen, diese Grenze mit allen Mitteln friedensmäßig zu sichern, notfalls zu schießen, jetzt winkt er. Als sein Bruder Gerhard im September 1967 in Horst die Grenze überquerte, um auf der Interzonenstraße nach Berlin zu fahren, gab es kein Lächeln, kein freundliches Wort, nur die üblichen Fragen nach Waffen, Büchern und Zeitschriften. Jetzt, am Sonntagmorgen zur Kirchzeit, stand einer auf der Straße und grüßte freundlich herüber.

Die Autobahn Helmstedt–Berlin wäre näher gewesen, aber Gerhard wählte den Umweg über den Norden, um seinen Bruder zu treffen. Das brachte das Faß zum Überlaufen.

In Lauenburg läuteten Glocken. Ob es in Schwerin noch Glocken gibt? Leute wie dieser Strobele haben das Land stumm gemacht, wohl auch die Glocken. Ihm wurde elend, als er sich vorstellte, daß auch Strobele ihm eines Tages zuwinken wird wie der da auf der Bundesstraße 5. Wo lebte er, wenn er noch lebte? Butkus stellte ihn sich in einem Häuschen am See vor. Im Garten stehend, hebt er die Hand zum Gruß: Lieber Herr Butkus, es waren verrückte Zeiten damals, aber nun ist Gott sei Dank alles vorbei! Er wird Butkus freundlich in seine Stube bitten, um über Vergangenes zu plaudern. Einen heißen Kaffee bitte für den Heimkehrer.

An der sandigen Böschung des Elbufers wuchsen Betonpfähle. Wie im Tode erstarrte Soldaten standen die Bewacher des Flusses am Hang. Eine Plattenstraße führte an den Betonsoldaten vorbei, ein Weg für Hundeführer und Panzerspähwagen, wenn sie mit geöffneten Schießscharten feindwärts rollten. Eines Tages werden wir auf dieser Betonstraße Radtouren unternehmen, die Elbe aufwärts bis Magdeburg.

Gassmann jedenfalls ging nicht zum Kaffeetrinken in Porwiks gute Stube, der rammte sein Auto auf der Kreuzung in Dresden.

Warum drehte sich ihm alles um Strobele? Es gab doch andere, nicht weniger Schuldige? Die Fänger zum Beispiel, die ihn in Lankow abholten und, während sie mit ihm durch die Nacht marschierten, über den Urlaub in Warna am Schwarzen Meer plauderten. Der Staatsanwalt der Abteilung I, dem der Satz in die Feder floß: »Der Beschuldigte gehörte von Jugend an zu jenen Elementen, die eine feindliche Einstellung zur Arbeiter- und Bauernmacht und dem sozialistischen Lager hatten.« Der Richter des Ersten Senats mit dem vertrauenerweckenden Namen Ehrlichmann, der sich siebeneinhalb Minuten Zeit nahm. Die in Schweigen versunkenen Schöffen, darunter eine Genossenschaftsbäuerin Hase, die aus dem Walde kam und von nichts wußte. Ach, wie gern hätte er die Genossenschaftsbäuerin Lehmkuhl auf der Schöffenbank gehabt. Die hätte dem Ehrlichmann auf die Schulter geklopft und gesagt: Ein klauk Hauhn lecht ok mal vörbi. Laten Sei man denn' Butkus lopen, hei is för dei minschliche Gesellschaft noch tau bruken. Aber Lieschen Lehmkuhl war damals schon lange keine Genossenschaftsbäuerin mehr, sondern lebte im Ruhestand und befaßte sich mit Strümpfestricken und der mecklenburgischen Sprache...

Oder die Bewacher in Waldheim. Der Oberleutnant, der ihm das Rauchen abgewöhnte. Rums, da fiel der Schemel um!

Frage an den Genossen Oberleutnant:

Warum behandelt ihr Mörder, Totschläger, Vergewaltiger und Kinderschänder besser als uns?

Weil die nur einzelnen Menschen etwas getan haben, aber ihr habt die ganze sozialistische Gesellschaft verraten. Darum.

Es gab so viele, aber sie hatten sich namenlos davongeschlichen. Auch die Mächtigen, die von oben ihre Befehle gaben, die keine Fliege an der Wand töten konnten und in Ohnmacht fielen, wenn sie Blut sahen, bedeuteten ihm nichts. Kein Haß auf die beiden Erichs oder den sächsischen Spitzbart. Wie im Brennglas gebündelt, konzentrierten sich seine Gedanken auf die eine Kreatur, die ihm gewissermaßen als letzte Warnung, bevor Hans Butkus endgültig verschickt wurde, folgenden Satz zwischen Tür und Angel nachgerufen hatte: Denken Sie an Frau und Kind, Butkus, und werden Sie ein verantwortungsvoller Bürger unseres sozialistischen Staates.

Das muß das Ende der Fahnenstange gewesen sein. Ein zweiundzwanzig Jahre alter Satz, längst verweht und um den Erdball getrieben, plötzlich vom Ostwind wieder zugetragen, so sanft gesprochen, so fürsorglich dahergeredet. Ich meine es gut mit Ihnen, Butkus.

Es gab Zeiten, in denen Strobele in Vergessenheit geraten war. Als er Christa kennenlernte. Er wollte ein Kind, sie eigentlich nicht, aber dann doch, einen Ersatz für Claudia, die ihm mit sieben Jahren abhanden gekommen war. Die erste Urlaubsreise im Westen. Mit dem Schiff nach Skandinavien. Aber nicht durch den Nord-Ostsee-Kanal, sondern per Fähre ab Travemünde. Vom sicheren Schiff aus unter der sicheren schwedischen Flagge sah er die gelben Roggenschläge Mecklenburgs vorbeiziehen und dachte an Lieschen Lehmkuhls Felder, die sich von Lankow aus westwärts erstreckten, Roggen, Hafer und Kartoffeln. Ein Haferfeld hatte er mal plattgewalzt, aber nicht er allein. Zum erstenmal sah er, am Heck neben der sicheren schwedischen Flagge stehend, die besetzten Wachttürme vor menschenleeren Stränden. Auf der Höhe von Wismar – wenn du den Längengrad weiter südwärts wanderst, erreichst du Schwerin –, dort ungefähr wurde das kalte Büfett eröffnet, was im Jahre 1971 einen ziemlichen Andrang verursachte. Im Gewühl bei den Fischplatten traf er Christa, ihre Teller stießen zusammen, etwas Ravioli kleckerte auf die Schiffsplanken.

Ach, Sie kommen von drüben! Ihrer Sprache ist es gar nicht anzumerken.

Na ja, er kam eigentlich von noch viel weiter drüben. Er zeigte über das Meer in jene Richtung, in der ungefähr Angerburg-Vorstadt liegen mußte.

Ich bin auch geschieden, sagte sie.

Aber wohl aus anderen Gründen, antwortete er.

Fünfzehn Wochen später heirateten sie. Gerhard kam mit seiner Frau nach Hamburg, mehr Hochzeitsgäste hatte die Familie Butkus nicht aufzubieten.

Christa trug viel dazu bei, daß Strobele in Vergessenheit geriet. In jenem Sommer, als sie am Strand von Marielyst lagen, kamen Grenzen, Wachttürme, Mauern und Zuchthäuser nicht mehr zur Sprache.

Vergiß es! sagte Christa. Die Welt ist groß und schön, wir brauchen dieses eingemauerte Land nicht.

Dabei waren sie ihm so nahe. Die Sender der DDR drangen mit aller Deutlichkeit über das Wasser, feierten die 21. Internationale Ostseeregatta vor Warnemünde. Während er neben Christa lag, ihr dänischen Sand auf den Bauchnabel krümelte, während der Wind im Strandhafer summte und davoneilte, ostwärts, bis nach Angerburg-Vorstadt, verformten sich in der DDR die Worte. Aus dem Deutschlandsender wurde die Stimme der DDR. Die Deutsche Akademie der Wissenschaften verlor das Attribut deutsch, alle Olympiasieger und Meister des Sports verstummten, weil die DDR-Nationalhymne nicht mehr gesungen werden konnte, um drei Worte ihres Textes zu vermeiden: »Deutschland, einig Vaterland!«

Ja, Christa hatte ihm sehr geholfen. Jetzt, da er auf dem Autoblech am Ende der Bundesstraße 5 vor dem verlassenen Dörfchen Horst saß, um in die Vergangenheit zu blicken, fühlte er sich ein wenig schuldig, daß er sie so allein gelassen hatte an diesem Sonntag, daß er mit ihr nicht darüber sprechen konnte. Im Herbst 89 war es wieder da, unter der Asche schwelte noch Glut. Der Ostwind fachte das Feuer an. Die vielen Parolen und Transparente, die durchs Fernsehen getragen wurden, wühlten ihn auf. Zuletzt fand er auch den Namen: Strobele.

In Waldheim hatte es Stunden gegeben, in denen er sich stark genug fühlte, Strobele mit eigenen Händen zu erwürgen. Eine ohnmächtige Wut zerrte an Nerven und Gitterstäben. Das Leben ist so kurz, da buchen sie dir zwei Jahre und sieben Monate ab auf eigene Rechnung, für weiter nichts als Denken, für Briefeschreiben, ein Gespräch mit dem eigenen Bruder und ein bißchen Träumen von der Seefahrt. In Waldheim nahm das Träumen überhand. In frühen Morgenstunden erträumte er sich zu besonderen Feiertagen folgende Begebenheit: Ein fremdes Heer, sagen wir mal, Dschingis-Khan, erstürmt die Stadt. Die Hufe der Pferde sind mit Lappen umwickelt, lautlos kommen die wilden Reiter über die Eisfläche des größten der sieben Seen. Dschingis-Khan hält Einzug. Er rädert den Großherzog vor dem schaurig brennenden Schloß. Danach öffnet er die Gefängnistore, Hans Butkus erhält seine Freiheit. Der hohe Herrscher bittet ihn in sein Zelt, man ißt rohes Fleisch und trinkt fremden Wein aus alten Schläuchen.

Ich habe beschlossen, fünfhundert Bürger der Stadt zu köpfen, ihre Schädel auf Stangen zu spießen und zur Abschreckung vor die Stadttore zu stellen. Nenne mir die Namen derer, die den Tod verdienen.

Butkus bat sich Bedenkzeit aus. Wohl fünf- oder sechsmal hatte er diesen Traum geträumt, und immer nur fiel ihm ein Name ein: Strobele. Über die vierhundertneunundneunzig mußte das Los geworfen werden.

Das Blech, auf dem er saß, war erkaltet. Ihn fröstelte. Der von drüben winkte auch nicht mehr. Die Sonntagszeitung, die auf dem Beifahrersitz lag, schrieb von den Gegenbesuchen der Westdeutschen in der DDR und dem überwältigenden Empfang. An den Ortseingängen gab es Wurst aus der Hand und Kaffee gratis.

»Wismar grüßt seine Freunde!«

Hier und da schlich sich auf die Begrüßungstransparente der

vergessene Text der Becher-Hymne: »Deutschland, einig Vaterland!«

Du könntest nach Schwerin fahren, Hans Butkus, sagte er sich. In der Gadebuscher Straße eine Tasse Kaffee trinken, am Schloßplatz eine Wurst aus der Hand essen, am Demmlerplatz… Nun, das wäre nur mit einem doppelten Wodka zu ertragen.

Auf der Elbe tuckerten Lastkähne stromabwärts. In Lauenburg kehrten die Sonntagskirchgänger heim, Christa schob den Sonntagsbraten in den Ofen, über die östlichste Elbbrücke der BRD rollten die Autos der Sonntagsfahrer.

———

Neben dem Müllcontainer parkte ein Trabant, Kennzeichen BPM 9–23. Autos von drüben gab es nun häufiger in den Straßen, die Trabis, Wartburgs, Ladas und Skodas besetzten die letzten freien Parkplätze, außerdem stanken sie. Vor fremden Haustüren umarmten sich fremde Menschen. Aus den Supermärkten strömten Menschenkarawanen mit weiter nichts als gefüllten Plastiktüten.

Butkus dachte sich nichts dabei, als er das kleine graue Auto neben dem Müllcontainer entdeckte, er wußte auch nicht, daß der Buchstabe B Schwerin bedeutete.

An der Wohnungstür roch er Christas Sonntagsbraten. Ein dunkelblauer Mantel an der Garderobe fiel ihm nicht sonderlich auf. Er wechselte Kleidung und Schuhe, hörte Gesprächsfetzen aus dem Wohnzimmer, wusch seine Hände, blickte kurz in die Küche, in der der Rotkohl schmorte.

Im Wohnzimmer saßen drei Frauen. Christa kehrte ihm den Rücken zu, Birgit am Fenster, der Tür gegenüber eine unbekannte junge Person. Als er eintrat, hoben sie ihre Sherrygläser und prosteten ihm zu.

»Deine Tochter ist da«, sagte Christa.

Großer Gott, sie sieht aus wie Eva!

Die junge Frau erhob sich, stellte vorsichtig das Glas auf die Holzplatte, eilte ihm entgegen… Nun wird sie dir um den Hals fallen, dachte er… Aber sie stockte auf halbem Wege, streckte ihm verlegen die Hand entgegen, sagte kein Wort.

Großer Gott, es ist Evas Hand! Die langen Finger, immer etwas kühl und feucht und doch so weich.

Er hatte die Sprache verloren, seine Hände hielt er meterhoch über den Fußboden, um zu zeigen, in welcher Größe er sie in Erinnerung hatte.

»So klein warst du.« Beinahe hätte er Sie gesagt.

»Es war nicht einfach, dich zu finden«, antwortete die Frau. »In einem Telefonbuch habe ich deine Adresse gesucht. Jemand schenkte mir ein paar Groschen zum Telefonieren, weil ich kein Westgeld hatte. Birgit war am Apparat und beschrieb mir den Weg.«

Hans Butkus sah nur Eva. Das schwarze Haar, ihr schmales Gesicht mit dem dunklen Teint, die Hände wie Eva, vor allem die Hände. Die Stimme vertraut, als hätte er sie jeden Tag neben sich gehört.

Sie ist etwas größer als Eva, dachte er und fing an, ihr Alter auszurechnen.

»Du mußt jetzt achtundzwanzig sein«, sagte er.

Christa spürte seine Verlegenheit und brachte ihm, damit er etwas hatte, woran er sich klammern konnte, ein gefülltes Sherryglas.

»Na, willst du nicht auf das Wiedersehen anstoßen?«

»Heißt du immer noch Butkus, oder bist du schon verheiratet?« wollte er wissen.

»Nicht verheiratet und keine Kinder«, antwortete Claudia.

»Dein Vater dachte nämlich, er wäre längst Opa«, mischte sich Christa ein.

Zum erstenmal lachten alle.

»Ich heiße nicht Butkus«, bekannte die junge Frau. »Als du weg warst, hat Mutter mir den Namen meines Stiefvaters gegeben, ich heiße Warneke.«

Aus seinem Glas schwappte Flüssigkeit auf den Teppich. Sie ist gar nicht deine Tochter, schoß es ihm durch den Kopf. Sie sieht aus wie Eva.

Ja, Evas Tochter, aber nicht deine Tochter.

Christa verschwand in der Küche, um das Mittagessen aufzutragen, und er bemühte sich um Ausgelassenheit.

»Prost, ihr Schwestern!« rief er und hielt den Mädchen das Glas entgegen. Durchs rötlichbraune Getränk sah er Evas Gesicht, damals so jung wie Claudia heute. Wie sie vor den Spiegel trat. Wie sie sich auszog oder anzog. Und im Hintergrund Evas Stimme. Du mußt dich zusammennehmen, Hans. Die Verhältnisse sind nun mal so, wie sie sind, damit hat man sich abzufinden und Rücksicht zu nehmen auf die Familie. Zum erstenmal tauchte der Gedanke auf, den Strobele später zugespitzter formulierte: Denken Sie an Frau und Kind, Butkus!

Kaum war er fort, nahmen sie dem Kind den Namen. In der großen DDR kommt Butkus nicht mehr vor, nur noch in den Akten der Staatsanwaltschaft, im Urteil des Ersten Strafsenats und in Strobeles Protokollen.

»Hast du noch Erinnerungen an mich?« fragte er.

Sie lachte. »Du bist etwas kleiner geworden, und einen Bart hattest du damals auch nicht.«

»Weißt du noch, daß wir den Rostocker Hafen besuchten und du dein weißes Kleidchen mit Schokoladeneis bekleckertest?«

Nein, davon wußte sie nichts.

»Kennst du deine Großmutter, ich meine die masurische Oma, die dich Claudinchen nannte?«

Er eilte zum Schreibtisch, wühlte in alten Papieren und kam mit einem gelbstichigen Foto wieder. Es zeigte einen mit Kränzen bedeckten Hügel.

»Das ist Omas Grab auf dem Friedhof am Obotritenring. Du warst dabei, als das Bild gemacht wurde, wir beide, wir beide ganz allein. Das Bild hat eine sehr, sehr traurige Geschichte.« Butkus verwahrte es in einem Briefumschlag.

Christa bat zu Tisch.

»Was machst du beruflich?« fragte er seine Tochter.

»Ich bin Unterstufenlehrerin.«

Auch das noch! Butkus spürte das bekannte Kribbeln in der rechten Hand und mußte sich an seinem Glas festhalten. Seine Tochter gehörte auch zu den Strobeles, zu den Funktionären jenes furchtbaren Staates, sie war Mitglied der Partei, zumindest Kandidatin, eine Aktivistin der FDJ, Trägerin des Abzeichens »Für gutes Wissen« und anderer gesellschaftlicher Auszeichnungen. Sie hatte den Marxismus-Leninismus studiert, die Werke der kommunistischen Klassiker gelesen, die Parteitagsbeschlüsse verinnerlicht, sie kannte das Lied der Thälmannpioniere auswendig, war Mitglied der Gesellschaft für Deutsch-Sowjetische Freundschaft, gehörte zu den Aktivisten des Lehrerkollektivs und so weiter und so weiter. Sie haben dir das Kind nicht nur physisch genommen, sie haben es auch verwandelt in ein Geschöpf nach ihrem Willen und ihm einen fremden Namen gegeben.

Der Braten kam, der Rotkohl duftete süßlich, aber Butkus würgte es in der Kehle.

Im Westen könntest du nicht mehr Lehrerin sein, dachte er. Verkäuferin im Supermarkt, wie deine Mutter. Die arbeitete in ihrer Jugend im Linda-Werk, füllte Waschpaste ab und duftete nach kosmetischem Allerlei. Später wurde sie befördert zur Leiterin eines HO-Ladens. Was sie heute ist, danach wagte er nicht zu fragen.

Er hörte Evas Originalton aus den sechziger Jahren: Damit du es ein für allemal weißt, ich gehe nicht rüber, und Claudia bleibt bei mir. In zwei Jahren bekommen wir eine neue Wohnung, ich habe eine gute Stellung bei der HO, besser kann es uns drüben auch nicht gehen. Du mußt dich nur etwas zusammenreißen, dann läßt es sich auch in der DDR gut leben.

»Wo liegt deine Schule?« fragte er.

»In Schwerin-Weststadt.«

Butkus ließ das Besteck auf den Teller fallen. »Ich denke, ihr seid nach Warnemünde gezogen.«

»Ja, schon, aber mein erster Einsatz als Lehrerin brachte mich nach Schwerin zurück.«

»Du bist also wieder zu Hause«, sprach er leise.

Sie wohnte im Neubaugebiet Großer Dreesch, in der Magdeburger Straße, fünfter Stock. Zwei Zimmer mit Blick zum Schweriner See. Direkt unterm Fernsehturm.

»Wenn der Turm eines Tages umfällt, trifft er meinen Balkon.«

Alle lachten, nur Butkus stocherte abwesend in den Kartoffeln, verheddert sich in der Geographie, durchschwamm, von Norden kommend, den Lankower See, durchquerte die Weststadt und landete am Großen Dreesch.

»Wenn ihr mal nach Schwerin kommt, müßt ihr mich besuchen«, hörte er Claudias Stimme. »Aber vorher schreiben, sonst bin ich vielleicht nicht da. Bald bekomme ich Telefon, ich stehe schon zwei Jahre auf der Liste.«

»Besuchst du auch mal deine Mutter?« fragte Butkus beiläufig.

Christa tat unbeteiligt, rührte aber viel zu lange in der Bratensoße.

War es nicht so, daß Eva am 6. Dezember 1989 ihren fünfzigsten Geburtstag gefeiert hatte? In ihrem HO-Laden wird es ein rauschendes Fest gegeben haben. Walter Strobele oder irgendein Strobele wird eine Rede auf die Genossin Warneke gehalten haben, auf die verdiente Werktätige, die zum erfolgreichen Aufbau der Republik verantwortungsvoll beigetragen hat. Vermutlich bekam Eva zum 6. Dezember 1989 einen Orden.

Durch seinen Kopf rasten die denkbaren Antworten auf die

Frage, die er seiner Tochter gestellt hatte: Meine Mutter lebt bei mir in Schwerin... Sie wohnt immer noch in Warnemünde... Ich habe schon lange keinen Kontakt mehr zu ihr. Am liebsten wäre ihm, das gestand er sich beschämt ein, folgende Auskunft: Meine Mutter ist vor zwei Jahren gestorben.

»Weihnachten war ich bei ihr«, sagte Claudia. »Es geht ihr wieder ganz gut nach der Unterleibsoperation.«

Die hatte doch nie etwas mit dem Unterleib, fuhr es ihm durch den Kopf. Der war immer in Ordnung, der funktionierte bestens, wenigstens der.

»Lebt deine Mutter auch in Schwerin?«

»Mama und Kathrin wohnen in Warnemünde.«

»Wer ist Kathrin?«

»Weißt du nicht, daß Mama noch ein Kind bekommen hat? Kathrin ist jetzt neunzehn und lernt Krankenschwester.«

Woher sollte er das wissen?

»Warnemünde soll schön sein«, mischte sich Christa ein. »Ein Seebad wie Travemünde, nicht wahr?«

»Schwerin ist auch schön«, murmelte Butkus.

»Dann sind wir ja drei Halbschwestern«, stellte Birgit fest und bröselte mit Claudia die Verwandtschaftsgrade der drei Mädchen auseinander.

Christa holte den Nachtisch.

Butkus kleckerte Bratensoße aufs Tischtuch.

Er hörte wie von fern, was er schon lange wußte, daß Eva einen Offizier der Weißen Flotte geheiratet hatte, einen Mann, der mit der Fähre »Arkona« über die Ostsee dampfte, eben jenen Warneke, dessen Name sich in der DDR so stark verbreitet hatte. Und dann dieses: »Seit sechs Wochen ist Mama Witwe.«

Jener Warneke nahm sich das Leben, als die Weiße Flotte ihre rote Farbe verlor. Also doch kein Fest zum fünfzigsten Geburtstag, sondern Beerdigung erster Klasse. Er wagte nicht zu fragen, ob sie, seine Tochter, an der Beerdigung teilgenommen hatte. Natürlich ist sie dabeigewesen. Dieser Warneke, zu dem sie seit ihrem siebenten Lebensjahr Vater sagen mußte, stand ihr doch näher als der leibliche Vater, der auf und davon gelaufen war.

»Lebt Strobele eigentlich noch?«

Ihr fiel niemand ein, der diesen Namen trug.

»Macht auch nichts«, winkte Butkus ab. »Strobele ist nicht wichtig.«

Während die Frauen das Geschirr in die Küche trugen, schenkte er sich einen Cognac ein. Danach sprachen sie über Belangloses, über die schulischen Verhältnisse in Schwerin-Weststadt, die Größe der Klassen, das Alter der Kinder, über sozialistische Einkaufszentren und sozialistische Einkaufsreihen. Sie sagte »bei uns in der DDR«, und er sagte »hier im Westen«, und beide sagten »drüben«, wenn sie die Gegend jenseits der Grenze meinten. Er erkundigte sich nach dem Zustand des Schweriner Schlosses, den Preisen für Zweitaktgemisch und warum das Zeug so erbärmlich stinke. Er verstieg sich zu der Behauptung, jedes Volk habe seinen eigenen Geruch. Als die Rote Armee im Sommer 1945 in Schwerin einzog, habe sie einen bestimmten Duft – er vermied mit Vorsatz das Wort Gestank – mitgebracht. Der Treibstoff der Panzer und Lastwagen, die um den Pfaffenteich Aufstellung nahmen, der Schweiß der Pferde und Menschen, der Geruch der Desinfektionsmittel, die fremden Dünste aus der Gulaschkanone – so hatte es in Deutschland noch nie gerochen. Auch die DDR schuf sich ihren eigenen Geruch. Zweitaktgemisch auf allen Straßen, und in den Städten roch es nach verbrannter Braunkohle.

»Bei uns stinkt es auch«, stellte Birgit fest und zeigte aus dem Fenster.

Christa wollte Kaffee kochen, aber Claudia sagte, sie müsse fahren, um vor Einbruch der Dunkelheit in Schwerin anzukommen. Sie habe eine Karte fürs »Tik«. Dort spielten sie »In' Kraug tau'n gräunen Hiering«, ein heiteres Volksstück.

Butkus wunderte sich, daß es drüben noch etwas zu lachen gab.

Zu dritt begleiteten sie den Besuch vor die Tür. Birgit kroch auf den Rücksitz des kleinen Autos.

»Niedlich!« rief sie.

»Wärst du nicht an einem Sonntag gekommen, hätten wir ins Kaufhaus gehen und etwas für dich kaufen können«, sagte Butkus zur Verabschiedung.

»Ich bin nicht gekommen, um einzukaufen, sondern weil ich dich kennenlernen wollte.«

Das war das letzte, was Claudia sagte.

Kennenlernen, nicht etwa wiedersehen. Andere Väter fallen im Krieg, werden vermißt oder von einem Auto überfahren, aber deiner ist im Westen verschwunden.

Er rechnete fest mit einer Umarmung, aber sie reichte ihm wieder nur die Hand.

Wie Eva, dachte er.

Christa lief schnell ins Haus, um eine Tüte mit Obst und übriggebliebenem Weihnachtsgebäck zu holen.

»Ist doch eine patente junge Frau«, sagte Christa, als das Auto davonfuhr.

»Weißt du, wie sie aussieht? Wie Eva, leibhaftig wie Eva.«

---

Im Februar meldete der »Tägliche Hafenbericht – Deutsche Schiffahrtszeitung«, in Rostock sei ein Verband der Kapitäne und Schiffsoffiziere gegründet worden. Butkus las es und dachte an Evas zweiten Mann. Der hätte dabeisein können, wenn er nicht vorzeitig auf die letzte Reise gegangen wäre. Selbstmord, das heißt doch schon, sich zu wichtig zu nehmen, dachte er. Es starben viele in jenen Tagen, vor allem im Osten. Ohne viel Aufhebens wurden sie aus den Listen gestrichen, nur Randnotizen und Kleinanzeigen in den Zeitungen gedachten ihrer, ihre Namen gingen unter im heiteren Lärm der Freiheit. Strobele wurde nicht erwähnt.

Den Kanal passierten Zuckerschiffe aus Kuba, niemand sprang von Bord. Gelegentlich kamen Bananendampfer, die Rostock als Heimathafen hatten, die Elbe herauf, löschten im Freihafen, Schuppen 63, ihre Fracht aus Mittelamerika, damit die vielen Besucher aus Rostock und Schwerin auf dem Hamburger Fischmarkt Bananen kaufen konnten. Wenn die DDR-Schiffe die Begrüßungsanlage in Schulau passierten, wurden sie wie gewohnt vom »Fliegenden Holländer« empfangen, danach ertönte die Becher-Hymne aus dem Lautsprecher, wie immer ohne Text.

Die Firma nahm Verbindung zur Peene-Werft in Wolgast auf, die ein Vierteljahrhundert Kriegsschiffe für die Sowjetunion und die DDR-Marine gebaut hatte und nun Fischereifahrzeuge auf Kiel legen wollte. Der Chef besuchte Butkus an seinem Schreibtisch und sagte, er wolle eine Informationsreise zu den DDR-Seestädten unternehmen, zunächst Warnemünde, dann Rostock und die Matthias-Thesen-Werft in Wismar, Butkus solle ihn begleiten.

»Sie kennen sich da drüben aus«, sagte er.

Es verschlug ihm die Sprache, er nickte nur, aber als der Tag kam, an dem sie über Schlutup einreisen wollten, lag er mit 39,6 Fieber im Bett.

Christa mühte sich mit kalten Wadenwickeln.

»Solange wir verheiratet sind, hast du kein Fieber gehabt«, wunderte sie sich.

Über Telefon erfuhr er, daß der Chef Gassmann mitgenommen hatte. Der kannte sich auch aus.

»Wenn es Frühling wird, fahren wir nach Schwerin«, schlug Christa vor, als sie die feuchten Umschläge wechselte.

»Die Sache muß ich allein erledigen«, antwortete er.

»Allein laß ich dich nicht fahren«, entschied Christa.

Lag es am Fieber, daß er an Claudia denken mußte? Sie wird an der Tür schellen, heute oder morgen, glaubte er. Sie wird neben seinem Bett sitzen, sie werden beide viel zu erzählen haben. Das

Kind wußte ja nichts, nicht, woher er kam und warum er plötzlich verschwunden war. Er mußte Claudia diese ganze traurige Geschichte erzählen, damit sie kein falsches Bild von ihrem Vater behält.

Ende Februar kam ein Brief von Claudia:

»Lieber Vater, ich habe Mama nach Strobele gefragt. Sie sagt, er lebt noch, und zwar in Zippendorf.«

Warum lebte er noch? Hätte er nicht über Bord springen können wie Evas Offizier? Vieles wäre leichter. Und ausgerechnet in Zippendorf, der schönsten Gegend am Schweriner See. Dort verbrachte der Veteran der Arbeit seinen wohlverdienten Ruhestand. Im Sommer konnte er baden und den Hund ausführen. Übers Wasser grüßten die Türme des Schlosses. Im Vordergrund waldbedeckte Inseln, weiße Segel tauchten ins Grün, in Zippendorf waren auch die Schwäne weiß. Vor allem: Wer in Zippendorf lebte, hatte ständig den Sonnenaufgang vor Augen, denn noch immer ging im Osten die Sonne auf, der Osten ist und bleibt rot.

Am 4. März besuchte er mit Christa das Amerika-Haus, um einen Film über die alten Musikdampfer zu sehen: »Der Ozeanriesen große Zeit«. Als das Licht im Saal erlosch, stieß er Christa an und sagte, daß er eine Woche Urlaub beantragt habe, alten Urlaub aus dem vorigen Jahr.

»Vom elften bis achtzehnten März werde ich nach Schwerin reisen.«

Christa sah die Musikdampfer hinter einem salzigen Wasserschleier.

»Wo willst du wohnen?« fragte sie.

»In einer Großstadt wie Schwerin wird es wohl ein ordentliches Hotel geben.«

»Willst du sie besuchen?«

»Du meinst Claudia?«

»Nein, sie.«

»Die wohnt gar nicht in Schwerin.«

Es kam ihm so vor, als hätte Christa beim Anblick der »Bremen«, die ums Blaue Band den Atlantik pflügte, nasse Augen. Sie hatte Angst, ihn zu verlieren an die Vergangenheit, die jetzt wieder Gegenwart werden wollte. Tausenden im Osten und Westen war die unüberwindbare Grenze auch Schutz und Geborgenheit. Nun ist sie umgefallen, und die Vorwürfe können ungeniert hin- und hermarschieren. Opfer und Täter stehlen sich visafrei über die Mauer, um Fragen zu stellen. Die Nächte werden länger und schlafloser. Wer wird kommen? Wer wird aus den Gräbern steigen? In den Sondersendungen siehst du nur die lachenden Gesichter derer, die mit offenen Armen über die Grenze fliegen, aber die, die vor Angst nicht vor die Tür treten mögen, zeigt keiner. Kinder fangen an zu fragen, Frauen suchen davongerannte Männer. Gibt es nicht ein Delikt »Unterlassene Hilfeleistung« oder »Verletzung der Unterhaltspflicht«? Lügner denken Tag und Nacht an die Wahrheit, Mörder lernen das Zittern, und ab und zu erscheinen Anzeigen wie diese in den Schweriner Zeitungen:

»Am 2. März 1990 schied der Genosse Walter Strobele freiwillig aus dem Leben. Wir werden seiner ehrend gedenken.«

Eben nicht! Strobele denkt nicht daran, freiwillig zu scheiden. Ihn plagt kein schlechtes Gewissen. Er spaziert unter den hohen Erlen des Uferweges, grüßt jeden freundlich, der ihm begegnet, spricht mit diesem oder jenem und weiß nur so viel, daß er strikt im Rahmen der Gesetze und des sozialistischen Rechts gehandelt hat. Keine Schuld, Euer Ehren! Ein Mann wie Strobele blickt nicht ängstlich zur Ludwigsluster Chaussee, ob da einer kommt, ein Müller, Meyer oder Butkus, einer aus Deutschland. Sein Leben war erfüllt vom humanistischen Grundanliegen der sozialistischen Gesellschaft. Er hat nur Gutes zum Wohle des Volkes gewollt.

Vielleicht müßte man ihn töten, dachte Butkus. Oder Dschingis-Khan in die Stadt lassen.

Er berührte Christas Hand und bemerkte, daß sie naß war. Das hatte sie nicht verdient, sie, die ihn damals aufgefangen hatte wie einen Wassertropfen, der auf die heiße Herdplatte fallen wollte.

»Ich werde nur Claudia besuchen«, flüsterte er.

Christa hatte das salzige Wasser des Atlantiks in ihren Augen, und Butkus dachte, daß Claudias Wohnung gar nicht weit von jenem Zippendorf entfernt lag. Vom Balkon im fünften Stock aus könnte er ihn beobachten, den alten Mann mit der Krücke und dem guten Gewissen, wenn er seine Rechtfertigungsspaziergänge unternahm.

Nach der Vorstellung gingen sie in ein Restaurant in der Rothenbaumchaussee und tranken Frankenwein.

»Damit unser Wasserhaushalt wieder in Ordnung kommt«, sagte er.

In der Firma studierte Butkus die Wasserstände des Stromes, der ein halbes Jahrhundert Grenzfluß gewesen war und jetzt wieder mitten durchs europäische Herz fließen wollte.

Am Elbufer bei Lauenburg trieb eine unbekannte Leiche an, ein Mann von drüben.

Seine Abteilung erfaßte die Schuten und Schleppzüge, die auf der Elbe gingen und kamen, aber nicht die Wasserleichen. Wie viele mögen schon mit der Strömung angetrieben sein, von Dresden, von Dessau-Roslau oder Magdeburg? Warum lag Schwerin nicht an der Elbe? Dann könnte auch er kommen, dieser Strobele, um am Schweinesand in der Unterelbe auf Grund zu laufen.

»In all den Jahren, die wir uns kennen, haben wir immer gemeinsam Urlaub gemacht«, klagte Christa.

»Das ist kein Urlaub«, antwortete er.

»Was willst du mit ihm anstellen, wenn du ihn triffst?«

Er wußte es nicht. Vielleicht gar nichts anstellen, ihm zusehen, wie er den Garten umgräbt oder den Seeuferweg abwandert, vielleicht mit ihm reden.

»Du mußt mir versprechen, daß du ihm nichts tust.«

Er nickte nur und dachte an den zugefrorenen See, das brennende Schloß und die asiatischen Reiter. Eigentlich müßten solche Kreaturen aus der Welt geschafft werden. Nur konnte er das nicht. Dschingis-Khan könnte es, aber nicht Hans Butkus. Trotzdem mußte er hin, weil es ihn nicht losließ, weil es ihn nachts erschreckte. Er wollte den langen Weg rückwärts gehen, die Gadebuscher Straße entlangmarschieren bis zu dem Punkt, an dem es angefangen hatte.

»Irgendwann muß jeder vergessen«, versuchte Christa ihm diese Abrechnungsreise, wie sie es nannte, auszureden. »Du vergiftest dir nur dein Leben, es bringt nichts ein, es wühlt nur auf, es macht nur traurig.«

»Ich hatte es längst vergessen«, antwortete er. »Aber nun ist es wieder da und muß in Ordnung gebracht werden. Du kannst denen, die drüben gelitten, denen sie die Kinder und Frauen genommen und das Leben auf den Kopf gestellt haben, nicht sagen, daß sie nach zwanzig Jahren endlich Ruhe geben sollen. Vergessen können wir, wenn wir tot sind, vorher muß sich jeder verantworten.«

Darauf wußte Christa nichts zu sagen.

»Was willst du denn in Schwerin?« fragte Birgit, als sie von der Reise hörte.

»Da lebt ein Mann, der Papa ins Gefängnis gebracht hat«, erklärte Christa.

»Du warst im Gefängnis?!«

Er blickte aus dem Fenster und schämte sich.

»Kein richtiges Gefängnis«, erklärte Christa. »Kein Gefängnis für Mörder und Diebe, sondern für Menschen, die etwas Bestimmtes gedacht, gesagt oder geschrieben hatten...«

»Oder die eine Schiffsreise durch den Nord-Ostsee-Kanal planten«, fügte er hinzu.

Er ging zum Schreibtisch und holte das Urteil, das sie ihm

damals gegeben hatten, das er sogar mitnehmen durfte als ein Dokument der Schande.

»Im Namen des Volkes!
In der Strafsache gegen Hans Butkus, geboren am 5. Juli 1934 in Angerburg-Vorstadt, wohnhaft in Schwerin-Lankow, Artur-Becker-Straße, wird für Recht erkannt:
Der Angeklagte wird wegen fortgesetzter staatsgefährdender Propaganda in Tatmehrheit mit Sammlung von Nachrichten und Vorbereitungen zum Verlassen der DDR zu zwei Jahren und sieben Monaten Zuchthaus verurteilt.«

Christa fragte, wo er in Schwerin zu erreichen sein werde.
Er mußte ihr versprechen, jeden Abend anzurufen.
»Und wenn es nicht zu ertragen ist, kommst du früher zurück«, sagte sie.
Sie packte ihm Winterkleidung ein, denn im März kann es am Schweriner See noch sehr kalt sein.

---

Gleich hinter Ratzeburg das Dorf Ziethen, aber niemand kam aus dem Busch. Bei Gadebusch war schon 1813 einer für die Freiheit gefallen, und noch immer reichte es nicht. Durch den Ort Lützow fuhr er sehr langsam – wegen der wilden Jäger?

»Und wenn ihr die schwarzen Gesellen fragt:
Das ist Lützows wilde verwegene Jagd!«

Endlich empfing ihn der Wald, den er kannte, in dem einst der Großherzog gejagt hatte. Lieschen Lehmkuhl erinnerte sich noch der großherzoglichen Kutsche, die, vom Schloß kommend, durch Lankow rasselte, Richtung Friedrichsthal. Sie erzählte den Kindern davon, wie man Märchen erzählt, auch den Flüchtlingskindern. Von hier war es eine Stunde bis Lankow und anderthalb Stunden bis Stadtmitte, Fußmarsch, versteht sich. Eine ausgewachsene Lärchenallee, die Straße hieß auch so, sie stand unter Naturschutz. Südlich der Lärchen zum Neumühler See hin fand er Lehmkuhls Kartoffelacker, in den er als Elfjähriger erste Spuren getreten hatte.

Dei Tüften sünd dat best, wat in Lankow wassen deit, sagte die Bäuerin.

Es kostete ihn große Mühe, dat Mäkelbörger Platt tau begriepen. Ella Butkus sagte, so fremd sei das gar nicht. Versteist ostpreußisch, versteist ok Fritz Reuter.

Wo die Lärchen endeten, begann Lankow. Er parkte am Wegrand, stieg aus, um sich zu verneigen vor der Gadebuscher Straße. Am 11. März 1990, nach einundzwanzig Jahren und 361 Tagen, kehrte er heim. Mit ihm kam der Frühling. Die Stürme, die den kleinen Kontinent so heftig zerzaust hatten, waren mit dem Winter davongezogen zum Eismeer, ans Uralgebirge und nach Workuta. Die Stare spektakelten in den kahlen Bäumen, auch glaubte er, über dem kahlen Acker Lerchen zu hören. Wo einst das Lankower Torfmoor gewesen war, kreisten wie damals Raubvögel.

Du wirst diese Straße öfter gehen müssen, Hans Butkus. Sie hat sich wenig verändert in dem fünfundsiebzigjährigen Krieg, der um sie tobte. Es ist noch das alte Steinpflaster, das die Zähne klappern ließ, wenn die Pferde trabten. Vereinzelt stehen noch die reetgedeckten Häuser des vorigen Jahrhunderts. Die Linden in einer Reihe wie die langen Kerls des Soldatenkönigs. Einmal kam das Gerücht auf, sie würden gefällt und von den »Deutschen Holzwerken Schwerin« zu Holzschuhen für Kinder der Republik verarbeitet. Als Claudia auf die Welt kam, war die DDR schon so wohlhabend, daß die Kinder keine Holzschuhe mehr brauchten. Darum blieb die Lindenallee den Lankowern erhalten. Keinen Alleebaum hatte der Sturm entwurzelt, keinen der Krieg umgebracht. Ende Juni zog Blütenduft durch die geöffneten Fenster; wenn die Kinder den Hang hinab zur Badestelle liefen, summten über ihnen die nektarbeladenen Bienen.

Was weißt du von den Lankower Linden und den Lankower Bienen, Claudia? Sieben Jahre hast du unter ihnen gelebt und nichts behalten. Die Bäume wissen mehr, sie haben ein großes Gedächtnis, auch sind sie Zeugen gewesen.

Im März waren die Alleebäume kahl und ließen den Wind singen. In den Kronen wiegten sich Krähen und warteten auf die Kadaver überfahrener Karnickel. Rundum braune Erde, schwarz die Gräben, weil dem Wasser so früh im Jahr die Farbe fehlte. Die Böschungen in schmutzigem Gelb, bedeckt mit dem trockenen Gras des Vorjahres. Westwind, in dieser Gegend kam der Wind fast immer von Hamburg. Und da stand ja noch der hohe Ziegelschornstein Richtung Grevesmühlen, auch ihm hatten sie das Rauchen abgewöhnt.

Er ließ das Auto stehen und ging der Bäume und ihres großen Gedächtnisses wegen zu Fuß weiter. Im Vorbeigehen wollte er sie befragen. Vor einem Jahr wäre ein so absichtslos an die Straße gestelltes Westauto noch aufgefallen, Strobele hätte das geheimnisvolle Objekt observieren lassen, aber im März 90 glaubte jeder, dem Westwagen sei der Treibstoff ausgegangen. Liegengeblieben auf der Chaussee von Gadebusch.

Als er die Straße zum letztenmal marschierte, in umgekehrter Richtung und nicht allein, stand die Neubausiedlung Lankow, erster Bauabschnitt, schon einige Jahre. Mit dem zweiten Bauabschnitt war gerade begonnen worden, bei seiner Vollendung weilte er im feindlichen Ausland. Am Beginn der Siedlung, erster Bauabschnitt, unter einer dieser Linden, wartete damals ein Mannschaftswagen mit Standlicht. Seine Begleiter sprachen von schönen Dingen, von ihren Frauen und Kindern, einer schilderte die Wärme und die Farben bei Warna am Schwarzen Meer. Zu ihm sagten sie kein Wort. Erst später, als er vor Strobele stand, begann das Sprechen. Aber er hatte es den Bäumen zugeschrien, daß er wiederkommen werde, irgendwann. Auf dieser Straße wollte er Einzug halten, zu Fuß natürlich, von der Gadebuscher Straße in die Ernst-Thälmann-Straße einbiegen, geradeaus bis zum Platz der Freiheit marschieren, dort rechts ab in die Breitscheidstraße, ein paar Schritte nur zum Demmlerplatz. Kurzer Halt vor einem bestimmten Gebäude, in das er sich mit Gewalt Einlaß verschaffen mußte, um mit einem Knüppel aus hartem Lärchenholz so heftig auf einen Schreibtisch zu schlagen, daß nicht nur die Fensterscheiben zitterten. Wie kam er nur auf Lärchenholz?

Ein Wartburg hielt neben dem einsamen Spaziergänger. Der Fahrer kurbelte die Scheibe runter und fragte, ob er ihn mitnehmen solle.

Nein, danke, diesen Weg mußte er allein gehen.

Die Bäume schwiegen. Hinter der Kreuzung Kurt-Bürger-Straße erreichte er eine Anhöhe, die es in seiner Erinnerung nicht gegeben hatte. Von hier aus sollte der Blick auf Lankow fallen, und aus der Ferne sollten die Türme Schwerins grüßen, wenigstens der Dom und die Paulskirche.

Geblieben waren die flachen Ziegelhäuser neben der Lindenstraße, die so aussahen wie die Insthäuser alter Güter. Den Lehmkuhlschen Bauernhof hatte der Wind verweht. Die Altenteilerkate war rechtzeitig eingefallen, die Scheune abgebrannt, das Wohnhaus plattgewalzt, und die Baracke... Was war mit der Baracke geschehen?

Nee, so wat! Wo sall dat hen mit all dei Lüd! jammerte die Bäuerin, als die Flüchtlinge, kaum daß die Kriegsgefangenen draußen waren, in die Baracke einzogen. Heute lebten auf Lieschen Lehmkuhls Feldern an die zehntausend Menschen. Wo ihre Kartoffeln gewachsen waren, standen Schilder mit so fremden Namen wie Otto-Nuschke-Siedlung, Artur-Becker-Straße.

Es ist eine Auszeichnung, in einer Straße mit diesem Namen

zu wohnen, Herr Butkus. Unser Artur Becker, der heldenhafte Spanienkämpfer, der oberste Schutzpatron der FDJ.

Er weigerte sich, links in die Neubausiedlung einzubiegen. Auf keinen Fall in der Artur-Becker-Straße nach dem Rechten sehen oder die »Lankower Bierstuben« besuchen. Obwohl er wußte, daß Eva in Warnemünde lebte, fürchtete er, sie könnte auf dem Balkon stehen und Ausschau halten. Die Siedlung lag auf einer Anhöhe, das alte Lankow ihr zu Füßen und in der Ferne die mecklenburgische Hauptstadt. Gelegentlich hörten sie vom Balkon aus oder nachts, wenn sie bei geöffnetem Fenster schliefen, das Kreischen der Straßenbahn, die in die Grevesmühlener Straße einbog, um die große Kehre durch die Siedlung zu fahren.

Vom Schweriner See keine Spur. Sie werden ihn doch nicht ausgetrunken haben, diese Leute, die alles leertrinken und aufessen, die alles, was sie in die Hand nehmen, so elend verkommen lassen.

Neben der Gadebuscher Straße die ersten Wahlplakate. »Weiter so, Deutschland!«

Bäume und Hauswände wunderten sich. Wen wird Strobele wählen? Wie immer die Zukunft und den Fortschritt. Und für wen stimmt die Unterstufenlehrerin Claudia Warneke?

Wo Gadebuscher Straße und Grevesmühlener Straße sich im spitzen Winkel trafen, um in die mächtige Ernst-Thälmann-Straße einzumünden, blieb er stehen.

»Sägt die Bonzen ab, schützt die Bäume!« schrie es ihn an.

»Wie in einem Wildwestfilm wirst du einziehen«, hatte Christa gesagt. »Der Rächer kehrt heim, die Stadt zittert, der See braust, die Glocken läuten Sturm.«

In Wahrheit spazierte er eher unauffällig übers Lankower Pflaster, von niemandem bemerkt. Gehorsam blieb er vor der roten Ampel stehen und wartete auf das grüne Männchen.

»Wissen Sie, ob Walter Strobele noch lebt?« fragte er eine Frau, die mit ihm bei Grün über die Straße wollte.

Kaum gestellt, wußte er die Antwort, die er auf diese Frage erwartete: Strobele haben sie in den Tagen der Wende zu Grabe getragen. Der Fall wäre abgeschlossen. Butkus könnte in der »Westphalschen Gaststätte«, heute »Lindengarten«, ein Bier trinken, den Genossen, die dort an der Wand hingen und von hundertjährigen Gewerkschaftstreffen, einem Parteitag der KPD im Jahre 1929 und einem mecklenburgischen Volkskongreß gegen Faschismus im Jahre 1931 berichteten, freundlich zunicken, danach ins Zentrum der Stadt wandern, zu Mittag essen, im Schloßpark einen Verdauungsspaziergang unternehmen und anschließend verstohlen durch die Fenster am Demmlerplatz blicken. Kein dramatischer Auftritt, kein Menschenauflauf, kein Lärchenknüppel, der auf Schreibtischen tanzte. Es ging nur einer still vorbei, der hier einmal zu tun gehabt hatte.

»Ich kenne keinen Strobele«, antwortete die Frau.

Wie das? Der verdiente Kämpfer für Frieden und Sozialismus, der hochdekorierte Walter Strobele, der Stunden nach Mitternacht noch seine verantwortungsvolle Aufgabe erfüllte, die Akte aufschlug, um ihm vorzulesen, was der Arbeiter- und Bauernstaat an dem Bürger Butkus auszusetzen hatte, dieser Mann war in Lankow unbekannt!

Er zwang sich nun doch in die Artur-Becker-Straße zu dem fünfstöckigen Bau mit der blauen Balkonverkleidung. Ein gewisser Schifferdecker fühlte sich dort zu Hause. Darf man klingeln und sagen: Ich habe hier vor zweiundzwanzig Jahren gewohnt, würden Sie mir gestatten, einen Blick in unser Schlafzimmer zu werfen? Dort schlief Eva, wenn sie schlief, nackt bis zu den Haarspitzen. Drüben Claudias Zimmer. Das Petermännchen, der alte Schweriner Schloßgeist, begleitete das Kind zur Nachtruhe. Jetzt ab ins Körbchen, alle guten Menschen schlafen schon!

Nach dem Ende des Fernsehprogramms verschwand Eva im Bad, um sich hübsch zu machen. Hans Butkus trat auf den Balkon und rauchte die letzte Zigarette.

Um halb zwölf klingelte es an der Tür. Warum immer nachts?

Zahnbürste und das Übliche. Eva steht splitternackt im Bad. Rasierzeug, Handtuch, Zahnbürste, wie gesagt, das Übliche.

Das muß ein Irrtum sein! schreit sie. Eva wirft den Bademantel über ihren nackten Körper und tritt den beiden entgegen.

Jeder Irrtum ist ausgeschlossen.

Aber er kommt bald wieder! sagt sie oder fragt sie.

Der Mann, von dem sich später herausstellen sollte, daß er das Schwarze Meer bei Warna gut kannte, nickt zuversichtlich.

Das Kind hat einen festen Schlaf. Petermännchen fährt mit ihm um den Schweriner See. Jetzt nur nicht wecken, nicht in dieser Stunde. In zweiundzwanzig Jahren ungefähr, an einem Sonntag im Januar, wirst du deine Tochter wiedersehen.

Hast du in jener Nacht wirklich nichts gehört? wird er Claudia fragen. Oder hast du dir vor Angst die Ohren zugehalten? Es vollzog sich in der Tat sehr lautlos, nur Evas Stimme klang ein wenig gereizt. Danach zweihundert Meter zu Fuß. An den Lankower Linden vorbei, die schon erwachsen waren und wohl begriffen, was vorging. Für dreißig Sekunden überkam ihn die alberne Vorstellung, in einer Stunde wieder zu Hause zu sein. Der Irrtum klärt sich auf, ein Wagen bringt ihn vom Demmlerplatz zurück in die Wohnung. Eva geht noch einmal ins Bad und macht sich hübsch.

Diese Nächte im März! Es ist ja immer März, wenn Menschen abgeholt werden. Sie wollen schnell eine Sache erledigen, bevor die Nächte kürzer werden und es jeder sehen kann. Ein kalter März ohne Schnee, dazu windige Luft, die Fänger sprachen über die sonnige Schwarzmeerküste. An den Mauern der Neubaustelle Lankow, zweiter Bauabschnitt, prangte, angestrahlt von Scheinwerfern, die Parole:

»Der Sozialismus macht die Städte unserer Republik schöner, jünger und wohnlicher.«

An der gleichen Stelle flatterte jetzt ein Wahlplakat der PDS, das ein Spaßvogel mit dem Zusatz bemalt hatte:

»Stellt euch vor, es ist Sozialismus, und keiner läuft weg.«

Mitten in der Nacht war Strobele noch auf Posten, der Rastlose, Pflichtbewußte, denn vorzugsweise in den Nächten sind die antisozialistischen Elemente unterwegs, spuken die Geister des Klassenfeindes; auch die Konterrevolution kommt üblicherweise nachts. Da gilt es, wachsam zu sein, dem Feind mit operativen Vorgängen den Weg zu verlegen. Also, wen haben wir denn da?

————————

»In den vergangenen Jahrzehnten hat Schwerin die revolutionärste Wandlung seiner Geschichte durchgemacht, die Entwicklung von einer der politisch zurückgebliebensten Städte zu einem Zentrum des politischen Lebens.«

Das las er auf der Rückseite des Stadtplans. Männer wie Strobele hatten zu dieser Entwicklung an hervorragender Stelle beigetragen. Schwerin marschierte nun mit an der Spitze.

Über den Lehmkuhlschen Bauernhof ratterte die Straßenbahn Linie zwei.

Du büst jo 'n hellschen nägenklauken Proppentrecker, sagte Lieschen Lehmkuhl, wenn Hänschen ihr begegnete. Dünn wie ein Korkenzieher war er wohl in den ersten Monaten jenes furchtbaren Jahres. Das gab sich erst, als sie die guten Lankower Kartoffeln einfuhren und aus Wismar grüne Heringe auf den Tisch kamen.

Wer kam in jenem denkwürdigen Mai auf die Idee, die Pferde anzuschirren, den Acker aufzubrechen und Pflanzkartoffeln einzulegen? Auch in Unglücksjahren gehen gewisse Dinge ihren gewohnten Gang, grasen Kühe auf Butterblumenwiesen, jubilieren Lerchen, gaukeln Boddervagels von Blüte zu Blüte, gackern die Lehmkuhlschen Hühner, und die Saatkartoffeln keimen in der braunen Erde. Der Herbst belohnte mit einer reichen Ernte. Die Bäuerin Lehmkuhl wurde für die prompte Ablieferung von zweihundertfünfzig Doppelzentnern Kartoffeln der Marke »Voran« vom sowjetischen Oberst Michailow in deutscher Sprache persönlich belobigt. Zu jener Zeit stand allerdings schon ein auffallend mächtiges Schild an der Gadebuscher Straße: »Junkerland in Bauernhand! Rottet dieses Unkraut aus!« Der Lehmkuhlsche Hof war zwar der größte in Lankow, Lieschen dachte aber, das Schild sei nicht für sie bestimmt, sie wußte auch nichts Rechtes mit dem Wort Junker anzufangen, jedenfalls kam es in ihrem Platt nicht vor.

Nach der Ernte durften die Flüchtlinge auf den Kartoffelacker. Sie hausten in der Ziegelei, in Lehmkuhls Baracke, einige kamen aus der Stadt, wo sie im Marstall Aufnahme gefunden hatten. Es sind sogar Flüchtlinge um den See gelaufen, die vom großen Lager Bad Kleinen rechtzeitig zum Kartoffelstoppeln in Lankow sein wollten.

Hänschen stoppelte einen Sack ungefähr dreiviertel voll. Es waren ja meistens kleine Schweinskartoffeln, aber sie reichten einen Monat. Während er stoppelte, zogen auf der Chaussee sonderbare Gestalten west- oder ostwärts. Er erinnerte sich eines Mannes mit lahmem Bein, der um eine Kartoffel bat und hineinbiß wie in einen Apfel. Später erfuhr er, daß die Franzosen die Kartoffeln Erdäpfel nennen, der Lahme wird also in Frankreich zu Hause gewesen sein. Damals spazierten ja die merkwürdigsten Völker auf den Landstraßen, vor allem Ukrainer, Italiener, Russen und Franzosen, von den Deutschen gar nicht zu reden, die besonders gut zu Fuß sein mußten.

Die Lankower Kartoffeln waren die erste angenehme Erinnerung an diese Gegend. Rechter Hand ging es hinab zum See, über

Lehmkuhls Hof holterdiepolter hügelabwärts an Eschen und Erlen vorbei zur Badestelle. Wenn sie in schwarzen Turnhosen zum Hundepaddeln in den See sprangen, gab es keinen Unterschied zwischen Flüchtlingskindern und Einheimischen. Im heißen Sommer 47 ging sogar die Rote Armee zu Wasser. Im Pulk rückten die Soldaten an, die Kinder versteckten sich im Röhricht und lauschten dem Gesang, ein Donkosakenchor im Wasser. Die Köpfe der Sänger trieben wie abgeschnittene Steckrüben auf dem See, der Vorsänger jubelte mit heller Stimme, die anderen gurgelten. Schwäne und Enten nahmen Reißaus.

Als Mutter zum erstenmal den Lankower See mit seiner hügeligen Umgebung sah, fiel ihr ein, daß diese Gegend stark masurisch sei.

Das hat sich Lieschen Lehmkuhl auch nicht träumen lassen, daß der größte Hof des Dorfes eingeebnet werden mußte. Ungefähr auf der Höhe der »Lankower Bierstuben« stand die Flüchtlingsbaracke, die zum Hof gehörte. Bis April 45 beherbergte sie Kriegsgefangene, die in Görries Torf stachen oder in der Ziegelei arbeiteten. Danach gehörte das Holzhaus mit den kleinen Fenstern den Flüchtlingen.

Wi Mäkelbörger laten uns nich ünnerkriegen, sagte die Bäuerin, als die Flüchtlinge ihren Hof überschwemmten und sie die ersten Friedenskartoffeln pflanzte. Zu jener Zeit ließ sich das leicht sagen, denn es fuhren englische und amerikanische Soldaten um den Schweriner See spazieren. Aus Gründen, die die Schweriner bis heute nicht begriffen haben, verließen sie bald die schöne Gegend, und es kam, rechtzeitig vor der Kartoffelernte, der Oberst Michailow mit seinen Leuten. Die nannte die Bäuerin »Takeltüüch«, später, als einige Flüchtlinge das Klauen anfingen, war das auch die passende Bezeichnung für die aus der Baracke.

Ob Lieschen Lehmkuhl noch lebt? Sie müßte an die neunzig Jahre alt sein. Damals war sie im besten Alter, wie man so sagt, und hatte dem Bauern zwei Söhne geschenkt. Ik bün nich sihr för Dierns, dei sünd mi tau quarrig, Jungs sünd bäder, hatte der Bauer gesagt, und Lieschen hielt sich an diese Vorgabe. Der Älteste war von Größe und Statur wie Hans Butkus und trug sonderbarerweise den gleichen Vornamen, was gelegentlich zu Kuddelmuddel auf Lehmkuhls Hof führte und Ella Butkus darin bestärkte, ihren Sohn Hänschen zu rufen.

Wie der Name schon sagt, kommt die Frau Butkus aus dem Ostpreußischen, sie hat sich vom masurischen Wasser zum mecklenburgischen Wasser begeben, erklärte Lieschen, wenn jemand nach den Flüchtlingen fragte.

Den Vater der Lehmkuhlkinder bekam niemand zu Gesicht. Der hielt sich zu jener Zeit auf, wo deutsche Männer zu sein hatten, in einem Lager nämlich, aber nicht in der Schweriner Gegend, sondern weiter östlich, ein gutes Stück hinter dem masurischen Wasser. Ob er jemals heimgekehrt ist? Hans Butkus erinnerte eine solche Heimkehr, die sicher gebührend mit einem gemästeten Kalb gefeiert worden wäre, nicht. Keine persönliche Erinnerung hatte er auch daran – er erfuhr es als Erwachsener vom Hörensagen –, daß Lieschen Lehmkuhl in dem Sommer, als auf ihrem Acker die ersten Friedenskartoffeln wuchsen, gelegentlich ins Torfmoor flüchten mußte, um den Uniformierten aus dem Wege zu gehen, die auf den Hof kamen, weil sie schon lange keine Frau gehabt hatten. Ella Butkus blieb von solchen Nachstellungen verschont, denn sie war schon fast fünfzig Jahre alt und durch die beschwerliche Reise vom masurischen zum mecklenburgischen Wasser so geschwächt, daß sie leicht als Großmutter durchgehen konnte. Wenn Hans Lehmkuhl und Hänschen Butkus gemeinsam und ziemlich ausgehungert vom Baden heimkehrten, konnte es geschehen, daß der Lehmkuhljunge laut »Mudding« ins Bauernhaus schrie. Darauf schmierte Lieschen jedem ein Schinkenbrot. Dat Äten is noch ümmer dat ierste Hauptstück.

Das Wort »Vadding« ist auf Lehmkuhls Hof nie gefallen, denn die Väter waren damals ausgestorben. Bis April 45 bewirtschaftete sie den Hof mit Gefangenen, danach halfen ihr die Flüchtlinge, unter denen sich alte Männer befanden, die mit Pferden umzugehen wußten. Das »Ünnerkriegen« fing schließlich doch an, bald nach der Kartoffelernte. Der Oberst Michailow war sehr für die Arbeiter- und Bauernmacht, verstand aber unter Bauern nur Landarbeiter und nicht die mecklenburgischen Hofbesitzer. Weil der Lehmkuhlsche Hof einfach zu groß war für eine Frau und zwei kleine Kinder, sollten ein paar Stücke Land enteignet werden. Später brauchten sie Lehmkuhls Land für die Neubausiedlung. Als erstes walzten sie die Flüchtlingsbaracke nieder, und an der Stelle, wo heute die Straßenbahn kurvenfahrend ins Quietschen kommt, mußte der Schweinestall dran glauben. Der Rest ging unter in der LPG Einheit Lankow.

Durchs Dorf bummelnd, sah Butkus, wie sich vor ihm eine Grube auftat, eine Sandkuhle oder ein Steinbruch. Da unten lag, was gewesen war, nicht nur in Lankow, sondern unterwegs, auch in Waldheim, sogar das masurische Wasser kam vor und noch fernere Dinge, die sich vor seinem Leben zugetragen hatten.

Keine Spur von den Weidezäunen, an denen die Schafe sich die Wolle gerissen hatten. Weiße Fäden im Wind zeigten den Wolle sammelnden Flüchtlingskindern an: Hier gibt es warme Strümpfe. Verschwunden der Feldweg, auf dem die Gefangenen unter Bewachung in die Ziegelei marschierten und den Lieschen Lehmkuhl auf der Flucht ins Moor abrannte.

Unsere Mutter ist nicht da, sagten die beiden Geißlein, dodenwitt im Gesicht. Da lief der Wolf zum Müller, um seine Pfote einzuweißen.

Und sie hat sich doch nicht ünnerkriegen lassen.

In der Nähe der »Bierstube« traf er einen alten Mann, der sich beklagte, wie fremd ihm Lankow geworden sei. Die Lankower aus seiner Zeit waren tot oder in den Westen gegangen, und jetzt lebten hier an die achtzehntausend, die keiner kannte. Das Bauerndorf Lankow gehörte als Schlafstelle der Bezirkshauptstadt Schwerin. Oma Lehmkuhl lebte in einem Feierabendheim nach Grevesmühlen raus. »Die hat jahrelang in der Genossenschaft auf ehemals eigenem Land gearbeitet, bis sie das Alter hatte. Ihre Kinder strebten von der Landwirtschaft fort zu Höherem. Hans, der Älteste, besuchte die Offiziersschule ›Karl Liebknecht‹ und ist auf dem besten Wege zum General. Der zweite soll im Ministerium in Berlin arbeiten, aber das ist ein Geheimnis.«

Warum hast du damals nicht an deinen Jugendfreund Hans Lehmkuhl geschrieben? fragte sich Butkus. Lieber Hans, ich bin durch Versehen hinter die Gitter des Demmlerplatzes geraten. Hol mich bitte raus!

»Im Feierabendheim hat Lieschen Lehmkuhl ein zweites Leben gefunden«, sagte der alte Mann. »Dort pflegt sie die mecklenburgische Sprache, erzählt den Kindern Döntjes vom Schimmelreiter, der nachts über den Kirchhof galoppiert, und von den Ünnerirdischen in Wismar. Zu Hochzeiten, runden Geburtstagen und anderen feierlichen Begebenheiten tritt sie auf, um dei Lüd mit Mäkelbörger Vertelles tau'n Lachen tau bringen. Oma Lehmkuhl weiß noch, wie Klabautermänner entstehen: Wenn ein Minsch sik an einen Bom uphängt, geiht de Saft von denn' Minschen in dat Holt rin. Ward dat Holt in ein Schipp verbuucht, entsteiht dorvon dei Klabautermann.«

An den Lankower Linden hat sich niemand aufgehängt. Auf dem Schweriner Bahnhofsplatz hängten sie, drei Stunden vor dem Einmarsch der Amerikaner, eine Lehrerin auf, aber das hat Hänschen nicht gesehen, davon erfuhr er später beim antifaschistischen Unterricht. In Zippendorf könnte sich einer, wenn er es nicht vorzieht, ins Wasser zu gehen, an den stattlichen Bäumen aufhängen, die die Halbinsel am Ende des sichelförmigen Sandstrandes belauben. Dort standen Eichen aus der Germanenzeit und glatte Buchenstämme zum Umarmen. Dazu die schöne Aussicht über den See.

»Die Kunst dem Volke!« Dieses Transparent war unweit der »Lankower Bierstuben« hängen geblieben. In seiner Nähe flatterte von einem Balkon eine DDR-Fahne, aus der Hammer und Zirkel entfernt waren. Durchs runde Loch pfiff der Frühlingswind.

Hans Butkus grüßte die vollbesetzte Straßenbahn, die mitten durch die Stadt nach Süden zum Großen Dreesch fuhr. Er war entschlossen, zu Fuß einzuziehen wie jene Heimkehrer, die 1945 an den Kartoffelfeldern vorbeigekommen waren.

---

Auf dem Weg zum Platz der Freiheit begegneten ihm so großartige Namen wie Schillerstraße und Beethovenstraße und schließlich Friedensstraße. Den Demmlerplatz ließ er rechts liegen, dem fühlte er sich nicht gewachsen. Er hatte auch die innere Gewißheit, das alte Gebäude sei längst niedergebrannt. Dschingis-Khan wird die Fackel geworfen haben. Also geradeaus weiter ins Herz der Stadt, immer den Dom vor Augen. Butkus mischte sich unter die Fußgänger, viele kamen aus dem Westen. Er konnte sie erkennen, sie fielen auf, sie trugen andere Gesichter, vor allem die Frauen. Es trieb ihn zum Wasser, auf die Türme des Schlosses zu. Im Mittelalter soll hier ein Franziskanerkloster gestanden haben. Als Schwerin Residenzstadt wurde, errichteten sie ein Kollegiengebäude, das 1865 ohne Dschingis-Khans Mitwirken niederbrannte und im alten Stil aufgebaut wurde. 1989 gab es keine Flammen. Die Oktoberrevolution stahl sich ohne Blut und Feuer ins Land, mit harmlosen Sprüchen:

>»Ohne Visa bis nach Pisa«
>»Freies Surfen auf der Ostsee«

Ein Wahlplakat verkündete: »Jetzt geht es nicht um Bananen, sondern um die Wurst.«

Vor dem klassischen Bau, der gut in weißer Farbe leuchtete, fand er die Tafel:

»Sozialistische Einheitspartei Deutschlands
Bezirksleitung Schwerin«

Das Gebäude schien unbewohnt. Hatte der Klabautermann, der vom Saft der Erhängten lebte, das Schiff verlassen? In zwei oberen Fenstern sah er Licht, vergessen auszuschalten beim eiligen Aufbruch? Oder wirkte Strobele dort im verborgenen? Er stellte ihn sich beim Sichten alter Akten vor.

Wen haben wir denn da?

Ach, den Fall Butkus.

Eigentlich nur ein unbedeutender Wassertropfen im brausenden Strom dieser Stadt.

War das nicht der, der mit einem Containerschiff durch den Nord-Ostsee-Kanal fahren wollte und dem die Genossen rechtzeitig den Weg verlegten?

Eine Akte Butkus, wenn es sie überhaupt gab, befand sich in den Gewölben des Gebäudes am Demmlerplatz, und das war abgebrannt oder wartete auf Dschingis-Khan.

Er verweilte auf den Stufen des weißen Hauses, beobachtete den Verkehr, der am Schloß vorüberbrandete. Die Sowjetarmee ließ Lastwagen durch die Werderstraße fahren, es stank wie im Sommer 45, als Oberst Michailow Schwerin besetzte.

Er erinnerte sich an merkwürdige Träume in Waldheim. Sie zeigten ihn, wie er mit einer Brandfackel in der Hand dieses Haus betrat. Oder war es das Gebäude am Demmlerplatz? Einmal hier, dann wieder der Demmlerplatz, aber stets gab es Feuer. Er wachte laut schreiend auf, zog sich, obwohl es in Waldheim streng verboten war, die Decke über den Kopf und spürte das Kribbeln in der rechten Hand, zum erstenmal. Nun saß er still auf der Treppe, betrachtete Schloß, Theater, Museum, grüßte das stolze Weib auf der Siegessäule und war ganz ruhig. Wenigstens eine Scheibe müßte er doch einwerfen.

Die Tür war verschlossen. Er stellte sich auf Zehenspitzen, blickte durchs Glas in die Eingangshalle. Jemand huschte an Säulen vorbei, verschwand hinter einer schwarzen Tür. Nicht alle Ratten hatten das sinkende Schiff verlassen. Wo waren die Bilder der Genossen Pieck, Grotewohl, Ulbricht und Honecker geblieben? Seine Fäuste trommelten gegen das Mauerwerk, gegen die Steine, die 1825 herangefahren und nach dem großen Brand neu geschichtet worden waren. Sind sie das einzig Bleibende? Oder doch mehr die Inhalte, die geschrienen Befehle, die Telefongespräche nach Mitternacht, die Ängste, die an diesen Mauern hafteten. Noch immer kondensierte kalter Schweiß an den Innenwänden. Wo hatte die Gestapo ihr Schweriner Hauptquartier? Er wußte es nicht, denn als Hänschen zum erstenmal die Stadt betrat, ging die braune Herrschaft gerade zu Ende. Aber er wollte es herausfinden. Eine Woche hatte er Zeit, nach den schmutzigen Flecken der Stadt zu suchen und sie mit den passenden Namen zu versehen. Am Schlachtermarkt steht die Synagoge. Nein, nein, diese Gegenwart ist schon über fünfzig Jahre Vergangenheit, stand, muß es heißen, hat gestanden.

An einer Bude bestellte er Kaffee. Während er trank, beobachtete er die Passanten auf der Straße. Er kannte keinen, doch kam es ihm vor, als wenn alle ihn kannten.

Wenn er ihn träfe, diesen Strobele, was wäre zu tun? Mit leeren Händen würde er ihm gegenüberstehen. Du kannst doch einen alten Mann nicht mit der Krücke zusammenschlagen, ihn würgen, bis die Luft wegbleibt.

Früher ließ sich das leichter erledigen. Ein Wink an Oberst Michailow: »Holt ihn ab, er ist ein Faschist!« Den Rest besorgte Sibirien. Im März 90 gab es keinen Michailow, an den er sich wenden konnte, Dschingis-Khan war auch schon lange tot. Keine Gestapo, kein KGB, kein Staatssicherheitsdienst nahm sich der Leute wie Strobele an. Ein revolutionärer Wohlfahrtsausschuß, der das Fallbeil mit frischem Blut versorgte, hatte sich noch nicht konstituiert. So unvorstellbar beschaulich verlief diese Revolution, daß die fallende Macht selbst Hand an sich legen mußte, wenn Blut fließen sollte.

»Die Kreisleitung Perleberg teilt mit, daß der Erste Sekretär Gerhard Uhl infolge großen seelischen Drucks durch die gegenwärtigen politischen Ereignisse freiwillig aus dem Leben schied.«

Die heraufziehende Wahl warf ihre Plakate an die Hauswände: »Sieger der Geschichte – ausgesiegt!«

Es interessierte ihn schon, ob Walter Strobele in diesen Tagen noch ruhig schlafen konnte. Mußte er nicht mit dem Aufmarsch derer rechnen, die er nach Waldheim, Bautzen und zu anderen ungastlichen Orten verschickt hatte? Tausende, denen du Arbeit, Wohnung, Frau und Kinder genommen hast, von der Freiheit ganz zu schweigen, sind auf dem Weg nach Schwerin. Wenn alle kommen, gibt es eine Menschenschlange vom Schloß bis nach Zippendorf. Butkus zweifelte nicht daran, daß an Stroboles Händen Blut klebte, metaphorisches Blut.

Aber schon meldete sich ein Gedanke, der Strobele entschuldigte. Der drehte doch auch nur ein kleines Rad im großen Uhrwerk, mußte ausführen, was Gesetze und Partei ihm befahlen. Schuld haben die, die das Uhrwerk in Gang setzten und laufen ließen.

Nein, solche Ausrede nehmen wir nicht an. Strobele hatte Entscheidungsbefugnisse, in seinem Ermessen lag es, das Objekt Butkus als staatsgefährdend oder harmlos einzustufen. Ein Wink von ihm, und die Fänger wären nicht gekommen. Es lag an dir,

Strobele, daß Hans Butkus vor zweiundzwanzig Jahren Eva und das Kind abhanden kamen. Um die erstere war es nicht schade – so sah er es heute. Damals litt er schwer, denn sie bedeutete ihm viel, zeitweise war er süchtig nach dieser Frau. Wissen Sie eigentlich, daß wir gerade unsere ehelichen Pflichten erfüllen wollten, als Ihre Fänger an die Haustür klopften und um Zahnbürste, Seife und Handtuch baten? Auf solche Unebenheiten nimmt der große Schicksalswagen natürlich keine Rücksicht, in den Zuchthauszellen hast du Zeit genug, dir deine Frau zu erträumen.

Was bist du doch für eine schöne Stadt! Fast nichts zerstört in dem mörderischen Krieg, der ein Menschenleben zurücklag. Was hier an Verfall aus den alten Mauern schrie, war nicht den alliierten Bombern oder der sowjetischen Artillerie zuzurechnen, sondern jenen, die die Städte schöner und menschenwürdiger gestalten und ihren Bewohnern ein glückliches Leben verschaffen wollten.

Der See im diesigen Nachmittagslicht. Aus der unbewegten Wasserfläche wuchs das Schloß. Die weißen Punkte daneben Schwäne, die den Winter über geblieben waren, denn es war ein milder Winter. Der graue Streifen am Horizont die Küstenlinie, dort mußte Zippendorf liegen.

Butkus sah jungen Leuten zu, die auf dem Platz vor dem Schloß Plakate klebten. Sie hatten dem alten Sozialismus einen neuen Namen gegeben. Also noch ein Versuch. Ein Menschenleben ist zu kurz, um so viele Experimente zu überstehen, den Nationalsozialismus, den Sowjetsozialismus und nun den neuen, reinen, geläuterten Sozialismus. Das probieren wir doch lieber in einem anderen Leben aus, wenn wir eine Ewigkeit lang Zeit haben. Sie wollen den Sozialismus als Ideal retten. Nur der real existierende Sozialismus habe abgewirtschaftet, sagen sie. Wie jene begeisterten Hitlerjungen, die nach dem Kriege, als sie erwachsen wurden, auch nur zu sagen wußten, daß die Idee des

Nationalsozialismus nicht schlecht gewesen sei, eben nur mangelhaft ausgeführt… Und dann die Schweinerei mit den Juden.

Wie die Stadt vibrierte. Ein leises Zittern lief durch die Straßen, der Grund bebte bei jedem Schritt, auch gaben Türen und Fenster Geräusche von sich, schließlich schrien die Mauern.

Er stand eine Weile auf der Burginsel und versuchte, Zippendorf zu finden, entdeckte aber nur den Fernsehturm. In seinem Schatten lebte Claudia. Auch Strobele blickte zu diesem Bauwerk auf, wenn er am Strand seine Runden humpelte.

Als die Schwäne ihn entdeckten, kamen sie mit kräftigen Stößen ans Ufer und erwarteten Fütterung. Zischelnd watschelten sie hinter ihm her zu den Schiffen der Weißen Flotte, die in der Bucht an der Werderstraße lagen und im Winter grau geworden waren.

Er fragte einen Plakatkleber nach Walter Strobele.

»Wenn Sie den Brigadier im Plastmaschinenwerk meinen, der lebt noch.«

Nein, den meinte er nicht.

Zweiundzwanzig Jahre war Butkus fort gewesen und traf nur fremde Gesichter. Er müßte Claudia anrufen, um ihr seine Ankunft zu melden. Ging aber nicht, weil sie erst zwei Jahre auf der Liste stand und noch kein Telefon besaß. Oder die alte Frau im Feierabendheim besuchen, auf deren Bauernhof in Lankow er viele Jahre gelebt hatte und erwachsen geworden war. Nur mal eine vertraute Stimme hören, weiter nichts.

Butkus war entschlossen, den HO-Laden zu betreten, in dem Eva einst führende Kraft gewesen war, bevor sie mit ihrer Weißen Flotte nach Warnemünde segelte. Dort werden sie ihn erkennen. Ist das nicht Evas erster Mann, der in den Westen wollte, aber tief im Osten landete? Nun kehren die Westgänger heim, um nach dem Rechten zu sehen… Wegen Renovierung geschlossen.

Brötchen und Bockwurst am Stand. Der sie ihm verkaufte, kam aus Winsen an der Luhe und bezeichnete sich als erste Vorhut der Marktwirtschaft in Schwerin. Vom Wurststand aus beobachtete Butkus die Passanten. Einige kamen ihm nun doch bekannt vor, aber er vermochte sie nicht zuzuordnen, fand keine Namen. Alle Kürzel waren gelöscht, nur ein Name stand wie ins Mauerwerk gemeißelt vor ihm: Walter Strobele. Ein W wie eine Berglandschaft, das St wie ein an den Himmel gemalter Kondensstreifen.

Sein Hotel fand er am Bahnhof. Er versuchte, Christa anzurufen, um ihr zu sagen, daß er heil angekommen sei, kam aber nicht durch.

An der Rezeption fragte er nach Zippendorf. Obwohl er den Weg kannte, ließ er ihn sich ausführlich beschreiben. Man könnte auch zu Fuß hinwandern, immer am Seeufer entlang, ein Weg mit schöner Aussicht, sagte die Rezeption.

———

Strobele gräbt den Garten um. Wenn der Frost aus dem Boden kriecht und die Schneeglöckchen blühen wollen, wird es Zeit für den Garten. Im März bricht die Erde und gibt das Begrabene frei: vergessene Kartoffeln aus dem Vorjahr, glasig und süß, erfrorene Dahlienknollen. Den Grünkohl haben die Kaninchen bis auf die kahlen Strünke abgefressen.

Strobele hat sich eine Vorrichtung gebastelt, die ihm das Graben erleichtert, eine Art Stütze für das steife Bein. Nach jeder Reihe streut er Mist in die Furche. Er trägt braune Manchesterhosen, Gummistiefel, eine graue Joppe, keine Kopfbedeckung. Sein Hinterkopf ist ein leuchtender Fleck, auf einer Fläche so groß wie eine Untertasse sind die Haare ausgegangen. Die Brille trägt er auch zur Gartenarbeit, dicke, schwere Gläser, aber das wußten wir schon. Sein steifes Bein... auch das ist bekannt.

Den Kuhmist haben ihm die Genossen von der Tierproduktion noch vor der Wende in den Garten gefahren, eine gewaltige Fuhre, die für mehrere Jahre reicht. Mit dem Mist aus Vor-Wende-Zeiten den Garten des neuen Aufbruchs düngen, nein, ein solches Bild wäre verfehlt. Das Gute am Mist: Er wird mit dem Alter immer besser.

Gibt es auch eine Frau Strobele? Jawohl, sie führt den Hund aus. Sie spaziert den Seeuferweg entlang Richtung Stadt und läßt den schmuddeligen Spitz vorauslaufen. Das Tier scheucht Enten und Bläßhühner auf, nur die Schwäne fürchten sein Kläffen nicht.

»Biene, komm zu Frauchen!«

Der schmuddelige Spitz gehorcht auf der Stelle.

Am Fähranleger Zippendorf bleibt sie stehen, studiert die Tafel über die Geburtsstunde der Schweriner Fahrgastschiffahrt, die sie schon hundertmal gelesen hat.

Der Spitz watet durchs seichte Wasser. Sie betritt den Steg, lehnt sich ans Holz und blickt in die klare Tiefe. Butkus stellte sich vor, wie einer auf der siebzig Meter langen Brücke hinausgeht, immer weiter geht und damit alle Probleme löst. Sie ist groß und schlank, diese Person mit dem Hund. Sie geht aufrecht, nichts hat sie gebeugt, auch nicht das Alter. Zur größten Verwunderung aller, die sie kennen, trägt sie noch blondes Haar wie damals als BDM-Führerin. Was die Haare betrifft, hat sich wenig geändert. In Zippendorf kennt jeder Ingeborg Strobele, die in BDM-Zeiten Weinert hieß und zu den nordischen Gestalten gehörte, die die Gegend um den Schweriner See bevölkerten. Erst nach 1945 stellten Heimatforscher fest, daß ihre Blondheit nicht von germanischen, sondern slawischen Blutströmen herrührte, denn nun durfte wieder gesagt werden, daß Schwerin eine Gründung der Slawen war.

Die Alten wie Lieschen Lehmkuhl, die noch Bilder vom Kaiser im Gedächtnis hatten, wie er per Kutsche den Großherzog im Schloß besuchte, wußten auch, daß Ingeborg Weinert nach der Befreiung an die achtundzwanzigmal vergewaltigt wurde, was sie als gerechte Strafe für ihre BDM-Vergangenheit empfand. Auf diese Weise wurde sie geläutert. Sie hat der Roten Armee die achtundzwanzigmal nie übelgenommen, auch nicht, als ein Arzt ihr Jahre später mitteilte, aufgrund unerklärlicher Vorschädigung ihrer Organe werde sie wohl keine Kinder bekommen. Auch Strobele hätte es um der deutsch-sowjetischen Freundschaft willen verziehen, doch erfuhr er nichts davon. Ingeborg schwieg, und die Alten, die es wußten, schwiegen auch, weil es leicht als antisowjetische Propaganda mißverstanden werden konnte, wenn einer sich öffentlich darüber ausließ, daß eine zwanzigjährige BDM-Führerin achtundzwanzigmal vergewaltigt worden sei. Nebenbei hatte jener Vorfall auch eine gute Seite. Es fand sich ein Offizier, dem das nordische Mädchen mit den blonden Zöpfen gefiel und der dafür sorgte, daß es nicht, wie es einer BDM-Führerin eigentlich zustand, nach Fünfeichen oder in fernere Lager gebracht wurde. Als Strobele heimkehrte – er brachte außer dem lahmen Bein fast nichts mit –, nahm er sich des Mädchens an, verzieh ihm die faschistische Vergangenheit und sorgte dafür, daß Ingeborg Weinert in der Pädagogischen Hochschule Aufnahme fand, wo sie eine Kurzausbildung als Neulehrer erhielt. Ende gut, alles gut. Nach Abschluß ihrer Ausbildung nahm Strobele sie unter den Augen des väterlich dreinblickenden Wilhelm Pieck zur Ehefrau. Es war übrigens die erste sozialistische Eheschließung, die in einem volkseigenen Betrieb Schwerins begangen wurde, ein Fest der wahren Lebensfreude. Ingeborg Weinert trug ein graues Kostüm und im Arm einen Strauß roter Nelken. Die Schulkinder nannten die Neulehrerin Anna Pauka, was völlig danebenlag, denn die gutaussehende Ingeborg hatte mit jenem rumänischen Mannweib, das bis zur Ungnade Außenminister war, so wenig gemeinsam wie die weißen Schwäne des Schweriner Sees mit einer Wasserratte. Nur stechend grüne Augen verrieten, daß in der nordischen Landschaft durchaus Vulkane ausbrechen konnten.

An diesem Nachmittag wanderte sie unter den kahlen Uferbäumen bis zur Jugendherberge Kurt Bürger.

»Biene, laß die Möwen in Ruhe!«

Das schmuddelige Tier war das vierte seiner Art, das ihr Leben begleitete. Drei lagen im Garten vergraben, wo der Mist aus der Zeit vor der Wende seine Fruchtbarkeit verbreitete.

Während Strobele den Garten umgrub und erfrorene Kartoffeln sammelte, hielt fünfzig Schritte entfernt, direkt vor dem Kinderheim am Bornberg, ein fremdes Auto, ein Westwagen, wie Strobele sofort erkannte. Es kamen nun häufiger Besucher, meistens westliche Wahlhelfer, die ihren zurückgebliebenen Parteifreunden im Osten zeigen wollten, wie es gemacht wird. Er sah einen Mann aus dem Auto steigen und sich umschauen. Zum Hang blickte er hinauf, dann über den See. Er schlenderte zum Wasser, ging in die Hocke, prüfte mit der Hand die Wassertemperatur. Anschließend bewunderte er die Malerei in den Fenstern des Kinderheims, die Sonnen- und Mondgesichter, den Kasper und den Brummbär.

Strobele rechnete damit, daß der Fremde an seinen Gartenzaun treten und Fragen stellen werde. Die aus dem Westen stellten doch pausenlos Fragen nach Personen und Ereignissen, vor allem nach dem richtigen Weg. Doch der Mann schritt wortlos vorüber. Strobele, wie immer gut aufgelegt, ein Mensch der Kommunikation, rief ein heiteres »Guten Tag« über den Zaun, hörte aber keine Antwort. An der Gartenpforte stehend, sah er dem Fremden nach, wie er zügig ausschreitend im diffusen Licht unterging. Den hatte er noch nie gesehen.

Eine Viertelstunde später kehrte seine Frau heim und sagte, ihr sei zwischen Fähranleger und Jugendherberge einer begegnet, der nach Walter Strobele gefragt habe. Vorsichtshalber habe sie erklärt, einen Menschen dieses Namens nicht zu kennen. Der Mann habe sich bedankt und sei gegangen.

»Du brauchst mich nicht zu verleugnen«, bemerkte Strobele. »Ich habe mir nichts vorzuwerfen, jeder kann kommen!«

»Man weiß nie, was solche Leute vorhaben«, erwiderte die

Frau. Sie säuberte den Hund, trocknete ihn unter einem Fön, während Strobele aus dem Haus ging, wie absichtslos zum Westauto schlenderte und das Kennzeichen notierte.

»Der ist aus Hamburg«, sagte er, als er wieder im Hause war. »Kennen wir jemand aus Hamburg?«

Ingeborg Strobele schüttelte den Kopf.

»Ich bin noch nie in Hamburg gewesen, obwohl es nur hundertfünfzig Kilometer entfernt liegt.«

Kaum ausgesprochen, fiel ihr ein, daß die Aussage nicht ganz stimmte. Am 20. April 1944 hatte sie mit vielen deutschen Jungen und deutschen Mädeln, auf einer Rasenfläche in Hamburg stehend, dem Führer ewige Treue geschworen. Aber das war aus ihrem anderen Leben.

———————

Warneke, fünfter Stock. Der Name schmerzte.

Sie wohnte wirklich in bedrohlicher Nähe des Fernsehturms. Wenn der fällt, schlägt er deine Tochter tot, dachte Butkus. Neben dem Turm ein doppelt so hoher Sendemast, rot-weiß gestrichen. In den Halteseilen pfiff der Westwind. Der Genosse Lenin grüßte hinauf in den fünften Stock. Er stand an der Allee, die seinen Namen trug, Ecke Plater Straße, hatte die Hände in den Manteltaschen und blickte am grauen Turm vorbei westwärts. Claudias Balkon kehrte er den Rücken zu.

Plötzlich stand da unangemeldet ein Vater in der Tür. Und wieder wollte sich keine Herzlichkeit einstellen, kein Umarmen, nur ein schüchterner Händedruck. Wie eine Betonwand lag die Zeit zwischen ihnen, die verlorene Zeit.

Eine schöne Wohnung. Vor allem die Aussicht. Vom Balkon aus zeigte sie ihm Zippendorf und den See, rechts standen der Turm, der Sendemast und der Vater der Revolution. Die Abendsonne hatte den Fernsehturm erreicht und warf seinen Schatten auf den Balkon.

Unten ratterte eine Straßenbahn vorbei.

»Fährt die nach Lankow?«

»Ja, das ist die Linie zwei.«

»Als kleines Kind bist du oft Straßenbahn gefahren, weil wir noch kein Auto hatten. Mit dem Kinderwagen in die Straßenbahn. Kaum ruckte die Bahn an, hörte Claudia auf zu weinen.«

Er hatte sie beim Heftekorrigieren gestört. Auf dem Schreibtisch lagen alte Bücher, die noch nichts verlernt hatten. Ein Lesebuch. Eine Anleitung zum »Unterricht in den unteren Klassen«, herausgegeben von der Akademie der Pädagogischen Wissenschaften der Deutschen Demokratischen Republik. Dazu die Klassiker, Goethe zum Beispiel, eine unverfängliche Größe. »In die Ecke, alter Besen…«

Auf Claudias Tisch stapelten sich mit schwarzer und roter Tusche gemalte Hexenmeister und Zauberlehrlinge, dazu struppige Besen, die führerlos durch die Lüfte sausten. Sie glichen den V-2-Raketen, die Hänschen malte, als es in Angerburg noch eine Schule gab. Unten am Bildrand brannte London.

»Bist du allein gekommen?« fragte Claudia.

»Was ich hier zu tun habe, muß ich allein erledigen.«

»Ich habe mich nach Strobele erkundigt«, sagte sie. »Früher war er am Demmlerplatz tätig, jetzt lebt er zurückgezogen mit seiner Frau am See.«

»Vor einer halben Stunde ging ich an seinem Haus vorüber«, sagte Butkus. »Stell dir vor, er gräbt seinen Garten um.«

Claudia setzte Kaffee auf, nahm Gebäck aus einer Dose, brachte Tassen und Untertassen auf den Tisch. Er stand am Fenster und sah zu.

Sonderbar war das schon. Da kommt ein Mann, den niemand kennt, und behauptet, ein Vater zu sein. Männerbesuch bei der Lehrerin Warneke, sogar mit Westauto.

»Hast du keine Erinnerungen mehr an mich?« fragte er.

»Doch, doch!« rief sie aus der Küche. »Du hast mir das Radfahren beigebracht auf der alten Lankower Dorfstraße.«

Radfahren also, weiter nichts.

»Hast du Bilder aus deiner Kinderzeit?« wollte er wissen.

Sie schwieg. Also keine Bilder.

»Wer ist das?« fragte er und zeigte auf ein Foto an der Wand.

»Meine Schwester Kathrin bei der Jugendweihe.«

Drei Schwestern und keine Ähnlichkeit. Birgit war ein Abbild von Christa, diese Kathrin glich offenbar dem kürzlich verstorbenen Seeoffizier Warneke, und Claudia war Eva. Die schlanken Beine, die langen braunen Hände, das kurze Haar. Wie Eva. Sie ist die hübscheste der drei Schwestern, dachte er.

»Weißt du eigentlich, daß wir dich kirchlich taufen ließen?«

Nein, das wußte sie nicht.

»Die masurische Oma wollte es unbedingt. Die kam aus einer Gegend, da mußte es so sein. Wir haben ihr den Gefallen getan, aber die Genossen sahen es nicht gern. Taufe war ihnen ein Rückfall in altbürgerliche Konventionen.«

»Kathrin wurde nicht getauft«, erklärte Claudia. »Für sie gab es das Fest der Namensweihe, an dem die Eltern sich verpflichteten, ihr Kind im Geiste des Sozialismus zu erziehen.«

»An deine masurische Oma kannst du dich bestimmt besser erinnern als an mich. Die hat dir alte Küchenlieder vorgesungen, Märchen erzählt und den Struwwelpeter vorgelesen. Weißt du noch:

> ›Claudinchen war allein zu Haus,
> die Eltern gingen beide aus…‹

Nein, allein bist du nie gewesen. Wenn deine Mutter und ich ausgingen, war die masurische Oma bei dir.«

Auf dem Schränkchen neben ihrem Bett entdeckte er das Foto

eines jungen Mannes. Na, das wäre auch ein Wunder. Achtundzwanzig Jahre alt und so hübsch, wie sie aussieht. Als Eva achtundzwanzig wurde, hatte sie schon eine siebenjährige Tochter und wurde gerade geschieden.

»Wenn Väter älter werden, wünschen sie sich Enkelkinder«, sagte Butkus und tippte auf das Bild.

Ihr schoß die Röte ins Gesicht, sie eilte in die Küche, um den Kaffee zu holen.

»Ich kann dir ein Bild von Mama zeigen, wenn du wissen willst, wie sie heute aussieht!«

»Nein, lieber nicht.«

Claudia schenkte Kaffee ein. Auf dem Tisch stand ein bunter Wimpel.

»Der ist von meiner Gruppe«, sagte sie. »Ich bin nämlich auch Pionierleiterin.«

Auch das noch!

Butkus klammerte sich an die heiße Kaffeetasse, starrte ins Bücherregal hinter ihrem Rücken, entdeckte dort Rosa Luxemburg und wollte die junge Lehrerin sogleich einer Prüfung unterziehen. Er fragte nach dem Luxemburgischen Satz von der Freiheit der Andersdenkenden. Den kannte sie natürlich, die ganze DDR kannte diesen großartigen Satz, der sich anwenden ließ auf kommunistische Postangestellte, die in der BRD keine Beamten werden durften, weil sie anders dachten. Das Erstaunen war groß, als der Satz auch auf einem Transparent in der DDR auftauchte, und das sogar anläßlich des Gedenkmarsches für Karl Liebknecht und Rosa Luxemburg.

»Du hast also Strobele gefunden«, sagte sie. »Was willst du tun?«

Er zuckte die Schultern. »Ich muß ihm wohl helfen, den Garten umzugraben.«

»Hat er dich erkannt?«

Butkus schüttelte den Kopf. »Der hatte mit so vielen zu tun, unmöglich, sich an jeden zu erinnern. Nur ich kenne ihn, auf hundert Metern in der Dunkelheit würde ich den Mann mit der Krücke erkennen.«

Butkus hielt die Hände in den aufsteigenden Kaffeedampf.

Neben der Luxemburg entdeckte er eine Plakette der FDJ.

»Die Truppe kenne ich auch«, sagte er und zeigte auf den blauen Fleck mit dem gelb-schwarzen Schild und der aufgehenden Sonne. Oder war es Sonnenuntergang?

»Pfingsten 1950 bin ich mit der FDJ-Fahne durch Schwerin marschiert. Abfahrt zum Deutschlandtreffen in Berlin, an die hundertfünfzig Jungen und Mädchen in Güterwagen. Unsere Losung lautete:

›Für Frieden, Einheit, nationale Unabhängigkeit und ein besseres Leben.‹«

Er erzählte von einem Pionierlager bei Frankfurt (Oder), von Gesängen, Nachtmärschen und Gelöbnissen am lodernden Feuer, und plötzlich hatten sie das Gefühl, sich näherzukommen.

»Eigentlich gehörst du zu uns«, sagte Claudia und rührte in ihrem Kaffee. »Was hast du diesem Strobele vorzuwerfen?«

»Hat deine Mutter dir nichts davon erzählt?«

»Mama sagte nur, du bist in den Westen getürmt und hast uns allein gelassen.«

Butkus ließ den Löffel in den Kaffee fallen, so daß es eine kleine Fontäne gab.

»Und daß du gegen den Sozialismus warst und es so kommen mußte.«

Er blickte hilfesuchend auf zu Rosa Luxemburg.

Eva, diese Frau, dieses verdammte Weib, hatte auch das Kind belogen!

Er bemühte sich, ruhig und gelassen zu sprechen, als er sagte, daß Strobele ihn ins Zuchthaus Waldheim gebracht habe.

»Du warst in Waldheim?!«

»Ja, dein Vater war ein Zuchthäusler. Aber noch schlimmer wog, daß ich euch damals verloren habe.«

»Aber warum nur? Du warst doch einer von uns. Was konkret hast du angestellt?«

Butkus starrte in den Kaffee.

»Das ist eine lange Geschichte. Viele Kleinigkeiten türmten sich zu einem Berg, und der hieß Waldheim. Strobele hatte sich in etwas verrannt, das er Spionage, Hetze und versuchte Republikflucht nannte. Wenn die Maschine einmal läuft, kann sie nicht mehr rückwärts fahren, dann muß ein positives Ergebnis herauskommen, und das hieß Waldheim.«

»War Mama traurig, als sie dich abholten?«

»Sie schimpfte mit den Kerlen, weil sie mitten in der Nacht kamen.«

»Und ich, wo war ich?«

»Du schliefst im Kinderbettchen.«

»Morgens sagte Mama, du hättest eine längere Reise angetreten, dein Betrieb habe dich zu einer dringenden Arbeit in die Volksrepublik Polen geschickt.«

Das war schon wieder gelogen.

Butkus blickte aus dem Fenster. Die Sonne war untergegangen, der Sendemast zeigte in den rötlichen Abendhimmel. In der Tiefe ratterten Straßenbahnen.

»Es gibt noch vieles, was du mir erzählen mußt«, sagte Claudia. »Du warst doch dabei, als die Sowjetarmee 1945 Schwerin befreite. Wo überhaupt kamst du her? Warum ist deine Mutter mit dir von Polen nach Schwerin geflüchtet? Von meinem Großvater weiß ich überhaupt nichts.«

Da war sie wieder, die tiefe Grube, Lehmkuhls Sandkuhle oder ein Steinbruch. Ein ganzes Jahrhundert verschüttet, nun mußte er es ausgraben und zur Besichtigung freigeben.

»Was deinen Großvater angeht«, sagte er leise, »der war ein

richtiger Arbeiter, der fuhr mit Lokomotiven der Deutschen Reichsbahn und kam 1944 bei einem Eisenbahnunglück ums Leben. In der DDR wäre er zum ›Verdienten Eisenbahner‹ befördert worden, wenn sie nicht auch etwas gefunden hätten, um ihn nach Waldheim zu schicken.«

Claudia zeigte aus dem Fenster. »Hier war früher der Exerzierplatz Großer Dreesch, und drüben« – sie meinte die Wälder hinter dem Fernsehturm – »errichteten die Faschisten das Kriegsgefangenenlager Stalag II E. Fünfzehn Jahre nach dem Krieg fanden unsere Bauschaffenden in der Nähe des Lagers Massengräber mit vielen tausend Toten.«

Sie erklärte den Verlauf des Störkanals, der im Süden den Schweriner See verläßt und über Elde und Elbe zum offenen Meer strebt.

»Dort schoß eine SS-Einheit kurz vor Kriegsende eine Kolonne von Häftlingen aus dem KZ Sachsenhausen zusammen: einundsiebzig Tote.«

Sie sprach mit erhobener Stimme. Wie eine Lehrerin, dachte er. Es mißfiel ihm. Nicht, was sie erzählte, sondern wie sie es erzählte. Als wolle sie etwas beweisen, eine Demonstration vor ihrem Vater. Siehst du, das ist hier passiert! Was hatte Hans Butkus mit Stalag II E und dem Todesmarsch der Häftlinge von Sachsenhausen zu schaffen?

»Fährst du heute zurück nach Hamburg?« wollte sie wissen.

Er schüttelte den Kopf.

»Dann werde ich eine Liege in der Küche aufstellen, damit du bei mir übernachten kannst.«

Als er sagte, daß er ein Zimmer im Hotel am Bahnhof habe, schien sie erleichtert zu sein. Er war zwar der Vater, aber doch ein Fremder, und bestimmt gab es Nachbarn, die es registrierten, wenn bei der Lehrerin Warneke ein Mann aus dem Westen übernachtete.

Butkus lud sie zum Essen ins Turmcafé des Fernsehturms ein.

»Geht nicht, das ist heute geschlossen«, sagte sie.

»Dann morgen abend im Restaurant meines Hotels.«

Er wird einen Tisch reservieren, und beim Essen wird er ihr alles erzählen von der masurischen Oma und dem Eisenbahner Karl Butkus, vom Einzug der Roten Armee in Schwerin und vielleicht, wenn er genug getrunken hat, von Waldheim.

»Gehst du morgen zu Strobele?«

»Ich weiß nicht. Manchmal denke ich, er müßte im See ertränkt werden. Dann kommen Augenblicke, da scheint es mir nicht der Mühe wert, mit ihm zu reden. Laß den Kerl in Ruhe, denke ich, es gibt Wichtigeres als Strobele.«

Er erzählte ihr von seinen Waldheimer Träumen, von Dschingis-Khan, der über den Schweriner See ritt, das Schloß anzündete, die Gefängnistore öffnete. Hans Butkus mußte durch die Stadt reiten, um Kreuze an bestimmte Türen zu zeichnen, aber er brachte nur ein einziges Kreuz zustande...

Claudia lachte. »So ein Vater bist du. Na ja, wenn einer lange Zeit unschuldig im Zuchthaus gesessen hat, darf er so träumen.«

Sie begleitete ihn zum Auto.

»Gibt es bei euch eine Auskunftsstelle für Übersiedler?« fragte sie. »In letzter Zeit sind so viele in den Westen gegangen, über Ungarn, die Prager Botschaft und Warschau. Die müssen doch irgendwo registriert sein.«

»Suchst du jemand?«

Sie nickte.

»Die meisten kamen ins Lager Gießen, dort müßte man anfragen. Oder gib mir die Adresse mit, ich werde von Hamburg aus nachforschen.«

»So wichtig ist es nicht«, winkte sie ab. »Es ist nur sonderbar, daß von einigen, die weggegangen sind, bis heute jedes Lebenszeichen fehlt.«

Butkus dachte an die blaue Donau, die zwischen Hainburg und Preßburg vorübergehend ein Grenzfluß ist. Von dort meldeten die

Agenturen im Spätsommer 89, daß an die fünfzehn DDR-Bürger, die über die Donau nach Österreich fliehen wollten, im vielbesungenen Strom untergegangen waren. Statt nach Gießen kamen sie ins Schwarze Meer.

»Wenn du zu Strobele gehst«, sagte sie, als Butkus schon im Auto saß und mit dem Schlüssel hantierte, »wenn du zu Strobele gehst, bitte ich dich, keine unbedachten Handlungen zu begehen, Vater. Es ist so lange her, und Gewalt macht nichts besser.«

Er versprach es.

Als er die Tür zuschlug, begriff er, daß sie zum erstenmal Vater gesagt hatte.

---

Im Gemeinschaftsraum des Feierabendheims saßen die Alten vor dem Fernsehgerät, schon ein Westmodell, das Geschenk eines Sohnes aus dem Hannoverschen.

Lieschen Lehmkuhl strickte schwarze Handschuhe, während sie im Apparat Bilder vom Wahlkampf zeigten: den westlichen Kanzler in Dresden, den Altkanzler in Rostock, leere Bungalows in Wandlitz.

»Nun ist der Herr Kohl durch die DDR gefahren und hat gesehen, daß Scheunen und Ställe wohlgefüllt und die Felder gut bestellt sind, nun wird er uns wohl nehmen«, sagte Lieschen Lehmkuhl.

Die Heimleiterin kam, um auszurichten, daß ein junger Mann sie besuchen wolle.

»Na, so jung is dei jung' Kierl doch gor nich«, sagte sie, als sie Butkus in der Tür stehen sah.

Im Fernsehen zählten sie die Jahre wie Lieschen Lehmkuhl die Maschen der schwarzen Handschuhe. Vor achtunddreißig Jahren hörte das Land Mecklenburg auf zu bestehen, der Name verzog sich in die Chroniken, dei schwarte Ossenkopp mit Krone und

Hörnern war nur noch auf alten Briefmarken zu besichtigen. Vor siebenundfünfzig Jahren die letzte freie Wahl, auch im März. Damals hatte sie die Arbeitsgemeinschaft Nationale Mecklenburger angekreuzt. Als Hans Butkus geboren wurde, gab es keine freien Wahlen mehr, nur noch offene Akklamationen des Volkswillens. Austritt aus dem Völkerbund: 95%, Remilitarisierung des Rheinlandes: 99%. Wollt ihr den totalen Krieg?: 100%. Middenmang fand dann noch eine halbwegs freie Wahl statt, das muß ungefähr im Herbst 46 gewesen sein, als auf Lehmkuhls Bauernhof gerade wieder Kartoffeln geerntet wurden. Die Bäuerin gab damals der Liberaldemokratischen Partei ihre Stimme, aber den Kommunisten jagte die Wahl einen solchen Schrecken ein, dat sei dat Avstimmen leiwer sülfst makten. Wat einer hett, dat hett hei, un so is dat bläben.

»Erinnern Sie sich noch an den Namen Butkus?«

»De Flüchtlingsfru von dat masurische Wader? Nee so wat!«

»Ich lebte mit meiner Mutter viele Jahre in der Flüchtlingsbaracke auf Ihrem Hof.«

»Di kenn ik, du büst ümmer achter mien Häuhner lopen. Wenn du ein Ei funnen hest, hest du dat utdrunken, un wi beid hemm' uns vertüürnt.«

Sie ging mit ihm in den Nebenraum, wo das Fernsehen sie nicht störte und Butkus nur das Klappern der Stricknadeln vernahm. Oma Lehmkuhl meinte, es sei höchste Zeit gewesen, sie zu besuchen, denn im Sommer werde sie schon neunzig und bald nicht mehr anzutreffen sein. Die Tausendjahrfeier von Mecklenburg wird sie wohl nicht mehr erleben, die achthundert Jahre von Schwerin hatte sie noch in bester Erinnerung, damals tanzte sie sogar auf dem Festplatz.

»Bedenk mal, was in der langen Zeit drinsteckte: der Kaiser, der Hindenburg, der Hitler, der Ulbricht, der Honecker und jetzt der Herr Kohl. Das sind schöne deutsche Namen, aber was haben sie in neunzig Jahren angerichtet?«

Sie sprachen über den Bauernhof in Lankow, die Hühner, die manchmal Eier verlegten, und die Baracke, die als erste dran glauben mußte. Kaum waren die Flüchtlinge raus, wurde sie plattgewalzt.

»Nach Lankow brauchst du nicht zu fahren, da ist wenig geblieben, du findest nur hohe Häuser.« Hätte der Lehmkuhlsche Bauernhof im Westen gelegen, wäre Lieschen Millionärin geworden. Soviel Land hergeben für so viele Häuser.

Butkus erinnerte sich nicht daran, auf Lehmkuhls Hof rohe Eier getrunken zu haben, nicht mal mit Zucker verrührt wäre ihm der Glibber über die Lippen gekommen.

»Wie ich erfahren habe, bist du auch nicht gerade zu den Guten geschlagen«, hörte er sie sagen. »Du sollst Frau und Kind sitzengelassen haben und bist in den goldenen Westen gelaufen. Das war nicht nach der alten Art. Sieh mal an, der kleine Flüchtling, hab' ich gedacht. Immer den Hennen nachlaufen, frische Eier austrinken, und dann ab in den Westen. Nun bist du wohl gekommen, um dir die Stätte deiner Schandtaten anzusehen, aber auf Lehmkuhls Hof hat der Fortschritt Wohnhäuser gebaut, und geblieben ist nur eine neunzigjährige Frau im Feierabendheim.«

Sie blickte ihn forschend an.

»Ich denk' mal, du gehörst auch zu denen, die jetzt als Werber durchs Land reisen. Jeden Tag kommt einer nach Schwerin und spricht zum Volk. Vor lauter Reden, Zuhören und Wählen kommen die Leute nicht mehr zur Arbeit. Wenn bloß erst Sonntag ist. Dann werden sie wählen, und danach kommt VEB Stadtreinigung und kehrt die Reste zusammen.«

Am Herrn Kohl gefiel ihr, daß er ein Mann von Gewicht war. So viele Pfunde wie der bringt kein anderer auf die Waage. Der Wilhelm Pieck, den sie im Jahre 49 in Schwerin gesehen hatte, war auch beleibt und gehörte noch zu den Guten in der DDR. Von beträchtlichem Gewicht war auch Ferdinand Grabow. Den kannte Butkus nicht.

»Was, du kennst den Grabow nicht? Als die Flüchtlinge nach Mecklenburg kamen, war Grabow doch noch an der Macht. Drei Wochen vor den Amerikanern marschierte seine braune Uniform noch durch die Stadt. Jedenfalls hatte er es mit den Pfunden, weshalb sie ihn den Schweriner Göring nannten. Später verlor er mächtig. Als ich ihn im Sommer 1945 sah, pfiff ihm schon der Wind durch die Backen. Ich mußte Mariken ein Dutzend Eier geben, damit ihr Mann wieder zu Kräften kam. Der hat auch rohe Eier, mit Zucker verrührt, getrunken. Bei seiner zweiten Reise wird wohl nichts mehr von ihm übriggeblieben sein.«

Den Grabow kannte sie einigermaßen, besser noch seine Frau, die Mariken, die viele Jahre in der Tierproduktion arbeiten mußte und sich mächtig anstellte mit Ausmisten und Kühemelken, denn sie war von der Art, die ihr Leben lang nichts Handfestes geschaffen hatte außer Küche und Garten und sich mächtig ins Zeug legen mußte, um Schritt zu halten mit der neuen Zeit. Naziaktivistin nannte der Brigadier sie, wenn er morgens in den Stall kam und schlecht geschlafen hatte. Dabei war sie weiter nichts als die Ehefrau des Ferdinand Grabow gewesen und hatte nichts zu schaffen mit seiner Partei, sie war nicht mal in der NS-Frauenschaft. Als die LPG einen Hühnerstall für fünfhundert Hennen baute, kam sie in diese Abteilung. Da hatte sie es leichter. Sie schrieb viele persönliche Briefe an Wilhelm Pieck und Walter Ulbricht, einmal ließ sie auch an Josef Stalin schreiben, in kyrillischer Schrift, versteht sich. Sie wollte nur wissen, wie es ihrem Mann ergangen war. Aber alles Schreiben hat nicht geholfen. Keiner antwortete, nicht mal der Pieck, der wie ein guter Mensch aussah und einiges Gewicht hatte. Später kam einer vom Magistrat und sagte: Das Briefeschreiben muß ein Ende haben, sonst gibt es ein böses Erwachen.

Oma Lehmkuhl konnte sich über die neunzig Jahre nicht beklagen, alles in allem hatte sie es gut getroffen. Zwei Kinder großgezogen, die etwas geworden waren und selbst schon Kinder hatten. »Nimm mal dagegen die Grabows, von denen ist keiner geblieben. Zwei Jungs hatten sie, aber die mußten fallen, bevor sie sich fortpflanzen konnten. Den dicken Grabow verschlug es in die Lager, und Mariken ist auch früh davongegangen. So ist die Linie ausgestorben und geblieben nur eine kleine Stadt südlich von Schwerin auf Ludwigslust zu, die heißt auch Grabow. In Grabows Garten haben sie später eine Kiste gefunden, die er vergraben hatte, bevor die Amerikaner einzogen. Sie enthielt alles, was ihm wertvoll gewesen war, auch Papiere und Aufzeichnungen aus seinem Leben, die ins Museum gehörten, damit spätere Generationen erfahren können, wie ein bedeutender Faschist gedacht hat.«

Die Heimleiterin brachte Saft und Kaffee, während die alte Frau das Jahrhundert rückwärts aufrebbelte. Elisabeth Lehmkuhl hatte auf ihrem Schulweg den letzten Großherzog persönlich zu Pferde reiten sehen.

»Wir, Friedrich Franz von Gottes Gnaden Großherzog von Mecklenburg, Fürst zu Wenden, Schwerin und Ratzeburg, auch Graf zu Schwerin, der Lande Rostock und Stargard Herr… und so weiter und so weiter…«

Am 14. November 1918 stieg er vom Pferd.

»Am Sonntag, dem 22. Juni 1930, mittags gegen elf Uhr fünfundvierzig, erschien, von Crivitz kommend, im langsamen Fluge Graf Zeppelin in niedriger Höhe über unserer Stadt.«

Lieschen stand auf der Straße und winkte ihm zu. Zwei Jahre später schwebte Adolf Hitler ein und sprach auf dem Flugplatz Görries vor einer zahlreichen Zuhörerschaft… Am 7. April 1945 griffen alliierte Bomber, von Süden kommend, die mecklenburgische Hauptstadt an. Sie zerstörten den Flughafen Görries und ein Straßenbahndepot.

Nein, ganz schlecht ist es ihr in den neunzig Jahren nicht ergangen. Bis 1932 wählte sie die Nationalen Mecklenburger, jetzt wird sie wohl Herrn Kohl wählen, weil der ein ordentliches Gewicht besitzt. In der Halbzeit ihres Lebens mußte sie ein paarmal ins Torfmoor flüchten, um nicht unter den Mongolen zum Liegen zu kommen, aber sonst hatte sie wenig auszustehen in jenem langen Krieg. Heute strickt sie schwarze Handschuhe und hat noch blanke, lebhafte Augen, ihre Haare sehen aus wie die der Rosa Luxemburg, bevor sie in Berlin umgebracht wurde. Und wenn es ihr langweilig wird, sagt sie plattdütsche Gedichte auf.

»Du hattest doch einen Bruder, was ist aus dem geworden?« fragte sie plötzlich. Oma Lehmkuhl erinnerte sich, daß Gerhard Butkus kurz nach dem Krieg zu Besuch in der Baracke war, aber schnell in den Westen zurückging, weil ihm der Osten nicht geheuer vorkam. »Zwei Tage nach seiner Abreise holten sie deine Mutter zum Verhör. Sie wollten wissen, was der Sohn aus dem Westen in Schwerin zu suchen hatte. ›Eine Mutter besuchen‹ genügte ihnen nicht. Ob er für die Amerikaner arbeite oder für die Engländer, haben sie gefragt, und deine Mutter hat einen mächtigen Schreck bekommen.«

Davon wußte er nichts. Seine Mutter ist Gerhards wegen im Herbst 1947 verhört worden! Großer Gott, schon damals fing es an! Schon damals geriet die Familie Butkus in die verdächtigen Papiere.

»Mein Bruder ist vor zwei Jahren gestorben«, sagte er.

»Schade, er hätte auch noch seine Freude haben können.«

Butkus bot der alten Frau an, mit ihr im Auto durch die Stadt zu fahren. Das alte Lankow wollte er besuchen, einmal um den Lankower See und durchs Torfmoor reisen.

Ja, das möchte sie schon gern unternehmen, morgen oder übermorgen, wenn Kutschenwetter ist. Sie versprach, ihm jene Stellen zu zeigen, wo Schwerin am schönsten ist. Auch zu dem Garten wollte sie fahren, wo Mariken Grabow zwischen blühenden Rosenbüschen spazierengegangen ist, bevor sie sie abholten. »Und nach Friedrichsthal müssen wir, sehen, ob das Schloß noch steht und die Katteiker in den Bäumen springen.« Den Paulsdamm wollte sie abfahren, hin und her, um Außen- und Binnensee zu besichtigen.

––––––––

Abends versuchte er, Christa zu erreichen, kam aber nicht durch. Also schrieb er eine Ansichtskarte, die den Dom zeigte, das Theater und die Gemäldegalerie, darunter deutsche, russische und englische Erklärungen.

»Heute Claudia besucht, sie hat eine hübsche Wohnung mit Blick über den See. Ich hätte Dich doch mitnehmen sollen. Die Stadt ist mir fremd, ich bummele allein durch die Straßen oder sitze im Hotelzimmer. Viel Zeit zum Denken. Überall treffe ich auf die Vergangenheit. Strobele gesehen.«

Vom Hotelfenster aus beobachtete er die Stadt am Abend, das Kommen und Gehen auf dem Bahnhofsplatz, den Autoverkehr in der Wismarschen Straße. Als ein Zug in den Bahnhof einlief, fiel ihm sein Vater ein. Er hörte die Kolbenstöße der Lokomotive, das Zischen des Dampfes aus den Ventilen, das dumpfe Bellen aus dem Schornstein; es erinnerte ihn an vergangene Zeiten, an die Geräusche der Nacht, wenn er in seinem Kinderbett lag und von der anderen Straßenseite der Bahnhofslärm herüberdrang. Vom Pfaffenteich her quoll Nebel in die Gassen, umwaberte die Laternen, stieg an den Fassaden auf und wälzte sich vor den Fenstern.

Er hätte die Postkarte für Christa an der Rezeption abgeben können, aber er dachte, sie selbst zu einem Briefkasten zu tragen. Also machte er sich auf in den Nebel, bog links ab und rechts, ging geradeaus und erschrak, als er den Koloß plötzlich vor sich sah. Ein gewaltiges Haus, ein Denkmal und Kulturgut, aber in keinem Fenster brannte Licht, nicht einmal die Eingangsbeleuchtung war eingeschaltet. Düster wie eine Burgruine, also doch ausgebrannt. Die Revolution ohne Feuer hat den Geist aus diesem Gebäude vertrieben.

Wenigstens in den Bürgerhäusern, die den Demmlerplatz umstanden, war es hell. In ihnen feierten am 8. Mai 1945 die Amerikaner den Sieg. Radio London durfte laut über allen Dächern der Stadt gehört werden, und Ella Butkus stellte damals fest, daß die fremden Soldaten Negerlieder sangen.

Im Schein der Straßenlaternen überquerte er den rechteckigen Platz, traf ein paar Birken, die zu seiner Zeit nicht auf der Grünfläche vor dem Haupteingang gestanden hatten. Er stieg die Treppe hinauf, blieb vor dem Portal stehen und fror im wallenden Nebel. Ohne Frage, dies war der Eingang für die Ehrengäste, Leute wie Butkus hatten den Lieferanteneingang im Hof zu benutzen, wo das Tor mit Brettern verschlagen war und hohe Mauern die Blicke fernhielten. Er umkreiste das verlassene Gebäude, stellte fest, daß die Lieferanten schon lange nicht mehr lieferten, und spürte, als er den bewußten Hintereingang erreichte, das Bedürfnis, das Wasser abzuschlagen. Er näßte das Holz, wartete auf einen lauten Ordnungsruf, aber längst hatte die allseitige, verläßliche Wachsamkeit dieses Haus verlassen.

Traf sich auf dem Demmlerplatz nicht die Jugend Schwerins, um hinter einer FDJ-Fahne herzulaufen? 1950 oder 1951. Eine machtvolle Demonstration für Deutschlands Einheit und ein besseres Leben. Hans Butkus im blauen Hemd dabei.

Du bist doch mit uns marschiert, wird Strobele ihm vorwerfen. Du bist nur ein schäbiger kleiner Opportunist, Hans Butkus. Als der Westen golden wurde, wolltest du rüber, anstatt hier mit Hand anzulegen und den Sozialismus aufzubauen. Wir hätten den schöneren, den besseren, den guten deutschen Staat geschaffen, aber Leute wie du sind uns in den Rücken gefallen.

Kann sein, daß es die »Weltfestspiele der Jugend und Studenten« waren, zu denen sie damals aufbrachen. Dabei hatte er seine erste Begegnung mit Strobele. Der gehörte zwar längst nicht mehr zur Jugend, begleitete aber die Schweriner Delegation und seine Frau, die Studentin war und die Jugend der Welt begrüßen durfte. Eines Nachmittags wurde Hans Butkus von zwei Jungen angesprochen. Einer sagte, er käme aus Stralsund, der andere gab sich als Rostocker zu erkennen. Sie fragten ihn, ob er mitkäme nach drüben. Nur mal kucken. Zu dritt zogen sie los, schafften es gerade bis Kreuzberg, blickten in die Schaufenster und Buchläden, ohne zu kaufen, denn sie besaßen keinen Pfennig kapitalistischen Geldes.

Als sie heimkehrten, erwartete Strobele sie vor dem Zelt.

Wolltet wohl Amizigaretten rauchen, was?

Gab es damals schon die erste Eintragung in die Akte Butkus? Unerlaubter Grenzübertritt aus Anlaß der Weltfestspiele in Berlin. Die nordische Schönheit, die mit ihrer Jungmädelschar vor gar nicht langer Zeit im Alten Garten vor dem Schweriner Schloß gebetet hatte: »Deutschland muß leben, und wenn wir sterben müssen!«, stand mit leuchtenden Augen daneben und erwähnte den sozialistischen Völkerfrühling, der im August in Berlin ausgebrochen war. Schließlich nahm sie Hänschen beiseite und legte ihm fast mütterlich den Arm auf die Schulter. Du darfst dir nicht die Zukunft verbauen. Jungen wie dir steht die Welt offen, in unserem Staat hast du die größten Chancen. Arbeiterkind, Vater im Krieg gefallen, Mutter lebt in ärmlichen Verhältnissen, das ist der Stoff, aus dem unsere Republik erblühen wird... Freundschaft!

Woher wußte sie das?

Damals erblühten Blumen, Städte, Republiken und der sozialistische Völkerfrühling; Ingeborg Strobele übrigens auch, sie war nie wieder so nordisch schön wie in Berlin.

»Vater im Krieg gefallen« stimmte nicht ganz. Bei einem Arbeitsunfall der Eisenbahn ums Leben gekommen. Aber tot ist tot, und Arbeitsunfall ist proletarischer, als im Kriege zu fallen. Damals sah es so aus, als wollte Strobele seine schützende Hand über Butkus halten. Er erkundigte sich nach seinen beruflichen Zielen. Als er hörte, daß er Lehrling im Klement-Gottwald-Werk sei, meinte er, das wäre schon mal ein guter Anfang. Wenn du fertig bist, mußt du weiterstreben. Bei uns kannst du alles werden, Polizist oder Lehrer, du kannst sogar studieren. Unseren Arbeiter- und Bauernkindern mit dem richtigen sozialistischen Bewußtsein steht die Welt offen... Bis auf Berlin-Kreuzberg.

Als Kind in Angerburg-Vorstadt, täglich den Blick aufs masurische Wasser gerichtet, hatte er sich ein Leben auf den Meeren gewünscht als Kapitän oder Klabautermann. Das Klement-Gottwald-Werk hatte insofern mit der Seefahrt zu tun, als es anfangs Maschinen zur Torfgewinnung, später auch hydraulische Ruderanlagen und Schiffswippkräne herstellte. Das also war von seinen Kinderträumen geblieben. Immerhin, Schwerin lag umgeben von Wasser, Wismar an der Ostsee war mit dem Fahrrad zu erreichen, die Luft Hamburgs konnte jeder bei starkem Westwind riechen, das Tuten der Dampfer im Nord-Ostsee-Kanal hören, ebenso die Brandung des Ozeans hinter England.

Der aus Stralsund war nicht mehr dabei. Auch der aus Rostock fehlte auf der feierlichen Schlußveranstaltung, eine höhere Macht hatte die beiden nach Hause geschickt. Daß Hans Butkus die vorzeitige Abreise erspart blieb, verdankte er der mütterlichen Fürsorge der nordischen Schönheit, das jedenfalls glaubte er damals.

———

Strobele gräbt den Garten um. Das geschieht am frühen Morgen, denn Strobele ist in einem Alter, in dem einem das lange Schlafen vergeht. Die Sonne steigt aus dem See, vor den Inseln schnattern Wasservögel. Strobele gräbt tief, der blanke Spaten durchsticht das gelbe Fleisch vorjähriger Kartoffeln. Einige bleiben immer in der Erde, so sorgfältig du auch erntest. Wäre es nicht so, hätten die Kartoffelstoppler keine Arbeit. Aber sie finden genug. Sie fanden auch damals genug, um den zerlumpten Gestalten, die auf der Chaussee heimkehrten, Kartoffeln zuzuwerfen. Und einige bissen hinein, als wären es Erdäpfel.

Als Strobele heimkehrte, tobte neben der Gadebuscher Straße die Kartoffelschlacht. Frauen und Kinder, aber auch ältere Männer wühlten in der braunen Erde, schwangen Hacken und Spaten, rannten mit Blecheimern und Drahtkörben.

Kein Auto hielt, niemand fragte, ob der humpelnde Kerl mitfahren wollte. Um ehrlich zu sein, die Räder hatten sich ausgerollt, die der Lokomotiven und der Automobile. Von Hamburg, wohin sie ihn entlassen hatten, bis Schwerin begegnete ihm kein Auto. Dreieinhalb Tage zu Fuß, da sollst du wohl humpeln. Für das letzte Stück von Gadebusch bis zum Kartoffelacker, das ihm besonders sauer wurde, hatte er sich einen Stecken aus dem Busch gebrochen. Wegen der wilden Hunde. Ihn überkam der Zwang, sich bewaffnen zu müssen, nicht wehrlos in seine Heimatstadt einzuziehen. Und was begegnete ihm? Ein überlaufenes Kartoffelfeld. Die Deutschen ernteten wieder, waren so eifrig mit den Kartoffeln beschäftigt, daß sie keinen Blick hatten für den, der auf der Chaussee vorbeihumpelte. Nur ein Dreikäsehoch kam mit halbvollem Marmeladeneimerchen an den Grabenrand.

Wo kommst du her, Herr Kriegsgefangener?

Aus Magnitogorsk.

Wo liegt das denn?

Strobele hatte einen Bogen über Stadt und See geschlagen, jedenfalls nach Osten. Der Junge warf ihm eine Kartoffel über den Graben. Als er sie mit beiden Händen abwischte und hineinbiß, lachte der Kleine.

Wer geht schon freiwillig nach Osten? hatten die gesagt, mit denen er nach Hamburg entlassen worden war. Osten galt als düstere Himmelsrichtung, in der es brannte und stank, in der der Hunger sich auf riesigen Flächen fruchtbaren Landes niedergelassen hatte. Ein gewaltiges Windrad blies ständig Spreu und Weizen von Osten her über flaches Land bis an die Meere. Im Osten konnte kein Mensch mehr zu Hause sein, sondern nur noch Erinnerungen haben. Strobele aber ging nach Osten, weil er in Schwerin eine alte Rechnung zu begleichen hatte. Außerdem glaubte er an den Osten.

Ach, so einer bist du, sagten die, die sich von Hamburg nach Oldenburg, Diepholz oder Wanne-Eickel abmeldeten.

Ja, so einer war er. In Magnitogorsk lag er neben dem Leiter der Antifa-Gruppe, einem älteren Mann, der den alten Bebel noch persönlich erlebt hatte, auf der Pritsche. Der wußte es aus sicherer Quelle: Die Rettung kommt aus dem Osten. Aber als er entlassen werden sollte, entschied er sich für Dortmund.

Angefangen hatte es in Sachsenhausen. Als Brillenträger – ohne die Gläser war er fast blind – schwebte er ständig in Gefahr, irgendwo niedergestoßen, in den Dreck getreten oder auf der Flucht erschossen zu werden. Die kommunistischen Freunde, die in seinem Block das Sagen hatten, retteten ihn, indem sie ihn in ein erträgliches Außenkommando schafften. Schon damals begann Walter Strobele, an den Osten zu glauben.

Siebenundzwanzig Jahre alt und schon ein steifes Bein. Damit humpelte er von Hamburg los, bis Bergedorf mit der Vorortbahn, dann durch den schönen Forst des Eisernen Kanzlers. Reife Brombeeren am Wegesrand, Rüben auf den Feldern und auf den Wiesen Kühe mit vollen Eutern. Hinter Ratzeburg endete die englische Zone, der Osten begann. Als er sich Lankow näherte, wuchs seine Ungeduld. Die Linden sahen aus wie erfroren, welke Blätter taumelten zur Erde, gewiß hatte es im Osten schon Nachtfrost gegeben.

Wahrscheinlich wird Grabow tot sein, dachte er beim Anblick des Kartoffelackers und der vielen Menschen. Die Rote Armee hatte ganze Arbeit geleistet, warum sollte sie Grabow geschont haben? Auf dem Acker sah er jedenfalls keinen, der Grabow ähnelte. Untersetzt und feist, eigentlich in einem Alter, in dem er mit dem Volkssturm hätte sterben müssen, aber selbst für diesen letzten Dienst an seinem Führer war er zu unförmig oder zu feige. Den mit den Jahren gewachsenen Bauch hielt mühsam ein Lederkoppel zusammen, darüber eine braune Uniformjacke. So einen findest du nicht unter den Kartoffelstopplern in Lankow, diese Arme-Leute-Arbeit hatte Ferdinand Grabow niemals nötig. Der besaß einen geräumigen Garten, in dem genug Kartoffeln wuchsen, auch Äpfel fielen so zahlreich von den Bäumen, daß er noch Weihnachten frisches Obst essen konnte. War es nicht so, daß Grabow im Jahre 1938 das Anwesen eines gewissen Melchior günstig erwerben konnte, das über Nacht herrenlos geworden war, weil Melchior von einer Reise nach Kopenhagen nicht heimkehren wollte?

Sie brauchten nur eine Stunde, um den Acker per Hand umzuwühlen, den Erntesegen in Säcke und Eimer zu schütten und auf Fahrrädern oder Schubkarren heimzubringen. Einige trugen die Säcke wie der Mann im Mond sein Reisigbündel. Strobele mischte sich unter das heimkehrende Kartoffelbataillon, ging mit den Kindern, die sandige Knie hatten und Hände wie Kohlenträger. Neugierig blickten sie zu ihm auf, dem Herrn Kriegsgefangenen, der einen zerschlissenen Mantel trug ohne Knöpfe, auf dem Kopf eine Militärmütze mit Ohrenschonern, eine Brille mit dicken Gläsern, die Bügel mit Bindfäden an den Ohren festgebunden, unter dem Arm einen Pappkoffer, mühelos zu tragen. Wie aber sah das Schuhwerk aus? Es fehlten die schmetternden Knobelbecher. Blaue Lappen, von Bändern gehalten, bedeckten seine Füße. Mit solchen Schuhen geht man sehr, sehr leise.

Strobele staunte über ihre Sprache. Er hatte den vertrauten mecklenburgischen Dialekt erwartet, aber sie redeten schlesisch, pommersch und ostpreußisch.

Lebt Grabow noch? fragte er einen älteren Mann.

Herrche, wir sind nich von hier, wir kennen ihm nich, erhielt er zur Antwort.

Die Erntearbeiter zogen zu einer Baracke, die jener ähnlich sah, die Strobele in Magnitogorsk verlassen hatte.

Was sind das für Leute? erkundigte er sich.

Das sind unsere Flüchtlinge aus dem Osten. Im Mai fünfundvierzig lebten an die zweihunderttausend in Schwerin und Umgebung, aber im Juli, als die Rote Armee einzog, flüchteten viele weiter nach Westen.

Strobele wunderte sich nur kurz, daß so viele aus dem Osten davongelaufen waren. Und warum?

Du solltest an die Ruhr kommen, hatte der Freund von der Antifa gesagt, der den alten Bebel noch persönlich erlebt hatte. Im Ruhrgebiet sind die richtigen Arbeiter, dort wird die Weltrevolution entschieden.

Walter Strobele versprach nachzukommen. Erst müßte er in Schwerin zwei Dinge klären: die Mutter suchen, die, obwohl immer kränklich, vielleicht noch lebte, und nach Ferdinand Grabow forschen, der vielleicht nicht mehr lebte.

Originalton Grabow aus seiner allmächtigen Zeit:

»London ist doch nicht weit! Die famosen Radiosendungen, die an der Themse verbreitet werden, sind ja mühelos zu empfangen. Wolltest mal wieder Neger-Jazz hören, was? Ich werde dich dahin bringen, wo das Radio überhaupt noch nicht erfunden ist. Dir wird noch Hören und Sehen vergehen, Heil Hitler!«

In der Flüchtlingsbaracke kochten sie die geernteten Kartoffeln, Rauch lag über der Stadt, nicht der Rauch von Kartoffelfeuern, sondern Brikettgeruch. Außerdem stank es nach kaukasischem Öl. Die Rote Armee fuhr ihre Patrouillenrunden um den Pfaffenteich. Aus der Artillerie-Kaserne hörte er Gesang, vom Großen Dreesch Gewehrfeuer. Dort übten die sowjetischen Freunde. Größere Bombenschäden waren seiner Heimatstadt erspart geblieben, auch von einer Festung Schwerin, die bis zum letzten Atemzug gehalten werden mußte, hatte man nichts gehört. Als der mecklenburgische Gauleiter, den sie den Schweinehirten nannten, weil er vom Lande kam und als einfacher Landarbeiter den Aufstieg zur bedeutendsten Persönlichkeit Mecklenburgs geschafft hatte, als der den letzten Widerstand organisieren wollte, ereignete sich dieses:

Er bestellte die Männer Schwerins zum Volkssturmeinsatz in die Artillerie-Kaserne. Am Eingang saß einer, der die Kämpfer registrierte und mit Waffen versorgte. Am hinteren Tor legten sie die Waffen nieder und verschwanden in der Dämmerung. Dem Führer aber blieb auf dem Papier eine Volkssturmeinheit von 800 Mann, die den heldenhaften Widerstand Schwerins zu leisten gewillt war.

Am 2. Mai 1945, um die Mittagsstunde, besetzte die 8. amerikanische Infanterie-Division, von Süden kommend, mit ihren Panzern die Bismarckstraße heraufziehend, die mecklenburgische Hauptstadt, fast kampflos. Der Bürgermeister war dem Feinde mit einer weißen Fahne entgegengezogen. Später, als Strobele schon eine wichtige Persönlichkeit war, wurde ihm folgender Vorfall zur Entscheidung vorgetragen: Aus einer Besuchergruppe stellte jemand die Frage, wie es komme, daß Schwerin im Kriege so wenig zerstört worden sei. Der Fremdenführer, ein älterer Bürger der Stadt, erklärte – an die zwanzig Personen waren Zeugen –, daß es erstens keine großen alliierten Terrorangriffe auf Schwerin gegeben habe und daß zweitens die Stadt das Glück hatte, von den Amerikanern besetzt zu werden. Rückfrage des Besuchers: Was war denn da der Unterschied? Antwort: Bei den Amerikanern brannte es nicht soviel. Dahinter verbarg sich die übelste antisowjetische Hetze, was Strobele sofort erkannte und in angemessener Weise ahndete.

Den Weg nach Hause fand er mit geschlossenen Augen. Walter Strobele war unweit der Chaussee nach Wismar geboren, übrigens im Hungerjahr des Ersten Weltkriegs. Seine Mutter erklärte ihm später, die wochenlangen Rübenmahlzeiten wären schuld, daß sein Augenlicht von Geburt an schwach blieb. Während der Kaiser und der Großherzog gebratene Fasane verspeisten, mußte die schwangere Frau Strobele sich mit Rübensuppe begnügen. Damit fing es an. Das steife Bein kam nicht von der Rübensuppe, sondern von der Stalinorgel.

Strobeles Mutter lebte nicht mehr. Das war das erste, was ihm die Stadt Schwerin verbindlich mitteilte. An der alten Wohnungstür fand er einen fremden Namen, Flüchtlinge aus Schneidemühl, wie sich herausstellte.

Frau Strobele starb im Februar 1945 eines natürlichen Todes, sagte man. Lungenentzündung, sagte man. Sie gab die Wohnung frei für die Flüchtlinge aus Schneidemühl, ihre Habseligkeiten holte die NSV ab, zu jener Zeit brauchte man schon alles. Sie hinterließ keine Angehörigen, sagte man. Der einzige Sohn soll im Krieg geblieben sein. Er taugte auch nichts, sagte die Leiterin der NS-Frauenschaft, die die Flüchtlinge einwies.

Wenige Möbelstücke erinnerten an die Mutter; der Kleiderschrank, der Küchentisch, das Bett. Wohin war die elektrische Eisenbahn gefahren? Wer hatte die Zinnsoldaten in die Schmelze gegeben?

Ach, Sie sind der junge Herr Strobele! Also doch nicht im Krieg geblieben, wie man uns erzählte. Das freut mich aber sehr. Aufnehmen können wir Sie nicht. Sehen Sie selbst, wir sind sieben Personen in zwei Stuben, davon vier Kinder und meine alten Eltern. Vielleicht mag es gehen für eine Nacht, wenn wir in der Küche eine Decke auslegen. Sie müßten sich mit Ihrem Mantel zudecken. Daß Sie heimgekehrt sind, ist mir eine große Freude, es gibt mir Mut zu glauben, mein Mann wird eines Tages auch noch kommen.

Die Frau verschwand in der Küche und brachte ihm Mutters Kochbuch.

Das lag, als wir eingewiesen wurden, im Backofen. Schöne mecklenburgische Gerichte sind darin aufgeschrieben, aber heutzutage braucht es keine Kochbücher, weil es kaum etwas zum Kochen gibt.

Die Frau aus Schneidemühl drückte ihm Mutters Kochbuch in die Hand und lud ihn ein, eine Nacht in der Küche zu schlafen, flach auf dem Fußboden, den Mantel über die Füße gebreitet, das Kochbuch als Kopfkissen. Nebenan weinte ein Kind. Zahnschmerzen, sagte die Frau aus Schneidemühl am nächsten Morgen.

Während der Nacht begann sein Bein zu schmerzen, so daß er nicht schlafen konnte und an das Ruhrgebiet denken mußte. Da Mutter nicht mehr lebte, könnte er gleich nach Dortmund reisen, um mit dem Freund aus Magnitogorsk über jene Zeiten zu plaudern, als Bebel den Arbeitern noch persönlich erschien. Im roten Licht des Herdfeuers sah er die vertrauten Töpfe: Zucker, Grieß, Mehl, Salz. Über pampigen Grießbrei braunen Zucker streuen, auch so ein Bild aus früheren Tagen. Er berührte Zucker, Mehl, Grieß, alle Dosen waren leer, nur der Salztopf zur Hälfte gefüllt. In jener Nacht machte er seine Mutter zur Märtyrerin der proletarischen Bewegung. Wenn er später mit Genossen in froher Runde beisammensaß und sie über die Zeit der Kämpfe und des Aufbaus sprachen, erzählte er von der mutigen Frau, die mit an der Spitze jener aufgebrachten Menschenmenge marschierte, die im Sommer 1918 Bäckereien und Milchläden in Schwerin stürmte. Im September desselben Jahres nahm sie, durchaus klassenbewußt und ganz im Dienste der revolutionären Arbeiterschaft, am großen Streik in der Munitionsfabrik Holthusen teil. Sie war eine von uns. Die Sozialversicherungsunterlagen wiesen tatsächlich aus, daß Frau Strobele mit anderen jungen Frauen in der Munitionsfabrik gearbeitet hatte. Doch als ihre Schwangerschaft sichtbar wurde, schickte man sie nach Hause, lange vor dem Streik.

Ferdinand Grabow soll überlebt haben, erfuhr er, als er sich in der Stadt umhörte.

Die Mutter tot, aber Grabow, das dicke, fette Schwein lebte! Wie klein mochte er geworden sein? Die braune Uniform wird er in den letzten Apriltagen verbrannt haben, sicher auch einige Bücher. Und was ist aus dem riesigen Hitlerbild geworden, das den Führer darstellte, wie er millionenfach auf den Briefmarken zu sehen war, den linken Arm mit der Hakenkreuzbinde angewinkelt, den Blick staatsmännisch in die Weite gerichtet? Grabow wird es in einen Sack gesteckt und im Garten vergraben haben, zusammen mit Dokumenten, die ihn belasteten, aber später noch nützlich sein konnten, also zu schade waren für das Feuer.

Als die Befreier die Stadt einnahmen, saß der rundliche Kerl in biederem Zivil und Filzlatschen vor seinem Kachelofen und wärmte die Füße. Guten Tag, begrüßte er die fremden Krieger, der rechte Arm blieb unten.

Am 20. April 1945 marschierte der Ortsgruppenleiter einer mecklenburgischen Kleinstadt östlich von Schwerin, nachdem er den für den Endsieg fünf Jahre kaltgestellten Schnaps ausgetrunken und die Geburtstagsfeier des Führers gegen 18 Uhr beendet hatte, dem Feind auf offener Chaussee entgegen, unbewaffnet, in brauner Uniform, den rechten Arm zum Gruß erhoben. Fetzen der braunen Uniform fanden sich später im Straßengraben.

Ein Ortsbauernführer nahe Güstrow erhängte sich in dem Augenblick, als Soldaten der Roten Armee seinen Hof betraten. Einen Schweriner Blockwart, Pg Müller, traf die eigene Kugel im Dachgeschoß seines Mietshauses inmitten beträchtlicher Sandvorräte, die zum Löschen von Brandbomben ins Haus geschafft worden waren. Die Mitbewohner wickelten ihn in ein entbehrlich gewordenes Fahnentuch und trugen ihn zur alsbaldigen Bestattung aus dem Haus.

Nur Grabow lebte...

Ingeborg Strobele trat vor die Tür und rief den fleißigen Gartenarbeiter zum Frühstück.

»Er ist wieder da«, sagte Strobele und zeigte aus dem Fenster. »Der Hamburger läuft am Strand spazieren.«

———

Lieschen Lehmkuhl fuhr zum erstenmal in einem westdeutschen Auto.

Zunächst ein Besuch beim Großherzog, der älter war als sie und ziemlich viel Grünspan angesetzt hatte. Die Reichsstatthalterei, wo bis 45 der Hildebrandt herrschte, war auch noch ansehenswert und gut erhalten. Im Schloßgarten wühlten die Pflegebrigaden des VEB Grünanlagen. Dann die Werderstraße aufwärts, einmal um den kleinen Ziegelsee, zweimal um den Pfaffenteich (»Ach, de leiwe Papendiek!«). Am Hauptbahnhof (»In'n Brunnen liggt 'n nakig Wiew«) zeigte sie die Stelle, an der sie als vierzehnjähriges Mädchen Spalier gestanden hatte, in der einen Hand einen Strauß Lilien (»Du kennst doch das Lied von den drei Lilien und dem stolzen Reiter?«), in der anderen Hand Früchte aus dem Garten. Mit klingendem Spiel marschierten die Regimenter aus den Kasernen zum Bahnhof, begleitet von Vivat-Rufen und dem Jubel der Menge. Die Schweriner Garnisonen gaben an die fünfzehntausend Soldaten für den Ersten Weltkrieg her, die meisten bekamen eine Fahrkarte nach Paris, zweieinhalbtausend blieben draußen. (»Weck sünd ok an't masurische Water führt un hemm' denn' ollen Hindenburg bi Tannenberg hulpen.«)

Vom Demmlerplatz wußte sie nur soviel, daß hier, so lange sie denken konnte, dei staatsche Fru Justitia tau Hus wäst is. Den Bau des Justizpalastes, mitten im ersten Krieg, hat sie mit angesehen, weil ihr Schulweg daran vorbeiführte. Zur Einweihung sang der Schulchor »Heil dir im Siegerkranz« und jenes Lied von den drei Lilien, die der stolze Reiter brach. Ein Pfarrer hat das Haus der

Gerechtigkeit gesegnet und seiner Ansprache die Worte der Schrift mitgegeben: »Und Gott sah an alles, was er gemacht hatte; und siehe da, es war sehr gut.« So is dat denn bläben bet tau 'n hütigen Dach, siehe, es war sehr gut. Im Jahre 34 am 20. April pflanzten sie auf dem Demmlerplatz eine Hitlereiche, und ein paar hundert Menschen, die auf der Treppe standen, mußten die ganze Zeit, während sie unten mit Spaten und Schaufel arbeiteten, den rechten Arm heben, bis sich Blutleere einstellte. Gesungen haben sie wohl auch.

In Lankow verschlug es ihr doch die Sprache, weil außer den Lindenbäumen nichts mehr daran erinnerte, daß sie hier einmal zu Hause gewesen war. Mit den neumodischen Namen wußte sie nichts anzufangen, einzig die Gadebuscher Straße zog sich als festes Band der Erinnerung durch das Neubaugebiet. Unter den Hochhäusern wuchsen die Kartoffeln, die, solange sie in der Erde lagen, Tüften hießen. Sobald sie aber heiß und dampfend über den Küchentisch rollten, wurden sie als Pölltüften berühmt und vermählten sich mit grünen Heringen aus Wismar. Lieschen Lehmkuhl erinnerte sich der größten Kartoffelmenge, die je auf ihrem Hof gewachsen war, und zwar im Herbst 45. Als einer sagte: Dei dümmsten Lüd bugen de meisten Tüften!, ließ sie den Hund von der Kette. Die Ernte fiel so reichlich aus, daß der russische Oberst von der Kommandantur kam, um sich zu bedanken. Kartoffeln sind gut für das Volk, ließ er übersetzen. Danach fuhr er die Hälfte der Ernte für seine Soldaten ab, die auch zum Volk gehörten. Von jenem Offizier erhielt Lieschen Lehmkuhl eine Urkunde, die sie noch im Nachtschrank des Feierabendheims aufbewahrte. In ihr soll, mit Stempel und Unterschrift beglaubigt, stehen – sie selbst hat »dat kyrillisch Tüüch« nie so recht verstanden –, daß der Lehmkuhlsche Bauernhof sich um die Ernährung des Volkes verdient gemacht hat. Wat schrewen is, is schrewen!

Überhaupt hat sie noch einige Papiere von Bedeutung, die in den neunzig Jahren angefallen sind, im Nachtschrank verwahrt, darunter auch jene Schriftstücke, die Mariken Grabow ihr zur Aufbewahrung brachte, als es brenzlig wurde. Sie sollte die Papiere man nur ein paar Wochen in der Scheune verstecken, und daraus sind nun fünfundvierzig Jahre geworden.

Sie besuchten den Friedhof, wo die Familie Lehmkuhl seit langer Zeit eine Grabstelle besaß und auch Lieschen vornotiert war. Den Kommunisten war aber nicht zu trauen, die enteigneten sogar Grabstellen und vergaben sie an verdiente Kämpfer. (»Wenn ein nägentig is, ward dat Tiet, sik üm disse Angelegenheit tau kümmern.«)

Am Schlachtermarkt beschrieb sie die Synagoge, die hier einmal gestanden hat. Allzuviel Juden gab es ja nicht in Stadt Schwerin und Land Mecklenburg, aber eine schöne Synagoge hatten sie.

»Denk bloß nicht, daß nur Grabow und seine Braunen gegen die Juden waren, das Volk Israel war hierzulande schon immer schlecht gelitten. Weiter rauf auf Sternberg zu verbrannten sie vor fünfhundert Jahren siebenundzwanzig Juden, weil man sagte, sie hätten eine geweihte Hostie zerstochen. Dabei soll Blut geflossen sein, das Heilige Blut von Sternberg. Denk bloß mal: Kolumbus fuhr nach Amerika und die Sternberger Juden in die Hölle! Am 24. Oktober 1492, Kolumbus war gerade ein paar Tage in Amerika herumspaziert, errichteten sie in Sternberg den Scheiterhaufen. Und Gott sah an alles, was er gemacht hatte... Schon damals mußten die Juden aus Mecklenburg auswandern, nur die mecklenburgischen Herzöge hielten sich noch ein paar Hofjuden, wie sich die alten Könige ihre Narren hielten. Ach, wären sie damals nur dem Kolumbus nach Amerika gefolgt, dann wäre ihnen vieles erspart geblieben.

Ob der Grabow dabei war, als sie im Jahre 1938 die Schweriner Synagoge kaputtschlugen, weiß ich nicht. Jedenfalls gingen sie recht umsichtig vor. Die Juden mußten ihr eigenes Gotteshaus mit Spitzhacken einreißen, damit ein möglicher Brand nicht die umliegenden arischen Fachwerkhäuser gefährdete. Dem Schuh-

haus Tack schlugen sie die Schaufenster ein und verstreuten das
schöne Schuhzeug auf der Straße.«

Lieschen Lehmkuhl wollte nach Zippendorf gefahren werden.

»Nun will ich dir zu guter Letzt das schöne Anwesen zeigen,
in dem der Grabow lebte, bis sie ihn abholten und seine Mariken
in die landwirtschaftliche Produktion steckten. Das befand sich
in Zippendorf, wo alles so geblieben war wie zu früheren Zeiten,
der gelbe Sand, das plätschernde Wasser, der Bornberg und die
Bäume, die schon immer und ewig hoch ragten, von den schönen
Häusern ganz zu schweigen. Eine grauweiße Villa neben dem
Kinderheim, da lebte er.«

Butkus erschrak, als die alte Frau in Strobeles Garten zeigte.
Der Garten war leer, zur Hälfte umgegraben, die Fenster des Hauses verschlossen, dicke Vorhänge hielten das Licht fern.

»Heute wohnt da ein neuer Grabow«, sagte er leise, »und der
heißt Strobele.«

»Du kennst unsen Strobele?« wunderte sich Lieschen Lehmkuhl. »Der ist von anderem Kaliber, man klein und eher mager,
mit steifem Bein und schlechten Augen. Aber hören konnte er
gewaltig und bewahrte das Gehörte in seinem Herzen wie Maria,
und wenn er es brauchte, holte er es raus und knallte es auf den
Tisch.«

So also standen die Dinge. Strobele hatte Grabows Villa übernommen, jede neue Herrschaft nimmt sich die schönsten Besitze.
Aber um der Wahrheit die Ehre zu geben, muß gesagt werden,
daß der Grabow die Villa auch mal so übernommen hat von einem
gewissen Melchior, der ein feiner Mensch gewesen ist, aber doch
ein Jude und sehr reich. In der großen Inflation – Lieschen Lehmkuhl erinnerte sich, daß sie das Geld in Waschkörben und Kartof-
felsäcken durch die Stadt trugen – verarmten viele Juden, weil sie
nur Geld besaßen und das seinen Wert verlor. Nur der Melchior
nicht, der hatte rechtzeitig sein schlechtes Geld in Dollars getauscht und überstand die schreckliche Zeit als reicher Mann.

Also konnte er sich die Villa am Zippendorfer Strand kaufen zu einer Zeit, wo keiner kaufen konnte. Aber viel Freude hat er an seinem Besitz nicht gehabt. Eines Tages schrieb die Zeitung dieses:

»Merkt Euch die Juden von Schwerin!
Eine seit langem herbeigesehnte Liste

Schon öfter ist man aus den Kreisen der Bevölkerung an den ›Niederdeutschen Beobachter‹ mit der Bitte herangetreten, aus den einzelnen Städten Listen zu veröffentlichen, auf denen die Juden verzeichnet sind. Dieser Wunsch ist nur natürlich. Denn ein anständiger deutscher Mensch, der es aus zwingenden Gewissensgründen ablehnt, mit einem Juden in Beziehungen irgendwelcher Art zu treten, läuft Gefahr, aus Unwissenheit ein jüdisches Geschäft zu betreten oder gar mit einem Juden zusammenzusitzen.

Wir machen deshalb heute einen Anfang mit einer Judenliste der Landeshauptstadt Schwerin…

Oft genug hat der ›Niederdeutsche Beobachter‹ darauf hingewiesen, daß lärmende Kundgebungen vor jüdischen Geschäften, Einwerfen oder Beschmieren von Fensterscheiben und ähnliches das denkbar ungeeignete, ja das verwerflichste Mittel ist, um den Todfeind des Deutschen Volkes, das Judentum, wirksam zu bekämpfen. Solche Radaupolitik leitet nur Wasser auf die Mühlen des feindlichen Auslandes. Erfolgversprechend ist das eine Mittel, den Juden zu meiden in eiserner Folgerichtigkeit, wo immer man ihn trifft. Man kauft nicht bei ihm und man spricht nicht mit ihm, man schneidet ihn unerbittlich…«

»Es war Ferdinand Grabow, der den Artikel in die Zeitung gebracht hatte«, erinnerte sich Lieschen. »Als Melchior seinen Namen in der Liste las, dachte er, daß es an der Zeit sei, dahin zu fahren, wo Kolumbus hingefahren ist. Er reiste geschäftlich nach Kopenhagen und vergaß, nach Hause zu kommen. So wurde seine Villa frei für Ferdinand und Mariken Grabow sowie die beiden Lütten, die sie hatten. Melchior war übrigens ein Advokat, der Räuber und Mörder verteidigt hatte, aber als es ihm an den Kragen ging, fand sich keiner, der für ihn eintrat. Er soll ziemlich plietsch gewesen sein und hat es fertiggebracht, seine Wertsachen aus Deutschland rauszuschaffen, bis auf das Anwesen in Zippendorf. Sie haben Jahre gebraucht, um herauszufinden, wie er es gemacht hat. Als sie es wußten, hat Mariken mir es am Sonntagnachmittag beim Kaffeetrinken erzählt. Der erste Streich ging so: Bevor der Melchior nach Kopenhagen reiste, gab er seinen Freunden einen Musikabend im Haus am See. Um Mitternacht ließ er Champagner auffahren und erklärte, er gedenke nun, eine längere Reise anzutreten, der Champagner sei sein Abschiedsgetränk. Nachdem sie getrunken hatten, ging er zum Geldschrank, nahm ein Paket ausländischer Wertpapiere und warf Stück für Stück ins Kaminfeuer. Seine Gäste wunderten sich mächtig, als sie Schweizer Hypothekenbriefe, kanadische Aktien und New Yorker Schuldverschreibungen in Flammen aufgehen sahen. Einer fragte, warum er sich so in Armut stürze.

Melchior lachte. ›Die Gesetze sind so, daß ich die Wertpapiere keinesfalls auf eine Reise nach Kopenhagen mitnehmen darf. Also gehören sie ins Feuer.‹

Aber er war schlau und kannte sich aus in den Gesetzen. Im Ausland veranstaltete er ein Aufgebotsverfahren über die verbrannten Papiere, so als wären sie ihm abhanden gekommen oder ins Meer gefallen. Nach Ablauf der üblichen Fristen bekam er Ersatzurkunden und blieb ein reicher Mann.

Für die deutschen Papiere, die ihm gehörten, mußte er einen anderen Weg finden. Zu jener Zeit gab eine Schweizer Adresse im ›Völkischen Beobachter‹ eine Chiffreanzeige auf, in der der Bau einer Brücke ausgeschrieben wurde, die über den Euphrat führen sollte, was, wie man weiß, ein biblischer Fluß ist. Es gingen zahlreiche Zuschriften ein, dicke Briefe mit Angeboten für den Brückenbau im Morgenland. Die Zeitung schickte, wie es sich gehörte, die Briefe ungeöffnet an den Inserenten in der Schweiz. Das war kein anderer als Melchiors guter Freund. Melchior und er hatten das Kunststück fertiggebracht, deutsche Wertpapiere über die Anzeigenabteilung des ›Völkischen Beobachter‹ ins Ausland zu schaffen.

Danach war immer noch nicht genug. Es blieben ihm noch Wertsachen, die er ungern in Schwerin zurücklassen wollte. Also ging der Jude zu einem Schweriner Notar und übergab ihm im verschlossenen Umschlag seinen Letzten Willen. Die Urkunde kam wie üblich zu Gericht. Als Melchior drei Wochen später in Kopenhagen landete, begab er sich zu einem dänischen Notar und schrieb ein neues Testament, weil ihm das in Schwerin geschriebene nicht mehr gefiel. Über die dänische Justiz erging nun das Ersuchen nach Schwerin, das aufgehobene Testament auszuhändigen. Das geschah. In versiegeltem Umschlag per Amtspost verließen Melchiors Kostbarkeiten das Deutsche Reich, denn er hatte nicht seinen Letzten Willen in den Umschlag getan, sondern die letzten Wertsachen.

Als die Braunen herausfanden, wie der Melchior sie genasführt hatte, beeilte Grabow sich, das Haus in Zippendorf zu übernehmen, damit es eines Tages nicht auch per Amtspost ins Ausland flöge.

So schnell geht das Menschengeschlecht dahin. Vom Melchior hat keiner mehr etwas gehört, auch die Grabows sind in Vergessenheit geraten, kein Stein auf dem Friedhof erinnert an sie. Er war ja auch nur ein einfacher Mensch, Sohn eines Schneiders in Wismar. Früh lernte er das Soldatspielen bei unserem Kaiser. Als er aus dem ersten Krieg heimkehrte, war der Kaiser davongelaufen, der Großherzog hatte abgedankt, und in Schwerin wurde schwart-rot-gollen uptreckt. Er wußte nichts Rechtes anzufangen, der Ferdinand Grabow. Sein Lebenstraum, Jura zu studieren und womöglich ins Justizgebäude am Demmlerplatz einzuziehen, ging nicht in Erfüllung wegen der Armut. Er blieb nur ein abgebrochener Jurist, der dem großen Melchior nicht gewachsen war. Früh schmiß er sich auf die Politik und wurde braun, als noch kein-ein wüßt, wat dat för Lüd sünd.«

In den Papieren, die Mariken ihr zur Aufbewahrung gebracht hatte, weil man zu jener Zeit keine Wertsachen mehr per Chiffreanzeige über den »Völkischen Beobachter« ins biblische Land schaffen konnte, beschrieb Grabow sein junges Leben so:

»Geboren wurde ich in einem Flecken nahe Wismar, wo mein Vater als Handwerksmeister tätig war. Mit Hilfe der Mitgift meiner Mutter konnte er vor den Toren der Stadt ein kleines Anwesen erwerben. Es kostete ihn einige Mühe, wenigstens den ältesten Sohn auf die höhere Schule zu schicken. Ich begann mit dem Studium der Rechte an der ältesten Universität Norddeutschlands. Bevor ich das erste Staatsexamen absolvieren konnte, mußte ich zu den Fahnen eilen, denn das Vaterland stand in einem schweren Kampf um Sein oder Nichtsein. Mein Wunsch, eines Tages Richter zu werden, ist nicht in Erfüllung gegangen. Als ich aus dem Weltkriege heimkehrte, war mein Vater verstorben, die Familie ohne Einkommen und Vermögen. An eine Fortsetzung des Studiums war nicht zu denken, zumal meine Schwestern im heiratsfähigen Alter waren und ihren Anteil an dem kleinen Anwesen in Wismar verlangten, was ihnen rechtmäßig zustand. Ich selbst suchte Arbeit und fand sie in einem Wismarer Schiffahrtskontor, dessen Inhaber ein Kriegskamerad aus dem baltischen Feldzuge war und sich meiner kameradschaftlich annahm. Dort lernte ich Marie Jepsen kennen. Im Sommer 1921 schlossen wir die Ehe und ließen uns in Schwerin nieder, wo ihre Eltern ein Haus am Fliederberg besaßen. Zur Arbeit fuhr ich täglich per Eisenbahn nach Wismar, gelegentlich schlief ich dort bei meiner Mutter. Doch mußten wir bald das Anwesen in Wismar wegen der drückenden Schuldenlast veräußern und Mutter zu uns nehmen...«

»An Gewicht nahm der Grabow erst nach dreiunddreißig zu. Denk bloß mal, mitten im Krieg wog er über zweihundert Pfund und war doch bloß von kleiner Statur wie sein Vater, der Schneider.«

Mariken kannte Oma Lehmkuhl von der Schulzeit her, als Lankow noch ein Dorf war und sie morgens bei Schneegestöber, sich bei den Händen haltend, zur Schule liefen. Sie trafen auch später zusammen, obwohl Mariken in die höhere Gesellschaft aufgestiegen war und unter Fahnen in der ersten Reihe sitzen durfte. Mariken sagte immer, ihr Mann wäre lieber Amtsrichter in Parchim geworden, statt in die Politik zu gehen, aber damals gab es Arbeitslose reichlich und Amtsrichter in Fülle. Also wurde er Winkeladvokat und SA-Mann. Immerhin kannte er sich schon so weit in den rechtlichen Dingen aus, daß er das Haus gleich umschreiben ließ auf seinen Namen. Das schöne Anwesen blieb in Advokatenhänden, vom großen Juristen Melchior ging es über auf den kleinen Juristen Grabow.

Mariken hat es sehr leid getan, daß ihr Name nicht auch im Grundbuch stand. Als sie ihren Mann abholten, mußte sie das Haus verlassen, denn ihr stand kein Eigentum zu, und das neue Recht bestimmte, daß das Eigentum der Braunen ans Volk fallen sollte. Zunächst bestand das Volk aus Rotarmisten, später richteten sie ein Kinderheim für das Volk ein, was ja auch nützlich ist. Als Strobele sich in Zippendorf niederlassen wollte, schickte er die Kinder in ein größeres Haus am Bornberg, und ihm blieb, was Melchior und Grabow übriggelassen hatten.

Gewundert hat man sich, daß der Melchior nach dem Krieg nicht wiederauftauchte, um sein Haus in Besitz zu nehmen. Er soll von Kopenhagen rechtzeitig nach London gereist sein und von dort nach Amerika, wo er noch reicher geworden ist, als er in Schwerin jemals war. Aber es gibt auch die Meinung, die Deutschen hätten ihn aufgegriffen, als sie um die Osterzeit in Kopenhagen an Land gingen. Sie verschifften ihn nach Deutschland, führten ihn unter Bewachung durch Schwerin, um ihm zu zeigen, was aus seiner Villa geworden war. Danach steckten sie ihn in ein Lager, wo sich seine Lebensspur verliert. Doch diese Meinung ist höchst ungewiß. Wenn es so gewesen wäre, hätte Mariken sicher ein Wort darüber verloren. Auch kam es Oma Lehmkuhl so vor, als wäre der Melchior für einen derart traurigen Ausgang zu plietsch gewesen.

Wie das Leben so schneidet. Manchmal genau in der Mitte. Elisabeth Lehmkuhl war jetzt neunzig Jahre alt, mit fünfundvierzig lag die schlimmste Zeit genau in der Mitte. Als Gott sich den Schaden besah, lebten mehr Flüchtlinge in der Stadt als Hiesige, die Hälfte der Männer hatte es verstreut um den Erdball, viele auch unter die Erde. Albert Lehmkuhl lebte in jener schlimmen Zeit in Tula, aber nicht mehr lange. Marikens Mann holten sie zweimal. Beim erstenmal schafften sie ihn nach Sachsenhausen, von dort kam er sechs Wochen später zurück und war ein bißchen abgemagert. Das zweite Mal reiste er endgültig. Wohin, hat Mariken nie erfahren. Wenn die Lager in der Umgebung überfüllt waren, schickten sie ein paar Güterzüge voll nach Rußland, wo man sich auskennt mit der Verwahrung von Menschen. Dort soll Ferdinand Grabow seine letzte Ruhe gefunden haben, aber Genaues weiß keiner. Ein deutscher Eisenbahner, der den Zug von Frankfurt/Oder nach Brest-Litowsk zur breiten russischen Spur brachte, will ihn gesehen haben, nicht mehr braun, sondern mohrenschwarz, denn er mußte Kohlen schaufeln.

In Schwerin hielt sich das Gerücht, Grabow sei denunziert worden. Es soll einer zur Kommandantur gelaufen sein, um zu melden, daß am Zippendorfer Strand ein Faschist wohne, der anderes verdient habe, als in Ruhe gelassen zu werden. Mariken klagte sehr über die Deutschen, die ein Volk von Denunzianten waren. Nirgendwo gab es soviel zu denunzieren wie bei den Deutschen, je schlechter die Zeiten, desto bösartiger denunzierten sie und schickten den eigenen Nachbarn ins Gefängnis. Aber Mariken hatte sich am wenigsten zu beklagen, denn das Denunzieren fing schon zu Grabows Zeiten an, und ihr Ferdinand hörte auch gerne zu. Du brauchtest nur einen falschen Radioknopf zu drehen, schon lief einer zur Partei, um Bescheid zu sagen. Bis heute hat es mit dem Denunzieren nicht aufgehört. Dieser Strobele besaß auch große Ohren, aber jetzt sitzt er auf Altenteil und hört nur die Bäume rauschen.

Ein bißchen wunderte sich Lieschen Lehmkuhl, daß nach der Wende noch keiner aufgetaucht war, um neue Listen zu schreiben. Auch von Lagern hatte sie nichts gehört. Sachsenhausen soll es nicht mehr geben, Buchenwald war nur noch eine waldige Gegend, und in Fünfeichen wuchsen mehr Bäume als nur fünf Eichen.

Ob es wohl sein kann, daß zum erstenmal ein Sieg ohne Rache gefeiert wird? Die Sieger müssen sehr stark sein, wenn sie das durchgehen lassen, wenn sie nicht abrechnen mit den Grabows und Stroboles, sondern den Besiegten eine Rente zahlen für den Lebensabend.

Daß sie selbst in neunzig Jahren nie ein Lager von innen gesehen hatte, hielt sie für ein besonderes Glück, wenn nicht gar für eine Auszeichnung von unsen Herrgott. Nur wenige Menschen in Deutschland, die so alt sind, können das von sich sagen. Einmal war sie kurz davor, in ein Lager zu geraten, nämlich während der Kampagne gegen Junker und Großbauern. Auf die Großbauern waren die neuen Herren schlecht zu sprechen, weil die es unter dem Hitler zu gut gehabt hatten, es auch gewohnt waren, Knechte und Mägde für sich arbeiten zu lassen. Solche Menschen sind verdorben, mit denen kannst du keinen Sozialismus aufbauen. Damals verhinderte der russische Oberst Michailow, der ihr die Ehrenurkunde für die Lankower Kartoffeln ausgestellt hatte, daß die Bäuerin Lehmkuhl mit auf die Liste gesetzt wurde. Den Roten nahm sie übel, daß sie sich nicht die Mühe machten, neue Lager einzurichten, sondern jene übernahmen, die die Braunen blutbeschmiert hinterlassen hatten. »Daran kannst du sehen, daß die Kerle keinen Anstand haben. Weil die alten Lager nicht ausreichten, mußten sie doch ein paar neue einrichten. So kam Erna Möller aus Ludwigslust, eine richtige Großbäuerin, 1946 in ein Lager bei Fünfeichen, wo sie einen Zinnlöffel verschluckte, um aus dem Leben zu scheiden, denn es war nicht auszuhalten. In Fünfeichen mußten Massengräber angelegt werden, um der Toten Herr zu werden. Damit es nicht so auffiel, trieben sie später Viehherden über die Gräber, die die Erde festtrampelten. Danach pflanzten sie Bäume. Heute ist in Fünfeichen nichts mehr zu sehen, denn der Wald steht mächtig im Laub. Lisa Möller aber hat die Stelle gefunden, wo ihre Mutter begraben sein soll, und hat einen Blumenstrauß unter den Baum gelegt, mitten im Winter.«

––––––––

Wieder kein Durchkommen. Christa wird denken, sie haben dich eingesperrt, dahin zurückgeschickt, wo du schon einmal warst. Im Osten ist alles möglich, wird sie sagen.

»Die Leitungen sind total überlastet«, bedauerte die junge Frau an der Rezeption. Er sollte es um fünf Uhr früh versuchen. Also morgen.

Das Frühstück wollte ihm nicht recht schmecken. Du fällst zu tief, du tauchst in diese elende Vergangenheit, die dich nichts mehr angeht, nur aufwühlt. Es bringt nichts, es regt nur auf. Das hatte Christa gesagt, und so war es.

Er las die »Norddeutsche Zeitung«, die von den Wahlveranstaltungen in Mecklenburg berichtete. Wenn er über den Zeitungsrand blickte, sah er auf dem Bahnhofsplatz einen steinernen Jüngling mit einer weiblichen Wasserleiche in den Armen, vier

Seehunde schauten zu – Rettung aus Seenot. Vor dem Bahnhof hielten Busse, Züge fuhren nach Greifswald, Wismar und Berlin, aber keiner nach Hamburg-Bergedorf. Drüben am Laternenmast hat wohl die Lehrerin Marianne Grunthal gehangen. Als sie vom Tode des Führers hörte, soll sie laut gesagt haben, daß nun hoffentlich bald Frieden sein werde. Die SS brachte sie von Zippendorf in die Stadt und hängte sie vor den Bahnhof. Seitdem haben die Schweriner keinen Bahnhofsplatz, sondern einen Grunthalplatz. »Der SC Traktor Schwerin hat ein Freundschaftsspiel gegen eine westliche Mannschaft verloren«, schrieb die Zeitung. »Die Partnerstadt Tallinn schickt eine Delegation nach Schwerin. Aus Bydgoszcz kommen verdiente Sportler zum Freundschaftsbesuch. Die Sportgemeinschaft Dynamo geht einer erfolgversprechenden Rudersaison entgegen. Über Schwerin liegt dichter Nebel.«

Unschlüssig rührte er im Kaffee. Vielleicht sollte er die Zelte hier abbrechen, nach Hause reisen, sich zu Christa ins Bett legen und Strobele für tot erklären. Oder doch nach Zippendorf fahren und diesen Kerl mit dem Spaten erschlagen?

Zunächst mußt du bleiben, weil du deine Tochter zum Abendessen eingeladen hast. Außerdem hast du ihr viel zu erzählen. Wie du nach Waldheim gekommen bist, und warum es die masurische Oma mit Hänschen an der Hand nach Schwerin verschlagen hatte. Das Kind wußte ja nichts von diesen Dingen, und wenn einer die Geschichte nicht kennt, hat er ein falsches Bewußtsein.

Am Nebentisch sprachen zwei über die Wende. »Egal, wie die Wahl ausgeht, die neuen Parteien werden den Anschluß an die BRD herbeiführen«, sagte der eine. »Nur wenn die PDS mehr als fünfzig Prozent bekommt, läßt sich das verhindern.«

Das Wort Anschluß störte ihn, ein verbrauchtes Wort, vergeben zu einer Zeit, als Hänschen barfuß durch Angerburg-Vorstadt stromerte.

»Man sieht es an den Transparenten«, erwiderte der andere.

»Im November hieß es: Wir sind das Volk! Jetzt liest man nur noch: Wir sind ein Volk! Da weiß doch jeder, wohin die Reise geht, also Anschluß.«

»Nach dem Anschluß beginnt der Ausverkauf der DDR. Alle Errungenschaften, alles, was uns lieb und teuer ist, geht den Bach runter und endet im Rachen des Kapitalismus.«

Butkus raschelte deutlich mit der Zeitung, da verstummten sie und schlürften ihren Kaffee.

»Reisen Sie ab?« fragte die junge Frau an der Rezeption.

Die Frage traf ihn unvorbereitet, auf der Stelle mußte er sich entscheiden. »Nein, noch nicht, vielleicht morgen oder übermorgen.« Schließlich war er mit Claudia zum Abendessen verabredet.

Gegen den morgendlichen Kopfschmerz verordnete er sich einen Spaziergang um den Pfaffenteich, der so in Nebel gehüllt war, daß er das andere Ufer nur hören, aber nicht sehen konnte. Ein Trupp sowjetischer Soldaten marschierte mit ihm im Gleichschritt, Milchgesichter mit viel zu großen Mützen und viel zu weiten Mänteln, blaß wie der Nebel. Der Turm des Doms ragte aus dem weißen Brei, rot wie alle norddeutschen Dome. Du darfst Schwerin nicht verlassen, ohne den Dom bestiegen zu haben, nahm er sich vor. Wenn es denn geht, wenn er nicht einsturzgefährdet ist.

Es war neun Uhr morgens, als er sich in den enger werdenden Gassen verlief, die Wismarsche Straße überquerte und wieder den Demmlerplatz erreichte, zum erstenmal bei Tageslicht. Ein herrlicher Justizpalast, dessen Kuppel von mächtigen Antennen verunstaltet wurde. Herrschte immer noch nicht Funkstille? Im März 90 wuchs keine Hitler-Eiche mehr am Demmlerplatz, nach dem tiefen Fall des Namensträgers werden sie den Baum zu Brennholz geschnitten haben, denn keiner soll hungern, keiner soll frieren!

Butkus wagte es nicht, die Eingangshalle zu betreten, er fürchtete sich vor den grau-weiß marmorierten Säulen und der düsteren Decke, mochte auch dem nackten Jüngling nicht in die Augen schauen, der auf einem Sockel lag und die Freitreppe bewachte. Säulen, Säulen, überall Säulen.

»Nur eine hohe Säule zeugt von verschwundner Pracht...«, so reimte ein Freiheitsdichter vor mehr als hundert Jahren, und Hänschen leierte es in der Angerburger Schule, ohne sich etwas dabei zu denken.

Hier hat Melchior plädiert, bevor er nach Kopenhagen reiste. Ob er noch in den Annalen der Schweriner Anwaltschaft geführt wird oder getilgt wurde für alle Ewigkeit?

Er schlenderte zum hinteren Eingang, brachte es aber nicht über sich, durchs Guckloch im Holz zu blicken, aus Furcht, das Tor könnte aufspringen, magnetische Kräfte ihn in den Innenhof ziehen und nicht mehr hergeben. Er kam auf den Gedanken, den Riesenbau zu fotografieren, denn vielleicht wird er demnächst in die Luft gesprengt, dem Erdboden gleichgemacht, wie es einmal hieß, oder es kommt Dschingis-Khan vorbei und brennt ihn nieder. Deshalb brauchte er ein fotografisches Erinnerungsstück.

Ein Passant, der ihn mit dem Apparat hantieren sah, blieb stehen.

»Vor einem halben Jahr hätte man Sie wegen eines solchen Fotos eingesperrt«, sagte er. »Aber seit November herrscht Ruhe im Laden, sind die Überwachungsgeräte abgeschaltet, Funkstille im Äther und in den Telefonleitungen. Keine Feindflieger über dem Reichsgebiet.«

Er fragte den Fremden, ob das früher auch die Gestapozentrale gewesen sei. Eine bejahende Antwort hätte ihn nicht überrascht, denn er wußte es längst, daß sie Hand in Hand gearbeitet hatten. NKWD, GPU, KGB, Gestapo, Stasi – alles Blätter vom gleichen Stamm. Ihre Lager und Gefängnisse gingen über zu neuer Bewirtung, aber mit den alten Leiden, in den Gerichtshöfen wechselten sie nur die Kleider. Die Haftanstalten, die Zuchthäuser, die Untersuchungsgefängnisse, warum sollten sie leer stehen? Es bot sich an, sie einmal aufzuwischen und für den alten Zweck neu zu verwenden.

»Nein«, sagte der Fremde, »die Gestapo saß unten bei der Schloßgartenallee. Aber das Justizgebäude Demmlerplatz war keineswegs voller Unschuld. In seinem Keller hauste in den letzten Kriegsmonaten ein Hinrichtungskommando, das Männer an die Bäume hängen ließ mit einem Schild um den Hals: ›Ich mußte sterben, weil ich nicht an den Führer glaubte.‹«

Der Mann fragte ihn, ob er mit dem Haus etwas zu schaffen hätte.

»Eigentlich nicht«, gab Butkus zur Antwort, drückte auf den Auslöser und ging seiner Wege.

Hinter diesen Mauern lag Strobeles Reich. Er war ein Mann der ersten Stunde, ein hervorragender Kämpfer und deutscher Antifaschist, der seine Lehren aus der Geschichte gezogen hatte und von der Gründung am 8. Februar 1950 an (»als Waffe gegen alle Feinde des Friedens und der Arbeiter- und Bauernmacht und für die Sicherung des sozialistischen Aufbaus«) der Organisation gedient hatte. Niemals schwankend, jeder Blick nach Westen galt dem Feind, nicht den gefüllten Schaufenstern. Bei der Trauerfeier für J. W. Stalin hatte er Tränen in den Augen, später räumte er vorsichtig ein, daß der Stalinismus gewisse antimarxistisch-leninistische Auswüchse gehabt habe. Trotzdem blieb er an der Spitze, gelegentlich auch auf den lichten Höhen der Kultur, marschierte immer im unverbrüchlichen Bunde mit der Sowjetunion, die Einheit der Arbeiterklasse bewahrend, das humanistische Grundanliegen beherzigend… Darf es denn sein, daß ein Mensch, der soviel angerichtet, der so schaurig seine Pflicht im Dienste der sozialistischen Gesetzlichkeit erfüllt hat, unbehelligt am Ufer des Schweriner Sees spazierengeht und seinen Garten umgräbt? Soll das alles erst in einem nächsten Leben richtiggestellt und geradegerückt werden? Wie hieß die Kreatur, die dem nationalsozialistischen Recht so nachdrücklich Geltung verschaffte? Sie jedenfalls wurde bei einem Tagesangriff alliierter Bomber auf Berlin im Februar 1945 umgebracht. Und Grabow kam auch nicht davon. Nur Strobele ging es gut.

Der Nebel verflüchtigte sich, und ein schöner Tag zog herauf. Ein Wetter, um mit dem Hund spazierenzugehen oder den Garten umzugraben. Du könntest dir auch ein Fahrrad besorgen und um den See radeln, an Eva denken und den schönsten deutschen Sommer. Dreimal hatten sie ihre Räder an die Bäume gekettet, waren an einsamen Buchten nackt in den See gelaufen, hatten sich im Schilf gewälzt und brütende Bläßhühner aufgeschreckt. Erschöpft von des Tages Hitze, kehrten sie heim nach Lankow, als die Sonne unterging, Eva mit einem Sonnenbrand auf der Nase. Es hat in Deutschland nie wieder einen so blauen Himmel gegeben wie 1959.

Die Schweriner Fleischwarenwerke verpflichteten sich, 196 Tonnen Bockwürste herzustellen. Reiht man Wurst an Wurst, gibt das eine Kette von Rostock über Schwerin bis nach Berlin. Und Eva, die bis dahin in den Linda-Werken Pomade und Waschpaste abgefüllt hatte, wechselte in den sozialistischen Einzelhandel und trug zur Verbesserung der Verkaufskultur in unserer Stadt bei.

Im Schweriner See tauchte die Hitzeinsel auf, die zuletzt im Jahre 1934 gesehen worden war. Auch damals gab es einen heißen Sommer, der alte Hindenburg starb, und dem Eisenbahner Karl Butkus nebst Ehefrau Ella wurde in Angerburg-Vorstadt ein Knabe geboren, der den Namen Hans erhielt...

Vielleicht besaß Claudia ein Fahrrad.

Er fuhr hinaus, um nach einem Fahrrad zu fragen und die sommerliche Reise mit Eva dreißig Jahre später nachzuvollziehen, aber Claudia befand sich natürlich in ihrer Schule, und so landete er wieder am Strand von Zippendorf, spazierte unter turmhohen Bäumen, malte sich aus, wie er bei fünfundzwanzig Grad im

Schatten den See umradelte, und zwar nicht allein. Kam wieder an dem Haus vorbei, der Villa des Juden Melchior, die in fremde Hände gefallen war. Oben weißgrau, unten rote Ziegel, die Westseite berankt von dunkelgrünem Efeu, Sperlinge tschilpten im Laub. Im ersten Stock ein riesiger Wintergarten, wohl der Platz der nordischen Schönheit, wenn sie sehnsuchtsvoll über den See schaute, sich der großen Tage der Vergangenheit erinnernd. Linker Hand das Säuglingsheim »Seepferdchen«, rechts eine Reihe weißstämmiger Birken, im Garten alte Kirschbäume. Strobele streute volkseigenen Mist in die Furchen, um den kommenden Kartoffeln Kraft zu geben. Er hatte die Kopfbedeckung an den Ast eines Kirschbaumes gehängt, richtete sich auf, schob die Brille zurecht.

»Vom Eise befreit sind Strom und Bäche«, stimmte er an.

Aha, der Genosse Strobele besaß klassische Bildung.

»Ist es nicht ein wunderschöner Frühlingsmorgen?« rief er über den Gartenzaun.

Butkus stand, in militärischen Kreisen würde man sagen, er stand direkt in der Schußlinie zwischen Strobeles funkelnden Brillengläsern und den Türmen des Schlosses. Im Rücken der See mit den aufliegenden Ruderbooten am sandigen Strand, vor ihm Strobele, dazwischen nur ein rostiger Gartenzaun. Butkus fühlte sich wie an die Wand gestellt.

Strobele rammte die Mistforke in die lockere Erde und näherte sich bedächtig der Grenzlinie, dem rostenden Draht. Nicht weiter! dachte Butkus. Bleib endlich stehen!

»Der Frost ist schon lange aus der Erde, und Eis hat es in diesem Winter überhaupt nicht gegeben«, fuhr die klassische Bildung fort. »Unsere jugendlichen Schlittschuhläufer sind nicht auf ihre Kosten gekommen.«

Er klopfte an sein lahmes Bein.

»Für mich ist der Schlittschuhsport schon lange zu Ende. Seit fünfundvierzig Jahren bin ich nicht mehr auf dem Eis gewesen, und das mit einem so schönen See vor der Haustür.«

Er war bis auf zwei Meter herangekommen, Butkus spürte den sauren Mundgeruch, sah die grauen Augen hinter den dicken Brillengläsern, entdeckte künstliche Zähne im Oberkiefer, graue Haarbüschel in den Ohren, Falten im Gesicht. Der Genosse Strobele war alt geworden.

Von wegen vom Eise befreit! Die Kälte kroch aus der Erde. Hoffentlich merkt der Kerl da drüben nicht, daß du unter den Kleidern zitterst. Der Spaten mit dem blanken Eisen in Sichtweite, die rostige Mistforke in Wartestellung, Strobele am Zaun lehnend. Auf einen solchen Morgen hast du doch gewartet, hast ihn dir in grellen Farben ausgemalt, in Waldheim warst du gut im Malen. Die Freistunde auf dem Innenhof der Anstalt war immer auch eine Malstunde. Spaziergang um die uralte Linde, ein verstohlener Blick zur Anstaltskirche, die auch kein Erbarmen kannte. War es nicht Gotteslästerung, mitten in so eine Teufelsburg eine Kirche zu bauen? Damals war er überzeugt, sie gehörten zusammen, der Teufel und der liebe Gott, die Anstaltskirche und der Oberleutnant im Vernehmerzimmer. (»Nun erzählen Sie mal von Ihrem Kölner Bruder, Butkus!«) Diese ohnmächtige Wut über zwei Jahre und sieben Monate für »rein gar nuscht«, wie die masurische Oma so etwas nannte. Das Gefühl, unschuldig zu sein, einer Verwechslung, einem Irrtum anheimgefallen zu sein, machte ihn rasend. Seine Wut überbrückte mühelos die fünfhundert Kilometer von Waldheim bis Schwerin und schlug ein wie der Blitz in einem ganz bestimmten Raum des Justizpalastes, auf einem ganz bestimmten Schreibtisch, denn schon dort waren die zwei Jahre und sieben Monate auf den Deckel der Akte geschrieben worden, eine Vorgabe, die Richter, Staatsanwalt und Verteidiger in siebenminütiger Verhandlung erfüllten, von der langen Untersuchungshaft ganz zu schweigen. Nun stehst du vor diesem Morgen und diesem Menschen, aber die Wut ist nur noch Erinnerung.

Strobele mit dem Spaten erschlagen wie einen Maulwurf?

Ihn mit einem Faustschlag zu Boden strecken?

In sein Gesicht spucken und schweigend davongehen?

Man trifft sich immer zweimal im Leben, sagte Butkus, nein, er dachte es nur.

An diesem Morgen ereignete sich ein Zwischenfall, dessen Butkus sich ein Leben lang schämen sollte. Gewiß, eine Kleinigkeit nur, aber er schwor sich, mit niemandem darüber zu sprechen, nicht einmal mit Christa. Das war der Augenblick, als Strobele seine Hand über den Zaun hinweg ausstreckte, eine kurze Hand mit kleinen, feisten Fingern, so gewinnend, so einladend, keineswegs schmutzig. Und er, der Anlaß genug hatte, diese Hand in einen feurigen Ofen zu wünschen, besaß nicht Widerwillen genug, sie auszuschlagen. Also schüttelten sie sich die Hände und wünschten einen guten Morgen.

Strobele beschrieb die schöne Gegend. Zippendorf sei eine Perle am See, bestens geeignet als Ausgangspunkt für Spaziergänge und Radtouren. Das FDGB-Ferienheim »Fritz Reuter« für unsere Werktätigen in der Nähe, auch ein Agrarhistorisches Museum sei zu besichtigen, hinter dem Bornberg der Zoologische Garten, bald beginne die Weiße Flotte mit ihren Rundfahrten, Zippendorf sei ein beliebtes Ausflugsziel. »Drüben auf dem Hügel« – er zeigte hinter sich – »liegt unsere stolzeste Errungenschaft, das Neubaugebiet Großer Dreesch.« Während die Hand weit ausholte, den See überquerte und seine Inseln namhaft machte, sah Butkus eben diese Hand eine Akte durchblättern, Notizen an den Rand schreiben, auch den entscheidenden Hinweis, der ihn nach Waldheim brachte.

Schon als Siebzehnjähriger sind Sie unangenehm aufgefallen, sagte die Stimme, die die schreibende Hand begleitete. Anläßlich der »Weltfestspiele der Jugend und Studenten« unternahmen Sie einen kleinen Ausflug nach West-Berlin. Als der Genosse Ulbricht zehn Jahre später dafür sorgte, daß solche Ausflüge ein für allemal unterbunden wurden, schrieben Sie an eine Kölner

Adresse, nun sei alles verloren, sie würden sich in diesem Leben wohl nicht mehr wiedersehen. Immerhin waren Sie da schon siebenundzwanzig Jahre alt und hätten einsichtiger sein müssen. Wer ist das eigentlich, dieser Gerhard Butkus in Köln?

Mein älterer Bruder, er wurde 1945 aus amerikanischer Kriegsgefangenschaft entlassen und blieb in Westdeutschland, obwohl unsere Mutter ihm dringend schrieb, er möge nach Schwerin kommen.

Warum blieb er im Westen?

Er hatte dort eine Frau kennengelernt.

Für einen kurzen Augenblick erstarb Stroboles Stimme, seine Hand lag wie tot auf den Papieren. Butkus konnte nicht ahnen, daß der mächtige Mann aus dem Fenster schaute bis ins Westfälische, wo sein väterlicher Freund aus dem Lager Magnitogorsk als Rentner der Knappschaft Tauben züchtete, seinen Enkeln vom alten Bebel erzählte und von den Kämpfern der Roten Ruhrarmee, mit denen er 1920 die Stadt Dortmund ein paar Tage besetzt gehalten hatte. So spielt das Leben. Der eine wird so aus der Gefangenschaft entlassen, der andere so, und schon ist entschieden, auf welcher Seite du marschierst. Strobele jedenfalls hatte den richtigen Weg gewählt, den des Fortschritts und der Zukunft.

Nachdem er sich besonnen hatte, sagte er: Köln? Ich höre immer Köln! Ist da nicht das Renegatenzentrum, in dem die Ultras und Militärs sitzen und darüber brüten, wie sie den ersten freien sozialistischen Staat auf deutschem Boden liquidieren können? Na, da wissen wir doch Bescheid.

Mit diesem Satz schloß er die Akte und warf sie so heftig auf das Tischholz, daß eine Staubwolke zur Decke stieg…

Butkus zeigte auf die umbrochene Erde. »Es kann aber noch Frost geben«, sagte er. Mehr fiel ihm nicht ein.

»Mitte März ist das Gröbste vorbei«, antwortete Strobele. »Da kommt nichts mehr, der Winter ist auf dem Rückzug. Gesät wird ja erst im April, vor Ostern dürfen die Kartoffeln nicht in die Erde, das ist alte mecklenburgische Bauernregel. Ich kenne mich aus, ich bin ein Mecklenburger Jung, im Kriegsjahr 1918 auf die Welt gekommen, als die hungernden Frauen die Brotläden in Schwerin stürmten und meine Mutter an vorderster Front mitmarschierte. Auch beim großen Streik in der Munitionsfabrik Holthusen« – Strobele zeigte über den Bornberg – »spielte sie eine führende Rolle; sie war eine fortschrittliche Frau mit revolutionärer Gesinnung.«

Strobeles Brillengläser funkelten, als er von seiner Mutter sprach. Dann fragte er Butkus, ob er aus dem Westen komme.

»Ich besuche meine Tochter«, log Butkus. »Sie wohnt in der Siedlung Großer Dreesch.«

Strobele fragte nach dem Namen der Tochter, behauptete, viele aus der Siedlung zu kennen, vielleicht auch die Tochter.

»Der Name tut nichts zur Sache«, winkte Butkus ab und sah, wie ein Zucken über das Gesicht des alten Mannes lief.

Plötzlich stand die Frage zwischen ihnen, wie es denn möglich sei, daß ein Vater aus dem Westen seine Tochter in der DDR besuchte. Da Töchter so gut wie nie von West nach Ost umzusiedeln pflegten, mußte es den anderen Weg gegangen sein. So einer war das also, ein Republikflüchtling. Der hat vor Jahren Frau und Kind verlassen und kehrt nun, da die Grenzen geöffnet sind, besuchsweise heim. Vor einem Jahr wäre ein solcher Mensch auf der Stelle der sozialistischen Gerechtigkeit zugeführt worden, nun steht er am Gartenzaun, plaudert über die Frühjahrsaussaat und fühlt sich wohl als Sieger.

Strobele fragte, ob er sich auskenne in Schwerin. Wenn nicht, würde er ihm mit Kartenmaterial und guten Ratschlägen behilflich sein. Er selbst sei in der Ernst-Thälmann-Straße geboren, damals Lübecker Straße. Sein ganzes Leben habe er in Schwerin zugebracht, abgerechnet zwei Jahre und sieben Monate des letzten Krieges.

Butkus wollte die falsche Zeitangabe korrigieren, zwei Jahre und sieben Monate, das war seine Zeit, die gehörte ihm, aber Strobele ließ ihn nicht zu Wort kommen, sprach von seiner Mutter, die während der Abwesenheit gestorben war, wenige Wochen, bevor die sowjetischen Befreier Schwerin einnahmen.

Auch das ist nicht ganz korrekt, Strobele. Die sowjetischen Befreier erreichten nur das Ostufer des Sees, Schwerin wurde von amerikanischen Befreiern eingenommen. Hänschen war dabei, lungerte bei den Panzern herum, die den Pfaffenteich umstellt hatten, empfing Essen aus einer amerikanischen Gulaschkanone und Schokolade aus der rabenschwarzen Hand eines Sergeanten. Den Amerikanern folgten englische, kanadische und schottische Befreier, erst zwei Monate nach Kriegsende rückten General Popow und Oberst Michailow in Schwerin ein. Hänschen hatte alle Befreier, die sich in kurzer Zeit die Klinke in die Hand drückten, kennengelernt.

Was sollen wir bloß machen? fragte seine Mutter. Nun kommen die Russen doch noch! Da sind wir tausend Kilometer von Angerburg-Vorstadt bis nach Schwerin geflüchtet, und alles soll umsonst gewesen sein? Doch sogleich fand sie eine tröstliche Hoffnung. Vielleicht hausen sie nicht mehr so schlimm wie in Ostpreußen, der Krieg ist aus, ihr Blutrausch ist verflogen. Wer weiß, am Ende kann man auch unter dem Russen gut leben.

Die Flüchtlingsbaracke leerte sich, über Nacht verschwand der eine oder andere. Am Schweriner See, wo sie zu Tausenden gelagert hatten, wurde es stiller. Sie flüchteten noch einmal Richtung Westen.

Was meinst du, Hänschen? fragte die Mutter.

Er dachte an die Lehmkuhlschen Hühner und die Badestelle des Lankower Sees, die nicht weit entfernt lag. Den Ausschlag gab folgender Satz der Mutter:

Die Gegend ist so schön wie unser Masuren, ob wir so etwas wieder finden, weiß man nicht.

Die Schotten zogen ab, fuhren auf der Gadebuscher Straße

nach Ratzeburg. Mutter wußte immer noch nicht, ob sie gehen oder bleiben sollte. Da kam die Krankheit und nahm ihr die Entscheidung ab. Im Sommer 45 brach Typhus aus, Mutter bekam Fieber und mußte erbrechen. Wie hieß das Krankenhaus, das Hänschen täglich umkreiste, ohne eingelassen zu werden? Deine Mutter liegt in Quarantäne, sagte der Pförtner jeden Tag dreimal.

Und dann kamen sie, die sowjetischen Befreier. Über Nacht. Mutter war nicht da. Über der Stadt Schwerin hing eine Ausgangssperre, machte aber nichts, denn Mutter konnte sowieso nicht aus dem Krankenhaus auf die Straße. Am Morgen standen die Panzer mit dem roten Stern da, wo vorher die amerikanischen und britischen Panzer gestanden hatten, am Pfaffenteich nämlich. Schmiet dat Takeltüüch in'n Papendiek, sagte Lieschen Lehmkuhl.

Wo kamen nur die vielen roten Fahnen her? War es nur ein schnelles Umarbeiten gewesen? Hakenkreuz raus, Hammer und Sichel rein, die Farbe Rot ist vielseitig verwendbar. An den Mauern klebten Aufschriften in deutsch und kyrillisch. Druschba!

Wohin begab sich der Oberst Michailow als erstes? Er richtete seine Kommandantur ein in einem bedeutenden Gebäude der mecklenburgischen Hauptstadt, auf dem unlängst die Hakenkreuzfahne geflattert hatte. Aus einem Lautsprecher ließ er fröhliche Musik über die Dächer dröhnen. Vor den Eingang der Kommandantur stellte er ein gewaltiges Bild, zwei Meter mal anderthalb, das einen gütigen Menschen mit Schnauzbart zeigte. An russischen Gulaschkanonen lernte Hänschen das Wort Kapusta.

Nun hat der liebe Gott entschieden, sagte Mutter, als sie endlich wieder sprechen konnte. Schwerin ist eine schöne Stadt am Wasser, gerade so wie Masuren.

Damit waren die Würfel gefallen.


In der Tür erschien, etwas verschlafen und ungekämmt, Ingeborg Strobele.

»Kaffee ist fertig!« rief sie.

Der Spitz rannte kläffend zur Gartenpforte.

»Ich wünsche Ihnen einen angenehmen Aufenthalt in unserer schönen Stadt«, sagte Strobele.

Wieder kam die Hand über den Zaun, aber Butkus wandte sich ruckartig ab, ging rasch weiter, um sie nicht berühren zu müssen.

»Es gibt auch Führungen im Schloß!« hörte er die Stimme dieser Hand. »Die beste Aussicht auf Schwerin haben Sie vom Turm des Domes, vor allem, wenn das Wetter so schön ist wie heute!«

Strobele sprach mit dem Hund. Er sammelte die Gartengeräte ein. Im eiligen Davongehen hörte Butkus das Kreischen des Eisens. Strobele säuberte den Spaten.

Er war nahe daran, sich zu übergeben. Diese beschämende Feigheit vor dem Feind. Dafür wurde man früher erschossen. Nach zweiundzwanzig Jahren triffst du den, dem du die schlimmsten Erfahrungen deines Lebens zu verdanken hast. Und worüber plaudern die Herrschaften? Über das Wetter und die schöne Aussicht vom Turm des Domes, über den Garten, die Fruchtbarkeit und die mecklenburgischen Bauernregeln.

Als Hans Butkus den See erreichte, ging er in die Hocke und wusch seine Hände.

————————

Von den achtundzwanzig Jahren habe ich sie zweiundzwanzig Jahre nicht gesehen. Sie ist Unterstufenlehrerin in Schwerin-Weststadt und Pionierleiterin. Sie ist Mitglied der SED, jetzt PDS, auch Mitglied des FDGB und der Gesellschaft für Deutsch-Sowjetische Freundschaft. Vor einem halben Jahr beim Schülerappell zum Weltfriedenstag, dem 50. Jahrestag des Beginns des Zweiten Weltkriegs, marschierte sie mit an der Spitze unter einem

Transparent: »Nie wieder Krieg – Nie wieder Faschismus«. Sie weiß so vieles; bevor sie Lehrerin wurde, hat sie pausenlos gelernt. Sie kennt das Schicksal der Arbeitslosen in der BRD, sie weiß um die Leiden derer, die von Berufsverboten betroffen sind, und vom Elend der Slums in den Städten Amerikas. Sie erzählt ihren Kindern von der strahlenden Sonne Kubas und dem fröhlichen Leben der Kolchosbauern in den Schwarzerde-Gebieten der UdSSR. Sie weiß so vieles, aber vieles weiß sie nicht. Eine Woche reicht nicht aus, um ihr zu erzählen, was sie noch wissen müßte. Jede Erziehung ist stets auch Verziehung, Verbiegung, willkürliches Ausrichten auf einen bestimmten Weg und ein Versperren der Aussicht auf alle anderen Wege. Vielleicht braucht es weiterer achtundzwanzig Jahre, um wieder zurückzukehren zu der Kreuzung, von der man in die Irre lief. Dann wäre sie fast so alt wie die masurische Oma, als Lehmkuhls Bauernhof eingeebnet wurde. Das zum Beispiel wäre etwas, das du wissen müßtest, Claudia. Wie das Deutsche Rote Kreuz endlich einen Brief nach Schwerin-Lankow schrieb und mitteilte, ein gewisser Gerhard Butkus sei aus amerikanischer Gefangenschaft heimgekehrt und habe Wohnung genommen in Troisdorf unweit des Rheines. Das muß Ende 1946 gewesen sein oder auch später. Jedenfalls übte sich Hänschen in der Schule gerade in Schönschrift, als der Brief ankam. Mittags schlug die Mutter Eier von Lehmkuhls Hühnern in die Pfanne, der Brief lag auf der Kommode.

Lies selber, sagte sie, du kommst doch aus der Schule.

Schon am Nachmittag schrieb sie eine Antwort, bat den großen Sohn, nach Schwerin zu kommen, um die Familie zu vereinigen.

»So schlimm ist die Ostzone nicht«, schrieb sie. »Wer gut arbeitet, kann auch gut leben. Außerdem ist es eine schöne Gegend«, schrieb sie. »Wir wohnen in einer Sieben-Seen-Stadt, soviel Wasser gab es nicht mal in der Umgebung von Angerburg.«

Schade, daß Strobele diesen Werbebrief für die Ostzone und die schöne Stadt am Wasser nie zu Gesicht bekommen hat. Das hätte Ella Butkus einige Pluspunkte eingebracht. Damals ließen sie Briefe noch unkontrolliert passieren, so entging Strobele der gute Eindruck, den die Frau Butkus von der Ostzone hatte. Was später unter dem Namen Butkus in die Akte kam, war weniger erfreulich.

Eines Abends war er wirklich da, der große Bruder, der richtig im Krieg gewesen war und vielleicht sogar Menschen getötet hatte. Mit dem Zug war er von Köln nach Hamburg gereist, hatte dort sein Fahrrad ausgeladen und war an einem Tag bis Schwerin geradelt. Er stand vor der Baracke und klingelte, und als Hänschen aus der Tür schaute, rief er: Na, Kleiner, du bist aber groß geworden!

Es muß Herbst gewesen sein, möglicherweise wurde auf den Lehmkuhlschen Äckern wieder geerntet, jedenfalls briet Mutter dem Besuch Kartoffeln, und Lehmkuhls Hühner lieferten ihren Teil dazu.

Mutter dachte, er sei gekommen, um zu bleiben, aber Gerhard wollte sie nur überreden, mit ihm in den Westen zu ziehen. Schwarz über die Grenze. Das ließ sich noch machen, war zu jener Zeit auch nicht lebensgefährlich.

Mit dem Kommunismus wird es nie was, war seine ständige Redensart, die er aus Amerika mitgebracht hatte.

Mutter verteidigte die Sieben-Seen-Stadt mit der masurischen Umgebung. Vom Kommunismus wußte sie zuwenig, um etwas Gutes über ihn sagen zu können. Nur soviel hatte sie erfahren: Die kommunistischen Armeen hatten im Osten Deutschlands wie die Vandalen gewütet, während die kapitalistischen Soldaten doch etwas anständiger mit den Besiegten umgegangen waren. Das immerhin gab ihr zu denken.

Aber sie wollte gern in Schwerin bleiben und ihren großen Sohn bei sich haben.

Wir sind keine Faschisten gewesen, sagte sie, auch keine Kapitalisten oder Großagrarier, was soll uns schon passieren?

Warum seid ihr nicht weiter geflüchtet? fragte Gerhard. Nur fünfzig Kilometer, und ihr hättet die Freiheit gehabt.

Zum erstenmal tauchte das Wort Freiheit in der Baracke in Lankow auf. Hänschen erinnerte sich genau, wie es mit dem heißen Dampf zur Decke stieg, sich dort ausbreitete und den ganzen Raum erfüllte. Danach ist es nicht mehr fortgegangen, auch als die Baracke niedergerissen wurde, blieb es gegenwärtig.

Da war gerade Typhus, sagte Mutter und erzählte ausführlich von ihrer Krankheit.

In Schwerin kannst du sogar Eisenbahner werden wie dein Vater, schlug Ella Butkus vor. Wir haben einen großen Eisenbahnknotenpunkt und eine richtige Reichsbahndirektion.

So dachten Mütter.

Aber Gerhard lachte nur und sagte, daß ihm die Eisenbahn, die unseren Vater umgebracht habe, gestohlen bleiben könne.

Als es dunkelte, kam Lieschen Lehmkuhl, um mit Gerhard über die amerikanische Landwirtschaft zu sprechen. Hänschen sind Maisfelder in Erinnerung geblieben, die bis an den Horizont reichten wie in Ostpreußen die Roggenschläge.

Kein Wunner, dat sei denn' Krieg wunnen hemm', meinte die Bäuerin zu dem vielen Mais.

Nur an Tüften mangelte es. Kartoffelfelder wie in Lankow hatte Gerhard in Amerika nicht zu Gesicht bekommen.

Als die Bäuerin ging, nahm sie Hans mit. In der Küche des Bauernhauses ließ sie ihn stehen, verschwand in der Speisekammer, um einen Strämel Bauchspeck abzuschneiden für den verlorenen Sohn der Frau Butkus, der heimgekehrt war. Da stand Hänschen also in Lehmkuhls Küche, bewunderte die blauen Kacheln und die Bilder an den Wänden, die Pferde vor dem Pflug zeigten und Pferde in der Schwemme und Pferde im Roßgarten. Dort lernte Hänschen auch den mecklenburgischen Dichter kennen, von dem ein Spruch über dem langen Küchentisch hing:

»Dat hew ick ümmer funnen in de Welt, dat dejenigen, de recht schön satt sünd, am lichtesten bi frömd Unglück rührt warden. Äwer dorbi bliwt dat denn ok, un wenn dat up wirkliche Hülp ankümmt, denn sünd sei nich tau Hus.«

Drei Nächte schlief der große Bruder mit Hänschen in einem Bett.

Mach dich nicht so dick, Kleiner, sagte er, wenn er vor dem Einschlafen vom Krieg erzählte. Viel heißer Sand kam darin vor, denn als Soldat hatte Gerhard Nordafrika erlebt. In Italien erntete er Apfelsinen. An der französischen Atlantikküste badete er in unvorstellbar hohen Wellen.

Das werdet ihr nie erleben, wenn ihr in der Ostzone bleibt. Nicht mal den Kölner Dom, den ich vom Stubenfenster in Troisdorf aus erkennen kann, werdet ihr zu sehen bekommen. Sag bloß, du hast noch nie was vom Kölner Dom gehört, Kleiner?

Nee, vom Dom nichts, aber Kölner Mädchen kannte er. Die waren nach dem 1000-Bomber-Angriff auf Köln im Mai 1942 nach Angerburg evakuiert worden und lernten dort das Barfußlaufen.

Tagsüber, wenn Hänschen in die Schule mußte, fuhr Gerhard mit dem Fahrrad spazieren, um sich die Gegend anzusehen. Mutter wollte zum Amt gehen, um ihn anzumelden und Lebensmittelkarten zu holen.

Nur das nicht, sagte er. Ich muß zurück nach Troisdorf. Und ihr solltet auch rüberkommen. Noch geht es, aber irgendwann geht es nicht mehr.

In der dritten Nacht klopfte Lieschen Lehmkuhl ans Fenster. Er hörte, wie sie mit Mutter und Gerhard flüsterte. Jemand sagte: Kein Licht anmachen! Rasch zog Gerhard sich an, schob das Fahrrad aus der Baracke. Auf dem Hof war es finster wie in einem Kohlenkeller. Auch das Bauernhaus ohne Licht. Als der Hund anschlug, ging Lieschen Lehmkuhl hin, ihn zu beruhigen.

Willst du immer noch Kapitän werden, Kleiner? fragte Gerhard, als er sich verabschiedete. Mutter ging mit ihm hinaus, Hänschen richtete sich im Bett auf und blickte durchs Fenster. Ohne Licht fuhr Gerhard über den Hof, bog in die Gadebuscher Straße ein und verschwand Richtung Westen, ohne Licht.

Tags darauf kamen zwei in Lederjacken, um mit Mutter zu sprechen. Hänschen war in der Schule, lernte das große Einmaleins, als sie kamen. Mutter hat über diesen Besuch kein Wort verloren, aber Lieschen Lehmkuhl sah die Lederjacken und erzählte es ihm dreiundvierzig Jahre später. Damals fing es an mit dem Namen Butkus in den Akten.

Nach vier Wochen schrieb Gerhard – auf dem Umschlag eine Briefmarke, die den Kölner Dom zeigte –, daß er an der Zonengrenze sein Fahrrad verloren habe. Vor Mustin gab es eine Kontrolle, er warf das Fahrrad in den Graben und lief zu Fuß durch den Wald über die Grenze, dabei ein flaches Gewässer bis zu den Knien im kalten Wasser durchwatend. Und das im Oktober! Im Süden stand in jener Nacht der volle Mond und wies ihm den Weg.

»Kommt rüber, bevor es zu spät ist!« endete der Brief. Aber Mutter mochte nicht bis zu den Knien durch kaltes Wasser waten.

Die Wahrheit kam ein Vierteljahr später ans Licht. Gerhard hatte eine Frau, die ihn in Troisdorf zurückerwartete. Er schrieb, daß er sich verheiratet habe, ohne große Festlichkeiten und nur standesamtlich, denn der liebe Gott war im Jahre 1948 auch noch nicht nach Deutschland heimgekehrt.

Das »nur standesamtlich« ärgerte Mutter.

Was soll aus solchen Ehen werden?

Die Strafe folgte auf dem Fuße, Gerhards Frau bekam niemals Kinder.

———

Am 21. März 1922 begann Ferdinand Grabow, sein Tagebuch zu führen. Die schlimmsten Dinge geschehen im März: der Kapp-Putsch, Einmarsch in Prag, Anschluß Österreichs. Im März 1944 starb der Eisenbahner Karl Butkus, im März 1968 verhafteten sie seinen Sohn Hans aus der Schlafstube heraus. Im März 1990 streunte er durchs frühlingshafte Schwerin und dachte an den März 1953, als Stalins Tod betrauert wurde.

»Sein Werk lebt und wird der fortschrittlichen Menschheit noch in Jahrhunderten wegweisend sein.«

Dieses Trauertransparent schwebte über einem Bild des Großen, Mächtigen, Väterlichen in der Kantine des Klement-Gottwald-Werkes. Einen Monat lang Trauer, einen ganzen März.

Grabow besaß eine reine, akkurate Schrift, die Buchstaben schossen hoch auf mit einer leichten Neigung nach rechts. Schwarze Tinte, spitze Feder, ein Löschblatt immer dabei. Man sah es dem Werk an, daß es zum Bleiben bestimmt war, ein Dokument für kommende Generationen, ein Künder großer Taten:

Gegen sieben Uhr in der Frühe ist Günter geboren, wir sind nicht mehr allein. Jetzt, da wir eine Zukunft haben, fühle ich mich berufen niederzuschreiben, woher wir kommen und wohin wir gehen.

Das größte Erlebnis meiner Jugend war der Weltkrieg. Ich trug den feldgrauen Rock drei Jahre, wurde zweimal durch russisches Schrapnellfeuer verwundet, die Narben an Beinen und Armen werde ich ein Leben lang tragen wie eine Auszeichnung. Wenn ich dereinst auf dem Totenbette liege, werden die, die es angeht, die Narben des Krieges sehen und stolz darauf sein. (Anmerkung des Chronisten: Das Totenbett des Ferdinand Grabow befand sich in einer verlausten Baracke östlich des Uralhöhenzuges. Wegen des großen Andrangs an der Erdkuhle fand niemand Zeit, die

Narben des Krieges zu bewundern. Wir nehmen uns zu wichtig, kein Mensch will Narben sehen, egal, wer sie geschlagen hat.)

Den Krieg erlebte ich im Osten. Ich nahm teil an den schweren Kämpfen in Livland und Galizien. Drei Kameraden starben neben mir den Heldentod. Daß ich überlebte, erscheint wie ein Wunder und Fingerzeig der Vorsehung. (Auch hier nimmt sich der Schreiber zu wichtig, die Vorsehung zeigt nicht mit dem Finger.)

Erst im Dezember des Jahres 1919 betrat ich wieder deutsche Erde. Kaum heimgekehrt in mein geliebtes Mecklenburg, nahm ich an den Kämpfen im März 1920 in Schwerin teil, als sich haltloses Gesindel bewaffnet hatte und nur mit Hilfe eines reichstreuen Freikorps niedergehalten werden konnte.

———

Sie hatte sich festlich gekleidet, als ginge es in ein Konzert oder in die Oper. Das freut einen alten Vater, wenn die Tochter sich für ihn hübsch macht. Den Trabi hatte sie zu Hause gelassen und war mit der Straßenbahn gekommen, offenbar rechnete sie mit Alkohol. Butkus saß am reservierten Tisch mit Blick auf den Bahnhofsplatz, den Claudia zügig überquerte. Unter einem Wahlplakat »Nie wieder Sozialismus!« verlangsamte sie ihre Schritte, blickte aber nicht auf.

Was wird sie wählen? Darf man die eigene Tochter nach solchen Geheimnissen fragen? Was wählt eine junge Frau im März 1990, die in jenem Jahr geboren wurde, als das Außenhandelsministerium der DDR unverhältnismäßig große Partien Stacheldraht orderte, um mecklenburgische Weideflächen einzuzäunen?

In der Eingangshalle blieb sie stehen und schaute sich hilfesuchend um. Butkus ging ihr entgegen, half ihr aus dem Mantel und führte sie zum reservierten Tisch, dabei den Arm um ihre Schulter legend. An den Nebentischen dachten sie: Nun kommen die alten Kerle aus dem Westen und führen unsere schönsten Mädchen aus.

Als er dachte, daß sie das dachten, nahm er den Arm von ihrer Schulter, rückte den Stuhl zurecht und setzte sich ihr gegenüber. Schön war sie, so schön wie Eva damals.

»Hier bin ich noch nie gewesen«, gestand Claudia.

Er fragte nach der Arbeit in der Schule.

»Heute wurden die alten Bilder abgehängt, nun haben die Wände weiße Flecken.«

»Was sagten die Kinder dazu?«

»Ein kleiner Vietnamese fragte, ob nun das Bild des weißhaarigen Präsidenten des Kapitalismus an die Wand käme. Nein, habe ich geantwortet, wir hängen nur noch Bilder auf, die wir selbst gemalt haben. Es folgte eine Malstunde.«

Butkus bestellte sächsischen Wein, aber der war in Mecklenburg ausgegangen.

»Den haben eure sächsischen Genossen selbst getrunken«, sagte er und lachte.

Sie überhörte die Anspielung und vertiefte sich in die Karte.

Also Rheinwein.

»Erinnerst du dich an den fünfundsechzigsten Geburtstag deiner Oma, ich meine der masurischen Großmutter? Den haben wir mit ungarischem Wein gefeiert.«

Nein, daran erinnerte sie sich nicht.

Er musterte sie über den Rand des Papiers. So hatte Eva ausgesehen, als sie ihm verlorenging. Aber Eva hatte geraucht, vor dem Essen und nach dem Essen, auch vor dem Schlafen und nach dem Schlafen. Claudia war ein paar Zentimeter größer als Eva. Das bringen die guten Zeiten mit sich, daß Kinder größer werden. Unterhalb des rechten Ohrläppchens entdeckte er ein kleines Muttermal, Eva besaß ein Muttermal unter der linken Brust. Sie wird wohl gescheiter sein als Eva, auch das bringen die guten Zeiten mit sich: Die Kinder werden immer klüger. Eva war mehr sinnlich, deshalb konnte sie nicht so gescheit sein. Wenn sie Eva den Mann wegnehmen, um ihn, sagen wir mal, nach Waldheim zu schicken, braucht sie spätestens nach sechs Wochen einen neuen, sonst dreht sie durch. Claudia schien ihm aus anderem Holz geschnitzt, die könnte warten, bis die Mauern von Waldheim einstürzen.

Beginnen wir mit Zwiebelsuppe.

»Weißt du noch, wie ich dich huckepack durch den Zoo getragen habe, vom Affenkäfig zu den Löwen und Känguruhs? Du mochtest nicht laufen, weil die Tiere dir so bedrohlich groß vorkamen. Von meinem Nacken blicktest du auf sie herab.«

Sie rührte schweigend in der Suppe.

Er fragte, ob es in der Schule Veränderungen gegeben habe seit der Wende.

»Zum Glück unterrichte ich die Kleinen, die fragen nicht viel. Aber was soll man den Großen sagen, wenn die alten Bilder abgehängt werden, bestimmte Lieder nicht mehr gesungen, bestimmte Gedichte nicht mehr aufgesagt, bestimmte Geschichten nicht mehr erzählt werden dürfen? Am besten haben es die Mathematiker: zwei mal zwei bleibt vier.«

»Ich habe das auch erlebt«, sagte Butkus. »Als ich zwölf war, wurden die Schulbücher eingesammelt und die Hakenkreuze unkenntlich gemacht. Ein dicker roter Strich tilgte die Geschichte des Albert Leo Schlageter, der im Kampf gegen die Ruhrbesetzer gefallen war. Die Seite über Horst Wessel, den Rotfrontkämpfer in Berlin erschlugen, wurde gänzlich herausgetrennt. ›Ein Tag in Braunau‹ ersetzten wir durch ›Ein Sonntagmorgen bei Karl Marx‹. Über das Lied der Bewegung klebten wir den Rotgardistenmarsch. Das kam gerade so hin, drei Strophen ›Brüder, zur Sonne, zur Freiheit‹ deckten drei Strophen ›Die Fahne hoch‹ vollständig ab.«

Claudia hatte von Schlageter und Horst Wessel nichts gehört, auch wußte sie nicht, was es mit dem Städtchen Braunau auf sich hatte.

Sie löffelte ihre Suppe und schwieg.

»Als die Faschisten an die Macht kamen, werden sie wohl auch die Schulbücher umgeschrieben haben«, meinte sie nach einer Weile.

Das wußte er nicht, weil er damals nicht lebte, aber er glaubte es sicher, daß auch die Faschisten als erstes die Schulbücher änderten, denn sie wollten die Jugend gewinnen, und sie hatten wenig Zeit. Sein Bruder Gerhard hatte es erlebt, daß 1933 einige Bücher in der Schule auf Nimmerwiedersehen verschwanden. Das Bild des Reichspräsidenten Ebert wurde abgehängt, Hindenburg und der Alte Fritz durften bleiben. Und 1919 wird es auch neue Bücher gegeben haben. »Heil dir im Siegerkranz« gehörte nicht mehr ins Lesebuch, auch mußte das Bild entfernt werden, das den Kaiser zeigte, wie er mit seinen Windspielen ins Manöver ritt.

Armes Deutschland! Viermal in einem Jahrhundert die Schulbücher umgeschrieben! Wer kann soviel im Kopf behalten? Wer weiß am Ende, was richtig ist und wahr bleibt?

»Glaubst du wirklich, daß unsere Bücher umgeschrieben werden müssen?« fragte Claudia.

»Das ist wohl nicht zu vermeiden. In einigen Punkten sind sie einfach unwahr.«

Sie bröselte Brot in die Suppe und blickte an ihm vorbei. Er spürte, wie sie sich ihm verschloß, wie sie fremd wurde. Nur das nicht! So war es doch nicht gemeint. Er wollte sie nicht verlieren und wäre bereit, auch die Schulbücher hinzunehmen.

Es stellte sich heraus, daß selbst die DDR ihre Schulbücher umgeschrieben hatte. Butkus kannte noch dieses Gedicht auswendig:

> »Es wird ganz Deutschland einstmals Stalin danken.
> In jeder Stadt steht Stalins Monument.
> Dort wird er sein, wo sich die Reben ranken,
> Und dort in Kiel erkennt ihn ein Student.

Dort wirst du, Stalin, stehn in voller Blüte
Der Apfelbäume an dem Bodensee,
Und durch den Schwarzwald wandert seine Güte
Und winkt zu sich heran ein scheues Reh.

Mit Marx und Engels geht er durch Stralsund,
Bei Rostock überprüft er die Traktoren,
Und über einen dunklen Wiesengrund
Blickt in die Weite er, wie traumverloren.

Mit Lenin sitzt er abends auf der Bank,
Ernst Thälmann setzt sich nieder zu den beiden.
Und eine Ziehharmonika singt Dank,
Da lächeln sie, selbst dankbar und bescheiden.«

Claudia brauchte das nicht mehr zu lernen. In ihren Schulbüchern kam es nicht vor, sie wußte nicht mal, daß es ein solches Gedicht gegeben hatte.

Sprechen wir über die Suppe. Sie hat einen französischen Namen und bringt uns zu den Türmen des Schweriner Schlosses, die den Loireschlössern nachempfunden waren. 1813 zogen die Franzosen aus Schwerin ab. Ob damals auch die Schulbücher umgeschrieben wurden?

Gewiß doch, die Kinder lernten ein Gedicht von Theodor Körner.

»Es kann bei uns nicht alles verkehrt gewesen sein«, sagte Claudia.

»Natürlich nicht, das Dritte Reich hatte auch seine guten Seiten. Denk mal an die schönen Autobahnen, die der Führer bauen ließ.«

Sie blickte ihn strafend an.

»Ich möchte nicht, daß du unsere DDR mit dem Faschismus vergleichst.«

Er versprach es, weniger aus Überzeugung als aus Angst, sie zu verlieren.

In den Bahnhof lief der Zug aus Wismar ein. Winterlich gekleidete Menschen hasteten über den Platz. Ein Mannschaftswagen der sowjetischen Streitkräfte hielt vor dem Hotel »Polonia«.

In seinem Kopf kreisten die Gedanken um das, was Claudia in den vergangenen Jahren sagen, schreiben, denken mußte. Wenn man Mitglied des sozialistischen Lehrkörpers war, ließ sich das nicht vermeiden. Parteiliche Pädagogik hatte sie gelernt, denn objektivistische Wissenschaft war in diesem Lehrgebäude ein Schimpfwort. Aber das kannst du ihr nicht vorwerfen. Wer 1961 in Schwerin geboren ist und achtundzwanzig Jahre in der DDR gelebt hat, mit bestimmten Lehrern und Schulbüchern aufgewachsen ist, der ist geprägt, der kann nicht anders.

Er begann, von seiner Arbeit zu sprechen, von den Schiffsbewegungen im Nord-Ostsee-Kanal, den Wasserständen der Elbe, den täglichen Hafenberichten.

»Die Nordroute um Skagen ist mindestens fünfzehn Stunden länger, darum fahren die Schiffe lieber durch den Kanal, auch eure DDR-Frachter.«

Er zählte auf, was sie in Hamburg besuchen würden, wenn sie käme, vielleicht im Sommer. Per Schiff nach Cuxhaven oder Helgoland, Badestrände an der Nordsee, Wattlaufen. »Hast du schon mal Krabben gegessen?«

Plötzlich fiel der Name Gassmann, und sie waren wieder bei der alten Geschichte. Er erzählte von dem Unfall mit Blechschaden auf der Kreuzung in Dresden. Und wer steigt aus dem demolierten Auto? Porwik, der Kreissekretär.

»Wie weit bist du mit Strobele?« fragte Claudia.

»Strobele gräbt den Garten um.«

»Hast du mit ihm gesprochen?«

»Ja und nein.«

Er war froh, daß die Bedienung die bestellten Putenschnitzel brachte und Wein nachschenkte. Das lenkte ihn von Strobele ab und von dieser peinlichen Begegnung am Gartenzaun.

Er hob das Glas und wartete, bis sie mit ihm anstieß. Die goldgelbe Flüssigkeit zitterte. Rheinwein also. Deine DDR hat nicht mal ordentlichen Wein! Nein, das würde er niemals sagen. Nichts mehr gegen die DDR, jedenfalls nicht in Claudias Gegenwart.

Durchs Glas und die goldgelbe Flüssigkeit sah er sie mit anderen Augen, nicht wie ein Vater seine Tochter sieht. Mit dieser Frau hatte er vor zweiundzwanzig Jahren zuletzt geschlafen. Genauso sah sie aus, auch ihre Stimme klang vertraut, die Bewegung ihrer schlanken Hände, wie Eva. Nur rauchen, das tat sie nicht.

Es lag wohl an dem Rheinwein, den er zu hastig getrunken hatte. Plötzlich verspürte er Widerwillen gegen Putenschnitzel und diesen Strobele, der wie ein ruheloser Geist über der Flasche schwebte.

»Immerhin brauchen wir in unseren Schulen keine Berichte mehr zu schreiben«, bemerkte Claudia und erwartete wohl, daß er nach der Art der Berichte fragen werde. Aber Butkus zerlegte Putenfleisch und dachte an Strobele und die Frau, mit der er vor zweiundzwanzig Jahren zuletzt zusammengewesen war. Außerdem trank er schon wieder.

»Bis zur Wende war es so, daß wir Besonderheiten und Auffälligkeiten melden mußten. Erzählte ein Mädchen vom Besuch der Tante aus dem Westen, mußte das ins Berichtsbuch. Schwärmte ein Junge von einer weiten Reise, die er mit seinen Eltern unternehmen wollte, war der Fall zu notieren. Auch die Kinder selbst hatten Berichte zu schreiben.«

Butkus legte vorsichtig das Besteck aus der Hand, er fühlte ein leichtes Unwohlsein und wischte mit der Serviette über das Gesicht.

»Ist dir nicht gut?«

»Doch, doch, ich habe nur etwas hastig getrunken.«

Er stellte sich ein siebenjähriges Kind vor, das von einer Reise an den Rhein plappert. Die Junglehrerin Warneke erwähnt es pflichtgemäß in ihrem Berichtsbuch, irgendein Strobele liest es und besucht die Eltern.

So, so, Sie wollen an den Rhein fahren? Wäre es nicht besser, wenn Sie zunächst unsere DDR kennenlernten und in die andere Richtung reisten, zum Beispiel nach Bautzen?

»Euer Rheinwein ist gut«, sagte sie. Sie hatte es noch immer mit dein und mein, mit euren Autos, eurem Rheinwein und euren Bananen; seit achtundzwanzig Jahren hieß es »bei uns in der DDR«; die Gegend weiter westlich, wo der Vater lebte, nannte sie das kapitalistische Ausland oder einfach »drüben«.

Auch im Jahre 1968 wird es Lehrer gegeben haben, die Berichte schreiben mußten. Mein Papa möchte gern durch den Nord-Ostsee-Kanal fahren, plappert ein siebenjähriges Mädchen. Die Lehrerin schreibt es auf, irgendein Strobele liest es und entscheidet: Aus der Reise wird nichts, dein Papa fährt elbaufwärts.

»Ich bin Mitglied der Partei«, hörte er ihre Stimme.

»Als Lehrerin mußt du das wohl sein.«

»Nein, ich bin aus Überzeugung eingetreten.«

»Aber jetzt bist du frei, jetzt mußt du nicht mehr in der Partei sein.«

»Was du Strobele vorzuwerfen hast, habe ich vielleicht auch getan«, sagte sie nach einer Weile. »Wenn du ihn zur Rede stellst, wird er dir sagen, nur im Rahmen der Gesetze unseres Staates gehandelt zu haben. Das kann niemals Unrecht sein.«

Hatten wir das nicht schon einmal? Die Nürnberger Gesetze, Todesstrafe für das Hören von Feindsendern, zehn Jahre Zuchthaus für einen Witz über den Führer, es ergab sich aus gültigen, legal zustande gekommenen Gesetzen.

Du vergleichst ja schon wieder, Hans Butkus.

Plötzlich beschlich ihn die Angst, seine Tochter könnte schuldig geworden sein. Morgen kommt einer aus dem Westen und klopft an ihre Tür. Sie haben uns damals angeschwärzt, Frau Warneke. Das wird Folgen haben. Der Kerl lauert ihr auf, er stellt ihr ein Bein, er schlägt sie zusammen. Butkus wischte sich den Schweiß von der Stirn.

»Möchtest du Nachtisch?«

»Nein, danke.«

Zwölf Jahre Faschismus und vierzig Jahre DDR, macht zusammen zweiundfünfzig. Die Mathematik stimmte. »Ruinen schaffen ohne Waffen – 40 Jahre DDR« hatte er auf einem Transparent in den langen Fernsehnächten der Wende gelesen.

Also lassen wir das Vergleichen. Sächsischer Wein oder Rheinwein. Er goß den Rest aus der Flasche in die Gläser. Trink, meine Tochter, trink!

Butkus zahlte und half ihr in den Mantel.

»Ich werde dich nach Hause fahren.«

»Du hast getrunken«, wehrte sie ab.

»Das bißchen Wein macht nichts, bei uns wird es toleriert.«

Schon wieder das Vergleichen. Ihr und wir, verboten und erlaubt, verraten und verkauft.

»Bei roter Ampel darfst du rechts abbiegen.«

»Na, das ist nun wirklich eine Errungenschaft, in diesem Punkte ist die DDR besser.«

Sie saß angeschnallt auf dem Beifahrersitz und war ganz ruhig. Er roch ihr Parfüm, ein Duft von bulgarischen Rosenfeldern, sah ihr Profil im Lichtschein vorbeihuschender Straßenlaternen. Wenn sie jetzt eine Zigarette angesteckt hätte, wäre es Eva gewesen.

Er fuhr den Umweg durch Zippendorf, um kurz vor dem Wasser den Arm auszustrecken und sagen zu können: Drüben schläft Strobele. Claudia und Strobele in einem Boot, ihm wurde schwarz vor Augen. Wenn du sie nicht verlieren willst, mußt du schweigen. Keine Vorwürfe, keine Anklagen. Wir verlieren sechzehn Millionen Menschen, wenn wir nicht schweigen.

Das Haus lag in völliger Düsternis. Hinter ihnen gluckerte Wasser, Sterne spiegelten sich im Schweriner See. Wenn es Eva gewesen wäre, hätte er den Arm um sie gelegt und sie an sich gezogen.

Er fuhr mit ihr die Plater Straße hinauf. Vor den Büschen am Hang standen die Wahltransparente. »Marx ist tot und Jesus lebt«. Ein Tag in Braunau, ein Sonntagmorgen bei Karl Marx, ein Spaziergang mit Jesus durch die Jerusalemer Altstadt. Du denkst Blödsinn, Hans Butkus. Der Wein jedenfalls kam aus Rüdesheim.

Dem großen Denkmal an der Leninallee hatte ein Spaßvogel ein Schild umgehängt: »Am Vorabend der Revolution aß Lenin Bratkartoffeln«.

Was war das für eine sonderbare Revolution, die den gestürzten Helden heitere Sprüche um den Hals hängte und nicht Texte wie das Standgericht im Keller des Demmlerplatzes: »Ich mußte sterben, weil ich nicht an Deutschland glaubte«.

»Willst du auch zur Wahl gehen?« fragte er, bevor sie sich verabschiedeten.

»Eigentlich schon, aber ich weiß nicht, wen ich wählen soll. Vor einer Woche war ich fest entschlossen, meiner Partei die Treue zu halten, aber jetzt kommt so vieles ans Tageslicht, jeden Tag berichten die Zeitungen von schlimmen Dingen… Ich weiß nicht, was ich tun soll.«

Sie fragte, welche Partei er im Westen wähle.

»Mal so, mal so«, sagte Butkus.

Er hielt es für demokratische Bürgerpflicht, nicht einer Partei die Treue zu halten. »Treuehalten ist immer eine Art von Beschränktheit. In Treue fest zum Kaiser, dem Führer treu ergeben, Treue zu einer Partei, so fängt man Menschen, um sie zu mißbrauchen. Es genügt, dem Ehepartner und den Kindern treu zu bleiben.«

Sie blickte ihn sonderbar an. Na, so treu bist du deiner Frau und deinem Kind auch nicht gewesen, schien sie sagen zu wollen, sonst hättest du dich zusammengerissen und wärst bei ihnen geblieben.

Er hielt in der Magdeburger Straße, bis in ihrer Wohnung das Licht eingeschaltet wurde. Dann fuhr er noch einmal sehr langsam durch Zippendorf.

»Tod der DDR! – und bloß keine Träne nachweinen!!« stand auf einem Plakat.

Ich liebe euch doch alle, sagte der Wolf zu den sieben Geißlein.

―――――――

Nachdem Strobele Gewißheit hatte, daß seine Mutter am Obotritenring begraben lag, in ihrer Wohnung eine Flüchtlingsfamilie aus Schneidemühl lebte, nachdem das alles feststand, begab er sich zur sowjetischen Kommandantur und erklärte in gebrochenem Russisch, das er in der Gefangenschaft gelernt hatte, daß ein Antifaschist aus Magnitogorsk heimgekehrt und gewillt sei, den fortschrittlichen Kräften beim Aufbau eines neuen Deutschlands zu helfen.

Auf Männer wie Sie warten wir, sagte ein junger Genosse, Verbindungsmann zwischen Oberst Michailow und den fortschrittlichen deutschen Kräften. Nichts fehlt uns so sehr wie Menschen, die von der faschistischen Vergangenheit unbelastet sind.

Bevor der Aufbau beginnen konnte, galt es aufzuräumen, den Augiasstall auszumisten; damals fing es an mit der klassischen Bildung. Ein Militärauto brachte Strobele nach Zippendorf. Nicht daß er dort Wohnung nehmen wollte, nein, er suchte eine bestimmte Person an diesem Ort des Friedens. Die Flüchtlinge, die dort monatelang gehaust hatten, waren abgezogen, ins Lager Bad Kleinen oder in den Westen oder in die Wohnungen derer, die davongelaufen waren, als sie hörten, die Rote Armee werde in Schwerin einmarschieren. Kinder spielten im Sand, es gab Angler, die auf den Anlegestegen saßen und die Beine übers Wasser baumeln ließen. Nichts war zu Bruch gegangen, sieht man davon ab, daß auf dem Exerzierplatz in der Nähe eifrig marschiert worden war und Stalag II E gleich um die Ecke lag und ein paar Kilometer südlich bei Raben Steinfeld einundsiebzig Tote gezählt wurden.

Das Haus schien unbewohnt. Viel trockenes Holz, in stürmischen Nächten von den Bäumen gefallen, lag im Garten. Sperlinge tschilpten in Lindenbäumen, von denen die Zippendorfer wußten, daß der Jude Melchior sie hatte pflanzen lassen nach dem ersten Krieg. Als der zweite Krieg zu Ende ging, blühten sie zum erstenmal, später mußten sie nützlicheren Kirschbäumen weichen. Hohes gelbes Gras im Garten, weil der Parteigenosse Grabow in diesem Sommer keine Kriegsgefangenen zur Kurzhaltung des Rasens bekommen hatte. An mehreren Apfelbäumen reiften rote und gelbe Früchte. Strobele dachte daran zu ernten, denn zur neuen Zeit, die nun beginnen sollte, gehörte es auch, daß die Obstbäume, die der Jude Melchior nach dem überaus kalten Winter 29 in seinen Garten pflanzen ließ, nicht mehr nur einem gehörten, sondern allen, daß sich die Armen, die Hungernden, die Heimkehrer bedienen durften, ohne zu säen. Die hohen Zäune, die das persönliche Eigentum schützten, gehörten niedergerissen.

Hinter Blättern und niedrigem Buschwerk entdeckte er in der Dämmerung des Spätnachmittags ein spärlich beleuchtetes Fenster. Er war also zu Hause, dieser Grabow. Im Vorgarten stand der alte Fahnenmast, den sie zu Kaisers Zeiten in die Erde getrieben und mit Kaisers Fahne geschmückt hatten. Nach Grabows Einzug wehte nur noch das Hakenkreuz. Als Strobele das Anwesen im Herbst 1945 zu Gesicht bekam, war das Holz leer, sah aus wie der Mast eines gestrandeten Schiffes.

Eine Tür klappte. Strobele sah eine Frau, die einen Hund durch den Garten führte. Grabow hatte ihn also entdeckt und schickte die Frau als Kundschafterin in den Garten. Den Hund brauchten sie wegen der Apfeldiebe.

Als sie in seine Nähe kam, humpelte Strobele weiter, blieb schließlich doch stehen, wie um nach dem Weg zu fragen.

Lebt Ferdinand Grabow noch? rief er über den Zaun.

Die Frau riß den kläffenden Hund zurück.

Was wollen Sie von meinem Mann?

Strobele hatte die Frau nie zuvor gesehen, auch in Grabows großer Zeit hatte Mariken die Öffentlichkeit gemieden, war auf Kundgebungen und Vorbeimärschen nur selten aufgefallen. Eine deutsche Frau versorgt den Herd, führt den Dackel aus und hält den Ofen warm.

Sie sehen so aus, als kämen Sie gerade aus Gefangenschaft, sagte die Frau und bückte sich nach einem heruntergefallenen Apfel.

Strobele starrte den Apfel so begehrlich an, daß sie ihn an der Schürze abwischte und durch den Maschendraht schob. Er fraß den Nazischweinen aus der Hand, bis ihm der Saft in die Augen spritzte. Über die Frau hinweg blickte er zum matten Fensterlicht, wo Grabow saß und sich nicht heraustraute. Man trifft sich immer zweimal im Leben, sagte er, nein, er dachte es nur.

Kommen Sie aus Rußland? fragte die Frau.

Als er nickte, wollte sie Näheres wissen. Welche Einheit? Wo in Gefangenschaft geraten und wann? Welches Lager? Er staunte, wie gut sie in der Sowjetunion Bescheid wußte. Von der Krim bis zum Eismeer kannte sie die Ströme und Höhenzüge, die Bergwerke und Industriekomplexe, in deren Nähe große Lager errichtet waren. Hinter Grabows Schreibtisch hing damals eine riesige Landkarte: Europa mit Berlin als Mittelpunkt. Blaue Fähnchen in Narvik, am Atlantik, in Italien, auf Kreta, am Fuße des Kaukasus und nördlich von Leningrad.

Wir werden auch den letzten Feindsender zum Schweigen bringen, damit Kreaturen wie Sie sich nicht länger an Negermusik und Greuelpropaganda ergötzen können! schrie Grabow und tippte auf das rotmarkierte London. Sie wollten kämpfen und erobern, bis im Äther nur noch deutsche Laute zu vernehmen waren, die Ansprachen des Führers und »Kein schöner Land«, gesungen vom Dresdner Knabenchor für die verwundeten Soldaten in einem Lazarett in Magnitogorsk, östlich des Uralgebirges.

Strobele nannte seinen Namen. Er bedeutete ihr nichts. Walter Strobele war nur ein kleines Licht gewesen, ein unbedeutender Fall, so belanglos, daß Grabow ihn nicht einmal am heimischen Frühstückstisch erzählen mochte. Aber auch kleine Lichter brennen heiß, sie sind ihr eigenes Universum, und wenn du sie nicht austrittst, brennen sie dir ein Loch ins Fleisch.

Ist Ihr Mann zu Hause?

Mariken Grabow blickte hinter sich und schwieg.

War es denn möglich, daß die Rote Armee diesen Grabow vergessen hatte? Daß die Amerikaner, als sie die Stadt einnahmen, dem Faschisten Grabow nichts tun würden, war zu erwarten. Aber daß die Rote Armee, nachdem sie Schwerin von den Amerikanern übernommen hatte, es dabei bewenden ließ, war doch ein grobes Versehen. Es wurde Zeit, drei Uniformierte auszuschicken, bewaffnet natürlich, um den Hitleristen Grabow aus seinem Versteck zu holen. Abtransport in eines der großen Lager, Magnitogorsk zum Beispiel. Den Rest erledigt die Zeit oder der Typhus.

Kannten Sie meinen Mann persönlich?

Strobele nickte kurz, biß wütend in den Apfel, um sich nicht weiter erklären zu müssen.

Ihre Frage, ob er noch lebt, war gar nicht so unberechtigt, hörte er die leise Stimme der Frau. Um ein Haar hätten sie ihn umgebracht. Kurz nach Kriegsende tauchte hier allerlei Gesindel auf, die sogenannten Befreiten aus den Lagern und Gefängnissen, die sich aufführten, als wären sie die neuen Herren. Sie zogen marodierend durchs Land, und nicht wenige Deutsche sagten damals, es wäre wohl besser gewesen, wenn die SS dieses Gesindel vorher umgebracht hätte. Drei von denen holten meinen Mann aus dem Haus und banden ihn mit Stricken auf die Ladefläche eines Lastwagens. Um den Hals hängten sie ihm ein Schild: »Nazischwein ins KZ!« So fuhren sie durch Schwerin und stellten ihn zur Schau.

Wohin brachten sie ihn?

Nach Sachsenhausen.

Die Frau sah nicht, daß Strobele lächelte. Dieser Grabow in jenem Lager, in das er selbst so viele geschickt hatte. Die Lager und Baracken blieben, nur die Menschen änderten sich, zogen hindurch wie reisendes Volk.

Er verspürte Lust, über den Zaun zu steigen, zu Grabow in die Stube zu gehen, um mit ihm über das gemeinsame Lager zu sprechen, über die Verpflegung zum Beispiel, die hygienischen Zustände, die Isolierzellen, das Krankenrevier, den Kartoffelschälkeller und die Leichenbestattung. Zwei Jahre und sieben Monate Sachsenhausen wegen einer Radiosendung. Das glaubt uns in hundert Jahren kein Mensch mehr.

Wie durch ein Wunder kehrte mein Mann schon nach sechs Wochen zurück, erklärte Mariken Grabow. Sie gaben keine Begründung, sie ließen ihn einfach laufen.

Mehr als zwei Jahre wegen Radio London, aber Grabow ließen sie nach sechs Wochen laufen, da stimmten doch die Proportionen nicht.

Ein Wunder also, schon wieder ein Fingerzeig der Vorsehung. In Wahrheit war es ein schwerer Fehler der sowjetischen Genossen. Wie konntet ihr Grabow, der so viele deutsche Antifaschisten und Interbrigadisten in die Lager geschickt hatte, wie konntet ihr ausgerechnet ihn vorzeitig aus dem Lager entlassen? Ihr ließt ihn laufen, er tauchte unter, versteckte sich im Haus am See, kam nur noch nachts vor die Tür, um zu entleeren. Ganz Schwerin sollte denken: Den Grabow haben sie abgeholt. Dabei saß er am Ofen, ein gebrochener Mann, der die Welt nicht mehr verstand. Hinter ihm im Bücherbord dämmerten »Volk ohne Raum«, Ausgabe

1926, und »Der Mythus des 20. Jahrhunderts« vor sich hin. »Mein Kampf« hatte er vorsichtshalber beiseite geschafft. Zu Mariken sprach er nur von alten Zeiten, als er gen Ostland ritt, in Livland zu Pferde unterwegs war und die Fähnlein an den Lanzen flatterten. Wildgänse ließ er durch die Nächte rauschen. Er lebte in den Tagen der nationalen Erhebung, während Mariken schweigend am Herd stand und Suppe rührte. Er schilderte die Kämpfe gegen das rote Gesindel im März 1920, dazu trommelte er mit den Fingern auf die Tischplatte. Die Horde kam aus der Stadt auf den Pfaffenteich zu. Vor der Post hatten die Kameraden ein Maschinengewehr aufgebaut, Lettow-Vorbeck gab selbst den Befehl. Damals verhinderten wir, daß Schwerin rot wurde. Sehr lebhaft schilderte er seiner Suppe rührenden Frau den 1. Oktober 1934, als der Jagdgast Hermann Göring in Schwerin weilte und abends das Staatstheater besuchte. Grabow nebst Gattin saßen fünfeinhalb Meter entfernt. Ein guter Mann, dieser Jagdflieger aus dem Weltkrieg, sagte Grabow, und Mariken rührte schweigend die Suppe.

Im Sommer 32 reiste Grabow zur Großkundgebung der Bewegung nach Stralsund. Tausende warteten auf den Führer, dessen Flugzeug wegen schlechten Wetters nicht landen konnte. Aber die Kameraden harrten aus, sangen eine Nacht lang ihre Lieder, bis endlich im Morgengrauen Adolf Hitler niederging. Er sprach unter freiem Himmel. Als er geendet hatte, färbte sich im Osten der Horizont. Stehend, den rechten Arm erhoben, sang die Menge: »Siehst du im Osten das Morgenrot...« Deutschland erwachte. Solche Stunden werde ich nie vergessen, sagte Grabow, und Mariken rührte die Suppe.

Zweiunddreißig kam der Hitler vom Himmel, zehn Jahre später die Bomben, sagte Mariken, nachdem sie lange genug gerührt hatte.

In den Nächten sprach er oft von seinen beiden Jungs. Die Vorsehung ließ Männer auf die Welt kommen, Deutschland brauchte Soldaten, um die Schmach von Versailles zu tilgen. Der Jüngste hatte mit Friedrich dem Großen am gleichen Tag Geburtstag. Das war doch kein Zufall, sondern bedeutungsschwer. Wenn er den Geburtstag des Alten Fritzen erwähnte, kamen ihm regelmäßig die Tränen. Mariken löschte schnell das Licht, weil sie es nicht mit ansehen konnte, wie ein erwachsener Mann Tränen verschüttete. Ein deutscher Junge weint nicht.

Nun stand sie am späten Nachmittag am Gartenzaun und sprach mit dem heruntergekommenen Fremden. Über den Apfelbäumen lag diesiges Herbstlicht. Die Fäden des Altweibersommers längst zerrissen, der Wind trieb gelbe Blätter hinaus auf den See. Auf dem Wasser schnatterten die Enten so unbekümmert, als wüßten sie nicht, daß auch sie den Krieg verloren hatten. Während Mariken sich ausmalte, wie es wäre, wenn einer ihrer Söhne doch noch – es geschehen schließlich Wunder, sogar in Rußland – heimkehrte, stellte Strobele sich die sowjetischen Soldaten vor, die demnächst Grabows Tür einschlagen werden. Im Verhör wirst du alles gestehen. Für Leute wie Grabow gibt es ferne Gegenden, in denen es bedeutend kälter ist als am Schweriner See.

Von der Tür her rief eine Stimme: Mariken!

Das war er.

Mein Mann ist krank, entschuldigte sich die Frau. Ihm ist alles aus den Händen geglitten, woran er glaubte. Vor allem Deutschland macht ihm Sorgen. Was ist aus Deutschland geworden?

Hatten Sie nicht zwei Söhne? fragte Strobele über den Zaun.

Mariken wandte sich stumm ab.

Da ertönte sie schon wieder, die Grabowsche Stimme, und Strobele erinnerte sich, daß sie nach dem Heldentod des ältesten Sohnes besonders schrill und böse klang.

Das ist die größte Schweinerei! Während unsere Söhne fürs Vaterland kämpfen und sterben, amüsierst du dich mit dem Londoner Rundfunk!

Im Winter 41 meldete London die Niederlage der Wehrmacht

vor Moskau. Er hörte es beiläufig zwischen den Musiksendungen, als die Schweriner noch glaubten, mit dem Sammeln von Handschuhen, Pulswärmern und Ohrenschützern ließe sich die Schlacht um Moskau gewinnen.

Du mußt leiser hören, flüsterte seine Mutter. Die Frau aus dem dritten Stock blieb schon wieder im Treppenhaus stehen, um zu lauschen. Die gönnt es dir nicht, daß du zu Hause bist, während ihr Sohn an der Front steht. Also mußt du leiser hören.

Grabows Sohn war vor Moskau erfroren oder gefallen oder erst gefallen und dann erfroren, jedenfalls tot, und Grabow schrie: Das ist die größte Schweinerei!

Zwei Jahre und sieben Monate hielt Grabow für angemessen für einen, der sich am Radio amüsierte, während andere vor Moskau erfroren. Was danach folgte, ging auch auf Grabows Konto, der Krieg nämlich, das lahme Bein und das Lager von Magnitogorsk. Alle Musterungen hatte Strobele unversehrt überstanden wegen des extrem schlechten Augenlichts. Sehen ging nur mit dicken Gläsern, aber hören konnte er gut. Als der Krieg Blut zu kosten begann, verbreitete sich in Sachsenhausen das Gerücht, es gäbe eine vorzeitige Entlassung, wenn man sich zur Wehrmacht melde. Strobele setzte alle Hoffnung auf diesen Ausweg. Aus dem Lager Sachsenhausen sofort zur Musterung, aus der Sträflingskleidung in den feldgrauen Rock. Plötzlich reichte die Sehschwäche aus, um dem Feind ins Auge zu blicken. Für Volksschädlinge seiner Art gab es Strafbataillone; der Dienst dort war eine andere Form der Vollstreckung von Todesurteilen: Das Töten überließen sie dem Feind. Aber Strobele überlebte, er lag zwölf Stunden verschüttet in einem Bunker. Als er zu sich kam, war es Nacht, und er spürte sein rechtes Bein nicht mehr.

Als Schwarzhörer gehörte Strobele zu den politischen Gefangenen in Sachsenhausen, er erhielt den roten Winkel. Das brachte ihn in Kontakt zu kommunistischen Häftlingen. Zum erstenmal hörte er von der großen humanistischen Idee. Wenn wir aus diesem Lager und diesem Krieg lebend herauskommen, bleibt nur ein Weg: das kommunistische Deutschland. In Magnitogorsk traf Strobele den, der seinem Leben die entscheidende Wende gab, der an die Morgenröte glaubte, an ein neues, glückliches Leben in ewigem Frieden. Aber dieser Zustand läßt sich nicht erringen, indem man sich aufs Sofa legt und Radio London hört. Es gilt anzupacken und zu kämpfen. Was hätte der Leiter der Antifa-Gruppe im Lager, der Arbeiterfreund aus dem Ruhrgebiet, an Strobeles Stelle getan? Grabow mit der Krücke erschlagen? Oder rechnete es schon zum neuen glücklichen Leben in Frieden und Völkerfreundschaft, daß man Männer wie Grabow in Ruhe ließ? Keineswegs. Es war nötig, den Unrat beiseite zu räumen, das Land zu säubern von den verbrecherischen Elementen, erst danach konnte das Schöne und Gute beginnen.

Mariken huschte grußlos ins Haus.

Draußen schleicht einer rum, wird sie Grabow sagen. Vielleicht ist es besser, dich zu verstecken.

Hat er seinen Namen genannt?

Strobele... Du solltest in den Wald gehen, bis die Luft rein ist.

Ich kenne keinen Strobele, erklärte Grabow trotzig.

Sie richtete ihm das Abendbrot her. Grabows Tisch war immer noch reich gedeckt, der brauchte keine Kartoffeln zu stoppeln. Beizeiten hatte er Vorräte angelegt für schlechtere Tage, Büchsenschinken und Schmelzkäse aus Heeresbeständen.

Wenn sie kommen, um dich zu holen, werde ich sagen, andere hätten dich schon verhaftet. Wohin sie dich gebracht haben, weiß ich nicht.

Sicher hatte Grabow auch Schnaps gehortet, um bei Bedarf – es gibt feierliche Anlässe genug, wenn beispielsweise einer der alten Kameraden, einer der Livlandkämpfer von 1918, zu Besuch kommt – eine Flasche aus dem Keller zu holen. Und wo hielt er die Zigarren versteckt? Strobele hätte wetten können, daß Grabow damals, als er so schrie wegen des erfrorenen Sohnes und der Negermusik aus London, eine schwarze Zigarre im Mund hatte. Das sah zum Lachen aus, der dicke Grabow wie eine Karikatur Winston Churchills, der ja auch Radio London hörte.

Der Posten vor der Kommandantur in Schwerin rauchte keine Zigarren, sondern aus Zeitungspapier gedrehte Papirossy. Strobele sprach ihn an, auf russisch, so gut es ging, denn er hatte sich Mühe gegeben, die Sprache der Sieger und der Zukunft zu erlernen. »Von der Sowjetunion lernen heißt siegen lernen!« stand auf späteren Transparenten, und das fing mit der Sprache an. Er erzählte dem Soldaten von Magnitogorsk. Der lachte, denn er kannte sich aus in jener Gegend. Er schenkte Strobele eine Zigarette. Sie standen beieinander, der Posten mit der brennenden Zigarette und Strobele mit der noch kalten Zigarette. Die beiden Zigaretten trafen sich, so nahe war er noch nie einem sowjetischen Menschen gewesen. Es roch nach säuerlichem Wodka. Über ihnen das Bild des Väterchens mit dem Schnauzbart. Die rote Fahne hing schlaff am Mast. Rauch stieg auf zu den gütigen Augen des Vaters aller Völker. Sie sprachen über Magnitogorsk. Danach nahm die Geschichte ihren Lauf.

———

»Warum seid ihr nach Schwerin gekommen?« fragte die Unterstufenlehrerin Warneke an dem Abend, als die Flasche Rheinwein zur Neige ging.

»Wir sind geflüchtet vor dem Krieg und der Roten Armee.«

»Aber die Rote Armee kam als Befreierin, wer nicht Nazi gewesen war, brauchte sie nicht zu fürchten.«

»Die Rote Armee kam als Mörderbande, als Brandstifterin und Vergewaltigerin.«

Dieser Satz genügte, um fünf Minuten zu schweigen.

Das Kind weiß nichts von der Vergangenheit, von den Flüchtlingsströmen zwischen Weichsel und Elbe. Sie ist Lehrerin, soll das Wissen der Welt an die Kinder weitergeben, aber sie weiß nur, daß die Rote Armee als Befreierin nach Deutschland kam. Der Name Butkus sagt ihr nichts, der doch ein östlicher Name ist, polnisch klingt oder litauisch oder pruzzisch. Sie hat ihn abgelegt und heißt Warneke, was wohl von Warnemünde kommt, wo ihr Stiefvater mit der Weißen Flotte unterwegs war.

»Es interessiert mich sehr, wo du herkommst«, sagte sie.

Ob sie bereit wäre, ihren Namen zu ändern und wieder Butkus zu werden?

»Warneke ist doch ein schöner Name«, sagte sie. »Außerdem, wenn ich mal heirate, heiße ich sowieso anders.«

Daher wehte der Wind, deine Tochter denkt ans Heiraten.

Immerhin, es interessierte sie sehr, daß der 4. Juli 1944 ein ungewöhnlich heißer Tag war, wie überhaupt der letzte Sommer in Ostpreußen ein schöner Sommer war, der schon Ende Mai mit strahlendem Pfingstwetter begann und im trockenen September mit dem Rauch der Kartoffelfeuer endete. Nach der Schule rannte er mit seinen Freunden zum Baden, aber nicht durch die Stadt zur Badeanstalt Jägerhöh, sondern zur Tiergartenspitze am Nordstrand des Mauersees. Als die Sonne in die Lindenallee nach Drengfurt tauchte, kehrte er hungrig heim. Und wen fand er in der guten Stube? Der Unteroffizier Gerhard Butkus ließ sich von seiner Mutter mit Rumschnittchen und Schlagsahne füttern. Der sah nicht weniger braungebrannt aus als Hänschen, denn in der Gegend, aus der Gerhard kam, gab es auch einen Sommer. Braun und gesund, keine Verwundung, keine Frostbeulen, einen solchen Urlauber hatte sich Ella Butkus immer gewünscht.

Kannst du schwimmen? fragte der Unteroffizier den kleinen Bruder.

Nur Hundepaddeln.

Na, du machst mir Spaß! Willst als Kapitän über den Ozean fahren, mit unseren U-Booten auf Tauchfahrt gehen, Eisberge umschiffen und an Robinsons Insel landen, aber nur Hundepaddeln.

»Mein Weg nach Scapa Flow« war Hänschens liebstes Kinderbuch. Nachdem die Engländer den Deutschen den Krieg erklärt hatten, spielte er Schiffeversenken in der Angerapp. Die englischen Zerstörer kamen mit der Strömung aus dem See, wollten den Pregel erreichen, um Königsberg zu verwüsten. Kaum unterfuhren sie die erste Brücke, die neben dem Angerburger Schloß, wurden sie von Hänschens Bomben getroffen. Er warf sie einfach über das Geländer in die Tiefe. So ein Held war er, konnte aber nur Hundepaddeln. Die Zerstörung Königsbergs durch britische Schiffe hat er verhindert, aber acht Wochen später kamen die britischen Flugzeuge.

Das mit dem Hundepaddeln sollte sich während des zweiwöchigen Heimaturlaubs ändern. Mit dem Fahrrad radelten die beiden Brüder von Angerburg-Vorstadt zur Nordspitze des Sees, Gerhard in feldgrauer Uniform, Hänschen in den kurzen schwarzen Hosen der Hitlerjugend, aber barfuß. Er saß auf der Querstange und war mächtig stolz, von der deutschen Wehrmacht spazierengefahren zu werden. Der See lief am Nordufer flach aus, wegen der anhaltenden Trockenheit führte er weniger Wasser als in früheren Jahren, so daß sie mit Drahtkörben Fische fangen konnten, die sich in seichten Kuhlen verirrt hatten. Abends brachte die deutsche Wehrmacht Schleie und Karauschen für Mutters Bratpfanne heim. Es fanden sich auch Mädchen ein, die dreißig Schritte entfernt badeten und so albern kicherten, als wären sie von der Höheren Töchterschule am Neuen Markt entlaufen. Mit einem Mädchen schwamm Gerhard zur Insel Upalten. Eigentlich wollte es allein schwimmen, aber er mußte als Begleitschutz mitschwimmen, weil es zu gefährlich war, eine so weite Strecke allein zu schwimmen. Denk mal an die U-Boote und die englischen Kreuzer. Sie blieben drei Stunden fort, Hänschen dachte schon, sie seien untergegangen, aber die Verzögerung hatte einen vernünftigen Grund. Nach der anstrengenden Schwimmübung mußten die beiden sich auf der Insel ausruhen. Zu Fuß kamen sie zurück, am Seeufer von Paßdorf her. Hänschen sah sie eher als sie ihn. Da gingen sie noch Hand in Hand. Als sie in seine Nähe kamen, gaben sie einen Meter Abstand und sprachen über den Lateinunterricht der Höheren Töchterschule. Hänschen mußte bei Neptun und Klabautermann schwören, der Mutter kein Wort von dem gefährlichen Schwimmausflug zu sagen. Es ging schlimm genug zu in der Welt und an den Fronten, da sollte sie sich nicht noch Gedanken machen wegen der Lebensgefahr in den masurischen Seen.

Wer Kapitän werden will, muß schwimmen lernen, das ist erste Bedingung. Aber war es nicht so, daß die Kapitäne mit ihren Schiffen untergehen? Warum also schwimmen?

Der große Bruder bestand darauf, vom Hundepaddeln Abschied zu nehmen. Im letzten masurischen Sommer brachte er Hänschen das richtige Schwimmen bei. Am leichtesten lernst du es unter Wasser, sagte er. Wie die Haubentaucher, die plötzlich verschwinden und bei der Höheren Töchterschule wieder auftauchen. Er befahl, tief einzuatmen, die Augen zu schließen und unterzugehen. Während Hänschen unter dem Wasserspiegel schwimmen lernte, wateten die großen Füße des großen Bruders neben ihm, und seine Hände waren bereit zuzugreifen, wenn dem Wasser die Balken abhanden kommen sollten. Die albernen Gänse von der Höheren Töchterschule kicherten über Hänschens Unterwasserschwimmkünste.

Seine Uniform hängte Gerhard in einen Weidenbusch, da sah sie aus wie eine Vogelscheuche. Wenn er hinausschwamm – er schwamm oft so weit, daß sein Kopf nicht mehr von den Pulks der Wildgänse zu unterscheiden war –, hütete der kleine Bruder das kostbare Zeug. Er betrachtete die Achselklappen, die Winkel, den silbernen Adler, band auch das Koppel um den Leib und vergrub seine nackten Füße in den schwarzen Knobelbechern, die er gelegentlich als Schiffe aussetzte, aber nicht versenkte, denn es waren keine Engländer.

Die Chaussee, die am Nordufer des Sees entlangführte, gehörte schon lange nicht mehr den Erntefuhren, den Pferdewagen, die zur Mühle oder in die Stadt klapperten, sondern den Militärlastautos und Kanonen. Seit Frühling 1941 herrschte auf ihr ein ständiges Kommen und Gehen in Feldgrau. Aber noch nie war eine so riesige Viehherde gesehen worden wie im Juli 44, als Hänschen mit seinem Bruder im Mauersee badete. Als die Tiere das Wasser erblickten, brachen sie aus und stürzten sich bis zu den Bäuchen in den See. Hänschen hatte Mühe, Uniformjacke und Knobelbecher in Sicherheit zu bringen, die Mädchen rannten kreischend zu ihren Fahrrädern.

Der Unteroffizier Butkus sprach mit einem der Treiber und erfuhr, daß die Tiere aus der Gegend von Suwalki kämen. Sie hätten den Befehl, die Herde ins Reich zu treiben, weil der Osten nicht mehr sicher sei. Abends ging Gerhard oft in die Nachbarschaft, um Radio zu hören, nicht Radio London oder Radio Moskau, sondern den Reichssender Königsberg mit dem Wehrmachtsbericht und den Kommentaren von Hans Fritzsche. Dort erfuhr er, warum das Vieh ins Reich getrieben werden mußte. Im schönsten Sommer, während Hänschen im Mauersee schwimmen lernte, näherte sich die Front der ostpreußischen Grenze. Nach den Wehrmachtsberichten ging er meistens hinunter zum See, verbat sich Hänschens Begleitung, weil er der Höheren Töchterschule Nachhilfeunterricht in Latein geben mußte.

Bevor Gerhard abreiste, feierten sie seinen 21. Geburtstag im Großagrarierzimmer des Gasthofes »Podehl«. Hänschen erinnerte sich an gebratenen Truthahn, Johannisbeerwein und wackligen Gelatinepudding. Einer hielt eine Rede und erwähnte, daß Gerhard nun volljährig sei und machen könne, was er wolle, sogar heiraten. Über diesen Satz lachten alle.

Die Freiheit der Volljährigkeit kannte aber Grenzen. Den Urlaub um einen Tag zu verlängern stand nicht in seiner Macht. Zwei Tage nach der Geburtstagsfeier mußte er abreisen.

Der Geburtstagsabend brachte übrigens noch eine kleine Überraschung. Russische Flugzeuge tuckerten in großer Höhe über Masuren und warfen zwei Bomben in den Mauersee. Außer daß sie den Spiegel des Sees zerbrachen und den Fischen einen Schreck einjagten, richteten sie keinen Schaden an.

Neben den vielen Kühen, den kichernden Mädchen der Höheren Töchterschule ist von den Badeausflügen eine mächtige Rauchwolke in Erinnerung geblieben. Sie kam von der Lokomotive des Personenzuges Rastenburg–Angerburg, der, von Süden kommend, an der Nordspitze des Sees um die Ecke bog, um in Angerburg einzulaufen. Der Rauch wälzte sich aufs Wasser, zeitweise verdunkelte er die Sonne. Mit demselben Zug, nur in die andere Richtung, fuhr Gerhard an die Front. Wo die lag, verriet er nicht. Nur soviel stand fest: Er fuhr westwärts, also nicht nach Kurland, in die Karpaten oder zum zusammengebrochenen Mittelabschnitt.

Hänschen und die Mutter begleiteten ihn zum Bahnhof.

Paß nur gut auf! rief die Mutter, als die Lokomotive Rauch von sich stieß. Auf dem Heimweg nahm sie Hänschen an die Hand – er war immerhin schon zehn Jahre alt – und sagte: Na, wenigstens dich hab' ich noch, du bist zu jung zum Kriegspielen.

So war es mit dem letzten masurischen Sommer. Ihm und seinem großen Bruder verdankte Hänschen das Unterwasserschwimmen. Erst Jahre später wagte er aufzutauchen, das muß im Lankower See gewesen sein. Und wieder war es ein heißer Sommer, der von 1947. Vom Lehmkuhlschen Hof rannten sie den Hang hinunter zur grünen Wasserfläche. Gegenüber auf dem Dillberg errichteten sie ihr Lager, hißten Handtücher und Bettlaken, bauten Aussichtsnester in Eschenbäume und kullerten bergab, bis es feucht wurde. Hänschen Butkus lernte, über dem Wasser zu schwimmen. Wie sein Bruder liebte er die weiten Ausflüge, schwamm von der Bucht am Dillberg zum Klotzwerder und zurück, aber ohne Begleitung der Höheren Töchterschule, denn er war erst dreizehn Jahre alt und wußte man gerade so eben, daß es zweierlei Menschen gab. Eva war nicht dabei, auch keine andere Eva, und Claudia hatte vierzehn Jahre noch nicht gelebt.

Der mecklenburgische Sommer zog sich hin, über die Schulferien hinaus. Die Störche, die in Lankow zu Hause waren, sammelten sich auf Lehmkuhls Stoppelfeldern, um südwärts zu fliegen. In den Wäldern, die später der Siedlung Großer Dreesch weichen mußten, übte die Rote Armee Gewehrfeuer. Das Tack... Tack... Tack war bis zum Lankower Dillberg zu hören. Im Gestrüpp reiften die Brombeeren, Ella Butkus kochte in der Baracke aus Hagebutten eine Marmelade, die nur schön aussah und deren ganze Kraft und Herrlichkeit in den unsichtbaren Vitaminen steckte.

---

Endlich erreichte er Christa. Morgens um fünf kam sie verschlafen ans Telefon.

»Es wird Zeit, daß du nach Hause kommst«, war das erste, was sie sagte.

Als er es hörte und sie im Morgenmantel auf dem Bettrand sitzen sah, dachte er auch, daß es Zeit sei.

»Birgit hat die Lehrstelle bei der Bank bekommen, im August fängt sie an.«

Er hätte gern Birgits Stimme gehört, aber Christa sagte: »Das Kind schläft noch.«

Es klang wie damals. Das Kind schläft, nur nicht stören. Zweiundzwanzig Jahre vergingen, bis Claudia aufwachte. Er hätte einiges darum gegeben, Birgits Stimme zu hören, damit es nicht wieder zweiundzwanzig Jahre dauerte.

»Gestern rief Gassmann an. Er wollte wissen, wie es dir in der DDR ergangen ist. Hast du alles erreicht, was du erreichen wolltest?«

»Eigentlich ja«, log Butkus. »Ich treffe mich noch einmal mit Claudia, am Sonntagabend komme ich nach Hause.«

»Das ist der Wahltag, nicht wahr?«

»Die Stadt ist bunt beklebt mit Plakaten. Vor dem Schweriner Schloß gab es gestern eine Kundgebung mit vielen tausend Menschen.«

»Bist du noch da?!« rief Christa.

»Ja, ich höre dich gut.«

»Birgit und Claudia schreiben sich übrigens Briefe. In den Sommerferien wird Birgit zu ihr nach Schwerin fahren.«

»Das ist gut, das ist sehr gut«, sagte Butkus.

Wenigstens die Kinder werden es schaffen, dachte er. Wir Alten sind geprägt und verbogen von den Grabows und Strobeles, wir kommen da nicht mehr raus.

»Bist du noch da?« fragte Christa wieder.

Schon im November hatten sie die Telefonüberwachungsgeräte der Schweriner Zentrale abgeschaltet. Im März hörte niemand mehr mit, als Hans Butkus zu seiner Frau sagte, daß er am liebsten zu ihr unter die Decke kriechen möchte, jetzt auf der Stelle, eine Stunde vor dem Wecken.

Christa lachte.

»Und grüße Birgit von mir.«

Nach dem Telefongespräch war an Schlafen nicht mehr zu denken. Er öffnete das Fenster, über der Stadt lag die Nacht. Er malte sich aus, wie seine beiden Mädchen im Sommer um den See radeln werden. Die schaffen es, die bestimmt, dachte er. Im Bahnhof rangierten die ersten Züge. Vater war oft am frühen Morgen zum Dienst gegangen und dann mit dem ersten Zug nach Treuburg gefahren, während Hänschen schlief und Mutter in der Küche rumorte, der Schnee gegen das Fenster krümelte oder der Regen an der Dachrinne herabrauschte. An Vaters Lokomotive stand mit weißer Farbe gepinselt der Satz: »Räder müssen rollen für den Sieg!«

Mit der Eisenbahn ging es auch nach Waldheim. Um fünf Uhr war dort Weckenszeit. Es folgte der Zählappell. Antreten vor der Anstaltskirche, dann ab ins Arbeitshaus zu den Küchengeräten der Firma Komet. Der Morgen was das Schlimmste an Waldheim, wenn die Sonne die Gitterstäbe wachküßte, im März die Finken schlugen, die Drosseln auf der Umzäunung saßen und den Frühling anflöteten. Fünfzig nackte Männer im Duschraum, jeden Morgen starrst du zu den kleinen Löchern der Brause und denkst an Zyklon B.

Vor Sonnenaufgang rannte Hans Butkus durch Schwerin und fand, es sei eine verschlafene Stadt. Im Haus der Deutsch-Sowjetischen Freundschaft in der Puschkinstraße brannte noch Licht oder schon wieder Licht. In völliger Düsternis lag das SED-Gebäude, ebenso der Demmlerplatz. Sie sind arbeitslos, die Genossen, die früher Tag und Nacht auf Posten standen und sich verzehrten im Schutze der Republik. Im Winterschlaf ruhte immer noch die Weiße Flotte. Jenseits des Sees, wo Strobele neben seiner Frau ruhte und der Fernsehturm Blinksignale in den Morgen gab, kochte Claudia Kaffee und bereitete sich auf ihre Schulstunden vor. Er wäre gern dabeigewesen, wenn seine Tochter vor zwanzig Neunjährigen unterrichtete. Beginnen wir mit dem Gedicht gegen die Unordnung in Schränken und anderswo.

>>Schließlich muß man vor allen Dingen
auf Ordnung dringen
und alle Sachen, die sich entfernen,
wieder an ihre Plätze bringen,
bis sie es lernen.<<

Millionen wollten es nicht lernen und entfernten sich heimlich von ihren Plätzen, in vierzig Jahren fast so viele Menschen wie das große Finnland Einwohner hat. Eine heillose Unordnung. Und keiner fragte, warum die gingen.

Als er zurückkehrte, wurde das Frühstücksbüfett im Hotel eröffnet. Er saß allein an einem Tisch, den frischen Kaffeeduft in der Nase, zerbröselte ein Brötchen auf dem Teller und war ziemlich sicher, daß seine Tochter sich auf eine Mathematikstunde vorbereitete. Rechnen stimmte immer, das war eine Disziplin frei von jeglicher Unordnung. Die geraden und die ungeraden Brüche galten im Dritten Reich wie im ersten Arbeiter- und Bauernstaat, von Kaisers Zeiten ganz zu schweigen. An den Zahlen hat es nicht gelegen, das Unheil kam aus den Worten. Die gesprochenen, geschriebenen und gedachten Worte haben das Jahrhundert zugrunde gerichtet.

Die Morgenzeitung erschreckte ihn mit der Notiz, der Erste Kreissekretär von Bautzen namens Miet habe sich das Leben genommen. Was war nun los in Bautzen? Stand die Bude leer? Stand in den Stehzellen nur das Wasser und die stickige Luft? War der HO-Laden im Zuchthaus endgültig mangels Nachfrage geschlossen? Wird das Kirchengebäude von der Staatssicherheit geräumt und an den lieben Gott zurückgegeben? Und was ist mit Waldheim? Haben sie daraus, wie der Name sagt, ein Feierabendheim gemacht für alte Leute, die gern im Wald leben möchten?

Ein Spaßvogel inserierte drei Tage vor der Volkskammerwahl:

»Plötzlich und unerwartet, für uns alle unfaßbar,
verstarb nach 10 315 Tagen die Mauer.
13. 8. 1961–9. 11. 1989
Wir weinen ihr keine Träne nach.
Die Hinterbliebenen der DDR«

Er war nach Schwerin gekommen, um Strobele zur Rede zu stellen, mit ihm abzurechnen, wie Christa sagte, aber von Tag zu Tag beschäftigte er sich mehr mit seiner Tochter, die ihm verlorengegangen war und die er zurückhaben wollte. Warum mußte sie unbedingt Lehrerin werden, ein Beruf, der das richtige sozialistische Bewußtsein voraussetzte, in dem du treu zu sein hast, ergeben, klassenbewußt, verläßlich? Botanik wäre auch gegangen. Blumen wachsen überall. Seine Tochter war die Jüngste im Lehrerkollektiv. Am Tag des Lehrers durfte sie die weiß-blaue Fahne der Deutsch-Sowjetischen Freundschaft tragen, ein ehrenvoller Auftrag. In ihrer Kaderakte standen nur positive Eintragungen über pflichtbewußtes und umsichtiges Handeln. Sie las die Schülertagebücher und gab dem Rektor Hinweise, wenn sich etwas Verdächtiges anbahnte. Westkontakte der Lehrerin Warneke fanden nicht statt, nicht einmal mit dem leiblichen Vater. Monatlich schrieb sie Berichte über besondere Vorkommnisse und reichte sie weiter an die zuständigen Organe. Dort saßen Leute wie Strobele und prüften, ob sich Bedenkliches abzeichnete, ob sie vielleicht nachfassen mußten. Sie hatten das Kind mißbraucht, gebogen und geformt, bis es in ihrem Geiste marschierte. Mitglied der jüngsten Kampfpartei. Immer auf der Straße der Besten. Achtundzwanzig Jahre alt und nie nach dem Vater gefragt. Noch im Alter wird Claudia an die roten Fahnen ihrer Jugend denken, an die Umzüge zum Kampftag der Arbeiter, an die feierliche Jugendweihe unter dem Motto:

»Vertrauen und Verantwortung der Jugend,
den künftigen Erbauern des Kommunismus.«

Es ist nicht mehr auszulöschen, das Gift verläßt nicht die Blutbahn. Wie die Alten mit »Kraft und Freude« immer noch nach Madagaskar fahren und an erloschenen Lagerfeuern die morschen Knochen zittern lassen, wird Claudia ihr FDJ-Lied nie mehr vergessen:

»Bau auf, bau auf, Freie Deutsche Jugend, bau auf.
Für eine bessere Zukunft bauen wir die Heimat auf.«

Es war zum Heulen.

Lieschen Lehmkuhl sagte, sie habe in neunzig Jahren fünfmal neue Bewirtung erlebt, aber am schönsten sei die Zeit bis 1918 gewesen, nicht wegen Kaiser und Großherzog, sondern weil es die Jugend war und Lankow noch ein Bauerndorf weit draußen vor den Toren Schwerins. Darum.

---

Heute bin ich, Ferdinand Grabow, der Bewegung beigetreten, es gibt nur diese Hoffnung für Deutschland, die anderen Parteien haben versagt. Es gilt, die Zinsknechtschaft zu brechen, die Knebelungsverträge zu zerreißen und abzurechnen mit den roten Novemberverbrechern, die Deutschland so erniedrigt haben. Hildebrandt überreichte mir zum Eintritt Adolf Hitlers Buch »Mein Kampf«.

Seit dem 1. April gehöre ich dem größten Heere an, das Deutschland je besessen hat, dem Heer der Arbeitslosen. Kamerad Kröger mußte sein Wismarer Kontor wegen der widrigen Wirtschaftsverhältnisse schließen, er ist nun selbst ohne Erwerb. Die Wirtschaftskrise lähmt jede Aktivität. Habe mich bei der Essig- und Senffabrik in der Speicherstraße beworben, vergebens. Bei der Hofpianofortefabrik Perzina wurde ein Kontorarbeiter gesucht. Hunderte standen vor dem Tor. Vergebens. Bei den Fokker-Werken vorstellig geworden. Sie stellen die Produktion von Wasserflugzeugen demnächst ein, also wieder umsonst. Es wird Zeit, daß unsere Bewegung an die Macht kommt, um der Wirtschaftskrise ein Ende zu setzen.

Aber es gibt auch gute Neuigkeiten. Hindenburg ist erneut zum Präsidenten des Reiches gewählt worden. Die NSDAP errang in Mecklenburg-Schwerin dreißig Sitze, wir haben die Mehrheit. Granzow wird eine Regierung bilden. Hildebrandt sprach mich an, ob ich wichtige Funktionen für die Partei übernehmen könnte. Die Bewegung braucht treue, zuverlässige Kräfte.

Die Monate Juni und Juli waren ungewöhnlich heiß und trocken, am 31. 8. 1932 gab es ein verheerendes Unwetter über Schwerin. Mit Mariken und den Jungs die Strandfesttage in Zippendorf besucht. Wenn sie einen Wunsch frei hätte, möchte sie gern in Zippendorf leben, sagt Mariken.

Die Bewegung hat gesiegt. Am Abend marschierten wir durch die Stadt und sangen das Lied unseres Blutzeugen Horst Wessel. Überall öffneten sich Türen und Fenster. Der Jude Melchior verließ gerade sein Kontor und wollte in ein Auto steigen, als die braunen Kolonnen vorbeimarschierten. Er stand starr wie Lots Weib und zog schließlich den Hut vor dieser entschlossenen kraftvollen Schar. Schwerin ist zum Glück keine verjudete Stadt. Die wenigen, die wir in unseren Mauern haben, werden wir, sobald wir fest im Sattel sitzen, rasch entfernen.

Günter und Klaus durften die Rede des Führers im Radio hören. Mit blanken Augen standen sie vor dem Gerät, und Mariken wischte sich ein ums andere Mal über das Gesicht. Unsere Jungs versprechen, treue deutsche Männer zu werden.

Am 5. März wählten 15698 Schweriner Adolf Hitler. Drei Tage später hißten wir die Hakenkreuzfahne auf dem Rathaus. Der Führer hat Friedrich Hildebrandt zum Reichsstatthalter ernannt, am 29. Mai hielt er seinen feierlichen Einzug in die Landeshauptstadt, die ihn sogleich zum Ehrenbürger ernannte. Ein Gottesdienst im Dom beschloß den Festakt. Als erstes haben wir zahlreichen Straßen und Plätzen würdevollere Namen gegeben. Die Königsbreite wurde zum Adolf-Hitler-Platz, die Schloßterrasse zur Horst-Wessel-Straße, dem Schelfmarkt haben wir den Namen Schlageterplatz gegeben, und der Luisenplatz wurde nach unserem Reichspräsidenten benannt.

In Schwerin erlebten wir die ersten Festnahmen von Kommunisten und Marxisten wegen Flaggenschändung. Die meisten der in Schutzhaft Genommenen wurden nach Sachsenhausen überführt.

Endlich sind auch in unserer Stadt die undeutschen Bücher verbrannt worden. Die Einäscherung fand in den Abendstunden auf dem Schelfwerder statt, sie kostete nur einige Kanister Benzin; im übrigen trugen freiwillige Helfer der SA und der Hitlerjugend das undeutsche Kulturgut zusammen und übergaben es den Flammen. Ich hatte unseren Ältesten mitgenommen. Als er des Flammenmeeres ansichtig wurde, ergriff er meine Hand und fragte: Warum will niemand diese Bücher lesen? Sie sind Schmutz und Schund und verderben den deutschen Menschen, habe ich ihn belehrt. Nichts ist so gefährlich wie das gesprochene oder geschriebene Wort.

Für alle, die es später nicht glauben wollen, möchte ich es an dieser Stelle festhalten: Es stieg ein gewaltiger Gestank auf von den brennenden Büchern, als lägen Schweinekadaver in dem Feuer. Der Rauch zog ostwärts über den See und behelligte unsere Stadt nicht sonderlich, aber noch Wochen später spülten die Wellen Asche und Papierfetzen ans Ufer.

―――――

Karl Butkus war ein Meter neunzig groß und hatte an die zwei Zentner Gewicht. Seine Hände glichen Kohlenschaufeln, es genügte eine, um das neunjährige Hänschen in die Luft zu heben und in ein Meter neunzig Höhe auf die Schulter zu setzen. Sie waren immer warm, diese Hände, was wohl von Vaters Lokomotive kam, die auch niemals kalt wurde. Für Hänschen war das schwarze Ungetüm ein gefährliches Tier, aus dessen Nüstern weißer Dampf zischte; oben entwich Rauch wie aus dem Krater eines noch tätigen Vulkans. Aber Vater besaß großes Zutrauen zu dem Eisenkoloß, der soviel Wärme ausströmte. Er nannte seine Lokomotive dicke Berta, und manchmal schlug er ihr mit der flachen Hand aufs Hinterteil, wie die Pferdekutscher, die am Güterbahnhof hielten, es mit ihren Rappen taten.

Claudia fragt, warum sie eine masurische Oma und eine mecklenburgische Oma, aber keinen Großvater gehabt hat. Das brachten die Zeiten mit sich, die schlimmen Zeiten. Witwen gab es wie Sand am Meer, aber die Großväter hatten sich in die Märchenbücher verzogen. »Dein masurischer Großvater, der ein kräftiger, gesunder Mann war, lebte nicht mal fünfzig Jahre. Er war viel unterwegs, eines Tages fand er nicht mehr nach Hause.« Karl Butkus kannte alle Eisenbahnstrecken der Provinz nicht nur auf der Landkarte, sondern in Wirklichkeit. Er befuhr die masurischen Linien, kam nach Allenstein, Insterburg und Tilsit, er besuchte als einziger der Familie Butkus lange, lange vor dem Krieg die mecklenburgische Hauptstadt, in der ein Eisenbahnerkongreß stattfand, zu dem ihn seine Gewerkschaft geschickt hatte.

Schon damals kam die Nachricht nach Masuren, daß Schwerin eine Reichsbahndirektion hat und daß Mecklenburg eine schöne Gegend ist. Ella Butkus erinnerte sich der Reisebeschreibung ihres Mannes, als sie so beharrlich bis Schwerin flüchtete und keinen Schritt weiter. Und als Hänschen aus der Schule kam, ging sie zur Reichsbahndirektion Schwerin und fragte, ob ihr Jüngster wie der Vater bei der Eisenbahn Arbeit finden könnte. Es wäre wohl gegangen, aber sie hatte Hänschen nicht gefragt. Der wollte nicht und wußte nicht mal einen Grund anzugeben, warum.

Als der Krieg das Streckennetz der Deutschen Reichsbahn erheblich ausweitete, trieb Karl Butkus sich vorzugsweise in östlichen Gegenden herum, in Augustowo, Brest-Litowsk und Suwalki. Er erzählte von Fahrten über eine Weichselbrücke ins zerstörte Warschau und von riesigen Kohlenzügen, die mit mehreren Lokomotiven von Oberschlesien nach Ostpreußen gezogen werden mußten. Weil seine Arbeit ein kriegswichtiger Einsatz war, brauchte er nicht die Eisenbahneruniform mit dem feldgrauen Rock zu vertauschen, die Eisenbahnerkluft befreite ihn von braunen, schwarzen und grauen Kleidervorschriften, entschuldigte ihn bei SA-Veranstaltungen, Kranzniederlegungen und den Abenden der Gefolgschaftsmitglieder. Karl Butkus war eben immer unterwegs.

Manchmal dauerte es halbe Wochen, bis er nach Angerburg zurückkehrte, um sich auszuschlafen. Seinen Söhnen erzählte er, wenn er ausgeschlafen hatte, lustige Begebenheiten von unterwegs. Zwischen Tilsit und Memel stand ein Elch auf den Geleisen. Alles Pfeifen, Läuten und Schnauben der Lokomotive half nichts, das Tier stand wie ein Denkmal, Karl Butkus mußte es mit Hilfe einiger Reisender von den Schienen schieben. Im Masurischen ließ ein unmäßiger Hagelschlag einen Güterzug mit leeren Rübenwagen entgleisen. Zwischen Rastenburg und Korschen schlug während eines Gewitters ein Kugelblitz in den Schornstein der Lokomotive, riß die Feuerklappe auf und dem Heizer die Mütze vom Kopf.

Mit den Jahren wurde er schweigsamer. Wie abwesend saß er auf seinem Platz am Kachelofen, rauchte eine Pfeife nach der anderen, blickte durch Wände, Fensterglas und Zeitungspapier und sah sehr ferne Dinge. Wenn seine Frau ihn dieses oder jenes fragte, sagte er nur: Es ist alles geheim.

Einmal – es muß im Monat März gewesen sein – blieb er länger aus, so daß Mutter nachts um halb zwei aufstand, sich ans Fenster stellte und schweigend zum Bahnhof schaute. Vor dem Stubenfenster der Familie Butkus lag der Angerburger Bahnhof ausgebreitet, du konntest die Züge kommen und fahren sehen, an ihren Rauchfahnen die Windrichtung erkennen. Zu hören waren die Signalpfeifen der Rangierer, das monotone Rollen der Räder auf rostigem Eisen, das heftige Keuchen, wenn die Lokomotiven anfuhren, das plötzliche Zischen, wenn heißer Wasserdampf unter den Rädern hervorquoll.

Sie stand eine halbe Stunde am Fenster, legte sich danach wieder ins Bett, schlief aber nicht, sondern lauschte den Geräuschen des Bahnhofs und den Schritten auf der Straße. An dem Morgen, der dieser Nacht folgte – Mutter wird später sagen, um halb zwei sei im Schlafzimmer Vaters Bild von der Wand gefallen, von dem Geräusch sei sie aufgewacht und habe nicht wieder einschlafen können –, an dem Morgen also kamen zwei Eisenbahner ins Haus. Hänschen öffnete ihnen die Tür, und sie fragten nach der Mutter.

In würdevollen Worten teilte der eine der Frau Butkus mit, daß ihr Mann in Ausübung seiner verantwortungsvollen Tätigkeit tödlich ums Leben gekommen sei. Er sagte wirklich »tödlich ums Leben gekommen«, aber niemand lachte, es fiel auch nicht sonderlich auf, jeder wußte, wie es gemeint war, vor allem Ella Butkus.

Sie hielten sich nicht lange auf, erklärten im Weggehen, daß die sterblichen Überreste nach Angerburg überführt würden. Die Reichsbahn werde dem Kameraden ein großes Begräbnis ausrichten. Im übrigen sei für die Witwe und das unmündige Kind gesorgt, denn die Reichsbahn zahle eine angemessene Pension. Heil Hitler. Mutter wollte noch wissen, wo es geschehen sei.

Die beiden blickten sich vielsagend an. Einer erklärte, daß er darüber nicht sprechen dürfe, denn der Eisenbahnverkehr sei kriegswichtig, überall höre der Feind mit. Auch über die näheren Umstände seines Todes wußten sie nichts, jedenfalls sei es ein Arbeitsunfall gewesen, und Karl Butkus habe treu seine Pflicht erfüllt.

Hänschen wurde an jenem Morgen den Gedanken nicht los, daß die dicke Berta auch zu Schaden gekommen sei. Er stellte sich vor, wie sie von einem Kugelblitz in Stücke gerissen wurde oder einen steilen Abhang hinabrollte oder von der Weichselbrücke in den Fluß stürzte.

Wenige Tage später kam ein Sarg mit Vaters sterblichen Überresten auf dem Angerburger Bahnhof an und wurde sofort in die Friedhofskapelle gefahren. Mutters Wunsch, den Toten noch einmal zu sehen, ließ sich nicht erfüllen. Der Sarg war versiegelt, vermutlich war sein Inhalt kriegswichtig und kein Anblick für trauernde Hinterbliebene.

Wenn Flieger zu Grabe getragen werden, rasen die Maschinen der Überlebenden im Tiefflug über den Friedhof, wenn Kapitäne auf letzte Fahrt gehen, heulen die Ozeandampfer, den Offizieren schießt man Gewehrsalven über die Gräber, den Jägern bläst man ein Halali. Als der Eisenbahner Karl Butkus begraben wurde, erfüllte das dumpfe Heulen dreier Lokomotiven minutenlang die Frühlingsluft, und ein Echo schwebte von wer weiß wo zurück über die Wasserfläche des Mauersees. Einer der Träger erklärte später, der Sarg sei ungewöhnlich leicht gewesen, so als hätten sie ein Neugeborenes zur letzten Ruhe getragen.

Mutter gelang es nicht, Gerhard auf den Angerburger Friedhof zu holen. Ein Sonderurlaub wurde verweigert, weil Gerhard in eine Panzerschlacht verwickelt war. Die Eisenbahnverbindungen waren auch so ungünstig, daß er erst Wochen nach der Beerdigung hätte kommen können.

Als Hänschen erwachsen wurde und überall bekannt wurde, was die Deutsche Reichsbahn bis 1945 an kriegswichtigen Dingen transportiert hatte, mußte er oft an seinen Vater denken. Wie der schweigend neben dem Kachelofen gesessen und den blauen Rauchkringeln aus seiner Pfeife nachgeschaut hatte. War es denkbar, daß Vater Menschen fahren mußte? Nicht Bauern und Viehhändler, die zum Markt nach Gerdauen wollten, sondern Güterwagen mit Menschen? Treblinka lag nicht fern der ostpreußischen Grenze. Wehrmachtsurlauber an die Front, Kohlen aus Oberschlesien, Menschen nach Treblinka. Räder mußten rollen für den Sieg. Armer Vater.

———

Als Hänschen zum großen Hans wurde, der nach Feierabend um den Lankower See spazierte, am Dillberg in den Büschen lag und die Mädchen bewunderte, wenn sie sich zum Baden auszogen, in diesem Sommer bekam Lieschen Lehmkuhl Bescheid, daß der größte Bauer Lankows nicht mehr auf seine Scholle zurückkehren werde, weil ihn die russische Erde deckte.

So bleibt Vadding erspart, mit ansehen zu müssen, wie sie seinen Hof in die Genossenschaft enteignen, sagte sie zu ihren Jungs, die längst beschlossen hatten, Größeres zu werden als Bauer in Lankow. Der größte Bauer brauchte sich auch nicht mehr darüber zu ärgern, daß ein ehemaliger Waldarbeiter aus Friedrichsthal, nämlich Albert Schütt, dei von Landwirtschaft so väl versteiht as dei Kauh von'n Sünndach, den Titel Agronom annahm und zum obersten Führer der Lankower Kartoffelfelder ernannt wurde. Nicks grippt dei Dummheit bäder ünner'n Arm, as wenn sei för klauk utgäben ward.

Das Land Mecklenburg gab es nur noch als Erinnerung. Von den unterschiedlichen Stammbäumen wußten nur die Alten. Im Rat der Stadt schlachteten sie den schwarten Mäkelbörger Ossenkopp. So ging alles dahin. Wenn denn' Düwel sin Riek uneinig is, hemm' dei armen Seelen Fieerabend, sagte Lieschen Lehmkuhl. Das hatte sie von Fritz Reuter, der sich in jenen Tagen mehrere Male im Grabe umdrehte, denn sie strichen das schöne Land Mecklenburg von der Landkarte, und keiner wußte, ob irgendwann ein Prinz kommen wird, um Dornröschen wach zu küssen.

Die Periode der antifaschistisch-demokratischen Ordnung neigte sich dem Ende zu, die II. Parteikonferenz leitete über zur Phase des »Aufbaus des Sozialismus«, in Warnitz schlossen sich drei Bauern und drei Landarbeiter zur ersten LPG der Stadt Schwerin zusammen, und in diesem Augenblick blieb das Herz aller friedliebenden Menschen stehen.

Wat nu? sagte Lieschen zu Albert Schütt, der an jenem Tag bloß Branntwein und Barmherzigkeit war.

Als der gütige Vater aller Völker, der mit dem Schnauzbart, dahinschied, kehrte die Trauer, obwohl in Mäkelborg allens 'n lütt bäten langsamer geiht, in anderthalb Stunden in die Hauptstadt ein, die schon nicht mehr mecklenburgische hieß, sondern Bezirkshauptstadt.

Sie kam plötzlich. Sie begann in den Schulen, breitete sich auf die Betriebe aus und ergriff alle Schichten der Bevölkerung da, wo es am meisten weh tut, am Herzen und in den Augen.

»Sei mir gegrüßt, mein Berg mit dem rötlich strahlenden Gipfel!« rezitierte ein Mädchen in der Aula jenes Gebäudes, das für zwölf magere Jahre Adolf-Hitler-Schule geheißen hatte. »Edel sei der Mensch, hilfreich und gut«, prangte eine Schrift über dem Bild des großen Führers, und darüber drehte sich neben Fritz Reuter noch ein anderer Dichter im Grabe um.

Eine Lehrerin spielte auf dem Perzina-Flügel aus dem »Nachtlager von Granada« jene Stelle, an der es heißt:

> »Mag ein ruhiges Gewissen
> unserem Gast den Schlaf versüßen.«

Hier und da lief ein schüchternes Lächeln über die trauernden Gesichter.

Als ein Kind, ein Dreikäsehoch, Schillers

> »Wir wollen frei sein, wie's die Väter waren,
> eher den Tod als in der Knechtschaft leben!«

durch den Saal schmetterte, fiel in der letzten Reihe ein Stuhl um, so wie in jener Märzen-Nacht Vaters Bild von der Schlafzimmerwand in Angerburg gefallen war. Zwei Lehrerinnen lösten sich in Tränen auf, darunter Ingeborg Weinert, die schon Strobele hieß und von ihrem Mann heimgeleitet werden mußte, weil sie vom vielen Wasser blind geworden war.

Wieder war es März, als sie an kühlen Abenden in Sälen und unter freiem Himmel zusammenkamen, das väterliche Bild bekränzten und Trauermärsche spielten. Da auch die Werktätigen mit an der Spitze der Trauerbewegung zu marschieren hatten, war es kein Wunder, daß das Klement-Gottwald-Werk davon erfaßt wurde, die Maschinen leiser liefen, die Gespräche in der Kantine verstummten und die gütigen Augen von der Stirnwand in alle Suppenteller blickten. Hans Butkus bewachte sechs Stunden lang, einen Trauerflor am Ärmel, das Stalinbild vor dem Werktor. Als er nach diesem Ehrendienst heimkehrte, sagte seine Mutter, daß nun ein Tyrann weniger auf der Welt sei. Auf Ella Butkus war in dieser Hinsicht nicht viel zu geben, sie kam aus einer Zeit, in der Josef Stalin und Winston Churchill zu den größten Verbrechern gerechnet wurden, eine Meinung, die sie nie mehr richtig ablegen konnte. Nur mit Mühe ließ sie sich bewegen, in ihre Schreckensliste einen dritten aufzunehmen, den nämlich, für den Karl Butkus im Osten mit der Lokomotive herumgefahren war. Auch Mariken Grabow, mit der Lieschen in der Landwirtschaft arbeitete, war eher fröhlich, als sie von dem traurigen Ende hörte, nur zeigte sie es nicht, aus Furcht, der Agronom Albert Schütt könnte ihr eine Strafarbeit zudiktieren. Sogleich keimte Hoffnung, nun bald etwas von ihrem verschwundenen Ehemann zu erfahren. Drei Tage nach Stalins Tod setzte sie einen Brief auf, den sie unglücklicherweise an den Genossen Berija adressierte. Als der Brief eintraf, weilte der Adressat schon dort, wo er zuvor Millionen hingeschickt hatte, darunter auch Ferdinand Grabow.

Da alle Klassen und Gesellschaftsschichten zur Trauer aufgerufen waren, trat beim großen Festakt in Schwerin auch ein Pfarrer auf, der verkündete, daß Christentum und Sozialismus im Grunde Schwestern seien. Er erging sich in Andeutungen, wonach der Verstorbene so ein Heroe gewesen sei wie der von Golgatha. Gott setze eben alle zweitausend Jahre ein Zeichen. Schnell fanden sich auch Dichter, die noch am Todestag unter

Schmerzen zu dichten begannen, so daß ihr Werk bei allen Trauerfeiern zum Vortrag gebracht werden konnte, unter vielen Strophen auch diese:

»Als es geschah an jenem zweiten März,
Daß leiser, immer ferner schlug sein Herz,
Da war ein Schweigen wieder und ein Weinen.
Um Stalins Leben bangten all die Seinen.

Und als verhaucht sein letzter Atemzug,
Da hielt die Taube ein auf ihrem Flug
Und legte einen goldnen Ölzweig nieder.
Die Völker alle sangen stille Lieder.

…

Vor Stalin neigte sich herab zum Kuß
Auf seine Stirne Lenins Genius.
Die Völker aber hatten sich erhoben,
Um an der Bahre Stalins zu geloben:

Wen so wie dich die Welt zu Grabe trägt,
Des Herz im Herz der Völker weiterschlägt.
Dein Atem weht in unserer Fahnen Wehen,
Dein Name lebt in leuchtenden Alleen.

…

Seht! Über Stalins Grab die Taube kreist,
Denn Stalin: Freiheit – Stalin: Frieden heißt!
Und aller Ruhm der Welt wird Stalin heißen!
Laßt uns den Ewig-Lebenden lobpreisen!«

Ganz aus der Art schlug eine Stimme aus Köln. Gerhard Butkus schrieb zu dem Trauerfall an seine Mutter, er hoffe doch sehr, daß nun, da der Diktator den Tod gefunden habe, auch den Deutschen wieder ein Stückchen Freiheit zuteil werde. Vielleicht lasse sich das, was von Deutschland übriggeblieben sei, zu einem neuen Ganzen vereinigen. Das kam unzensiert als Trauerpost über die Grenze und lag bei Ella Butkus auf dem Küchentisch.

Die Trauer verflog rasch, wozu der heraufziehende Frühling sein Teil beitrug. Ende März durften sie schon wieder lachen, Ende April erschien Rolf im Werk, setzte sich gleich am ersten Tag neben Hans Butkus an den Kantinentisch und sagte, daß er in Naumburg an der Saale geboren sei. Als Butkus ihn fragte, wo er Stalins Tod betrauert habe, zeigte Rolf in östliche Richtung und erzählte, daß er als Spezialist für Reparationsleistungen von 1948 bis 1953 den sowjetischen Freunden in der UdSSR gedient habe. Drei Wochen nach Stalins Tod habe man ihn nach Hause geschickt.

Rolf – seinen Nachnamen hat Butkus nie erfahren – war nur wenige Jahre älter, sah aber heruntergekommen aus und aß in der ersten Zeit doppelte Portionen. Er war ein heller Kopf, der Russisch und Englisch beherrschte, so daß sich viele wunderten, was er mit Schrauben, Drähten und Blechen zu schaffen hatte. Rolf wohnte in einer Sammelunterkunft unweit des Hafens am Ziegelsee. Doch gefiel es ihm dort nicht sonderlich, so daß er abends gern mitkam nach Lankow, mit Hans Butkus in der Baracke saß und der Mutter zuschaute, wie sie masurische Klunkersuppe rührte.

Als er hörte, daß die Mutter aus dem Osten kam, sagte er, daß der Osten eine schöne Gegend sei, er kenne die Masurische Seenplatte von der Durchreise.

Sie spazierten oft durchs Torfmoor, und Rolf erzählte vom entbehrungsreichen Leben in der Sowjetunion, von den kalten Wintern und den heißen Sommern.

Einmal fragte er: Kennst du Thornton Wilder?

Als Hans Butkus ihn fragte, warum er nicht nach Naumburg zurückgegangen sei, blieb er stehen und dachte etwas nach. Das ist eine komplizierte Geschichte, sagte er.

Eines Morgens stand Rolf vor dem Werktor und wartete auf ihn. Hast du Radio gehört?

Hans Butkus schüttelte den Kopf, im Juni 1953 lebte er noch ohne Radioapparat in der Lehmkuhlschen Baracke.

Ich meine Westradio, fuhr Rolf fort. Irgend etwas ist in Berlin los, eine Revolution oder so was.

Bis zu den Mittagsstunden verlief der Tag ohne Besonderheiten. Als sie sich in der Kantine trafen, saß Rolf nicht am gewohnten Platz, sondern stand mit einer Gruppe von Arbeitern im Gang und diskutierte. Einer muß sich die Namen gemerkt haben, denn später hingen alle, die mit Rolf im Gang diskutiert hatten, wochenlang am Schwarzen Brett aus. Zu Mittag gab es – daran erinnerte er sich deutlich – serbischen Bohneneintopf mit Speckscheiben, dazu frische Brötchen.

Während des Essens kamen drei Mann von der Partei, darunter auch der, den sie den Schweriner Josef nannten, weil er humpelte. Sie erklärten, während die Werktätigen sich mit Bohneneintopf stärkten, daß nun eine besonnene Haltung angebracht sei und die Einheit der Arbeiterklasse bewahrt werden müsse. Militaristische Kreise und Naziaktivisten hätten Unruhen angezettelt, Provokateure sich unter die Berliner Bauarbeiter gemischt. Verbrecherische Anschläge, konterrevolutionäre Elemente, üble Machenschaften. So tönte es hin und her. Aber in verläßlicher Freundschaft zur friedliebenden Sowjetunion wolle man den weltweiten Kampf unter der führenden Rolle der Arbeiterklasse fortsetzen und letztlich siegen.

Von den hinteren Tischen schrie einer: Nu sett di man hen!

Der Mann, ein Arbeiter von der Art, die Scheunentore aus den Angeln heben können, stürmte nach vorn, erreichte das Radiogerät, das auf einem Regal an der Wand stand, und drehte so lange an den Knöpfen, bis er den RIAS hatte. Sie hörten das Rasseln von Ketten, Schüsse und Schreie. Ein Reporter rief, er sehe eine Rauchsäule.

Einer der Parteigenossen wollte den Stecker aus der Wand reißen, aber der Arbeiter, der den RIAS gefunden hatte, trat dazwischen und nahm, wie es später in den Protokollen hieß, eine »drohende Haltung« ein. Tatsächlich sagte er nur: Lat denn' Kasten man spälen, Strobele, wi Arbeiter willen noch 'n bäten wat von dei Berliner Luft hüren.

Ella Butkus sagte abends nur: Bloß keinen Krieg! Sie war zu jeder Unterwerfung bereit, wenn nur Friede bliebe.

Lieschen Lehmkuhl meinte, dei Lüd in Berlin sünd ümmer upstanatsch wäst, in Mäkelborg geiht dat ordentlich wat ruhiger tau. Aber doch nicht ganz so ruhig, denn am Abend rasselten mit ziemlichem Getöse sowjetische Panzer in die Stadt und nahmen Aufstellung, wo sie schon einmal gestanden hatten, an unsen leiwen Papendiek.

Bloß keinen Krieg! Sie können machen, was sie wollen, aber bloß keinen Krieg!

Rolf kam vorbei, und sie wanderten durchs Moor. Er war wie abwesend, blieb manchmal stehen und blickte in den Himmel, lauschte auch, als warte er auf bestimmte Signale. Aber es rasselten keine Panzerketten in Lankow, nur Kiebitze schrien, und Lerchen stiegen trillernd zu den Wolken, ohne wiederzukehren.

Fünf Jahre Spezialist in der Sowjetunion war eine Lüge, sagte Rolf, als sie im Gras lagen und den Lerchen nachsahen, die natürlich wiederkehrten; wenn sie hoch genug getrillert hatten, fielen sie lautlos wie ein Stein vom Himmel. Ich mußte diese Lüge unterschreiben, sonst hätten sie mich nicht freigelassen. Und versprechen mußte ich, mit keinem Menschen darüber zu reden, nicht mit der Ehefrau, falls du jemals eine haben solltest, nicht mit den eigenen Kindern, falls die einmal zu fragen anfangen, nicht mit Vater, Mutter, Schwester, Bruder oder den Kollegen am Arbeitsplatz. Die fünf fehlenden Jahre hatten eine Spezialistentätigkeit in der Sowjetunion zu sein, eine schöne Zeit in Workuta.

Von Workuta hatte Hans Butkus gehört, das war der Aufbewahrungsort für die übelsten Naziverbrecher. Was hatte Rolf damit zu schaffen?

Wir lebten in der bedeutendsten Stadt am Polarkreis, erklärte er. Ihre einzige Annehmlichkeit bestand darin, daß sie warme Arbeitsplätze unter der Erde zu vergeben hatte.

Er erzählte von einem Massengrab mit mehr als tausend Leichen, die nicht verwesten, weil sie im Dauerfrost lagen. Noch in hundert Jahren werden sie die Toten von Workuta identifizieren können.

Kennst du Hemingway? fragte Rolf.

Wie zum Teufel kamst du nach Workuta? wollte Hans Butkus wissen.

Mit dem Güterzug.

Ich meine: Warum?

Wir waren eine Gruppe, die sich Abend für Abend in Schöneiche bei Berlin traf. Wir lasen Thornton Wilder und Hemingway, darüber diskutierten wir die halbe Nacht. Außerdem hörten wir den RIAS, vor allem die dekadente Negermusik. (Nein, das war nicht korrekt! Das mit der Negermusik kam von Grabow, in Schöneiche ging es um die Wortbeiträge des Hetzsenders.) Im Frühling 47, die Vereinigung von KPD und SPD zur SED war längst vollzogen, kam einer auf die Idee, ein Schild zu malen mit dem Satz: »Die SPD lebt!« Das wollte er ans Geländer einer Hochbahnbrücke hängen, doch vorher verriet uns einer. Unser Kreis flog auf und bekam den offiziellen Titel »Sozialdemokratische Initiativ-Gruppe«. Wegen antisowjetischer Hetze und konterrevolutionärer Tätigkeit gab es zehn Jahre Arbeitslager, das erste halbe Jahr im mecklenburgischen Fünfeichen, den Rest im nördlichen Workuta. Und wäre Stalin nicht gestorben…

Über dem Lankower Torfmoor gaukelten Schmetterlinge.

Wie alt warst du damals?

Der Plakatmaler und ich waren einundzwanzig, die anderen etwas jünger, Jakob, das Nesthäkchen, erst siebzehn Jahre alt.

In großer Höhe kreiste ein Raubvogel.

Nein, es war keine Taube, die den goldenen Ölzweig niederlegte, sondern ein Habicht.

Stalins Geist, sagte Rolf. Er wird noch viele Jahre unter uns weilen.

An jenem Tage hörte er zum erstenmal, daß ein Mensch das Sowjetreich von Wladiwostok bis Berlin-Alexanderplatz zum Reich des Bösen erklärte. Ein kalter Schauer lief über seinen Rücken. Die Lerchen verstummten, der Raubvogel stürzte in die Tiefe wie die Stukas der Wochenschau.

Warum warst du gegen sie?

Es fing mit meinem Vater an. Der kam Ende 1946 aus amerikanischer Gefangenschaft. Da er in Naumburg zu Hause war, ließ er sich nach Naumburg entlassen. Er blieb nur zehn Tage bei uns, dann wurde er abgeholt. Warum? Offizier der faschistischen Wehrmacht war schon schlimm genug, aber zweieinhalb Jahre amerikanische Gefangenschaft, das war unverzeihlich. Mit solchen Menschen kannst du nichts mehr anfangen, die sind verdorben für den sozialistischen Aufbau, die gehören weggeschafft.

Ein warmer Abend, weit und breit keine Spur der Eiswüste, Lämmerwolken, ein Käuzchen ruft in Friedrichsthal, die Kühe brüllen am Neumühler See, und Rolf berichtet von einem Zählappell am letzten Tag des Jahres 1950.

Alle Häftlinge marschierten an einer Zählmaschine vorbei, die von einem Soldaten bedient wurde, eine Art Rechenmaschine mit hundert Kugeln, wie sie früher in den Dorfschulen Verwendung fand. Klack! Klack! machten die Kugeln. Der Soldat verrechnete sich, was kein Wunder war, denn in Workuta herrschte die meiste Zeit ziemliche Dunkelheit. Also noch einmal vorbei an der Zählmaschine. Das Thermometer fiel auf einunddreißig Grad. Fünftausenddreihundertundzwölf… ihm fehlten drei… Beim nächstenmal hatte er fünftausenddreihundertsiebzehn. Also wieder marschieren. Es kam Wind auf. Einen halben Tag dauerte die

Rechnerei. Während die Maschine Klack! Klack! machte, starben einige. Schneekrümel fegten über den Appellplatz. Wir schleppten die toten Kameraden an der Zählmaschine vorbei, damit die Rechnung endlich stimmte. Klack! Klack! warf der Soldat die Kugeln auf die andere Seite und zählte die Toten. Und Gott sah an alles, was er gemacht hatte; und siehe da, es war sehr gut.

Rolf blieb in Lankow, bis es dunkel wurde. Hans Butkus brachte ihn zur Grevesmühlener Straße. Dort zog Rolf ein Stück Papier aus der Tasche.

Ich hab' aufgeschrieben, was ich in den fünf Jahren erlebte, ohne Anklagen, ohne Schuldzuweisungen, einfach nur die Wahrheit. Bei mir sind die Papiere nicht sicher, vielleicht kannst du sie an dich nehmen und für mich aufbewahren.

Fünfzehn Bogen Papier, mit einer hakenden Schreibmaschine, die kein ß und keine Umlaute kannte, anderthalbzeilig beschrieben.

Bis morgen zur Schicht, sagte Rolf, dann tauchte er in die Dunkelheit ein.

Am Morgen erschien er nicht zur Arbeit. Als Hans Butkus nach ihm fragte, erhielt er die Antwort, Rolf habe sich freiwillig zum Uranbergbau nach Aue gemeldet, weil dort viel Geld zu verdienen und es unter Tage immer warm sei.

Nur einmal kam er noch zur Sprache. Das geschah in der Nacht, als Strobele die Protokolle schrieb für Hänschens Verschickung nach Waldheim.

Wie war das eigentlich mit diesem Rolf? fragte Strobeles sanfte Stimme. Sie sind doch viel mit ihm in der Straßenbahn gefahren und im Torfmoor spazierengegangen.

Viel ist gut, antwortete Butkus. Der war doch nur sechs Wochen in Schwerin.

Auch am siebzehnten Juni 1953 hat man euch zusammen gesehen, fuhr Strobele mild fort. Was ist da vorgefallen? Was habt ihr geplant?

Mein Gott, das ist fünfzehn Jahre her, antwortete Butkus. Ich weiß nicht einmal, wie dieser Rolf mit Nachnamen hieß.

Da öffnete Strobele leise die Schreibtischschublade. Er zog eine Akte heraus, warf sie auf den Tisch, und was kam zum Vorschein? Rolfs Erinnerungen an Workuta, ohne Umlaut und ohne ß, mit einer hakenden Schreibmaschine geschrieben. Da wußte er, daß sie Evas Wohnung durchsucht hatten und fündig geworden waren.

---

Dies war der Laden, in dem Eva arbeitete, bevor sie zur Weißen Flotte heiratete. Ein Gebäude, um die Jahrhundertwende errichtet, das von allen Revolutionen, Bewegungen und Bombenangriffen verschont geblieben war. Nur dreimal gingen die Fensterscheiben zu Bruch: im März 1920, im November 1938 und im Mai 1945. Jetzt lag es grau und häßlich an der Wittenburger Straße und schrie nach Farbe.

Butkus betrat das Haus von der Straße her, so wie jeder Kunde es betreten mußte, drei Steinstufen aufwärts, ein schmaler Gang, eine Tür mit Messingbeschlägen. Er wollte nicht kaufen, sondern nur die Stelle sehen, an der Eva hinter der Registrierkasse gestanden hatte. Hinter einem schwarzen Vorhang war sie aufgetaucht, wenn die Ladenbimmel ertönte. War Hans Butkus der einzige Kunde, konnte es vorkommen, daß sie das langweilige »Was möchten Sie?« unterdrückte, den Platz hinter der Registrierkasse verließ, die Arme um seinen Hals schlang und den einzigen Kunden küßte. Aber das war lange her, und nicht einmal der schwarze Vorhang war davon übriggeblieben.

»Was möchten Sie?« fragte eine Stimme.

»Eigentlich nichts«, antwortete Butkus. »Meine Frau hat hier vor fünfundzwanzig Jahren gearbeitet, ich wollte mich mal umschauen.«

Hatte er wirklich »meine Frau« gesagt?

Er bummelte durch den Laden, befühlte das alte Holz der Tonbank, betastete den Meßstab, mit dem Eva Meterware abgenommmen hatte. Hinter ihr auf einem Bord lagen Wollknäuel, in der Ecke befand sich die Abteilung Knöpfe.

»Deutsche, kauft deutsche Waren!« Dieser Spruch hatte vor sechzig Jahren anläßlich der »Deutschen Woche«, die in der mecklenburgischen Hauptstadt begangen wurde, im Schaufenster gehangen, aber daran konnte sich höchstens Lieschen Lehmkuhl erinnern, die auch folgenden Schaufensterreim im Gedächtnis hatte:

> »Im Februar, wenn Kälte härmt,
> Erinnre dich, daß Bleyle wärmt.«

Ernster wurden die Zeiten, als folgende Losung den Eingang zum Textilladen Kohn beschmierte:

> »Deutsche! Wehrt Euch! Kauft nicht bei Juden!«

»Wie hieß die frühere Kollegin?« fragte die Stimme.

»Eva Butkus«, antwortete er, ohne Hoffnung, daß die Verkäuferin etwas mit dem Namen anfangen könnte.

»Hab' ich noch nie gehört«, sagte sie.

Zum Erntedankfest 1935 machte sich unter dem Motto »Blut und Boden« dieser Spruch in Evas Schaufenster breit:

> »Wir aber wollen unser Deutsches Reich bestellen,
> wollen in diesem Volke säen
> und mit Gottes gnädiger Hilfe
> einst auch ernten.«

Später tauchte der Kohlenklau in Evas Laden auf und ein Plakat zur Altkleider- und Spinnstoffsammlung 1942: »Gib auch du!«

Als Eva, gerade zwanzigjährig, hier zu arbeiten begann, verabschiedete der V. Parteitag die Forderung, Westdeutschland im Pro-Kopf-Verbrauch der wichtigsten Konsumgüter einzuholen und zu übertreffen.

In Evas Schaufenster hieß es:

>>Alles zum Wohle der Menschen!
Alles zum Wohle unserer Republik!<<

Da er früher Feierabend hatte als sie, holte er Eva regelmäßig ab. Meistens saß er auf der Mauer gegenüber, blickte über Parolen und Preisschilder, bis er sie entdeckte. Manchmal erschien sie flüchtig an der Tür und winkte.

War der letzte Kunde gegangen, kam Eva über die Straße gerannt.

An warmen Tagen sagte sie: Wollen wir noch baden gehen?

Drohte Regen, hieß es: Bloß schnell in die warme Stube.

Evas Mutter war in diesen Dingen großzügig. Sie duldete es, daß Eva den jungen Mann in ihre Zwei-Zimmer-Wohnung brachte. Manchmal sagte sie: Ach, ich hab' noch etwas vergessen! und verschwand für ein halbes Stündchen.

Soviel Freiheit mußte Folgen haben. Sie stellten sich um die Osterzeit ein. Als der Mai ins Land zog, wurden die Folgen sichtbar, erst für die beiden Großmütter, dann für die ganze Stadt. Nun endlich durfte er seine Eva auch zu Ella Butkus mitbringen, und da schon alles passiert und nicht mehr zu ändern war, verschwand auch sie hin und wieder für ein halbes Stündchen.

An einem Tag, als sie sich nicht einig werden konnten, ob sie noch zum Baden oder gleich ins Warme zu Evas Mutter gehen sollten, erzählte er, daß im Betrieb das Gerücht umgehe, die Grenze werde bald geschlossen. In Berlin wollen sie einen zwei Meter hohen Stacheldrahtzaun quer durch die Stadt ziehen.

Na und? lachte Eva.

Gerhard aus Köln schrieb an die Mutter, die DDR werde eine solche Fluchtwelle nicht lange durchhalten. Irgend etwas müsse geschehen. Vielleicht sei jetzt die letzte Chance, in den Westen zu kommen.

Ohne mich! rief Eva. Mit einem Kind im Bauch über eine Grenze laufen? Drüben kommen wir an wie Maria und Josef, ich bring' mein Kind im Stall zur Welt oder auf einem Bahnhof oder im Lager. Nein, da wird nichts draus!

Ist gut, ist gut, winkte er ab. Danach setzten sie sich ins Gras, er befühlte ihren Leib, Claudia gab erste Lebenszeichen von sich und trommelte mit den Füßen gegen die Bauchdecke.

Als es dann doch geschah, drei Wochen später, an einem Sonntag, schrieb der kleine Bruder an den großen Bruder, daß nun wohl alles aus sei und sie sich in diesem Leben nie mehr sehen würden. Auch dieser Satz fand sich später in Strobeles Akte.

Claudia aber wuchs, bis sie 3200 Gramm wog und raus wollte. Als sie geboren wurde, war der antiimperialistische Schutzwall schon fest geschlossen. Keiner kam durch.

―――――

Nun ist auch Klaus, unser Jüngster, ins Jungvolk aufgenommen worden. Günter begleitete ihn zur feierlichen Zeremonie in die Jugendherberge Lankow. Mit nackten Beinen stand das kleine Kerlchen im frostigen Wind und grüßte die Büste des Führers. Mariken bereitete ihren beiden Pimpfen zur Feier des Tages ihr Lieblingsgericht: Kartoffelpuffer mit Blaubeersuppe.

Die erste Muttertagsfeier im neuen Deutschland. Mariken war dabei, hatte einen Ehrenplatz in der ersten Reihe.

Am 23. Juni feierten wir das Fest der Sonnenwende. Schier endlos der Zug der braunen Bataillone zum Festplatz. Hildebrandt sprach vor dem brennenden Holzstoß. Er legte ein Bekenntnis ab zum ewigen Wert des Blutes. So wie der 1. Mai der Tag der Arbeit ist, wollen wir den Zeitpunkt, da der Tag die Nacht berührt, zum Festtag des deutschen Blutes machen.

Den 46. Geburtstag des Führers und Reichskanzlers haben wir zum Anlaß genommen, folgenden Aufruf zu verbreiten:

»Der Geburtstag des Führers verpflichtet zu Dank gegenüber der Vorsehung, die uns diesen Mann schenkte. Mit ihm und für ihn haben Tausende von mecklenburgischen Volksgenossen gekämpft und in zähem Ringen den Sieg davongetragen. Ungefähr 50 alte Kämpfer sind im Schweriner Arbeitsamtsbezirk noch ohne Arbeit und Brot. Ihre bevorzugte Einstellung würde die schönste Geburtstagsgabe sein, die dem Führer dargebracht werden kann.«

Eine Woche später hatten wir dreißig Volksgenossen untergebracht.

Günter ist Bannführer geworden. Er hat den Wunsch geäußert, eine der Adolf-Hitler-Schulen zu besuchen. Habe ihm geraten, erst den Abiturabschluß in Schwerin zu erledigen. Danach steht der deutschen Jugend die Welt offen.

Die Ratten verlassen das Schiff. Der Jude Melchior, das reichste Individuum mosaischen Glaubens in unserer Stadt, hat sich abgesetzt in Richtung Kopenhagen, angeblich auf einem Wismarer Fischkutter. Schmuck und Wertpapiere soll er gesetzeswidrig mitgenommen haben, nur sein Anwesen am Zippendorfer Strand mußte er zurücklassen... Das Hausmädchen, eine arische Person und durchaus vertrauenerweckend, meldete sich nach dem Verschwinden des Juden bei der Polizei und gab zu Protokoll, mehrfach mißbraucht worden zu sein. Das müßte reichen, um den verbliebenen Besitz des Juden einzuziehen. Im übrigen halten wir es mit dem guten nationalsozialistischen Rechtsgrundsatz:

»Während bei einem Volksgenossen die Anständigkeit präsumiert werden kann, muß beim Juden die Unanständigkeit vermutet und die Anständigkeit für jeden einzelnen Fall bewiesen werden.«

Früh um sieben stand der Möbelwagen vor der Tür. Unsere Jungs halfen tüchtig mit. In Zippendorf angekommen, hißten sie als erstes die Hakenkreuzfahne. Anschließend bauten sie am Strand eine Sprunggrube und übten Weitsprung. Auch sind sie sogleich mit einem Ruderboot in See gestochen und haben, obwohl das Wasser noch kalt ist, ein erstes Bad genommen. Es wird ihnen nicht schaden, denn sie sind abgehärtet. Zur Feier des Tages habe ich jedem einen Baum gepflanzt, mannshohe Eichen, die noch in hundert Jahren stehen und von uns künden werden. Neben den Bäumen haben wir eine Kassette vergraben mit der heutigen Ausgabe des »Niederdeutschen Beobachters«, einem Bild des Führers und einem Foto, das unsere Jungs in HJ-Kluft zeigt. Sie holten einen Eimer Seewasser und tauften ihre Bäume. Hildebrandt schickte ein Telegramm, in dem er seinen Glückwunsch zur Überführung des jüdischen Besitzes in arische Hände zum Ausdruck brachte. Für Mariken habe ich ein Hausmädchen eingestellt, weil das Anwesen zu groß ist, um von ihr allein beschickt zu werden. Es ist Irmgard, jenes Mädchen, das zwei Jahre unter dem Juden Melchior leiden mußte. Sie kennt sich gut aus in den Räumen und im Garten. So kann denn nun ein neuer Lebensabschnitt unserer Familie beginnen.

Im Rundfunk die Rede unseres Führers zum Kriegsbeginn gehört. Die Jungs bedauerten es, daß sie noch nicht alt genug sind, um mitzukämpfen. Mariken hatte Tränen in den Augen.

———

Wo man singt, da laß dich ruhig nieder, säd de Düwel un sett' sik in'n Immenswarm. Der Junge der Witwe Strobele wollte weiter nichts als Gesang im Londoner Rundfunk studieren, und schon saß er im Wespennest. Das war damals nicht am Demmlerplatz untergebracht, sondern in unmittelbarer Nähe des schönen Schweriner Schlosses. Als Mariken davon hörte, fragte sie ihren Mann, ob es denn wahr sei, daß ein junger Mensch allein der Londoner Musik wegen ins Gefängnis geraten könne. Da müsse doch wohl noch etwas anderes vorgefallen sein, ein Verstoß gegen die Sittlichkeit mindestens, Spielen mit kleinen Mädchen oder Jungs oder Feuerlegen.

Nein, die Musik allein war es nicht, die Walter Strobele in seinem 24. Lebensjahr vom Schalter der Ortskrankenkasse vor die Schranken des Gerichts brachte und zum Rundfunkverbrecher werden ließ. BBC London grüßt Deutschland! Schon erklangen die ersten Takte der Schicksalssinfonie, die Pauke schlug das Morsezeichen für V wie Victory.

»Der Verbrecher kann und darf das Strafgesetzbuch nicht als magna charta liberatum für sich betrachten, sondern das Strafgesetzbuch ist im nationalsozialistischen Rechtsstaat die klare scharfe Reaktion der gesunden Volksgemeinschaft auf die schädlichen und verbrecherischen Anschläge des Untermenschentums.«

Den Satz hatte Grabow nicht erfunden, sondern aufgelesen in einem drei Pfund schweren juristischen Werk mit dem Titel »Nationalsozialistisches Handbuch für Recht und Gesetzgebung«, das unter dem Motto stand: Recht ist, was dem Staate nützt. Das Wort Staat konnte übrigens nach Meinung des Verfassers, eines gewissen Hans Frank, je nach Sachlage ersetzt werden durch Volk, Führer, Volksgemeinschaft oder ganz einfach Deutschland. Auch in seinem neuen Beruf im Dienste der Bewegung fühlte

Grabow sich noch dem Recht zugetan, der Rechtswacht des Führers zugehörig. Er war, obwohl kein Volljurist, Mitglied des NS-Juristenbundes und studierte eifrig dessen Mitgliederzeitschrift, las zur Erbauung juristische Bücher und verfolgte bedeutende Prozesse. Nach dem Kriege, das hoffte er, würde er doch noch mit einer Sondererlaubnis des Führers, der längst auch oberster Richter und Gerichtsherr war, Amtsrichter in Parchim werden können.

Als der Zweite Weltkrieg zu toben begann, ergoß sich eine Flut von Gesetzen und Verordnungen über das Land. Darunter auch dieses:

»Die Reichsregierung weiß, daß das deutsche Volk diese Gefahren erkennt, und erwartet daher, daß jeder Deutsche aus Verantwortungsbewußtsein es zur Anstandspflicht erhebt, grundsätzlich das Abhören ausländischer Sender zu unterlassen. Für diejenigen Volksgenossen, denen dieses Verantwortungsbewußtsein fehlt, hat der Ministerrat für die Reichsverteidigung die nachfolgende Verordnung erlassen… In leichten Fällen Gefängnis, Einzug des Geräts. Wer ausländische Nachrichten weiterverbreitet, wird mit Zuchthaus bestraft, in schweren Fällen Tod.«

Mit wem haben Sie darüber gesprochen? fragte Grabow den Rundfunkverbrecher Strobele.

Mit niemand.

Na, doch wohl mit der eigenen Mutter.

Meine Mutter interessiert sich für diese Dinge überhaupt nicht.

Dafür Sie um so mehr, nicht wahr?

Nur für die Musik, nicht für die Texte.

Musik nennen Sie das! In London sitzen die Judenschweine, die Deutschland verlassen haben, und hetzen gegen das deutsche Volk. Der Führer ist viel zu human mit diesen Kreaturen umgegangen. Er hätte sie gar nicht rauslassen, sondern gleich einsperren sollen. Cordon sanitaire nennt man das. Große Lager, hohe Zäune, damit der Unrat nicht entweichen und die Welt vergiften kann.

Im Monat Februar, als in Stalingrad die letzten Feuer erloschen waren, die Spartarede noch nachhallte und der totale Krieg ausgebrochen wurde, meldete Radio London, daß ein gewisser... Na, wie hieß er noch, der Obergefreite, der aus kanadischer Kriegsgefangenschaft Grüße an seine liebe Mutter in Schwerin ausrichten ließ? Hieß er Meineke oder Meins oder Meiners? Jedenfalls ging es ihm gut in Manitoba. Zu essen bekam er reichlich, auch sprach er die Hoffnung aus, nach Kriegsende seine Mutter in die Arme schließen zu können.

Hat die Frau Meineke im Nachbarhaus einen Sohn namens Peter, der mit Rommel in Afrika war? fragte Strobele seine Mutter. Von Rommel in Afrika wußte die nichts, aber der junge Meineke hieß tatsächlich Peter und war seit einem halben Jahr vermißt.

Strobele sagte seiner Mutter, daß ein Peter Meineke aus kanadischer Gefangenschaft übers Radio Grüße an seine Mutter in Schwerin habe ausrichten lassen. Daraufhin ging Frau Strobele bei Einbruch der Dunkelheit über die Straße, schellte an der Tür der Frau Meineke, wurde eingelassen, saß in der warmen Stube und überbrachte die gute Nachricht, daß ihr Peter in Kanada lebe und dort gut zu essen bekomme. Die Frau Meineke weinte und bedankte sich herzlich für die gute Nachricht.

Und wie erfuhr Grabow davon?

Es gab eben doch noch deutsche Frauen, die Anstand und Ehre besaßen. Diese deutsche Mutter bekam, nachdem sie sich ausgeweint hatte, ein so schlechtes Gewissen, daß es ihr den Schlaf raubte. Da sie wußte, daß die Engländer nur der Lüge fähig sind, hielt sie auch diese Nachricht für gelogen und begab sich am nächsten Morgen ins Büro der Gestapo, um zu berichten, was ihr widerfahren war.

»...Wer das Gehörte weiterverbreitet, wird mit dem Tode bestraft...«

Es waren doch nur Grüße aus der Gefangenschaft.

Sie haben es Ihrer Mutter erzählt, die hat es an die Frau Meineke weitergegeben, bald wird die ganze Stadt wissen, daß es nirgends auf der Welt so schön ist wie in kanadischer Gefangenschaft.

Die Verhaftung erfolgte am späten Abend. Die Stadt war verdunkelt und schlief. Keine Feindflieger im Anflug. Und wieder war es März, der 2. 3. 1943. Die erste Vernehmung erfolgte am nächsten Morgen zu gesitteter Zeit nach dem Frühstück.

Sie haben uns schon einmal mit Radio London an der Nase herumgeführt, Strobele. Das war im Winter einundvierzig, als jemand zu nächtlicher Stunde in Ihrer Wohnung Radiomusik hörte. Da die deutschen Sender wegen der anfliegenden Terrorflugzeuge schwiegen, blieb nur Radio London als Quelle der nächtlichen Musik. Aber Sie erklärten, Sie hätten den Reichssender Königsberg gehört, der auch bei Terrorangriffen sein Programm fortsetzte. Schon damals habe ich Ihnen nicht geglaubt, heute sind Sie dran, Strobele!

»Der Sozialversicherungsangestellte Walter Strobele, geboren am 15. November 1918, wohnhaft in Schwerin, Grevesmühlener Straße, wird wegen Abhörens ausländischer Sender und Verbreitung der abgehörten Nachrichten in Verbindung mit landesverräterischer Feindbegünstigung zum Tode verurteilt.«

So hätte das Urteil lauten können, aber Grabow ließ es mit einer Gefängnisstrafe bewenden. Die Mutter, die als Botin bei der Verbreitung der Nachricht mitgewirkt hatte, wurde nur mündlich verwarnt, das Gerät eingezogen.

Wir reden zuviel, sagte Frau Strobele, als sie sich von ihrem Sohn verabschiedete. Reden richtet mehr Unheil an als Schweigen. Auch werden die Schweigenden niemals für dumm gehalten.

Sie hat dann noch zwei Jahre geschwiegen, bekam in dieser Zeit drei Briefe ihres Sohnes aus einem Ort namens Sachsenhausen und einen Feldpostbrief aus dem Osten, bevor sie die Wohnung in der Grevesmühlener Straße für eine Flüchtlingsfamilie aus Schneidemühl räumte und sich zu einer Stätte zurückzog, die nur noch Schweigen kennt.

Zwanzig Jahre später folgte der Musiksendung von Radio London ein kleines Nachspiel. Da der antiimperialistische Schutzwall nicht so weit in den Himmel reichte, daß er die Radiowellen aufzuhalten vermochte, mußte in anderer Weise gegen die Hetzsender vorgegangen werden. Es begann die Aktion »Blitz kontra NATO-Sender«. In den Betrieben gingen Unterschriftenlisten herum, Hans Butkus unterschrieb eine Selbstverpflichtung, in der er versprach, die Antenne seines Radiogeräts nicht auf westliche Sender auszurichten. Er unterschrieb leichten Herzens, denn damals wußte er schon, daß der NDR auch ohne eine Antenne über ein geerdetes Stück Zaundraht zu empfangen war. Eines Tages nahm sich die FDJ der Antennen an. Begleitet von flotten Klängen aus einem auf die Ladefläche montierten Lautsprecher, fuhren die Blauhemden mit einem LKW durch die Stadt, schwärmten aus, drangen in Wohnungen ein, erkletterten Dächer, um die Tatwerkzeuge der Hetzsender zu zerstören. Und wer kämpfte mit an vorderster Front? Wer saß auf dem fahnengeschmückten Wagen, der zum Antennensturm durch die Stadt brauste? Walter Strobele, ein Mann Mitte vierzig, aber noch jung genug, um mit der Freien Deutschen Jugend dem Feinde entgegenzufahren. Und wieder wurde Radio London abgeschaltet.

---

Den 65. Geburtstag wollte sie groß feiern. Alle sollten kommen, auch Gerhard aus Köln. Wer weiß, vielleicht ist es die letzte Gelegenheit. Ob ich auch die Frau Lehmkuhl einladen soll?

So redete sie jeden Tag und machte sich Gedanken, ob in der Artur-Becker-Straße, wo ihre Kinder lebten – glücklich und zufrieden, wie Ella Butkus immer sagte –, Raum genug sei für die vielen Gäste und woher sie die Stühle nehmen sollte und ob auch genug Schnaps da wäre und guter Kaffee.

Rechtzeitig fragte sie bei ihrem Ältesten an, ob er es vielleicht einrichten könnte, mit Frau natürlich. Und wenn er käme, sollte er ein Kilochen Mohn mitbringen, damit sie ostpreußischen Mohnkuchen backen könnte, denn so etwas blüht in den Rübenfeldern der DDR nicht.

Ella Butkus besuchte ihren Abschnittsbevollmächtigten und fragte, ob es wohl erlaubt sei, den Sohn aus Köln, den sie fünfzehn Jahre nicht gesehen hatte, zu ihrer Geburtstagsfeier einzuladen. Der blickte die Papiere durch, und da sich nichts gegen eine Frau Butkus angesammelt hatte, meinte er, daß es wohl klappen müsse. Er gab ihr die notwendigen Formulare mit, Mutter schrieb sofort nach Köln und besuchte am selben Tag Lieschen Lehmkuhl, die damals noch in der LPG arbeitete, um zu fragen, ob die Produktionsgenossenschaft nicht ein wenig Geflügel übrig habe, denn sie hatte an Hühner-, Enten- oder Gänsebraten gedacht.

Eine Woche vor dem Fest kam der Sekretär des Betriebes zu Butkus an den Schreibtisch und sagte, es sei da ein Problem aufgetaucht. Wenn der Bruder aus dem Westen zu Besuch komme, dürfe Hans Butkus nicht anwesend sein.

Warum nicht?

Weil du hier arbeitest.

Aber es ist nichts Geheimnisvolles an unserer Arbeit.

Ja, früher, da bauten wir Geräte für die Torfgewinnung, da wäre es gegangen. Aber heute produzieren wir Decksmaschinen und Schiffszubehör für unsere Volksmarine und die sowjetischen Freunde, darum geht es nicht.

Mein Bruder sollte in unserer Wohnung schlafen, sagte Butkus.

Das geht schon gar nicht, erwiderte der Parteisekretär. Sieh mal, Hans, es ist nur eine Kleinigkeit. Wenn du willst, schicken wir dich zu einem Lehrgang nach Stralsund, dann bist du eben nicht da, wenn der Westbesuch kommt.

Das erzähl mal meiner Mutter, daß der jüngste Sohn nach Stralsund reisen muß, wenn der älteste zu Besuch kommt. Die wird sagen, daß so etwas verrückt ist, daß sich das nur einer ausgedacht haben kann, der Vater und Mutter erschlagen hat.

Warum regst du dich auf, Hans Butkus? Anderen geht es nicht besser. In der Lankower Nachbarschaft gab es einen, der als Zöllner bei den Grenztruppen diente. Als seine Schwiegermutter Rentnerin wurde, beantragte sie eine dreiwöchige Westreise zu Verwandten, die ihr bewilligt wurde. Zu dem Zöllner aber kam sein Vorgesetzter und verlangte, er müsse sich jetzt entscheiden: Entweder quittierst du den Zolldienst, oder du brichst jeden Kontakt zu deiner Schwiegermutter ab, oder du läßt dich scheiden. – Warum scheiden? – Weil deine Frau die Tochter einer Person ist, die in den Westen reisen will. Auch wenn du mit deiner Schwiegermutter keinen Kontakt mehr haben willst, deine Frau wird es nicht lassen können. Darum ist Scheidung am besten.

Und wie ist es ausgegangen?

Er ließ sich scheiden und nahm eine, die fünfzehn Jahre jünger war.

In Waldheim hatte Butkus Zeit, seine Gedanken zu ordnen, nach den Kreuzungspunkten zu suchen, die ihn vom rechten Weg abkommen ließen. Und immer wieder war er auf Mutters 65. Geburtstag gestoßen. Die sind nicht normal! In hundert Jahren glaubt uns das kein Mensch mehr, daß ein Mann, der im Rechnungswesen des Klement-Gottwald-Werkes tätig war, am 65. Geburtstag seiner Mutter durch die Wälder streuen mußte, während sein Bruder aus dem Westen sich über den Geburtstagskuchen hermachte. Mutters 65. Geburtstag und Rolf aus Workuta. Da hatte sich ein Vorhang geöffnet und den Blick freigegeben auf das Torfmoor von Lankow, über dem der Geist von Josef Wissarionowitsch kreiste.

Alle Mühe war vergeblich. Aus Köln kam drei Tage vor dem Fest eine Absage. Gerhard schrieb, seine Frau sei krank geworden, und Ella Butkus argwöhnte: Im Westen geht es nicht anders zu als bei uns. Weil Gerhard in einer Behörde arbeitet, lassen sie ihn nicht in die DDR reisen.

Alles in allem wurde es eine schöne Geburtstagsfeier. Den Umständen entsprechend, wie Mutter sagte. Ostpreußischer Mohnkuchen fiel aus, aber Entenbraten gab es satt. Lieschen Lehmkuhl kam und erzählte in mecklenburgisch Platt, wie vor ziemlich genau hundertfünfzig Jahren der Stavenhagener Ratsherr Herse die Franzosen aus dieser Gegend verjagte. Das ließ das Geburtstagskind nicht ruhen, es sagte in ostpreußisch Platt ein paar Riemelkes auf.

Danach sprachen die beiden Frauen übers masurische und mecklenburgische Wasser.

Du lebtest schon, Claudia. Du warst in der Frauenklinik »Seeblick« auf die Welt gekommen und konntest Mama sagen. Bei Omas Geburtstag warst du schon auf zwei Beinen unterwegs, warfst eine Blumenvase um, machte aber nichts, weil das Ding aus Blech war. Außer einem Wasserfleck gab es keinen größeren Schaden.

Ella Butkus trank Kosakenkaffee und erzählte von ihrem 45. Geburtstag in Angerburg-Vorstadt, als ihr Mann mit dem Nachmittagszug von der Arbeit kam und ihren Ältesten in Soldatenuniform mitbrachte. Na, das war eine Überraschung. Abends, als Claudia schon schlief, wurde das Geburtstagskind weinerlich und behauptete, daß sie ihrem Großen in diesem Leben wohl nicht mehr die Hand drücken werde. So ist es denn auch gekommen. Ella Butkus sah ihren Gerhard zum letztenmal im Herbst 1947, und es lagen doch nur fünfhundert Kilometer zwischen Schwerin und Köln. In jener Zeit reisten die Menschen nach Hongkong und Honolulu, aber sie schafften nicht den kleinen Weg von Köln nach Schwerin. Auch das wird uns in hundert Jahren keiner glauben.

Am späten Abend, als Eva das Geschirr abgewaschen und Hans die unter Omas Stuhl eingeschlafene Claudia ins Bett getragen hatte, sprachen sie davon, ob es vielleicht angebracht sei, noch ein zweites Kind anzuschaffen.

Wir können es ja mal versuchen, meinte Eva.

Aber es klappte nicht mehr. Weiß der Himmel, woran es gelegen hat, es wollte nicht mehr gelingen.

————

Er hätte sie gern in der Schule besucht. Ihr zuschauen, wie sie arbeitet. Unter dem Fenster stehen und hören, was sie den Kleinen sagt. Vielleicht ist es Bruchrechnen oder Erdkunde. Ja, Erdkunde wäre auch unverfänglich. Die sozialistischen Berge sind nicht höher als die kapitalistischen, die Ströme fließen in allen Lehrbüchern zur gleichen Himmelsrichtung, niemand kann die Elbe daran hindern, bei Flußkilometer 472 in den Westen durchzubrechen. Sie wird erwähnen, daß Magdeburg ein bedeutender Binnenhafen der DDR ist. Verfolgen wir den Flußlauf über die Grenze hinweg, erreichen wir eine Millionenstadt an der Mündung, dort lebt mein Vater. Tagsüber sitzt er in einem Büro am Hafen, führt Listen über einkommende und auslaufende Schiffe, telefoniert mit den bedeutendsten Häfen der Welt und hält ständig Kontakt zu Norddeich Radio. Wenn irgendwo auf der nördlichen Halbkugel ein Schiff SOS funkt, erfährt er es als erster. So einen Vater habe ich. Weiter zum Meer hin öffnet sich der Strom wie das Maul eines Walfisches, so daß ihr kaum das andere Ufer erkennen könnt. An jener Stelle nimmt ein bedeutender Kanal, der Nord- und Ostsee verbindet, seinen Anfang. Durch ihn fahren die Frachtschiffe der DDR, wenn sie Zucker aus Kuba holen, Kaffee aus Äthiopien oder Bananen aus Südamerika. Als ich Kind war, wollte mein Vater diesen Kanal befahren, zwischen Hochdonn und Sankt Margarethen über Bord springen, um die dort auf den Marschwiesen grasenden Kühe zu besuchen. Bevor er dieses Abenteuer ausführen konnte, wurde er in Schutzhaft genommen.

Nein, das wird sie nicht sagen, denn sie weiß es nicht. Es ist auch nicht wahr, von solchen Abenteuern hat Hans Butkus nie geträumt, es steht nur in den Akten, die Strobele anlegen ließ. Auch das Urteil, das ihn nach Waldheim brachte, erwähnt die mögliche Kanalreise als hinreichenden Verdachtsgrund. Damit war sie aktenkundig und gewissermaßen beglaubigt.

Große Pause. Claudia hatte Aufsicht, er sah sie mit einem älteren Kollegen über das Pflaster schlendern. Ein wenig streng sah sie aus, nun, da sie im Dienst war. Das Haar straff zurückgebunden, keine Schminke im Gesicht. Eigentlich ist sie viel hübscher, dachte er. Mindestens so hübsch wie Eva.

Später, wenn sich alles beruhigt hat, wenn sie sich aneinander gewöhnt haben, wird er sie fragen, warum der Sozialismus auch das Äußere so verändert hat. Die Frauen in Schwerin sahen anders aus als in Hamburg, blasser, grauer, strenger, so als müßten sie täglich in Nachtschichten Straßenbahngeleise säubern und öffentliche Plätze kehren. Und nicht nur die Frauen. Im Sozialismus sind selbst Schwäne und Tauben nicht mehr weiß.

Du fängst ja schon wieder an zu vergleichen, Hans Butkus.

Sie erkannte ihn und kam an den Zaun.

»Ich wollte mal sehen, wo du arbeitest.«

Wieder ein flüchtiger Händedruck ohne jede Herzlichkeit. Die Kinder schauten zu, als ihre Lehrerin an ein Westauto trat und mit einem Mann plauderte, der offensichtlich aus dem Westen gekommen war. Niemand stand hinter der Gardine und schrieb Notizen, die Wände hatten keine Ohren und die Fenster keine Augen mehr.

»Frau Warneke! Frau Warneke!« rief ein kleines Mädchen und hängte sich an Claudias Rock.

Wieder dieser furchtbare Name.

»Darf ich Ihnen meinen Vater vorstellen«, sagte sie zu dem Kollegen.

»Wie erfreulich, daß nun auch Väter aus dem Westen zu Besuch kommen dürfen, Herr Warneke.«

»Nein, Butkus«, murmelte er, war aber nicht sicher, ob der andere ihn verstanden hatte. Claudia machte keine Anstalten, den Irrtum aufzuklären.

»Möchten Sie unsere Schule besichtigen?« fragte der Mann.

Claudia blickte ihn fragend an, als sei sie nicht sicher, ob so etwas erlaubt werde.

»Soviel ich weiß, enthalten Schulen keine militärischen Geheimnisse«, sagte der Mann und lachte.

Über dem Haupteingang ein Marxbild, sonst aber viele weiße Flecken an den Wänden, teils überdeckt von Tuschbildern der Kinder. Claudia führte ihn durch einen langen Gang. Unterwegs fragte sie nach seiner Schulzeit, und er zählte die vier Jahre in Angerburg auf, danach ein Jahr Ferien, bis das Land Mecklenburg am 1. 10. 1945 wieder den Schulbetrieb für Einheimische und Flüchtlinge eröffnete.

»Ich zeige meinem Vater unsere Schule«, sagte sie zu einer Frau, die ihnen begegnete.

»Fällt Erdkunde heute aus, Frau Warneke?« rief ein Junge, der ihnen nachgelaufen kam.

Um Gottes willen, nur das nicht, dachte Butkus. Erdkunde darf nicht ausfallen, Erdkunde stimmte immer.

»Das ist mein Klassenraum.«

Claudia führte ihn an den Tischen entlang zum Pult. Er sah ein Lesebuch mit dem Eingangsmotto:

»Für Frieden, Völkerfreundschaft und Sozialismus,
für ein glückliches Leben aller friedliebenden Menschen.«

Er blätterte in den Anleitungen zum Unterricht, ausgearbeitet von einem Autorenkollektiv der Akademie der Pädagogischen Wissenschaften der Deutschen Demokratischen Republik.

»Du unterrichtest auch Deutsch?« fragte er und tippte auf das Lesebuch.

»Deutsch ist mein liebstes Fach.«

Warum nicht Mathematik? fragte er sich. Rechnen wäre so einfach gewesen, rechnen, bis alle Brüche einen gemeinsamen Nenner finden. Aber Deutsch ist gefährlich, mit Deutsch fällst du immer durch.

»Unterrichtet ihr noch nach den alten Büchern?« fragte er.

»So schnell wie die Geschichte können sich die Rotationsmaschinen nicht drehen«, sagte sie und lachte.

»Wir grüßen unsern Friedensstaat
der Arbeiter und Bauern.
Ihm unser Herz und unsre Tat,
und lange soll er dauern.«

Hans Butkus las es beim Durchblättern ... und dachte, daß vierzig Jahre genug waren. Er ließ die Blätter durch die Finger gleiten.

»Einiges wird man wohl streichen müssen«, schlug er vor. »Das kann man so nicht mehr stehenlassen, das darf man den Kindern nicht mehr sagen.«

»Was, zum Beispiel?« fragte sie.

Vielleicht »Post aus Vietnam«. Zwei Stunden. Lesen mit verteilten Rollen und szenischem Gestalten. »Das Schicksal des jungen Vietnamesen soll die Parteinahme der Schüler für den heldenhaften Befreiungskampf des vietnamesischen Volkes vertiefen, ihren Haß gegenüber den imperialistischen Aggressoren verstärken.«

Oder: Karl Liebknecht und Rosa Luxemburg. Zwei Stunden. Ausdrucksvolles Lesen der Abschnitte, die die Ereignisse am 1. Mai 1916 auf dem Potsdamer Platz in Berlin zum Inhalt haben. »Gegenüber den imperialistischen Feinden, in deren Auftrag diese hervorragenden Arbeiterführer ermordet wurden, sollen die Schüler Haß empfinden.«

Oder: Ein Sonntagmorgen bei Karl Marx. Drei Stunden. »Die Behandlung des Textes soll bei den Schülern die Verehrung für Karl Marx vertiefen. Ihr Haß gegenüber den Kapitalisten, den Feinden der Arbeiterklasse, soll verstärkt werden.«

»Immer wieder Haß«, sagte Butkus.

»Das darfst du nicht wörtlich nehmen«, verteidigte sie das Lesebuch. »Haß ist in unserem Sprachgebrauch nur eine Metapher, sie bedeutet Abneigung und Antipathie, mehr nicht.«

Solange wir die gleiche Sprache sprechen, bleibt Haß eben Haß, wollte er sagen, unterdrückte es aber. Nur nicht entfremden durch sprachliche Haarspaltereien, auf keinen Fall streiten.

Sieh mal an, sogar Kunert hatte ein Gedicht zum Lesebuch der DDR beigesteuert: »Vom praktischen Nutzen des Wissens«. Das darf wohl bleiben. Wohin aber mit der Reportage über den Besuch am antiimperialistischen Schutzwall?

»Wärst du für Verbrennen?« fragte Claudia, als sie sah, wie ihr Vater sich ins Lesebuch vertiefte. »Schon wieder verbrennen? Vor einem Jahr besuchte ich mit den Schülern den Platz am Schelfwerder, wo die Faschisten im Mai 1933 Bücher verbrannten. Das Stadtarchiv hatte uns ein paar Fotos übergeben, mit deren Hilfe sich die Brandstelle genau finden ließ. Als meine Kinder die SA-Männer auf den Bildern sahen, die Bücher zum Scheiterhaufen trugen, fragten sie, ob die braungekleideten Männer jetzt alle in der BRD leben. ›Nein‹, sagte ich, ›die braunen Männer sind tot.‹«

Sie zeigte ihm die Aula und den Zeichenraum mit allerlei fortschrittlichem Gerät, während Butkus an Grabow denken mußte, der die Verbrennungsaktion am Schelfwerder gefeiert hatte. Grabows Jungs durften dabeisein, standen staunend vor dem Flammenhaufen wie Claudias Kinder vor den Fotografien.

Bist du wie Grabow? fragte er sich. Der ließ verbrennen, was er für undeutsch und verderblich hielt, und du spazierst mit deiner Tochter durch die Schule und sagst ihr, daß gewisse Bücher nicht mehr tragbar sind und weg müssen. Wiederholt sich die Geschichte schon wieder? Nicht verbrennen. Nach dem einen großen Feuer dürfen in Deutschland keine Bücher mehr brennen, es wäre auch umweltschädlich. Sie still beiseite legen, das wird man dürfen.


Dieses Durcheinander der Wörter und Begriffe! Wem willst du sie zuordnen, den Grabows, Stroleles oder der Akademie der Pädagogischen Wissenschaften?... besonnene Haltung... verantwortungsvolle Aufgabe... kraftvolle Losung... herzliche Verbundenheit... schädliche und zersetzende Strömungen... Abschaffung des arbeits- und mühelosen Einkommens... zukunftsweisendes Deutschtum... erfolgreicher Aufbau... klassenbewußter Arbeiter... Arbeit adelt... verläßliche Freundschaft... Kampfzeit... Bewegung... glückliches Leben... wahrhafte Patrioten... Arbeiter der Faust... vielseitige und verantwortungsvolle Aufgabe... konterrevolutionäre Elemente... verräterische Boykotthetze... üble Verleumdungen... bewaffnete Organe... staatsfeindliche Bestrebungen... nationale Erhebung... üble Machenschaften... Einziehung der Kriegsgewinne... gutnachbarliche Beziehungen... staats- und volksfeindliche Zersetzungsarbeit... zuverlässiger Schutz... verbrecherische Anschläge... glühender Haß... gesundes Volksempfin-

den… festes Bündnis… führende Rolle… weltweiter Kampf…
Deutschland erwache!

Wie es fließt. Bestimmte Adjektive klammern sich an bestimmte Substantive, kleben fest und sind für nichts mehr zu gebrauchen… Wir werden nie mehr »unverbrüchliche Freundschaft« sagen können, ohne zu erröten. Das Wort »Errungenschaften« ist für ein Jahrhundert denunziert, verbraucht sind auch die »Genossen«. Selbst Meiereien und Sparkassen werden es nicht mehr wagen, ihre Mitglieder so zu benennen. Die Faschisten nannten sich Parteigenossen, ein ganzes Volk machten sie zu Volksgenossen, auch Kommunisten und Sozialisten hielten es mit den Genossen. Das läßt tief blicken, diese Übereinstimmung ist kein Zufall. Sie haben die Sprache zur Hure der Ideologien gemacht und die Wörter verschlissen! Es sind so viele schmutzig geworden, die Zeit ruft nach neuen Wörtern und Wortverbindungen.

Also lieber schweigen. Es ist die Sprache, die verletzt, die tötet und weh tut. Wer geschrieben und gesprochen hat, Anklageschriften, Urteile, Gedichte, Novellen, Anleitungen für den Unterricht, wer das geschrieben hat, ist höchst gefährdet, wenn eine Revolution die Sprache umkehrt.

»Ich sage, jeder Schuß aus der Maschinenpistole eines unserer Grenzsicherungsposten zur Abwehr solcher Verbrecher rettet in der Konsequenz Hunderten von Kameraden, rettet Tausenden von Bürgern der DDR das Leben und sichert Millionenwerte an Volksvermögen.

Ihr schießt nicht auf Bruder und Schwester, wenn ihr mit der Waffe den Grenzverletzer zum Halten bringt. Wie kann der euer Bruder sein, der die Republik verrät, der die Macht des Volkes verrät, der die Macht des Volkes antastet? Auch der ist nicht unser Bruder, der zum Feinde desertieren will. Mit Verrätern muß man sehr ernst sprechen, Verrätern gegenüber menschliche Gnade zu üben, heißt unmenschlich am ganzen Volk zu handeln.«

Das waren die Worte eines gewissen Norden, 1963 vor Soldaten der Grenztruppen zur Sprache geworden.

Ein gewisser Wilhelm II. sagte seinen Soldaten:

»Rekruten! Es gibt für euch nur einen Feind, und das ist mein Feind. Bei den sozialistischen Umtrieben kann es vorkommen, daß ich euch befehle, euren eigenen Bruder, ja eure Eltern niederzuschießen.«

Von einem gewissen Himmler ist diese Sprache überliefert:

»Ich will hier vor Ihnen in aller Öffentlichkeit auch ein ganz schweres Kapitel erwähnen. Unter uns soll es einmal ganz offen ausgesprochen sein, und trotzdem werden wir in der Öffentlichkeit nie darüber reden... Ich meine jetzt die Judenevakuierung, die Ausrottung des jüdischen Volkes. Es gehört zu den Dingen, die man leicht ausspricht... Von allen, die so reden, hat keiner zugesehen, keiner hat es durchgestanden. Von Euch werden die meisten wissen, was es heißt, wenn 100 Leichen beisammenliegen, wenn 500 daliegen oder wenn 1000 daliegen. Dies durchgehalten zu haben, und dabei – abgesehen von Ausnahmen menschlicher Schwäche – anständig geblieben zu sein, das hat uns hart gemacht. Dies ist ein niemals geschriebenes und niemals zu schreibendes Ruhmesblatt unserer Geschichte.«

Alles Reden ist sinnlos, jedes Wort ein Widerhaken, ein Pfahl im Fleisch. Glücklich die, die sprachlos blieben, die mathematische Gleichungen an Wandtafeln schrieben, Legierungen analysierten, Kinder wickelten, Kranke operierten, die Meteorologie erforschten, den Ackerbau und das Wachstum der Pflanzen studierten und natürlich die Geographie, vor allem die durch nichts zu verbiegende Geographie. Die Sprache ist ein zu gefährliches Instrument, wir brauchen ein elftes Gebot: Du sollst nicht sprechen!

Claudia führte ihn zu den Turngeräten im Gymnastiksaal.

»Auf die körperliche Ertüchtigung der Kinder wird an unseren Schulen großer Wert gelegt«, sagte sie beiläufig. Das Wort »Ertüchtigung« wäre übrigens auch zu streichen, dachte Butkus. War sein Bruder nicht, bevor er die feldgraue Uniform anzog, in einem Wehrertüchtigungslager?

»Solltet ihr neue Bücher bekommen, wirf die alten bitte nicht fort«, bat er seine Tochter. »Es sind wichtige Dokumente, die wir noch in hundert Jahren studieren müssen.«

»Also kein Feuer am Schelfwerder?« Sie lachte bitter. »Wenn es neue Schulbücher gibt, werde ich nicht mehr Lehrerin sein. Nach euren Maßstäben reicht meine Ausbildung nicht aus, ich habe kein Universitätsstudium, war nur am Institut für Lehrerausbildung. Ihr habt im Westen arbeitslose Lehrer genug, die werdet ihr rüberschicken, und sie werden die richtigen Bücher mitbringen.«

> »Das sei versprochen, Genossen,
> keiner kommt durch!
> Nicht die Mordbrenner in unser Land,
> das neu gestaltet,
> nicht die Verlockten hin in den Irrlichtersumpf.
> Wir schützen Selbstmörder vor ihren Taten.
> Das sei versprochen, Genossen,
> keiner kommt durch!
> Wir heben die Wühlmäuse aus,
> halten den Anstürmen stand.
> Gegen die schwarz-braune Flut

hält der Schutzwall.
Wir schwören:
Keiner kommt durch, Genossen,
das sei versprochen.«

»An dem Wochenende nach Öffnung der Mauer kamen drei Millionen DDR-Bürger in den Irrlichtersumpf«, sagte er.

Claudia überhörte es.

»Ich muß wohl Verkäuferin werden wie meine Mutter.«

Der Satz jagte ihm einen Schrecken ein. Daß seine Tochter eine Lehrerin war, hatte ihn mit einem gewissen Stolz erfüllt. Sie war die erste Akademikerin der Familie Butkus, glaubte er. Und nun soll das alles in einem HO-Laden enden wie bei Eva? Ihm fielen sogleich Pläne ein, wie er vielleicht helfen könnte. Eine Anstellung im Hamburger Schiffahrtskontor, eine Banklehre wie Birgit. Weg von den deutschen Lesebüchern in die unverfängliche Welt der Zahlen, nur noch mit Kapital, Zinsen, Zinseszins und Dividenden rechnen. Und keine Wörter mehr.

»Wir werden schon etwas für dich finden«, tröstete er sie. »Notfalls kommst du zu uns in den Westen.«

»Ich möchte aber nicht in den Westen.«

Eine Glocke verkündete das Ende der großen Pause.

»Hast du nicht Lust, mit mir eine Radtour um den Schweriner See zu machen?« fragte er, bevor er sich verabschiedete. Er schlug den Samstag vor.

»Samstag geht nicht«, sagte sie, »ich habe Mutter versprochen, sie in Warnemünde zu besuchen.«

»Dann Sonntag vormittag, bevor ich abreise.«

Sie überlegte, wo sie ein Fahrrad für ihn leihen könnte.

»Früher sind wir oft um den See geradelt, du vorn im Körbchen. Einmal bist du eingeschlafen und beinahe rausgefallen. Wenn wir den Strand von Zippendorf erreichten, kaufte ich dir ein Eis.«

»Soll ich Mutter sagen, daß du in Schwerin bist?«

»Meinetwegen.«

»Und wenn sie dich besuchen will, soll ich sie mitbringen?«

»Du kannst sie mitbringen, aber nicht zu mir. Ich habe mit deiner Mutter nichts mehr zu schaffen.«

Sie blickte ihn betroffen an.

Er dachte an Eva und die Fahrt um den See im schönsten deutschen Sommer. Aber jetzt war es März. Der Sonntag müßte schon sehr warm werden, um am Schweriner See zu radeln.

»In einer Stunde habe ich Feierabend«, sagte Claudia bei der Verabschiedung und lachte wie Eva. Ja, es war Evas Lachen und Evas Fahrrad und Evas Sommer.

Bleib doch noch, dachte er, als er über den leeren Schulhof bummelte. Warum mußt du zu den Lesebüchern und nach Warnemünde? Dein Vater ist nur eine Woche in Schwerin, und du fährst nach Warnemünde.

————————

Der 22. Oktober 1944 war letzter Schultag. Nicht weil die Kartoffelferien anfingen, sondern weil der Kanonendonner so laut wurde, daß die Schüler ihn nicht mehr überschreien, übersingen, überrechnen konnten.

Ferien sind immer gut, dachte der kleine Butkus, als er um die Mittagszeit dieses sonnigen Oktobertages die Hindenburg-Schule zum letzten Mal von innen sah. Die Seidenraupenzucht, die während des Krieges an ostpreußischen Schulen eingeführt worden war, um das Vaterland von Spinnstofflieferungen aus dem feindlichen Ausland unabhängig zu machen, nahm ein Ende, die Maulbeersträucher vertrockneten.

Ella Butkus hielt sich an jenem Tage länger in der Stadt auf als sonst, sie sprach mit diesem und jenem, kaufte unnötige Gegenstände, zum Beispiel ein Einkaufsnetz, eine Tasche mit Reißverschluß, einen Koffer aus Preßpappe. Einige packten schon. Vor der Laderampe des Güterbahnhofs warteten an die dreißig Fuhrwerke, aber nicht, um Kohlen oder Thomasmehl abzuholen. Sie brachten Möbel, Wäschesäcke, eisenbeschlagene Truhen und erwarteten von der Deutschen Reichsbahn, die jede Kohlenschaufel für ihren kriegswichtigen Einsatz benötigte, daß sie die kostbare Fracht in Sicherheit, nämlich ins Reich transportieren sollte. Hänschen streunte am Nachmittag auf dem Bahnhof herum. Auch wenn sein Vater nicht mehr lebte, glaubte er, ein Recht zu haben, über den Bahnhof zu schlendern, den Zügen die Einfahrt zu gestatten oder sie auf die Reise zu schicken. Dort, wo die Pferdewagen sich vor der Laderampe stauten, liefen Kinder mit Marmeladeneimerchen und Sandschaufeln die Reihe ab, sammelten Pferdeäpfel und trugen sie heim in die Gemüsegärten, denn das war gewiß: Es wird wieder Frühling werden in Angerburg.

Am Abend des denkwürdigen Tages gingen die Fahrkarten aus. Zu der Zeit lagerten im Bahnhofsgebäude noch ein paar Dutzend Menschen, die keiner kannte und die allen Ernstes Anstalten machten, neben dem Fahrkartenschalter zu schlafen, als wären sie da zu Hause. Züge kamen und gingen, am liebsten fuhren sie nachts. Aber nicht mehr nach Goldap. Mutter kam es so vor, als sei Angerburg, das stets Eisenbahnlinien in alle Himmelsrichtungen ausgesandt hatte, zum Kopfbahnhof geworden. Nach Osten ging nichts mehr. Die Offiziere des Oberkommandos des Heeres, die jahrelang ein schönes Leben im Angerburger Bahnhofshotel geführt hatten, verabschiedeten sich nach aufregenden Ferngesprächen und ließen sich von Wehrmachtskübelwagen westwärts fahren. Die Mädchen richteten die Zimmer her für neue Gäste.

Als Ella Butkus in der Dunkelheit neben den gepackten Koffern saß, wurde es plötzlich still, als wäre den Kanonen das Pulver ausgegangen. Die Menschen, die den Bahnhof belagert hatten, kehrten heim in ihre Dörfer. Einige, die schon abgereist waren, kamen zurück und erzählten, wie es in Allenstein, Osterode und Deutsch-Eylau aussah. Die Pferde, die so unnütz vor der Laderampe gestanden hatten, kamen wieder vor den Pflug, denn Roggen und Wintergerste mußten in die Erde, auch standen noch Rüben auf den Feldern. Die Nächte wurden frostklar und auf sonderbare Weise hell. Fast wären die Schulen wieder geöffnet worden, aber es fehlte an Lehrpersonal. Die Züge fuhren wieder nach Fahrplan, Fahrkarten wurden ausgegeben, aber nicht nach Goldap. Obwohl es still und friedlich war, wurden am 15. November die Dörfer östlich von Angerburg geräumt. Wir kommen in den sicheren Kreis Heilsberg, sagten die Frauen, die mit ihren Familien in die bereitgestellten Sonderzüge stiegen. In den Dörfern blieben nur einzelne Personen, die das Vieh beschickten. Viele Häuser standen leer. Als der erste Frost kam, befroren die Scheiben und tauten nie wieder ab. Hänschen unternahm mit Freunden Ausflüge in die verlassenen Dörfer. Sie ernteten die letzten Äpfel und gruben Mohrrüben aus der Erde.

Im Dezember froren wie in jedem Jahr die Seen zu, die Eissegelwoche auf dem Schwenzaitsee konnte beginnen, aber es kamen keine Gäste aus dem Reich. Auch war der Wind eingeschlafen. In der Bucht, in der Hänschen mit dem feldgrauen Bruder schwimmen gelernt hatte, lief er Schlittschuh auf spiegelblankem Eis, unter dem die Fische davonflohen. Weihnachten legte sich eine Kinderhandbreit Schnee auf den Mauersee und blieb bis zum Ende aller Tage. Kurz vor dem Fest bekam Ella Butkus einen Brief: »Ihr Sohn Gerhard ist an der französischen Front in amerikanische Gefangenschaft geraten.«

Hauptsache, er lebt, sagte die Mutter. Sie betrachtete diesen Brief als Weihnachtsgeschenk. Soweit ist es gekommen, daß die Mütter sich freuen, wenn ihre Söhne dem Feind lebendig in die Hände fallen.

Das sagte sie der Briefträgerin im Treppenhaus, und Hänschen wunderte sich, daß sein Bruder nicht den Heldentod gestorben war. »In Gefangenschaft geraten« klang doch immer ein bißchen feige.

Der Januar brachte Berge von Schnee. Rehe standen auf weißem Grund und scharrten nach freßbaren Gräsern, Hasen übten das Hakenschlagen im Pulverschnee. Vereist und schmutzig sah die Chaussee nach Drengfurt aus, die nur noch westwärts befahren wurde. Auch die Eisenbahnstrecken bekamen ihren tiefen Schnee. Russische Kriegsgefangene schaufelten die Schienenstränge frei, ein letzter Dienst, den sie der Deutschen Reichsbahn leisteten, bevor sie von ihr abtransportiert wurden. Die Schlittschuhläufer brachten breite Schaufeln mit und schoben sich ihre Pfade und Kurven auf dem Eis. Oft lief Hänschen von der Paßdorfer Bucht bis zum Schwenzaitsee, schnallte vor dem Denkmal, das den Helden der Masurischen Winterschlacht von 1915 errichtet war, die Eisen von den Füßen und besichtigte die Krieger des Winters 45, die auf jenem Berg Stellung bezogen hatten, der schon 1915 von Schützengräben durchzogen und von Granaten aufgewühlt worden war. Danach warf er einen Blick auf die zugefrorene Badeanstalt Jägerhöhe, erinnerte sich der Höheren Töchterschule, die hier vor den Augen seines Bruders albern kichernd vom Drei-Meter-Brett gesprungen war, sah der Sonne zu, die über dem Eis unterging, und schlenderte, die Schlittschuhe um den Hals gehängt, den Berg hinunter in die dunkler werdende Stadt. So könnte es weitergehen, Ferien bis in den Sommer. Und Frieden, Stille, kein Kanonendonner, niemand wird schießen. Aber Mutter sagte, es würde etwas Großes passieren, so oder so.

Das Große begann zwei Wochen nach Neujahr. Und wieder fing es mit Getöse an. Der Kanonendonner kam von Nordosten aus jener Himmelsrichtung, in die keine Züge mehr fuhren. Immer häufiger erschienen auch Flugzeuge über den Masurischen Seen. Sie überflogen die Gewässer in großer Höhe und sehr langsam, als wollten sie sie vermessen. Daß die schwarzen Punkte auf dem Eis Kinder waren, erkannten sie wohl. Nur einmal warfen sie etwas ab, Zettel aus grauem Papier fielen wie tote Vögel vom Himmel.

»Ostpreußen! Die Faschisten haben euch verraten und verkauft. Hitler hat Ostpreußen längst verlassen. Er kann euch nicht mehr helfen. Legt die Waffen nieder. Jeder Widerstand ist sinnlos. Ergebt euch der ruhmreichen Roten Armee.«

Nachdem Mutter die Botschaft gelesen hatte, öffnete sie die Herdtür und gab den Zettel in die Flammen. In Erinnerung geblieben ist Hänschen das Wort »ruhmreich«. Es wurde zum festen Bestandteil der DDR-Sprache und heftete sich wie eine Klette an die Sowjetarmee. Hänschen hörte es noch viele Male, und immer fiel ihm der Zettel ein, den der Schnee zur Hälfte begraben und den Mutter wortlos ins Feuer geworfen hatte. Das Sonderbare an dieser Schrift: Sie war noch lesbar, als das Papier längst schwarze Asche geworden war.

Morgens stand einer von denen, die Vaters Tod gemeldet hatten, vor der Tür. Ella Butkus möge sich bereithalten, sagte er, am Abend werde ein Zug nach Westen fahren.

Ja, die Deutsche Reichsbahn kümmerte sich um ihre Beamten und deren Hinterbliebene. Als in Angerburg noch niemand an Flucht dachte, als die Schlacht noch um jeden Fußbreit gefrorener Erde tobte, schickte sie die Familien ihrer Bediensteten, ihre Witwen und Waisen aus beamtenrechtlicher Fürsorgepflicht in den sicheren Westen.

Das letzte Mittagessen bestand aus gewöhnlichen Pellkartoffeln, gebratenen Spirkeln und zwei verrührten Eiern. Um die Vesperzeit, die Sonne hing orange in den unbelaubten Bäumen der Chaussee, verließ die Frau Butkus, gefolgt von ihrem zehnjährigen Sohn, die Eisenbahnerwohnung in Angerburg-Vorstadt. Das Gepäck – nur fünfzig Kilogramm waren erlaubt – hatte sie auf den Kinderschlitten geschnürt. Zu zweit zogen sie es den Bahnhofsberg hinauf. Zu den fünfzig Kilogramm gehörten auch Hänschens Schlittschuhe. Trotzig hatte er auf den Eisenstücken bestanden, nicht ahnend, daß sich in diesem Winter keine Gelegenheit mehr ergeben sollte, die Dinger zu benutzen. Als sie den Schweriner See erreichten, war der schon vom Eise befreit.

Anders als im Oktober fanden sie den Bahnhof menschenleer. Nur im Warteraum saßen ein paar Soldaten, Kopf und Arme in weiße Binden gewickelt. Sie vertrieben sich die Zeit mit Kartenspielen, einer wanderte auf und ab, übte einhändig – die Linke trug er in einer Schlinge – Mundharmonika.

Der Kanonendonner war eingeschlafen. Im Osten, wo der Himmel bleiern grau auf die Erde drückte, erschien die Mondsichel so bleich, als reichten die Schneefelder hinauf bis zu dem Mann im Mond. Später sahen sie Feuer am östlichen Horizont.

Bald zeigte sich, daß nicht nur die verwundeten Soldaten und die Eisenbahnerfamilien auf den Sonderzug warteten, mit einbrechender Dämmerung versammelten sich auch hochgestellte Persönlichkeiten, die Frauen und Kinder von städtischen Beamten, Offizieren und Parteileuten.

Also sind wir in guter Gesellschaft, sagte Ella Butkus.

Der Zug kam, als die Sonne im Schnee untergegangen war und die Landschaft jede Farbe verloren hatte. Sechs leere Personenwagen, gezogen von einer Lokomotive, wie Vater sie gefahren hatte. Kein Bahnhofsvorsteher rief die Station aus, keine Signalpfeifen ertönten, keine Türen schlugen, nur vorn tackten wie das Uhrwerk im Turm eines hohen Domes die Kolben der Lokomotive. Gelegentlich pufffte Wasserdampf zischend aus den Ventilen. Die Verwundeten zuerst, danach Frauen mit Kleinkindern, wozu auch Ella Butkus gerechnet wurde.

Kann es sein, daß an jenem Abend niemand ein Wort verlor, kein Abschiedsgruß gesprochen wurde, keiner winkte oder Tränen vergoß? Der Schaffner mahnte nicht zur Eile, keiner schrie Befehle, nicht einmal Kinder weinten. Ella Butkus sagte nur, nachdem sie ihr Gepäck verstaut und mit Hänschen im Zweiter-Klasse-Abteil Platz genommen hatte: Wenigstens warm ist es. Einer der Verwundeten steckte sich, obwohl er im Nichtraucherabteil saß, eine Zigarette an und ermunterte seine Mitreisenden mit fröhlichen Reden.

Auf, auf Kameraden, wir reisen mit Kraft durch Freude nach Berchtesgaden! Das reimte sich sogar ein bißchen.

Lange hielt sich der Zug nicht auf. Nachdem die Wartenden eingestiegen waren, schlich er, ohne Laut zu geben, aus dem Bahnhof. Als er die Nordspitze des Mauersees passierte, sah Hänschen in der Abenddämmerung schwarze Punkte, die sich auf dem Eis drehten. Im Norden glühten rote Leuchtkugeln, im Süden, auf Lötzen zu, hingen die alten silbrigen Sterne. Die Dörfer an der Bahnstrecke lagen wie befohlen in Dunkelheit, nur aus den Stallfenstern fiel trübes Laternenlicht, denn es war Melkzeit, als sie mit der Eisenbahn Angerburg verließen. In den Küchen brutzelten Kartoffeln für das Abendessen, aus den Schornsteinen flogen verräterische Funken, die dem Feind zeigten, wo Suppe gekocht wurde. Die Welt jenseits des Schienenstranges schien mit sich in Frieden zu leben, auch waren die Feuer am Horizont erloschen oder hinter der Erdkrümmung untergegangen. Die Soldaten zündeten kleine Kerzen an, im flackernden Licht spielten sie Karten. Ab und zu tranken sie Schnaps. Als der Zug die verdunkelte Stadt Rastenburg durchfuhr, sangen sie ein Lied, und einer sagte laut, so daß jeder im Abteil es hören konnte: Als wir noch siegten, war hier der Adolf zu Hause.

Noch wußte keiner, wohin die Reise gehen sollte. Anfangs hieß es, sie kämen zu den anderen Angerburgern ins sichere Heilsberger Dreieck, dann verbreitete sich von Wagen zu Wagen das Gerücht, sie würden in wenigen Tagen den schönen deutschen Rhein zu Gesicht bekommen. Der Verwundete beharrte auf Berchtesgaden, einem Erholungsheim mit Blick auf den Obersalzberg.

Hänschen saß einer Frau gegenüber, die zwei Mädchen bei sich hatte, Kinder in seinem Alter, deren Haare so auffallend leuchteten, daß in ihrer Nähe keine Kerze zu brennen brauchte.

Ihre Zöpfe waren dick wie Männerarme und so lang, daß die Kinder achtgeben mußten, wenn sie sich hinsetzten. Stumm wie die Porzellanengel kauerten sie auf dem Holz. Ihre Mutter sagte zu Ella Butkus, es sei die erste Bahnreise der Kinder, und sie fürchteten sich ein wenig. Mit im Abteil saß jener Soldat, der im Angerburger Wartesaal einhändig Mundharmonika gespielt hatte. Hänschen sah, daß er ein alter Soldat war mit grauen Bartstoppeln und einer Narbe an der Stirn. Die Hand, die er nicht im Verband trug, sah welk aus wie aus künstlichem Leder. In Angerburg war er, kaum daß er seinen Platz gefunden hatte, in Schlaf gefallen. Hinter Rastenburg wachte er auf und starrte die Mädchen an. Plötzlich beugte er sich vor und flüsterte mit der Frau. Die erhob sich und wechselte mit ihm den Platz. Eine Weile saß er still zwischen den blonden Kindern. Dann sah Hänschen, wie die zerknitterte Hand erst den einen Zopf berührte, dann den anderen. Sie streichelte die Zöpfe, ließ sie durch die Finger gleiten, führte sie zum Mund, als wären die blonden Haarbüschel Rasierpinsel. Die Porzellanengel blickten ängstlich zur Mutter, sie schienen das Atmen zu vergessen. Die Mutter nickte ihnen zu, als wollte sie sagen: Es ist nicht schlimm, es tut nicht weh. Der Soldat löste die Zopfspangen. Wie flink die welke Hand die Zöpfe aufflocht, so als hätte sie es viele Male geübt. Sie breitete die Haare aus, hängte sie wie einen Schleier um die Schultern der Mädchen. Nun konnten alle sehen, daß sie tatsächlich leuchteten.

Jetzt muß ich euch ein Lied vorspielen, sagte der Soldat, nachdem er wieder den Platz getauscht hatte. Er holte die Mundharmonika aus dem Uniformmantel und spielte ein Stück, das keiner kannte. Den Mädchen sagte er, daß das Lied die Nachtigallen auf einem bestimmten Hügel im Egerland gesungen hätten, aber das sei schon ein Menschenleben her.

Hänschen hörte, daß die Mädchen Sonja und Ilona hießen, Namen, die ihm sehr fern und schön vorkamen. Er stellte sich vor, mit den beiden in der Paßdorfer Bucht schwimmen zu lernen oder per Kutsche um den zweitgrößten masurischen See zu fahren, das Haar aufgelöst, wie ein Schleier im Wind wehend.

Ich habe noch einen älteren Sohn, hörte er seine Mutter sagen. Der ist in Frankreich in amerikanische Gefangenschaft geraten. Der alte Soldat blickte auf.

Es gibt keinen angenehmeren Ort, in amerikanische Gefangenschaft zu geraten, als Frankreich, sagte er.

Danach muß Hänschen eingeschlafen sein. Im Morgengrauen erwachte er, als der Zug über eine Weichselbrücke rasselte. Die Soldaten waren fort, die Mädchen hatten ihre Zöpfe fest geflochten und trugen sie als Kranz um den Kopf. Hin und wieder lachten sie, und Ilona fragte Hänschen, ob er einen Namen habe. Die beiden Mütter tauschten Erinnerungen aus. Sie glaubten, im Jahre 1935 gemeinsam, ohne sich zu kennen, auf einem Schützenfest in Kruglanken gewesen zu sein.

In Danzig gab es warme Suppe. Dort verabschiedeten sich die beiden Porzellanengel mit ihrer Mutter. Als die Kinder Ella Butkus die Hand reichten, machten sie einen artigen Knicks, und Hänschen verspürte Lust, an den weißen Zöpfen zu ziehen wie der alte Soldat in der vergangenen Nacht.

Nach Stettin brachte die Reichsbahn sie zur Nachtzeit. Dort lebten sie ein paar Tage in einem Eisenbahnerheim. Hänschen hörte, als er mit seiner Mutter nach Mittagessen anstand, wie jemand zu Ella Butkus sagte: Seien Sie froh, daß Sie rausgekommen sind. Nach Ihnen sind nicht mehr viele Züge gefahren. Als die Rote Armee Elbing erreichte, fuhr die Deutsche Reichsbahn, Abteilung Ostpreußen, nur noch im Kreise.

Vom Monat Februar ist zu berichten, daß die Eisenbahn Mutter und Sohn nach Prenzlau schaffte. Dort stellte sie den Betrieb ein und es den Reisenden frei, zu Fuß in die Reichshauptstadt zu wandern, westwärts fahrende Militärautos anzuhalten oder auf die neuen Fahrpläne zu warten. Später trat sie noch einmal in Aktion. Als die Rote Armee den Übergang über die Oder erzwang, reiste Ella Butkus mit ihrem Sohn ins Mecklenburgische. In Güstrow gingen der Lokomotive die Kohlen aus, die Reise mußte endlich enden.

In seinem Kindergedächtnis klafften große Lücken, was den Einzug in die mecklenburgische Hauptstadt betraf. Nur soviel war sicher: Sie kamen zu Fuß von Güstrow, eine Herde von vielleicht hundert Menschen, bepackt mit dem Nötigsten, längst nicht mehr fünfzig Kilogramm. Sie wanderten über den Paulsdamm. Als Mutter den Ziegelsee erblickte, den Karlsberg auf Schelfwerder und die Holzflöße im Wasser, sagte sie zum erstenmal, daß diese Gegend sie sehr an Masuren erinnere. Als ein Einheimischer, der sich auskannte, vom Eissegeln auf dem Schweriner See berichtete, fühlte sie sich wie zu Hause. Sie wird wohl auch an Karl Butkus gedacht haben, der im Jahre 31 eine halbe Woche lang über das Pflaster Schwerins gelaufen war und in einem Eisenbahnerheim nahe der Reichsbahndirektion geschlafen hatte.

Schwerin war verdunkelt, die Turnhalle immerhin beheizt.

Weiter geht es nicht, sagte Ella Butkus. Wer uns weiterschikken will, muß uns tragen.

Das Bemerkenswerte an der Turnhalle war, daß in ihr regelmäßig Essen verteilt wurde. Die NSV brachte jeden Tag Schlag zwölf Uhr einen Kübel warmer Suppe. Zu den Suppenausteilern mit der großen Kelle gehörte eine Bauersfrau namens Lehmkuhl. (»Dei Kinner sünd Hut un Knaken, lat em äten, dat 't ut Näs un Uhren rutkümmt.«) Auch sonst war es in dem hohen Raum auszuhalten, sieht man von dem Geschrei der Kinder, dem Gekeife der Weiber und dem nächtlichen Rumoren und Schnarchen ab. Draußen verwöhnte ein milder Frühling das übriggebliebene Leben. Einmal besuchte ein beleibter Mann in brauner Uniform die Turnhalle. Er verlas ein amtliches Papier, wonach der Geburtsjahrgang 1929 zur deutschen Wehrmacht einberufen worden sei und diejenigen, die es betraf, sich zu melden hätten. Es fand sich aber keiner vom Jahrgang 1929 in der Turnhalle. Zum letztenmal sah Hänschen diesen Mann am 20. April. Da wollte er zehnjährige Jungen, darunter auch den kleinen Butkus, ins Jungvolk aufnehmen. Es wäre ihm zweifellos gelungen, wenn nicht amerikanische Tiefflieger, die im hellen Sonnenschein über dem Schweriner See kurvten, die feierliche Zeremonie auf dem Schulhof verhindert hätten. Am Störkanal hinter Zippendorf explodierte ein Haufen weggeworfener Munition, der Lärm war in der Stadt zu hören. Eine deutsche Panzereinheit ergab sich kampflos den Amerikanern. Mit wehenden Hakenkreuzfahnen kamen die Kettenfahrzeuge angebraust und gerieten wie Gerhard in amerikanische Gefangenschaft. Kein Schuß fiel. Daß in jener Ecke auch der Marsch der Häftlinge von Sachsenhausen mit einundsiebzig Toten endete, erfuhren sie erst später. In der Turnhalle sprachen sie darüber hinter vorgehaltener Hand, und Mutter meinte, das müsse wohl ein Versehen gewesen sein. Sie hatte bis zum Schluß die Neigung, das Schlimmste zu entschuldigen.

In der Gadebuscher Straße sah Hänschen einen Mann hängen, der den Spaziergängern ein Schild entgegenhielt: »Ich war zu feige, für Deutschland zu kämpfen.« Unter ihm war die Verordnung des Reichsjustizministers vom 15. 2. 1945 über die Errichtung von Standgerichten an den Baum geheftet. »Erschießen«, hieß es da, »bei besonders ehrlosen Lumpen erhängen.« Bis zum Ende wurden Recht und Gesetz peinlich beachtet.

Auch was am 2. Mai geschah, als die Kinder aus der Turnhalle durch die Stadt stromerten, vollzog sich im Rahmen der Gesetzlichkeit. In der Nähe des Bahnhofs hängte ein Sondergericht, das in den Kellern des Justizgebäudes am Demmlerplatz seinen Dienst verrichtete, eine junge Frau an einen Straßenbahnmast.

Ein paar Tage warteten sie in der Turnhalle, bis die Baracke auf Lehmkuhls Hof von Gefangenen befreit war, danach zogen die Flüchtlinge ein.

Nee so wat, wunderte sich Lieschen Lehmkuhl. Dor kümmt de Minschheit von Amerika, von Oklahoma wi sei dat nennen, tau uns na Lankow un von de anner Sied Lüd ut Ostpreußen. Dat vermengeliert sik in Lankow, nee so wat!

Ella Butkus entschied damals, daß die Gegend um Schwerin masurisch sei. Wer uns weiterschicken will, muß uns tragen!

---

Gestern kam Günters erster Feldpostbrief aus dem Osten:

»Stellt Euch vor, wir sind in Masuren, an den Heldenstätten von Tannenberg und der Masurischen Winterschlacht. In einem kleinen Städtchen am Nordrand der Seenplatte wurden wir entladen. Es ist noch recht winterlich in dieser Gegend, auf den Seen liegen mürbe Eisschollen. Wenn es nicht dem Frühling zuginge, würde ich Euch bitten, mir meine Schlittschuhe in einem Feldpostpäckchen nachzusenden. Hoffentlich bleiben wir lange genug, um in den masurischen Seen baden zu können. Es ist hier gerade so schön wie in Mecklenburg...«

Klaus will, sobald er die Schule abgeschlossen hat, freiwillig zur Waffen-SS. Er kann es kaum noch erwarten, die Briefe seines Bruders beflügeln ihn, er hat Angst, es bleibt nichts mehr für ihn zu tun.

22. Juni 1941. Nun gnade uns Gott. Eine letzte große Aufgabe steht vor uns. Wenn sie erfüllt ist, ist die Welt geordnet, danach hat Deutschland keine Feinde mehr. Die Weite des Raumes darf uns nicht schrecken, sagt Hildebrandt. Die modernen Kriege werden nicht mehr mit Roß und Wagen entschieden, sondern mit schnellen Panzervorstößen und im Luftraum...

»Im Felde, am 22. Juni 1941. Liebe Eltern, lieber Klaus. Vor vier Stunden hat der Kampf begonnen. Noch liegen wir im Walde und warten auf den Einsatz. Ich kann die Stimmung nicht beschreiben, die gerade uns junge Offiziere beherrscht, ist es doch das erste Mal, daß wir gleich zu Beginn der Kampfhandlungen die Grenze überschreiten. Am liebsten wären wir mit der Infanteriespitze vorgegangen.

Wir liegen schon drei Tage im Wald auf unseren Fahrzeugen. Gestern gegen 23 Uhr weckten wir unsere Männer. Nachdem der Befehl des Führers verlesen war, begannen die Stunden des Wartens. Nach Latein, Englisch und Französisch werde ich nun wohl noch Russisch lernen müssen. Ihr wißt gar nicht, wie glücklich ich bin, daß ich diese Zeit als Offizier miterleben darf…«

»Am 3. Juli überschritten wir gegen Mittag, von Litauen kommend, die lettische Grenze. Man sollte es kaum glauben, wie groß die Unterschiede zwischen den beiden Ländern sind. Hier in Lettland ist noch der Einfluß des Deutschtums erkennbar. In Litauen war alles bedrückend, armselig und schmutzig. Jetzt sind auch die Letten froh, daß wir da sind. Ein Selbstschutz, den sie aufgestellt haben, räumt augenblicklich kräftig auf. Die Russen und Juden haben nichts zu lachen, mit denen wird kurzer Prozeß gemacht. Sogar russische Soldaten fangen die und bringen sie uns. Die sind dann froh, in deutsche Gefangenschaft zu kommen, denn der Selbstschutz fackelt nicht lange. Was der Russe macht, wißt Ihr ja aus Rundfunk und Zeitung besser als wir. Wir müssen uns immer beeilen, daß wir nachkommen…«

»Kriegsweihnacht 1941 im Felde. Was sagt Ihr zu unseren Erfolgen? Der deutsche Soldat steht vor Leningrad und vor Moskau, wir beherrschen das Schwarze Meer und die Ostsee. Auch für uns wird nun bald die Abschiedsstunde von diesem unwirtlichen Land schlagen, wenn auch nicht im alten Jahr, so doch bestimmt im neuen. Dann komme ich wieder auf Urlaub.

Langsam brennen die Kerzen nieder. Bevor die erste Kerze erlischt, gehe ich nach draußen. Da stehen unsere stählernen Geschütze, die Rohre feindwärts gerichtet und bereit, jeden Augenblick dem Russen Tod und Verderben entgegenzuschleudern, wenn er es wagen sollte, unsere Weihnachtsruhe zu stören. Klar ist die Winternacht, der Schnee knirscht unter den Stiefeln, sonst ist tiefe Stille. Hier und dort erklingt ein Weihnachtslied...

Ich spare jetzt tüchtig Geld. 200 Mark habe ich in der letzten Woche auf mein Konto eingezahlt, am 1. Januar kommen wieder 100 Mark drauf. Mal sehen, ob ich nicht bald einen braunen Schein voll habe...«

»Kommandeur der II. Abteilung, Artillerie-Regiment 47
O. U., den 25. Dezember 1941

Sehr verehrte gnädige Frau, verehrter Herr Grabow!
Getreu seinem Fahneneide in höchster soldatischer Pflichterfüllung hat Ihr Sohn Günter sich stets in vorderster Linie aufs allerbeste bewährt und für Führer und Vaterland sein Leben eingesetzt. Leider muß ich Ihnen die sehr traurige Nachricht übermitteln, daß er als vorgeschobener Beobachter am 24. d. Mts. dabei den Heldentod fand. In schneidigem Draufgehen war es ihm nicht mehr vergönnt, bis zum Endsieg durchzuhalten. Infolge Artl. Beschuß erhielt er eine Kopfverletzung und war sofort tot. Die näheren Umstände sind mir z. Zt. nicht bekannt, da die Bttr. im Augenblick nicht im Abteilungsverband eingesetzt ist; ich werde seinen Bttr. Chef bitten, Ihnen diese mitzuteilen.

Bei Ausbruch der Kampfhandlungen gegen den Bolschewismus war mir Ihr Sohn zugeteilt; durch sein frisches, fröhliches Wesen und seine Dienstfreudigkeit war er uns allen ein lieber Kamerad und sind wir von seinem Tode sehr erschüttert. Wir alle werden ihm ehrendes Andenken bewahren.

Sein Grab ist im Dorf Gorochowez auf einem kleinen Heldenfriedhof; eine Skizze füge ich bei, aus der die nähere Umgebung zu ersehen ist. Ein Bild wird Ihnen später übersandt werden.

Nehmen Sie, hochverehrte gnädige Frau und verehrter Herr Grabow, unser aufrichtiges Beileid und tiefstempfundenes Mitleid zum Heldentod Ihres lieben Sohnes entgegen. Er gab sein Leben für Führer und Vaterland. Mit deutschem Gruß Heil Hitler – S. v. Poppke, Hptm.«

Mariken blieb den ganzen Tag über stumm. Das Zusammentreffen des Weihnachtsbriefes unseres Jungen mit der Nachricht von seinem Heldentod in einer Post hat sie sprachlos werden lassen. Nachts weinte sie und bat mich, dafür zu sorgen, daß Klaus nicht freiwillig zur Waffen-SS geht. Aber er will es, und ich kann es nicht ändern...

Günter hat posthum die »Medaille Winterschlacht im Osten« verliehen bekommen. Ich habe sie neben sein Bild gehängt, aber Mariken entfernte sie sofort. Ich lasse sie gewähren...

Nun ist auch Klaus an die Ostfront gekommen. Das muß so sein. In dem uns aufgezwungenen Daseinskampf haben alle persönlichen Wünsche zurückzustehen. Der Endsieg ist gewiß, doch wird er mit Strömen von Blut erkauft werden müssen. Mit Gauleiter Hildebrandt gesprochen. Der Führer ist sich seiner Sache ganz sicher...

Früh am Morgen mit der ersten Post kam die Nachricht aus dem Osten, daß unser Sohn Klaus bei Orel im Mittelabschnitt...
    Nun sind wir wieder allein.
    Mariken ist zu ihrer Mutter aufs Land gefahren...

(Damit endeten die Aufzeichnungen des Ferdinand Grabow, lange vor dem Endsieg.)

––––––––––

Du solltest einen richtigen Hafen kennenlernen mit Ozeandampfern, hohen Masten, Kränen, Pontons und dem Geruch von Schlick und Seetang. Du warst fünf Jahre alt, kanntest nur Paddelboote, die den Schweriner See aufwühlten, und die Schiffe der Weißen Flotte, die nach Zippendorf oder Kaninchenwerder fuhren. Zur Ostseewoche in Rostock kam die große Welt zu Besuch, Matrosen aus Haiti flanierten am Kai, Bananendampfer wurden mit Exportgütern der DDR beladen und liefen mit der Hoffnung aus, auf dem Rückweg Bananen mitzubringen. Du trugst ein weißes Kleidchen, im Haar eine rosa Schleife, und als wir zum Wasser kamen, warst du umringt von schwarzen Männern aus Luanda. Jemand schoß ein Foto, und zwei Tage später warst du in der Zeitung; Claudia mit lachenden angolanischen Matrosen, ein Bild der wahren Völkerfreundschaft. Schon damals verschwiegen sie deinen Nachnamen. Das Wort Butkus kam nicht vor in der Zeitung.

Deine Mutter trug einen Hosenanzug, dazu weiße Sportschuhe. Sie sah hübsch aus wie immer in jenen Jahren. Sie hängte sich an meinen Arm, du liefst voraus und jagtest Möwen von den Dalben. Eine Schautafel des VEB Fischfang berichtete von den Errungenschaften der sozialistischen Fischwirtschaft im Lichte der Beschlüsse des V. Parteitages. Im Hafen am Alten Strom lagen die Fischkutter der Fischereiproduktionsgenossenschaft Warnemünde. Du wolltest wissen, wer den Leuchtturm so schön angemalt hat. In den Wochen danach hast du nur Leuchttürme gemalt.

Das Schulschiff »Ernst Thälmann« kehrte von einer Freundschafts- und Friedensreise heim, Kadetten in schmucker Uniform standen an Deck und grüßten die Heimat. Eine Kapelle empfing sie mit Musik.

Ein sowjetisches Kriegsschiff war zur Besichtigung freigegeben.

»Der Besuch der sowjetischen Freunde ist ein Beitrag zur

Freundschaft und zur Vertiefung der gutnachbarlichen Beziehungen«, verkündete ein Transparent an der Gangway.

Sieh mal, drüben, Claudia! Das ist ein Dampfer aus der Volksrepublik China.

Wir nahmen auf einer Bank Platz und rauchten. Das geschah so, daß Eva sich eine Zigarette anzündete und sie mir in den Mund steckte. Dann legte sie ihren Kopf an meine Schulter, nahm mir die Zigarette weg, inhalierte, gab sie mir wieder. So rauchten wir abwechselnd, und du sprachst mit den Möwen, die immer wieder kamen, die gefüttert werden wollten. Zu jener Zeit hatten sie mir noch nicht das Rauchen abgewöhnt.

Man müßte auch mal eine Seereise machen, flüsterte deine Mutter in den Zigarettenrauch.

Ja, reisen, von Schwerin nach Zippendorf, gab ich zur Antwort.

Ein Frachter namens »Völkerfreundschaft« entlud Zucker.

Den haben unsere Seeleute aus Kuba geholt, damit kleine Mädchen wie du etwas Süßes bekommen, sagte ein Mann, der am Kai neben dir stand und der Entladung zuschaute.

Du liefst zu deinen Eltern und verlangtest nach Eis. Ich kam mit dem Mann ins Gespräch und erfuhr, daß er zur Besatzung der »Völkerfreundschaft« gehörte und die Linie Rostock-Havanna fuhr, die Hintour mit Maschinen, die Rückfahrt mit Zucker.

Fahren Sie um Skagen rum?

Skagen wäre ein Umweg von einem Tag. Wir müssen durch den Nord-Ostsee-Kanal, auch wenn wir diesen Weg nicht gern fahren.

Du quengeltest nach Eis.

Ich wunderte mich, warum er ungern durch den Nord-Ostsee-Kanal fuhr.

Sind schon mal welche über Bord gegangen? fragte ich.

Im Atlantik?

Nein, im Kanal.

Zweimal. Der Kanal ist eine ziemlich schmale Wasserstraße, die Ufer an beiden Seiten sind greifbar nahe. Wer da reinspringt, braucht nur zwei Minuten zu schwimmen, schon ist er im kapitalistischen Ausland.

Du hattest dein Kleid an einem Pfahl beschmutzt, Eva schimpfte.

Im allgemeinen fahren nur zuverlässige Genossen auf unseren Handelsschiffen, unsichere Kantonisten kommen gar nicht an Bord.

Hatten Sie schon mal einen blinden Passagier?

Einer ist gut, eine ganze Familie hatte sich eingeschlichen. Die erschien, kaum daß wir in der Holtenauer Schleuse lagen, an Deck und wollte das Schiff verlassen. Durch tatkräftiges Eingreifen unserer Offiziere und Mannschaften konnte das verhindert werden.

Du fingst an zu weinen, weil das Kleid schmutzig war und deine Mutter mit dir schimpfte.

Der Mann ging hin und kaufte dir ein Eis.

Da ist auch Zucker drin, den wir aus Kuba geholt haben, sagte er.

Da warst du still.

Wir schlenderten weiter, du mit dem Eis. Der Mann blickte uns nach. Ich weiß nicht, ob er sich Notizen machte, jedenfalls schaute er lange hinterher.

Das ist nichts für mich, meinte Eva und schnippte den Zigarettenstummel ins Wasser. Blinder Passagier auf einem Zuckerdampfer kommt mir vor wie billiger Kintopp.

Als du müde warst, wolltest du huckepack genommen werden. Claudia Butkus auf den Schultern ihres Vaters, davon gibt es leider kein Bild.

Du möchtest doch gern eine Seereise machen, sagte ich zu deiner Mutter.

Aber nicht so, gab sie zur Antwort.

Seitdem Oma tot ist, hält mich nichts mehr hier, sagte ich.

Ich hab' auch eine Mutter, antwortete Eva, und die wohnt in Grevesmühlen.

Auf der Rückfahrt nach Schwerin schliefst du auf dem Rücksitz, Eva rauchte eine Zigarette nach der anderen, ab und zu steckte sie mir ihre Zigarette in den Mund.

Später, wenn Claudia älter ist, dachte ich. Wenn Evas Mutter tot ist und immer noch Schiffe durch den Nord-Ostsee-Kanal fahren.


Der Besuch am Wasser zur Ostseewoche 1967 wühlte uns mächtig auf. Schiffe aus allen Erdteilen, unaussprechliche Namen, bunte Flaggen, exotische Menschen, und ein Kanal so schmal, du kannst im Vorbeifahren mit den Spaziergängern auf dem Deich sprechen und den grasenden Kühen ins Maul schauen.

Eva hat ihre Schiffsreise bald bekommen, zwei Jahr später fuhr sie mit ihrem zweiten Mann auf der »Arkona« über die sommerliche Ostsee.

———

Strobele gräbt den Garten um. Er gräbt tief, die Erde glänzt und dampft, Modergeruch strömt aus den nassen Furchen. Das blanke Eisen wirft schwarze Erde, zerschneidet Regenwürmer und Wurzelwerk, manchmal stößt es auf Metall, dann kreischt das Eisen, es tut weh. Wer tief gräbt, der findet. Leere Patronenhülsen. Nein, Krieg hat es in Stroboles Garten nie gegeben, nur schossen die sowjetischen Freunde, als sie in Zippendorf Quartier hatten, gern über den See. Sie zielten auf Enten, Haubentaucher und Bläßhühner, sogar die Schwäne flüchteten vor dem sowjetischen Gewehrfeuer in den Nordteil des Gewässers auf Hohen Viecheln zu. Bevorzugter Aussichtspunkt und Schießstand war der Wintergarten im ersten Stock, dessen Glasfenster das Kriegsende überdauert hatten. Die leeren Patronenhülsen fielen in den Garten und wurden begraben. Gelegentlich trieben tote Enten an den Sandstrand. Wenn sie nicht gar zu sehr stanken, trugen die Flüchtlinge, die unter den hohen Bäumen am Ufer hausten, sie in ihre Kochtöpfe. Später saß das Ehepaar Strobele im Wintergarten, vorzugsweise an lauen Sommerabenden, wenn der See reglos lag und das Schnattern der Wasservögel die Dämmerung erfüllte. Kein Schuß fiel. Walter Strobele hatte, nachdem die Rote Armee ihn 1944 entwaffnete, nie mehr ein Schießgerät in den Händen. Ohne Waffe diente er dem Frieden, ein gebranntes Kind. Die Wasservögel konnten ungestört ihre Bahnen ziehen, die Schwäne gründelten am Badestrand, bei Ostwind klatschten die Wellen gegen das Holz der Ruderboote.

Die Patronenhülsen, die er ausgrub, bewahrte er auf, sie bedeuteten ihm Geschichte. Er reinigte sie in der Regentonne, führte sie an die Lippen und stieß jenen schrillen Pfiff aus, der an Kasernenhöfe erinnerte. Im Haus wurde es lebendig. Der Spitz rannte in den Garten und kläffte das gelbe Metall an.

Ja, es kostete eine lange Woche Arbeit, diesen Garten umzugraben. Je älter einer wird, desto länger gräbt er.

»Du wirst noch einen alten Germanenhäuptling ausgraben«, spottete seine Frau.

»Der Boden muß gut aufbereitet werden«, antwortete Strobele. »Von nichts kommt nichts.«

Und so grub und grub er und legte endlich jenen Tag im November frei, als die Rote Armee zum erstenmal die Oktoberrevolution auf Deutschlands Boden feierte. Dichte Nebelschwaden bedeckten den See, niemand schoß über das Wasser. Sie feierten schon am frühen Morgen. Als sie betrunken waren, steckten sie ein Haus am Ziegelsee in Brand, wärmten sich an den Flammen und sangen die Internationale. Um die Mittagszeit marschierte ein Offizier mit drei Soldaten Richtung Zippendorf. Am Strand machten sie halt, schienen den Weg verloren zu haben. Da trat ein Mann in Zivil auf die Straße und zeigte zu dem grauweißen Gebäude, das hinter Obstbäumen versteckt in einem weitläufigen Garten lag. Die Soldaten rissen an der Gartenpforte und marschierten auf den Eingang zu. Die Tür war verschlossen. Ein Gewehrkolben hämmerte gegen das Holz. Es vergingen ein paar laute Sekunden, schon wollte die Tür nachgeben, da erschien Mariken Grabow, ein graues Tuch um den Kopf, eine Schürze am Leib, sah sie aus wie eine deutsche Frau, die vom Abwasch aus der Küche kommt. Als sie die Soldaten sah, hob sie beide Hände, wie sie es von Kriegsfilmen und Wochenschauen gelernt hatte. Der Offizier nahm einen Zettel aus der Tasche und las laut vor, daß er einen Ferdinand Grabow suche.

Der liegt krank im Bett.

Der Offizier schob die kleine Person zur Seite und verschwand im Hause, um sich von Grabows Krankheit zu überzeugen. Zwei Soldaten folgten mit der Waffe im Anschlag. Der dritte postierte sich an der Tür, behielt die Fenster und den Hinterausgang im Auge und beobachtete Sperlinge, die im blätterlosen Lindenbaum saßen, stumm wie alle Vögel im November. Sollte es drinnen länger dauern, wird er einen der grauen Vögel abschießen und die anderen in die Flucht jagen.

Keine fünf Minuten brauchte Grabow, um sich von seinem Krankenlager zu erheben. Er stolperte zur Tür, trug schon einen Hut auf dem Kopf und hatte sich einen warmen Wintermantel mit Pelzkragen aus besseren Tagen übergeworfen, denn am Tage der Oktoberrevolution war es kühl.

An der Tür besann er sich seiner juristischen Vorbildung und forderte von dem Offizier ein Dokument, einen Haftbefehl, eine Vorladung, irgend etwas Rechtsstaatliches, das den fremden Soldaten erlaubte, in sein Haus einzudringen, sonst könnte ja jeder kommen.

Der Offizier verstand ihn nicht. Doch jener Soldat, der schon lange ein Auge auf Sperlinge geworfen hatte, verstand ihn wohl und jagte eine Salve aus der Maschinenpistole in den Lindenbaum, worauf alle Sperlinge davonflogen.

Nun kam Mariken. Die Hände vor der Küchenschürze gefaltet, sagte sie dem Offizier, ihr Mann sei im Sommer schon einmal abgeholt worden und nach sechs Wochen zurückgekehrt. Damit müsse es erledigt sein, sie dürften ihn nicht ein zweites Mal holen. Er habe genug gebüßt. Warum auch und wofür? Ferdinand Grabow hat nur seine Pflicht getan und nichts Ungesetzliches. Das könne sie bezeugen.

Als sie das gesagt hatte, begann sie zu weinen.

Jedes Weinen ist eine stumme Aufforderung zum Trösten, aber niemand machte sich die Mühe, ein gutes Wort zu sagen: Ihr Mann kommt bald wieder... Er muß nur zum Verhör in die Stadt... Zum Weihnachtsfest ist er wieder zu Hause... Was man so sagt, wenn Menschen abgeholt werden.

Schweig du still! polterte Ferdinand Grabow los.

Er wollte sich von ihr verabschieden, hätte sie wohl auch in den Arm genommen, aber Mariken verweigerte sich ihm. Sie riß die Schürze vom Leib, warf sie auf die Schwelle, rannte ins Haus, zog nun auch ihren Pelzmantel an, ebenfalls ein Stück aus besseren Tagen, und gab zu verstehen, daß sie mitkommen werde. Wo du hingehst, da will ich auch hingehen!

Er hat nichts Unrechtes getan! schrie sie. Er hat keinen Menschen geschlagen, verletzt oder getötet, er hat nur am Schreibtisch gesessen und seine Pflicht erfüllt.

Bis zur Gartenpforte kam sie. Dort begann der Offizier zu fluchen. Einer der Soldaten hielt ihr das Gewehr vor die Brust, nicht den Lauf mit der tödlichen Kugel, sondern quer hielt er es, wie einer, der sich mit einer Zaunlatte vor einer aufgebrachten Meute schützen will. Die Pforte fiel hörbar ins Schloß. Ferdinand Grabow stand auf der Straße, Mariken unter den Bäumen, zwischen ihnen der Soldat. Die Frau hob schüchtern die Hand, wie um zu grüßen. Auch Grabow schien einem fernen Bekannten flüchtig zuzuwinken. Danach bestimmten die Soldaten die Richtung. Sie marschierten mit ihm auf dem Strandweg zur Stadt, und als die Gruppe hinter dicken Erlenbäumen und gelben Schilfinseln verschwunden war, verließ einer das Nebenhaus und ging wie unbeteiligt davon. Mariken kam noch einmal zur Tür.

Ach, Sie sind das! rief sie. Dann verbarg sie das Gesicht in beiden Händen.

Strobele hatte Mühe, der Gruppe zu folgen. Wäre es nach ihm gegangen, hätte er bestimmte Wege für Grabow gewußt. Einmal quer durch die Stadt, damit jeder sehen konnte: Grabow wird abgeführt. Er hätte auch empfohlen, Grabow einmal um den See marschieren zu lassen. Erster Halt am Fähranleger Muess, ungefähr dort, wo der zehntägige Todesmarsch der Häftlinge von Sachsenhausen und Ravensbrück ein Ende gefunden hatte. Ein paar Kniebeugen wären an dieser Stelle wohl angebracht.

Ich hatte mit dem Massaker nichts zu schaffen, wird Grabow sich rechtfertigen. Das war die SS-Begleitmannschaft.

Trotzdem wäre der zehntägige Todesmarsch rückwärts nachzuvollziehen, denn du hast dem Regime gedient und bist für seine Todesmärsche mit verantwortlich. Zehn Tage marschieren in eines der Sonderlager: Buchenwald, Frankfurt/Oder, Weesow, Hohenschönhausen, Jamlitz, Ketschendorf, Fünfeichen, Torgau, Mühlberg, Bautzen. Sachsenhausen wäre am besten. Dort kannst du die Stelle besichtigen, zu der du die verbliebenen Schweriner Juden geschickt hast und alle, die die Beethovensche Schicksalssinfonie über Radio London hören wollten. Das Sachsenhausener Speziallager Nr. 7, das Abmagerungslager, wäre für Grabow der rechte Ort. Wenn er sein Normalgewicht gefunden hat, darf er nach Schwerin zurückkehren und in Görries ein paar Jahre Torf stechen.

Der ersten Vernehmung durfte Strobele beiwohnen, nicht von Angesicht zu Angesicht, er saß im Nebenraum bei angelehnter Tür.

Seit wann in der Partei? fragte Michailow.

Seit 1927, antwortete Grabow.

Zwei Söhne im Osten gefallen, wo ist das geschehen?

Der ältere im Kessel von Demjansk, der jüngere bei Orel im Mittelabschnitt.

Michailow steckte sich eine Zigarette an, und Strobele dachte an das letzte Gespräch, das er mit Grabow nicht weit entfernt im Gestapo-Hauptquartier im Winter 1943 geführt hatte. Damals ging es um Musik. Aber was hieß hier Gespräch? Der dicke Grabow schrie ja nur.

Was wirft man mir vor? fragte Grabow.

Ein Faschist und Hitlerist zu sein.

Das ist Gesinnung. Ich meine Taten, was habe ich verbrochen? Mein Handeln bewegte sich im Rahmen der Gesetze, niemand kann mir ungesetzliches Tun nachweisen.

Wie war das mit der Frau, die wenige Stunden vor dem Eintreffen unserer amerikanischen Verbündeten auf dem Bahnhofsplatz erhängt wurde?

Das hat ein Standgericht ohne mein Wissen veranlaßt. Ich erfuhr von dem schrecklichen Vorfall erst nach Kriegsende. Im übrigen hätte ich es nicht verhindern können, mir stand es nicht zu, die Entscheidungen der Gerichte zu korrigieren.

Also wieder im Rahmen der Gesetze, murmelte Michailow und paffte weißen Rauch an die Decke. Wie ich höre, haben Sie einem gewissen Melchior das Haus in Zippendorf gestohlen.

Über Grabows Gesicht huschte ein Lächeln.

Melchior verließ auf ungesetzlichem Wege unser Land. Für solche Fälle sah das Gesetz vor, daß das zurückbleibende Vermögen dem Reich zufiel, um die Opfer jüdischen Unrechts zu entschädigen. Sein Haus wurde Reichsvermögen, ich habe es für einen fairen und angemessenen Preis gekauft.

Michailow gab dem Posten einen Wink, der stieß mit dem Gewehrkolben gegen den Stuhl. Grabow sprang auf. Der Soldat riß den Stuhl weg. Ein wenig hilflos stand Grabow vor dem Offizier, auch begann seine Hose zu rutschen, denn er hatte schon etwas abgenommen.

Was taten Sie am Abend des 9. November 1938? fragte Michailow.

Grabow konnte sich nicht erinnern.

Es gibt einen Zeugen, der Sie in der Nähe des Schlachtermarktes gesehen hat.

Grabow konnte sich nicht erinnern.

Kann es sein, daß Sie der Autor eines Artikels waren, der am 10. 11. 1938 im »Niederdeutschen Beobachter« erschien? Michailow begann zu lesen: »...sämtliche noch in Schwerin bestehenden Judengeschäfte wurden in der Nacht so deutlich gekennzeichnet, wie es ihnen gebührt: die Fensterscheiben wurden eingeschlagen, Ladeneinrichtungen und Verkaufsgegenstände auf einen Haufen geschichtet und teilweise unbrauchbar gemacht... Auch die Synagoge am Schlachtermarkt wurde unbrauchbar gemacht...«

Wieder zuckte Grabow mit den Schultern.

Nun begann er, Fragen zu stellen.

Wo steckt eigentlich Gauleiter Hildebrandt? wollte er wissen. Was in Schwerin und Mecklenburg geschah, wurde in seinem Namen getan, er allein trägt die Verantwortung.

Haben Sie jemals Radio London gehört? fragte Michailow.

Grabow schüttelte den Kopf. Das Abhören von Feindsendern war verboten.

Erinnern Sie sich daran, jemand wegen des Hörens ausländischer Sender ins Gefängnis gebracht zu haben?

Grabow dachte nach.

Es kann sein, aber ein konkreter Fall ist mir nicht in Erinnerung.

Michailow erhob sich. Das ist genug, sagte er und schloß die angelehnte Tür. Dem Posten gab er einen Wink. Der drückte Grabow die Waffe in den Rücken und führte ihn aus dem Zimmer. Bevor sich die Tür eines fensterlosen Archivraumes hinter ihm schloß, rief Grabow laut über den Flur: Es lebe Deutschland!

Ich hätte ihm eine Zigarette gegeben, sagte Michailow zu Strobele, aber er zeigte keine Spur von Reue. Menschen wie er glauben bis zu ihrem Tod daran, richtig gehandelt zu haben. Sie haben sich nichts vorzuwerfen. Ihnen ist nicht zu helfen, man muß sie beseitigen. Nicht mit Gas, nicht mit Kugeln, wir haben dafür den Hunger.

Am Tage darauf erlebten Passanten, wie Grabow vor dem Schweriner Theater auf einen Lastwagen der Roten Armee geladen wurde, der alsbald die Stadt in zügigem Tempo südwärts verließ. Danach hat ihn keiner mehr gesehen. In Schwerin spielten sie schon wieder mit großem Erfolg »Die lustigen Weiber von Windsor«.

Es war nun getan, was getan werden mußte. Strobele erwog, zu seinem Arbeiterfreund ins Ruhrgebiet zu reisen, denn in Schwerin hatte er keinen Menschen mehr, der ihn etwas anging. Doch Michailow bat ihn zu bleiben. Männer wie Strobele wurden dringend für den antifaschistisch-demokratischen Aufbau gebraucht. Darauf und zum gerade gewesenen Jahrestag der Oktoberrevolution tranken sie einen Wodka.

Fünf Wochen später veranlaßte Strobele, daß Mariken Grabow aus der Villa in Zippendorf ins Flüchtlingslager am Ziegeleiweg in Lankow umgesiedelt wurde, denn dort gehörte sie hin. Ihr Umzug geschah zwischen Weihnachten und Neujahr. Ihre persönliche Habe zog sie auf einem Handwagen, einer sogenannten Schottschen Karre, durch den Schnee, das Mobiliar mußte in der Villa bleiben, denn dafür gab es keinen Raum in der neuen Herberge. Das Haus des Juden Melchior beschlagnahmte die Rote Armee, um vom Wintergarten aus Enten zu schießen. Viele Jahre später – das konnte damals niemand ahnen – schenkte das Volk der DDR das Anwesen dem verdienten antifaschistischen Kämpfer Walter Strobele zur lebenslangen Nutzung.

Strobele begegnete der Frauensperson öfter in der Stadt. Mariken blickte ihn stets sonderbar an, einmal faßte sie sich ein Herz und fragte: Haben Sie ein Lebenszeichen von meinem Mann erhalten, Herr Strobele?

Mit Lebenszeichen hatte Strobele nichts zu schaffen, das war Sache der sowjetischen Freunde. Er wußte nicht einmal, ob Grabow nach Sachsenhausen gekommen war, wie er es verdient hatte, oder gleich über Brest-Litowsk hinaus gebracht wurde, wo es so leicht keine Wiederkehr gibt.

Immer wenn er sie traf, kam ihm der Gedanke, auch sie abholen zu lassen und in ein Lager zu geben, damit das ständige Fragen aufhörte. Auch störten ihn Marikens Augen, die so taten, als wüßten sie ein Geheimnis, als wüßten nur sie, daß Walter Strobele am Festtage der Oktoberrevolution 1945 im Nachbarhaus hinter der Gardine gestanden und zugeschaut hatte, wie Ferdinand Grabow abgeholt wurde. Schuldig war sie allemal. Wer fünfundzwanzig Jahre mit einem Naziaktivisten verheiratet war, sein abscheuliches Wirken in den zwölf Jahren begleitet hatte, konnte gar nicht unschuldig sein.

Mariken tat ihm den Gefallen, zum Ende der fünfziger Jahre, nachdem sie Tausende von Kühen in der LPG gefüttert und gemolken und zum Schluß die Hühner versorgt hatte, eines natürlichen Todes zu sterben. Zu ihrer Beerdigung fanden sich ein paar Frauen der LPG und Lieschen Lehmkuhl ein.

Dat is Grabows End', meinte sie.

—————

Was weißt du von Friedhöfen, Claudia? Kennst du den Friedhof in den Wäldern nördlich des Sees, auf dem die Ostpreußen, Pommern und Schlesier begraben wurden, die im Flüchtlingslager

Bad Kleinen starben? Daß der jüdische Friedhof in einer Novembernacht 1938 unbrauchbar gemacht wurde, wie Grabow es nannte, hast du wohl erfahren. Deine masurische Oma kam auf den schönsten der Schweriner Friedhöfe, den am Obotritenring, eine schöne Landschaft mit Aussicht zum Ostorfer See. Gegenüber ein Straßenbahndepot. Er hätte viel darum gegeben, mit Claudia an der Hand wie damals den stillen Ort zu besuchen, aber seine Tochter unterrichtete Kinder.

Butkus umkreiste den Demmlerplatz, ohne Spuren zu finden. Von dort kommend, drei Straßenblöcke entfernt, überquerte er den »Platz für die Opfer des Faschismus«, dachte bei sich, daß dieses auch der Platz sei, ein Denkmal für die Opfer des Kommunismus zu errichten, ein Platz für graue Granitblöcke und ewige Flammen. Denn sie gehörten zusammen, die Strobeles und Grabows, die guten Menschen, die keine Fliege töten konnten und nur ihre Pflicht erfüllten.

»Nie wieder Sozialismus!« schrie ein Plakat an der Einfahrt des Straßenbahndepots, und er fügte für sich hinzu: Nie wieder Faschismus! und rechnete nach, daß sein Leben vom Sommer 1934 bis März 1990 angefüllt war mit diesen grausamen Ideologien. Er fühlte sich erleichtert, als er hinter einer ratternden Straßenbahn den Platz überqueren konnte.

Kyrillische Inschriften. Sowjetische Soldaten lagen nahe dem Platz für die Opfer des Faschismus begraben, keine Kriegsgefallenen. Auch Soldaten sterben an Lungenentzündung und Blinddarmdurchbruch. Auf einigen Steinen verblaßte Bildchen. 1934 in Archangelsk geboren, 1958 im Schweriner See ertrunken. Ein überlebensgroßer Soldat bewachte das Gräberfeld. In der Rechten hielt er eine Maschinenpistole, die Linke preßte die Soldatenmütze an die Brust.

In der Mitte des Platzes, umgeben von toten Sowjetsoldaten, ruhten die deutschen Antifaschisten. Beherrschend die Grabplatte des mecklenburgischen Ministerpräsidenten Kurt Bürger, der in

Karlsruhe zur Welt gekommen und 1951 in Schwerin gestorben war. Daher der Name »Bürgerstuben«. Als Butkus noch in Lankow lebte, hatte er gelegentlich in den Stuben des Kurt Bürger sein Bier getrunken.

Auffallend viele Antifaschisten waren in den letzten Monaten des Jahres 1989 verstorben. Auch für Strobele gab es noch ein Plätzchen. Aber du mußt dich beeilen. Noch bekommst du einen Ehrenplatz bei den Opfern, wenn du zu lange wartest, werden sie dich bei den anonymen Toten verscharren.

Als er dem Tor des Alten Friedhofs zustrebte, kam ihm der Gedanke, daß die vielen Gedenkstätten eines Tages ihre Beinamen verlieren werden. Nicht mehr den Opfern des Faschismus, Militarismus oder Stalinismus, sondern nur den Opfern, den Millionen, die dieses aufgebrachte Jahrhundert umgebracht hatte, und immer aus guten, berechtigten Gründen.

>»Wir wollen sein ein einig Volk von Brüdern,
in keiner Not uns trennen und Gefahr.«

Das hing als eindringliche Mahnung, die Schrift vom Regen verwischt, an der Mauer des Friedhofes. Wann hat man jemals solche Wahlslogans vernommen?

Das große Gebäude neben dem Eingang war das Krematorium. Das wußte er von damals, aber keine Erinnerung hatte er an die Mauer gegenüber, die »Gedenkstätte der Sozialisten«. Ihre Namen waren in Stein geschlagen, aber Mitte 1989 hatte der Steinmetz Hammer und Meißel aus der Hand gelegt.

>»Aus der Asche unserer Toten keimt die neue Saat!«

Nur das nicht, dachte er, als er im Nieselregen über den Friedhof wanderte, der längst von Gott verlassen war, dem die hoffnungsvollen christlichen Inschriften fehlten. Der Sozialismus versprach kein Wiedersehen in einem schöneren Jenseits, er wollte das Paradies sofort, schon heute ein glückliches Leben für alle friedliebenden Menschen.

Er hatte Mühe, den Weg zu finden, den die kleine Gruppe im Sommer 1967 gegangen war. Eva an seinem Arm, die Lippen auffallend rot, was gut zu dem geliehenen schwarzen Kleid paßte, Claudia an Evas Hand. Ob das Kind wußte, daß die masurische Oma unter die Erde kam? Hinter ihnen ein paar Frauen aus Mutters Nachbarschaft und Bekannte aus der alten Heimat, darunter einer, der viele Jahre in den Angerburger Bethesda-Anstalten tätig gewesen und nun mit dem Fahrrad von Ludwigslust herübergekommen war, um Ella Butkus zur letzten Ruhe zu geleiten. Auch Lieschen Lehmkuhl war dabei, deren Bauernhof es schon nicht mehr gab und die nun viel Zeit hatte, weil sie Rentnerin war und nur noch gelegentlich in der Landwirtschaft aushalf, um das gesunde Leben auf dem Lande nicht zu verlernen.

Es ist dein Mudding nicht vergönnt gewesen, noch einmal das masurische Wasser zu sehen, sagte sie nach der Beerdigung. Aber auf dem Alten Friedhof ist sie auch gut aufgehoben, der liegt dicht am Wasser.

Er konnte Mutters Grab nicht finden. In seiner Erinnerung standen rotstämmige Kiefern in der Nähe, lockerer Sand fiel ihm ein und spärlicher Schatten. Die Bäume werden von den vielen Stürmen, die seitdem über Mecklenburg getobt hatten, entwurzelt worden sein. Konnte es sein, daß sie Mutters Grab aufgehoben hatten wegen mangelnder Pflege? Eva kümmerte sich nicht um fremde Gräber, und das Kind war eben ein Kind. Als der wilde Giersch den Grabhügel überwucherte, beschloß VEB Friedhofsverwaltung die Aufhebung und anderweitige Verwendung.

Zum Glück besaß er das Foto. Fünf Stunden nach der Beerdigung, als der Kaffee getrunken, der Kuchen gegessen war und der Angerburger aus Ludwigslust sich wieder aufs Fahrrad geschwungen, Lieschen Lehmkuhl dem Kind einen Groschen geschenkt und sich mit einem feierlichen »Mudding blifft üns in gaude Erinnerung« verabschiedet hatte, fuhr er mit dem Rad, die Fototasche umgehängt, das Kind vorn auf dem Sitz, den Obotritenring hinab, um ein Bild der Grabstätte mit allen Kränzen und Blumensträußen aufzunehmen. Gerhards wegen. Er schoß ein Bild im Gegenlicht, dann ein zweites mit der Sonne. Während er fotografierte, spielte das Kind im Sand, bei Erdbegräbnissen bleibt ja immer etwas übrig. Mit einer rostigen Konservendose holte Claudia aus einem Betonbehälter, der einer Viehtränke ähnelte, Wasser für die schon welkenden Blumen.

Gerhard zuliebe dieses Foto. Er hatte ihm rechtzeitig ein Telegramm geschickt, seinetwegen auch die Beerdigung ein paar Tage hinausgeschoben. Für solche Fälle gibt es schnelle Visa, Tod der Mutter, das hebt die Schlagbäume. An der Mutter lag es nicht, die hätte ihren Sohn aus dem Westen empfangen dürfen, tot oder lebendig. Hans Butkus war der Störenfried. Der Brigadier kam in der Mittagspause an seinen Tisch.

So sind nun mal die Vorschriften, sagte er. Wer hier arbeitet, darf seinen Bruder aus dem Westen nicht zu Gesicht bekommen.

Die gleiche Geschichte wie damals zu Mutters Geburtstag.

Eine tote Mutter, eine Beerdigung und zwei Brüder, die sich am Grabe nicht treffen dürfen, so stand es um die deutschen Dinge, als Ella Butkus im Sommer 67 aus dem Leben schied. Deshalb mußte er das Grab fotografieren, um ein Bild an den Bruder zu schicken oder es ihm in die Hand zu drücken, wenn sie sich jemals begegnen sollten.

Das Grab war nicht mehr da, die Kiefern hatte der Sturm gefällt, das Foto lag in Hamburg in der Schublade, Claudia spielte nicht mehr im Sand, sondern unterrichtete Neunjährige, Gerhard war auch schon tot.

Acht Wochen nach Mutters Tod schrieb Gerhard, daß er in West-Berlin zu tun habe. Er werde nicht den Weg über Hannover nehmen, sondern die Transitstrecke Hamburg–Berlin fahren. Er habe sich erkundigt, es gebe da einen Parkplatz für Transitreisende in der Nähe von Ludwigslust. Am 17. September gegen elf Uhr werde er dort sein. »Es wäre schön, wenn wir uns treffen könnten.« Sicherheitshalber teilte er Kennzeichen und Marke seines Fahrzeuges mit. Sein Auto war hellblau.

Butkus nahm einen Tag Urlaub. Er müsse zu den Ämtern, um die Angelegenheiten seiner verstorbenen Mutter zu regeln, log er.

Eva hatte Bedenken. Du weißt, daß es verboten ist, Westreisende auf Transitparkplätzen zu treffen, sagte sie.

Er bat sie mitzukommen, aber Eva hatte mit dem Kind zu tun, das in jenen Tagen erkältet war. Oder schmerzten die Zähne? Außerdem war, was er vorhatte, nicht richtig.

Claudia hat nie erfahren, was auf dem Transitparkplatz bei Ludwigslust geschehen ist. Aber jetzt wird er es ihr erzählen, jetzt endlich soll sie es wissen.

Ein warmer Spätsommertag. Butkus spazierte an parkenden Autos vorbei, hörte Musik aus offenen Türen. Die Leute aus dem Westen saßen auf den Kühlerhauben und verzehrten mitgebrachte Brötchen. Im Gras spielten Kinder.

Mit einer halben Stunde Verspätung – Grenzen halten so furchtbar auf – rollte ein hellblaues Auto mit Kölner Kennzeichen auf den Parkplatz. Als Gerhard ihn entdeckte, drückte er auf die Hupe. Mein Gott, mach nicht so einen Lärm!

Gerhard sprang aus dem Wagen, vergaß den Motor abzuschalten, vergaß auch das Autoradio, in dem die »Stimme der DDR« Operettenmelodien spielte.

Da bist du ja, kleiner Bruder! rief er über den Platz.

Sie umarmten sich, Hans Butkus sagte: Du darfst nicht so laut sein! Hier sieht jeder jeden, und die Worte bekommen Flügel. Außerdem stimmt »klein« schon lange nicht mehr. Wenn wir uns Rücken an Rücken stellen, wirst du sehen, daß wir die gleiche Größe haben.

Gerhard stellte den Motor ab und holte eine Plastiktüte aus

dem Wagen. Damit kletterten sie die Böschung hinauf, setzten sich ins trockene Gras, Gerhard hielt ihm eine Brauseflasche hin.

Prost, Bruder!

Danach aßen sie Weintrauben aus Griechenland. Wie gesagt, ein ungewöhnlich warmer Spätsommertag. Die Fäden des Altweibersommers hingen in den Gräsern, in den Büschen leuchteten die Vogelbeeren. Es roch nach Pilzen. Wäre nicht der Lärm der an- und abfahrenden Autos gewesen, das Lachen und Rufen der Kinder, die Musik aus den Radios, sie hätten stundenlang im Gras sitzen können, um die zwanzig Jahre zu besprechen, die sie sich nicht gesehen hatten, und natürlich auch die Zeit davor mit den masurischen Gemeinsamkeiten.

Warum hast du Eva und Claudia nicht mitgebracht? fragte der Bruder. Ich hätte sie gern mal kennengelernt.

Eva ist ein bißchen krank, log er schon wieder.

Zehn Minuten später gab er kleinlaut zu, daß es eigentlich nicht ganz richtig sei, sich hier auf dem Transitparkplatz zu treffen. Nicht gerade strafbar, aber es wird nicht gern gesehen.

Gerhard lachte. Was meinst du, was bei uns alles verboten ist und trotzdem gemacht wird?

Er erzählte von seiner Arbeit. Alle drei Monate trafen sich die zuständigen Referenten zu einer Tagung, diesmal in West-Berlin. Er wollte nicht fliegen, sondern sei mit dem Auto den Umweg über Hamburg gefahren, um den kleinen Bruder wiederzusehen.

Für Claudia hatte er kolumbianische Bananen mitgebracht, die Plastiktüte mit den südamerikanischen Früchten übergab er seinem Bruder. Dann stellte er eine Frage, die Hans Butkus stutzig machte: Was arbeitest du eigentlich?

Er steckte drei Weintrauben auf einmal in den Mund, ließ sich viel Zeit, bevor er antwortete: Im Verwaltungsbereich eines Industriekomplexes.

Ist das ein größerer Betrieb?

Er zögerte. Weißt du, es ist überhaupt nichts Besonderes mit meiner Arbeit dort, aber unser Werk stellt auch Schiffsausrüstungen für die Volksmarine und die sowjetischen Freunde her. Deshalb sind wir zur Verschwiegenheit verpflichtet.

Gerhard lachte. Um Gottes willen, laß uns bloß keine Geheimnisse ausplaudern!

Im März 1990, als er, das Grab seiner Mutter suchend, über den Alten Friedhof spazierte, kam ihm jenes Gespräch lächerlich vor. Ein Bruder fragt den anderen, wo er arbeitet, und schon beginnt der Argwohn. Will er dich aushorchen? Arbeitet er für den Geheimdienst? Über den alltäglichsten Fragen lag ein Firnis von Mißtrauen und schlechtem Gewissen. Nichts gab es mehr, über das man sprechen konnte, alles war verfänglich, das Wetter, der Urlaub, die Kinder, die Krankheiten, aus allem konnte der böse Feind Schlüsse ziehen. Der schwarze Mann, dessen Schatten vor dem Angerburger Bahnhofsgebäude gehangen hatte, lebte immer noch. Psst! Feind hört mit!

Du wolltest doch Seefahrer werden, meinte Gerhard, und das war das letzte, was sie über ihre gewünschten und tatsächlichen Berufe austauschten. Er kam auf seinen letzten Besuch in Schwerin zu sprechen. 1947 wollte ich euch in den Westen holen, sagte er.

Ich weiß, ich weiß, murmelte Hans Butkus. Mutter wollte nicht wieder durch die Welt zigeunern, wie sie es nannte. Warum bist du nicht fünfzig Kilometer weiter geflüchtet? Diesen Vorwurf, den du ihr damals machtest, hat sie ihr Leben lang nicht verwunden. Wir waren doch bei den Amerikanern, rechtfertigte Mutter ihr Bleiben in Schwerin. Wer konnte im Mai ahnen, daß im Juli die Russen die Stadt übernehmen? Außerdem erkrankte sie an Typhus und lag in Quarantäne. Schwerin kam ihr so schön vor wie Angerburg. Wenn einer schon von den masurischen Seen flüchten muß, dann höchstens bis zu den meckelnburgischen Seen. Das sagte sie im Herbst siebenundvierzig, als die Erinnerung an Masuren noch lebendig war. Bis zu ihrem letzten Tag hat sie übrigens Meckelnburg gesagt und niemals Mecklenburg. Wer weiß, vielleicht ergibt es sich einmal, wenn die Verhältnisse sich ändern, und irgendwann müssen sich alle Verhältnisse ändern, daß du doch nach Schwerin kommst, und wir sehen uns gemeinsam die Stadt an und fahren mit dem Rad um den See, der so groß ist wie der Mauersee zwischen Angerburg und Lötzen.

Das sagte er an der Böschung, aber Gerhard antwortete nur: Diese Verhältnisse ändern sich nie.

Sie sprachen viel über die verstorbene Mutter, die in ihrem Leben zweimal flüchten mußte. Die erste Flucht 1914 dauerte ein halbes Jahr und ging zweihundert Kilometer westwärts von Angerburg nach Heiligenbeil, die zweite dauerte den Rest ihres Lebens. Ein Drittel Schwerin, zwei Drittel Angerburg, so teilten sie Mutters Leben auf.

Woran ist sie gestorben?

Herzstillstand, hieß es in den Papieren.

Aber warum steht so ein Herz plötzlich still?

Olt is din Mudding grad nich worden, sagte Lieschen Lehmkuhl bei der Beerdigung. Aber da kann keiner was für, die Zeit für Herzstillstand ist vorbestimmt.

Claudia lief über die Kieswege, sammelte Steinchen und warf sie gegen graue Kreuze.

Das tut man aber nicht, sagte der Vater.

Das Kind zog einen Schmollmund und rannte zu einer eisernen Pumpe, die so schrill kreischte, daß es die Toten erschrecken mußte.

Aus einem Behälter für vertrocknete Kränze sammelte Claudia welke Blumen und trug kleine Sträuße zu ungeschmückten Gräbern.

Die sollen es auch schön haben, sagte sie.

Das tut man aber nicht, wollte er sagen, doch dann ließ er das Kind gewähren, lehnte sich ans Fahrrad und steckte eine Zigarette an. Damals rauchte er noch, Eva rauchte auch, das Kind wuchs in verräucherten Stuben auf, trotzdem wurde es ein hübsches Mädchen.

Er fotografierte sie, wie sie von Grabstein zu Grabstein rannte, um den Toten Blumensträuße zu schenken.

»Was des Volkes Hände schaffen, ist des Volkes eigen«, stand damals auf einem Transparent, natürlich nicht vor dem Friedhof, sondern vor dem Straßenbahndepot. Heute las er andere Parolen: »Stalin lebt noch«. Auch war Claudia längst erwachsen und verschenkte keine welken Blumen mehr. Eva hatte einen Offizier der Weißen Flotte geheiratet, die bekam den Kapitän, der Hänschen so gern gewesen wäre. Vermutlich hat sie ihn auf Seereisen nach Leningrad, Riga und Danzig begleitet. Möglicherweise ist sie mit ihm durch den Nord-Ostsee-Kanal gefahren, ohne den Kühen ins Maul zu schauen oder mit den Spaziergängern auf dem Deich zu plaudern. An Kopfsprünge ins Wasser hat Eva nie gedacht.

Sie trafen einen Totengräber bei der Arbeit.

Was macht der Mann? fragte die kleine Claudia.

Er schaufelt ein Loch in die Erde.

Sie durfte an den Rand der Kuhle treten und hinabschauen.

Zuviel Lehm, klagte der Mann. Friedhöfe gehören auf Sand, damit wir Totengräber es nicht so schwer haben.

Weißt du noch, was dann geschah? Du wolltest gern sehen, wie es da unten ist. Der Mann hob dich in die Grube. Sein Kopf ragte aus dem Loch, aber du gingst völlig unter. Er zeigte dir einen Regenwurm, den sein Spaten durchstochen hatte. Anfangs lachtest du, aber plötzlich verzogst du den Mund und fingst an zu weinen. Du strecktest beide Arme nach mir aus. Dein Vater zog dich aus der Kuhle, nahm dich auf den Arm, trug dich zum Fahrrad und wischte mit seinem großen Schnupftuch das Wasser aus deinem Gesicht.

Plattenwege führten durch die Reihen. Mutters Grab hatte jemand anders belegt. »Für Hunde verboten! Kinder sind an die Hand zu nehmen! Radfahrer absteigen!«

An der Gedenkmauer für die verdienten Kämpfer hatten Arbeiterveteranen, unter ihnen vermutlich Strobele, eine rote Fahne niedergelegt.

»Du bist die Auferstehung und das Leben«, las Butkus auf einem sehr alten, verrosteten Kreuz.

Zu einem Grabstein für Ella Butkus ist es nicht mehr gekommen, weil kurz darauf das Lebensschiff des Hans Butkus aus dem Ruder lief und ins Schlingern geriet.

Auf dem Transitparkplatz bei Ludwigslust war noch alles in Ordnung.

Ich habe dir ein letztes Andenken an Mutter mitgebracht, sagte er zu Gerhard und reichte ihm den Umschlag mit dem Foto, das Bild des blumengeschmückten Grabes, aufgenommen fünf Stunden nach der Beerdigung.

In jener Nacht im März 1968, als schon alles besprochen war und keine Ausreden mehr angenommen wurden, zog Strobele triumphierend ein Dokument aus der Akte wie ein Falschspieler das letzte As aus dem Ärmel.

Was halten Sie davon?

Butkus starrte auf ein Schwarzweißfoto, das die beiden Brüder an der Böschung zeigte. Jemand hatte, als Hans Butkus den Briefumschlag überreichte, auf den Auslöser gedrückt.

Das sagt ja wohl alles, hörte er Strobeles Stimme.

Ich habe meinem Bruder ein Foto vom Grab unserer Mutter gegeben.

Das können Sie dem Klapperstorch erzählen! Ein Bild vom Grab der Mutter schickt man üblicherweise mit der Post, dazu ist kein konspiratives Treffen auf einem Parkplatz der Transitstrecke erforderlich. Von nichts kommt nichts, Herr Butkus!

Zwei Brüder saßen an einer Straßenböschung in Mecklenburg, sprachen über ihre Kindheit in Masuren, über die tote Mutter, tranken Zitronenbrause und aßen griechische Weintrauben.

Das genügt, sagte der Staatsanwalt. Für solche Fälle hat das

Strafgesetzbuch die Paragraphen 100, Abs. 1, 213, Abs. 1, 2, Ziff. 2 und 3 erfunden. Es ging alles mit rechten Dingen zu und vollkommen im Rahmen der sozialistischen Gesetzlichkeit. Im Urteil fand sich später folgender Satz: »Die Erziehung des Beschuldigten erfolgte im reaktionär-bürgerlichen Sinne.«

Das ging auf deine Rechnung, Mutter. Du hättest deinen Sohn so erziehen sollen, daß er nicht auf Böschungen von Transitparkplätzen klettert, sich nicht nach Reisen durch den Nord-Ostsee-Kanal erkundigt und nicht mit konterrevolutionären Elementen wie diesem Rolf aus Workuta durchs Lankower Torfmoor wandert.

Wir wissen übrigens, daß Ihr Bruder bei einer BRD-Behörde tätig ist, erklärte Strobele. Er reist viel umher, gelegentlich besucht er West-Berlin. Das sagt doch alles. Jede Behörde drüben arbeitet mit dem BRD-Geheimdienst zusammen, das geht gar nicht anders.

Strobele wußte auch, daß Gerhard in den Nachkriegsjahren bei den Engländern gearbeitet hatte, natürlich nicht beim Secret Service, sondern in einer Lagerhalle, in der Lastwagen repariert wurden. Danach bewarb er sich als Angestellter beim Kölner Wohnungsamt. Als die Wohnungsnot ein Ende nahm und keine Quadratmeter mehr zu bewirtschaften blieben, wechselte er ins Katasteramt, vermaß Bauplätze und Trassen für neue Straßen. Aber Strobele besaß da ganz andere Informationen: Ihr Bruder hat den Auftrag, bei seinen Reisen nach West-Berlin die DDR zu vermessen, Landeplätze für Nato-Flugzeuge und Straßen für Panzervorstöße ausfindig zu machen sowie Flußübergänge auszukundschaften. Wir wissen, daß er sein Arbeitsgerät als Vermessungsbeamter ständig bei sich führt, auch fotografiert er auffallend viel. Von nichts kommt nichts, Herr Butkus.

Das fiel Strobele nachts um halb drei ein, und keiner lachte.

So ein warmer Spätsommertag. Noch einmal gaukelten Zitronenfalter über den Gräben. Prost, Bruder! sagte Gerhard und reichte ihm die Brauseflasche. Jenseits der Transitstrecke, wo die Traktoren den Acker pflügten, gingen Schwärme von Möwen nieder. Es roch nach frisch geernteten Kartoffeln wie auf Lehm-kuhls Acker.

Eines Tages werden wir nach Masuren fahren, sagte Gerhard, bevor sie sich verabschiedeten. In diesem Deutschland ist es ja nicht einzurichten, daß du nach Köln kommst oder ich nach Schwerin reise. Also nehmen wir den Umweg über das Ausland. Die Polen werden bald Urlaubsreisen für Westdeutsche erlauben, da bin ich ganz sicher. Du kommst mit deiner Frau und dem Kind, ich bringe meine Frau mit. Wir treffen uns in Angerburg und baden im Mauersee. Von Tiergartenspitze rüber nach Upalten, das schaffen wir beide noch.

Vor dem Krematorium ein Schild: »Heute Ruhetag«.

Was ist das für ein großes Haus? fragte Claudia damals, als sie vorbeifuhren.

Da werden die Toten aufbewahrt, bevor sie in die Erde kom-men. Vom Feuer mochte er dem Kind nichts sagen. Nun war sie achtundzwanzig Jahre alt, und es gab immer noch Dinge, die er ihr nicht sagen mochte aus Angst, sie zu verletzen, sie zu verlie-ren.

Sechs Wochen nach dem Treffen auf dem Transitplatz gab es eine kleine Vorwarnung. Ein unscheinbarer Mann, klein und dicklich, erschien im Betrieb und fragte nach seinem Bruder. Was er so treibe. Ob er Familie habe. Wie groß der Altersunterschied sei. Ob er sich vorstellen könne, seinen Bruder zur Umsiedelung von Köln nach Schwerin bewegen zu können. Oder laden Sie ihn zu einem Besuch ein. Weihnachten steht vor der Tür. Ich glaube, das mit dem Visum wird sich machen lassen.

Als Weihnachten näherrückte, schrieb er Gerhard einen Brief. »Es ist besser, wenn Du nicht mehr mit dem Auto nach West-Ber-lin fährst«, schrieb er, »hier in der DDR haben sie Dich auf Rech-nung.«

Dieser Strobele hätte es fertiggebracht, auch Gerhard verhaften zu lassen. Sie wären gemeinsam nach Waldheim geschickt worden und hätten viel Zeit gehabt, sich ihrer masurischen Kindheit zu erinnern. Ella Butkus aber hätte sich ihrer ungeratenen Söhne wegen im Grabe umgedreht.

————————

»Darf es noch ein Schlückchen sein?«

Butkus nickte.

Die Frau setzte den Spitz auf den Fußboden, verschwand im Nebenraum, kam mit einer Kaffeekanne wieder und schenkte nach.

»Ihre Tochter ist also Lehrerin. Wir kennen viele Lehrerinnen, vor zwei Jahren war ich selbst noch Lehrerin.«

Zurück blieb die Frage, was der Vater einer DDR-Unterstufenlehrerin im Westen zu suchen hatte. Niemand stellte sie, aber sie stieg aus dem Kaffeedampf und schwebte über ihren Köpfen.

Die Frau erkundigte sich nach dem Namen der jungen Kollegin.

Es stieß ihm sauer auf nach dem Kaffee, der Importware aus Angola oder Mosambik.

»Das ist eine sehr lange Geschichte«, sprach er leise, und damit war sie schon zu Ende.

Als er sah, wie die beiden ihn fragend anblickten, fügte er hinzu: »Sie heißt Claudia Warneke.«

Sogleich tat es ihm leid, diesen Namen preisgegeben zu haben.

»Ach, die Claudia!« rief Ingeborg Strobele. »Das ist eine tüchtige Lehrerin, auf die der Vater stolz sein kann. Soviel ich weiß, war sie auch Pionierleiterin.«

Zum erstenmal begann seine Hand zu zittern. Er preßte sie vorsichtig gegen die Stuhllehne, konzentrierte sich auf das schmuddelige Tier, das in den Schoß der Frau zurückgefunden hatte.

So also stand es um Hans Butkus. Er saß friedlich an Strobeles Kaffeetisch, spürte weiter nichts als saures Aufstoßen und das Zittern der rechten Hand. Vermutlich bist du ihm zu nahe, hämmerte sein Schädel. Du trinkst seinen Angolakaffee, ißt die selbstgebackenen Plätzchen. Wenn einer so nahe ist, kannst du ihn nicht mehr auf der Flucht erschießen, ihm nicht die Faust zwischen die Augen schlagen. Nähe macht friedlich und versöhnt.

»Die Plätzchen sind von Weihnachten übriggeblieben«, sagte die nordische Schönheit.

»Sie sind eine Spezialität meiner Frau, selbstgebacken«, lobte Strobele und griff in die Keksschachtel.

Ob er wohl Angst hat? Diese unruhigen Augen. Du weißt nicht, woran du bist, nicht wahr? Einen Warneke hattest du nicht in deinen Akten. Warum heißt er Butkus? Wie kann die Genossin Warneke einen Vater namens Butkus haben?

Draußen lärmten die Kleinen. Im Viererkarren zogen die Kindergärtnerinnen sie den Strandweg entlang und sangen: »Kein schöner Land...«

»Stört Sie der Kinderlärm nicht?« fragte Butkus, nur um etwas zu sagen.

»Wir mögen Kinder«, erklärte Ingeborg Strobele, dabei streichelte sie den Hund. »Kinder sind die Zukunft, sie sollen ein besseres Leben haben.«

Wie bist du zum Kaffeekränzchen in Strobeles Stube geraten? fragte er sich. Wieder einmal über den Zaun geschaut und zugesehen, wie Walter Strobele seine Angst in die Erde gab, die Angst vor den vielen, mit denen er zu tun gehabt hatte und die nun kommen würden. Sie sind ja schon da. Jeden Tag spazieren sie durch die Stadt, nicht in brauner Uniform und mit klingendem Spiel, sie tragen dunkle Anzüge, reisen in schweren Limousinen an mit viel Geld wie dieser Mensch aus Hamburg, der sein Auto immer am Uferweg parkt, an Strobeles Haus vorbeiwandert, seine Schritte verlangsamt, herüberschaut und die Fenster zählt.

»Kommen Sie doch rein! Trinken wir eine Tasse Kaffee zusammen, es gibt so vieles zu erzählen.«

Das hatte Strobele über den Zaun gerufen, als Butkus flüchtig grüßend vorüberging. Er rammte den Spaten in die Erde, schritt zum Haus, Butkus folgte willig wie ein Kalb dem Strick.

»Ingeborg, wir haben Besuch!«

Die Frau erschien in der Tür. Butkus dachte an Mariken Grabow, die zur Feier der Oktoberrevolution im November 45 auch so aus der Tür getreten war.

Er nannte seinen Namen und erwartete, daß sie zusammenzucken würden, aber der Name sagte ihnen nichts. Warum auch? Es gab so viele Namen im Leben des Walter Strobele. Sie waren vorübergezogen wie die versteinerten Soldaten jenes fernen chinesischen Kaisers, jeder mit dem gleichen Gesicht, aber einem anderen Schicksal. Wozu bedarf es der Namen, wenn du in Waldheim die Nummer 615/68 trugst? Beim winternächtlichen Zählappell in Workuta kam Rolf bis zur Nummer 3728. Klack! Klack! machten die Holzkugeln.

Anders die Namenlosen, sie hatten Strobele nicht vergessen. Einer nach dem anderen wird an den Gartenzaun treten und mit dem Finger zeigen:

Da ist er! Strobele heißt er!

Aus der Sowjetunion werden sie kommen, wenn sie noch leben, aus Kanada und Australien ist mit Besuch zu rechnen und natürlich aus der BRD. Die meisten aber werden aus den Bezirken der DDR anreisen, um an Strobeles Tür zu klopfen. Waldheim war längst geöffnet, seit Weihnachten gab es keine politischen Gefangenen mehr. Da wird doch einer Manns genug sein, nach Schwerin zu kommen, die Tür einzuschlagen und Strobele mit einem Faustschlag niederzustrecken.

Strobele beklagte die Verwilderung der Sitten. Gestern habe man eine Spaziergängerin am Strand ausgeraubt. Das Verbrechergesindel läuft frei durch die Straßen und vergreift sich an harmlosen Menschen. So etwas habe es früher nicht gegeben, mit diesem Gesocks wurde kurzer Prozeß gemacht. Was die Leute Freiheit nennen, ist immer auch eine Freiheit für das zügellose Treiben der Kanaille.

»Darf's noch ein Schlückchen sein?«

Vergeblich suchte Butkus ein Erinnerungsstück an Grabow. Kein Runenzeichen über der Tür, kein Brandmal am Balken, keine Einkerbungen im Holz. Kräftig gewachsen waren die Eichen vor dem Fenster, die Grabow seinen Söhnen zum Einzug gepflanzt hatte, den Jungs, die flink wie Windhunde, zäh wie Leder und hart wie Kruppstahl gewesen waren und trotzdem die russische Unwirtlichkeit nicht überstanden hatten. Im Bücherbord direkt über Strobeles Schädel fand er die Stelle, an der »Mein Kampf« gestanden haben mußte. Er stellte sich vor, wie Grabow, als die Nachricht vom Heldentod in der Reichskanzlei über die Sender lief, mit einem Spaten in den Garten gegangen war, um seine Ängste einzugraben. »Mein Kampf« gehörte dazu.

Er hatte sich Strobeles Wohnstube geschmückt mit den Altvätern des Kommunismus vorgestellt. Aber die Wände waren frei von jeder politischen Bekundung. Hundebilder schauten auf die friedliche Kaffeerunde, der Spitz in seiner Jugendzeit, ein Afghane vor der Haustür, ein irischer Setter beim Spaziergang am See und Wolf, der Schäferhund.

Frau Strobele stellte die Hundegesellschaft vor, nannte die Namen, und als sie auf den Schäferhund tippte, wollte er fragen, ob der im Laufgraben in Waldheim im Einsatz gewesen sei, er sehe so ähnlich aus. Aber da alle Schäferhunde so aussehen wie die im Laufgraben von Waldheim, unterdrückte er die Frage.

»Das sind wir im Jahre 1951 in Berlin«, verriet Strobele. Er nahm ein Bild von der Wand, das nicht Hunde, sondern eine Menschengruppe zeigte, und reichte es dem Gast. Ingeborg Weinert mit dem Halstuch der Freien Deutschen Jugend, Walter Strobele mit dem Parteiabzeichen am Revers, eine rote Nelke im Knopfloch, die Köpfe zugeneigt, fröhlich lächelnd, wie es nur die Jugend im Sozialismus fertigbringt. Schon damals funkelten seine Brillengläser, die nordische Schönheit sah blond aus wie die Monroe.

»Es gab doch einen DDR-Dichter Weinert, sind Sie mit dem verwandt?« fragte Butkus.

»Woher kennen Sie unseren Antifaschisten Erich Weinert? Der hat sogar eine Straße in unserer Stadt.«

Butkus deklamierte:

»Wir lieben den Sport, und wir lieben das Buch,
Wir weisen dem Faulpelz die Türe.
Wir tragen mit Stolz unser blaues Tuch,
Wir Thälmannpioniere.«

Sie blickten ihn staunend an.

»Das habe ich auch gelernt«, sagte Butkus.

Es entstand eine Pause, in der jeder über das Lied der Thälmannpioniere nachdachte und wann und wo er das gelernt habe, bis Strobele zu dem Bild zurückkehrte.

»Fast vierzig Jahre ist das her«, sagte er und hängte es wieder an seinen Platz. »So alt wie unsere Republik.«

Es wäre nun der Zeitpunkt gekommen zu erklären, daß zur gleichen Zeit, als dieses Bild entstand, ein Halbwüchsiger namens Butkus im Hintergrund herumspazierte, für zwei Stunden in West-Berlin untertauchte und dafür den ersten öffentlichen Tadel erhielt. Statt dessen hielt Butkus seine zitternde Hand fest, knabberte an Ingeborgs Weihnachtskeksen und wußte nichts Gescheiteres zu sagen als: »Ein schönes Haus haben Sie hier am See.«

Das war für Strobele ein Signal, die Geschichte des Hauses, wie er sie kannte, zu erzählen, während in der Küche die Kaffeemaschine blubberte, der Hund im Schoß der Frau knurrte und Ingeborg Strobele sich eine Zigarette anzündete.

»Errichtet wurde das Gebäude von einem Kommerzienrat Köller um die Jahrhundertwende, als Zippendorf zum Strandbad avancierte.«

»Die Hamburger haben ihr Blankenese, die Schweriner ihr Zippendorf«, mischte sich die Frau ein. »Sie sind doch aus Hamburg, nicht wahr?«

Butkus nickte nur, und Strobele erzählte vom Kommerzienrat Köller, der mit dem Großherzog verkehrte und den Kaiser zum Taufpaten eines seiner Kinder erwählte. Nach dem Ersten Weltkrieg sei der Mann dermaßen verarmt, daß das Anwesen zwangsversteigert werden mußte. Statt auszuziehen, nahm er sich das Leben.

Strobele deutete hinaus auf den See, der wie erfroren lag ohne jeden Wellenschlag.

Bis zum bitteren Ende hielt sich der Herr Kommerzienrat vier Rösser, eine Kutsche und einen Kutscher. Noch am Tage seines Todes ließ er sich vierelang in die Stadt kutschieren, erledigte, was zu erledigen war, bat den Kutscher, als sie auf dem Heimweg den See erreichten, anzuhalten, schickte ihn mit Pferd und Wagen voraus und erklärte, den letzten Kilometer gegen seine Gewohnheit zu Fuß spazieren zu wollen. Kaum war die Kutsche außer Sichtweite, begab er sich ins Wasser. Das muß 1923 gewesen sein, als die große Inflation auch die Reichen arm werden ließ. In der Zwangsversteigerung erwarb ein jüdischer Advokat das Anwesen, ein Kriegsgewinnler, der am Weltkrieg reich geworden war. In der Nazizeit floh er nach Kopenhagen, worauf einer der übelsten Faschisten sich das Haus unter den Nagel riß.

»Kennen Sie seinen Namen?« fragte Butkus.

Strobele kannte weder den Namen des Juden noch des Naziaktivisten. Er entschuldigte sich mit seinem schlechten Namengedächtnis, zu viele Gesichter und Namen seien an ihm vorübergezogen, er habe es aufgegeben, sie zu behalten. Seine Frau kam ihm zu Hilfe.

»Das Nazischwein hieß Grabow«, sagte sie und streichelte den Hund.

Butkus schweifte ab, stellte sich vor, wie das blonde Mädchen mehr als einmal den Händedruck Grabows verspürt hatte, etwa bei der Aufnahme in den Bund Deutscher Mädel, beim Besuch der Gauführerschule im Schloßgarten oder der BDM-Schule in Ostorf, wo Ingeborg Weinert die ersten pädagogischen Übungen absolvierte, die sie später befähigten, an der sozialistischen Entwicklung des Schulwesens tatkräftig mitzuwirken.

»Grabow war dick und fett wie ein Schwein«, sagte sie und streichelte den Hund.

»Was ist aus ihm geworden?«

»Unsere sowjetischen Freunde haben ihn im Herbst 1945 abgeholt«, antwortete Strobele. »Kreaturen wie Grabow mußten entfernt werden, mit ihnen ließ sich kein demokratisches Deutschland aufbauen. Noch heute müssen wir der Sowjetunion dankbar sein, daß sie den faschistischen Augiasstall ausmistete. Was fünfundvierzig geschah, war die Säuberung eines total beschmutzten Körpers, reine Hygiene.«

Er machte eine Pause und musterte Butkus streng.

»Leider ist die Säuberung von der faschistischen Fäulnis nur partiell gelungen«, fuhr er fort. Er hielt es für die größte Tragik der deutschen Geschichte, daß in Westdeutschland die reaktionären Kräfte ihre Biedermannmasken aufsetzen durften, um auf ihre Stunde zu warten. So wurde die BRD gewissermaßen zur Fortsetzung des Dritten Reiches, ein Staat, in dem die alten Kräfte im Bündnis mit dem amerikanischen Imperialismus einen neuen Kriegszug gen Osten vorbereiten konnten. Und jetzt kommen sie, eine vorübergehende Schwäche des sozialistischen Lagers nutzen sie für ihren Marsch nach Osten.

»Ist Grabow tot?« fragte Butkus.

»In Schwerin tauchte er jedenfalls nicht mehr auf. Ich denke, er wird in einem Arbeitslager verstorben sein.«

»Wenn einer so dick und fett ist, kann er natürlich kein Arbeitslager überstehen«, meinte die Frau und streichelte den Hund.

»Um den ist es nicht schade«, fügte Strobele hinzu, während Butkus Ortsnamen sammelte. »Fünfeichen«, sagte er. »Oder Sachsenhausen oder Buchenwald. Denkbar wäre auch Waldheim. Waren es nicht die Waldheimer Prozesse, in denen mit den Naziverbrechern abgerechnet wurde?«

Das Ehepaar Strobele warf sich verstehende Blicke zu. Er putzte seine Brillengläser, damit sie noch mehr funkelten.

»Sie kennen sich gut aus«, sagte er. »Säuberung mußte sein, auch wenn sie weh tat. Erst reinen Tisch machen, den Nazigeist ausmerzen, danach konnte der Neuaufbau beginnen. Außerdem galt es, wachsam zu sein und zu verhindern, daß die braune Flut erneut ins Land spülte, um unsere sozialistischen Errungenschaften zu vernichten. Wenn der Westen auch gründlich mit dem Nazigesindel aufgeräumt hätte, wäre vieles leichter gewesen. Aber drüben stauten sich die braunen Bataillone. Wir konnten nicht nachsichtig sein, wir mußten sie eliminieren.«

Also ausrotten, dachte Butkus. Jetzt müßtest du ihn erwürgen. Der Spitz wird kläffen, die nordische Schönheit in Ohnmacht fallen und der Geist des Kommerzienrates Köller über dem Wasser schweben.

»Sie nannten eben Sachsenhausen«, fuhr Strobele fort und richtete die blitzenden Brillengläser auf ihn. »Mit dem Ort habe ich traurige Bekanntschaft gemacht, und dieser Grabow hat sein Teil dazu beigetragen.«

»Ach«, sagte Butkus nur und tat so, als interessiere ihn der Leidensweg des Genossen Strobele nach Sachsenhausen.

»Sie holten mich nachts…«

»Verhaftungen erfolgen immer nachts«, sagte Butkus. »Kann es sein, daß es im März geschah?«

»Ja, natürlich. Woher wissen Sie das? Es war der März nach Stalingrad, als sie mich am Demmlerplatz einlieferten.«

»War das der Hintereingang mit der breiten Holztür zum Innenhof?«

Die Frau ging in die Küche, Butkus hörte, wie das Geschirr klapperte.

»Drei Tage saß ich in einer Einzelzelle, bis die Gestapo so viele Menschen verhaftet hatte, daß sich ein Transport nach Sachsenhausen lohnte. Fünfundzwanzig Männer und zwei Frauen auf einem Lastwagen, unter ihnen die letzten Juden Schwerins, die Frontkämpfer des Ersten Weltkrieges und Invaliden, die bisher geschont worden waren.«

Butkus dachte an Melchior. Wärest du nicht nach Kopenhagen geflohen, hättest du mit einem kurzsichtigen jungen Mann in Sachsenhausen Bekanntschaft schließen können, einem gewissen Strobele.

»Zwanzig Kilometer vor Sachsenhausen mußten wir den Wagen verlassen, um zu Fuß im Lager Einzug zu halten. Im Schneetreiben marschierten wir durch Dörfer und kleine Städte, die guten deutschen Menschen standen hinter der Gardine und riefen ihre Kinder: ›Schaut mal, da draußen werden Verbrecher abgeführt.‹«

»Was hatten Sie getan?« fragte Butkus.

»Ich war ein sogenannter Radioverbrecher und bekam den roten Winkel der Politischen.«

Die Frau kehrte zurück in den Raum und forderte Butkus auf, noch ein Plätzchen zu nehmen, aber er hatte längst den Appetit verloren, lauschte der Geschichte vom Leiden eines Brillenträgers im KZ, wenn der Wachmann die Brille in den Dreck warf, der Häftling plötzlich blind wurde… Und wehe, du läufst in die falsche Richtung.

»Auf der Flucht erschossen«, sagte Butkus.

Strobele erzählte von der Herrschaft der Kriminellen in Sachsenhausen. Lagerälteste, Kapos, fast alle waren Kriminelle, Spitzel der SS, die jedes gesprochene Wort verrieten. »Einmal fragte ich einen Bewacher, warum die SS die Kriminellen besser behandelt als uns. Er sagte…«

Butkus fiel ihm ins Wort: »Die Kriminellen haben nur einzelne Menschen beschädigt, aber ihr Politischen seid Feinde der ganzen sozialistischen Gesellschaft. Darum.«

Strobele stutzte. »Ihr seid Feinde der deutschen Volksgemeinschaft, sagte der SS-Mann. Die sind schlimmer als Totschläger und Brandstifter. Darum.«

»Hatten Sie damals noch Angehörige?« fragte Butkus.

»Meine Mutter lebte in Schwerin, sie schrieb mir regelmäßig nach Sachsenhausen, die einzige Nachricht von der Außenwelt.«

»Also Schreiben war erlaubt?« fragte Butkus zurück.

»Bestimmte Häftlinge hatten Schreibverbot, aber an mich durfte meine Mutter sogar Geld schicken, damit ich mir Zigaretten kaufen konnte.«

Sieh mal an, Walter Strobele rauchte im Konzentrationslager Juno dick und rund. Und keiner stieß den Schemel um.

Strobele kam auf einen Zählappell zu sprechen, der sich in einer Dezembernacht ereignete, als Schneekrümel über den Appellplatz fegten. Die Kerle von der SS konnten nicht richtig rechnen. Also mußte immer wieder gezählt werden. »Neben mir fiel einer in Ohnmacht, drei Reihen vor mir starb ein alter Mann. Erst als Mitternacht war, durften wir in die Baracken.«

Klack! Klack! machten die Holzkugeln, und Rolf aus Workuta marschierte durch die nicht enden wollende Polarnacht.

»Ohne meine antifaschistischen Freunde hätte ich Sachsenhausen nicht überlebt«, sagte Strobele. »Sie schützten mich, wo sie konnten. Als ich in eines der verrufenen Außenlager abtransportiert werden sollte, rieten sie mir, mich freiwillig zur Wehrmacht zu melden.«

»Danach kamen Sie in ein Strafbataillon an der Ostfront, gerieten in Gefangenschaft und überlebten«, fuhr Butkus fort.

»Sie kennen sich wirklich gut aus«, sagte Strobele wieder.

»Damals waren Sie doch noch ein Kind und können unmöglich mit Sachsenhausen Bekanntschaft gemacht haben.«

Keiner sprach ein Wort, Butkus bemerkte nur, wie die beiden sich anschauten, und als die Stille unerträglich zu werden drohte, meinte die Frau: »Hört endlich auf mit den alten Geschichten.«

Butkus starrte aus dem Fenster.

»Du warst mit unserem Haus noch nicht zu Ende«, wandte sich Ingeborg Strobele an ihren Mann.

»Ach ja, das Haus. Nach dem Krieg übernahm die Sowjetarmee das Gebäude.«

Das wissen wir bereits, dachte Butkus. Die Soldaten schossen aus dem Wintergarten auf Wasservögel und hinterließen leere Patronenhülsen in den Blumenbeeten. Auch das ist bekannt.

»Als die Rote Armee das Haus freigab, sind wir eingezogen«, erzählte die Frau.

»Wann war das?« fragte Butkus.

»Ende der sechziger Jahre.«

»Etwa auch im März?«

»Im Frühling schon, aber etwas später, April oder Mai.«

Seine Hand lag ruhig auf der Tischplatte, nur der Magen verkrampfte sich von dem Teufelszeug aus Angola. Als Hans Butkus nach Waldheim umsiedelte, befaßte sich der Genosse Strobele mit Umzugsplänen nach Zippendorf.

»Ist es Ihr Eigentum?«

»Nein, nein«, wehrte Strobele ab, »es ist Volkseigentum. Wir haben es nur zur Nutzung erhalten, nach unserem Tode fällt das Grundstück an das Volk zurück.«

Nach unserem Tode. Dieser Halbsatz blieb in seinem Kopf haften. Der Kommerzienrat Köller ging ins Wasser, der Jude Melchior auf die Flucht, der Faschist Grabow starb in einem östlichen Lager. Es lag ein Fluch auf dem Haus. Nur von Strobele waren derart rigorose Schlußstriche nicht zu erwarten. Dieser fröhliche Mensch war sich keiner Schuld bewußt, er befand sich immer auf dem richtigen Wege, gepflastert mit Pflicht und Gehorsam. Alle Schuld ist im Kollektiv untergegangen, der einzelne blieb frei, ein Gedanke, den du tief im Garten vergraben mußt, damit er nicht keimen und Früchte tragen kann.

Warum sagte er nicht: Es tut mir ein bißchen leid? Es hat wohl auch Unschuldige getroffen, vielleicht waren wir etwas zu streng mit unseren Feinden. Aber nein, Männer wie Strobele haben nur das Gute gewollt und richtig gehandelt im Namen der Gesetze. Die Opfer sind die Dummen. Wohin mit den Opfern? Die haben doch wohl etwas verkehrt gemacht, sich zumindest ungeschickt verhalten. Darum sind sie zu Opfern geworden.

»Sie gehören doch auch zu uns«, begann die Frau nach einigem Nachdenken. »Durch widrige Umstände in den Westen verschlagen, aber einer von uns.«

»Widrige Umstände, das stimmt«, sagte Butkus.

Draußen spazierte einer durch den Sand, bückte sich, hob Steinchen auf und ließ sie über das Wasser hüpfen.

»Der ist auch nicht von hier«, bemerkte Ingeborg Strobele. »Es kommen in letzter Zeit viele Fremde. Sie laufen herum und besichtigen alles, als wollten sie Zippendorf kaufen.«

»Nicht kaufen, nur abrechnen«, sagte Butkus und stellte sich vor, wie einer dieser Fremden Strobele am Fähranleger auflauert und in den See wirft zum Kommerzienrat Köller.

»Als Lehrerin gehört Ihre Tochter auch zu uns«, vernahm Butkus die Stimme der Frau. »Sie ist Parteimitglied oder Kandidatin, alle unsere Lehrer haben sich bedeutenden Organisationen angeschlossen.«

»Ich weiß nicht, was sie ist«, sprach er leise. »Es geht mich auch nichts an, sie ist meine Tochter, das genügt.«

Die beiden schauten sich vielsagend an. Er gehört wohl doch nicht zu uns, sagten die funkelnden Brillengläser, der kommt vom Klassenfeind.

Sie stippte einen Keks in die braune Flüssigkeit, rührte so lange, bis das aufgeweichte Gebäck in der Tasse schwamm und sie es mit dem Kaffeelöffel herausfischen mußte.

»Nun soll ja alles anders werden«, hörte er wie aus der Ferne.

Die beiden erwarteten eine Reaktion. Butkus sollte sich erklären, ob er das Anderswerden für gut oder schlecht hielt. Aber der schwieg beharrlich, dachte flüchtig an Eva, mit der er im heißen Sommer, als dieses Haus noch den sowjetischen Freunden gehörte, vorbeigeradelt war. Drüben auf der Halbinsel unter Eichen und Buchen, die schon damals so mächtig standen wie heute, zog sie sich zum erstenmal aus und war weiter nichts als braun und schön. Der erste Eindruck ist nicht schlecht, sagte Adam, als er Eva zu Gesicht bekam.

»Was haben Sie vor der Wende getan?« fragte er den Genossen Strobele.

»Ich? Ich bin schon fünf Jahre im Ruhestand.«

»Und vor den fünf Jahren?«

»Da die Faschisten mir ein steifes Bein besorgt hatten, konnte ich nicht persönlich mit Hand anlegen beim Aufbau unserer Republik, konnte keine Häuser, Straßen und Brücken bauen, wie ich es gern gewollt hätte. Als klassenbewußter Arbeiter habe ich meine Pflicht mit Papier und Bleistift erledigt.«

Jetzt müßte Rum her, dachte Butkus. Der Flasche den Hals abschlagen und die Flüssigkeit in den Schlund schütten. Für die kleinen Mädchen holten die Rostocker Frachtschiffe Zucker, für die sozialistischen Arbeiter brachten sie Rum mit. Ohne Rum waren diese Nachtschichten nicht zu ertragen, die Verhöre um halb drei in der Frühe, die Arbeit am Schreibtisch mit Bleistift und Papier.

Also trinken wir ein Gläschen zur Beruhigung, danach können wir über alles sprechen. Wie war das mit den Rum- und Zuckerschiffen, die durch den Nord-Ostsee-Kanal fuhren?

»Mein Mann trägt den Ehrentitel ›Held der Arbeit‹«, sagte Ingeborg Strobele.

Den hat er nicht für Papier und Bleistift bekommen, dachte Butkus. Er sah ihn auf der Plattform eines Lastwagens stehen. Aus dem Lautsprecher dröhnte Musik, die blauen Fahnen der FDJ knatterten im Wind, während Strobele wie Napoleon bei Austerlitz vom fahrenden Wagen aus die Schlacht gegen die NATO-Antennen dirigierte. Kann es sein, daß dieser Mensch nie einen Zusammenhang gesehen hat zwischen den Radioverbrechern, die Grabow verfolgte, und dem Sturm auf die NATO-Antennen, den Strobele entfachte?

»Ich wundere mich, daß jemand, der wegen Radio London ins KZ mußte, zwanzig Jahre später beim Sturm auf die NATO-Antennen mitmachen konnte«, bemerkte Butkus.

»Ach, Sie erinnern sich an unsere Blitzaktion!« rief Strobele. »Ja, das war eine Sache. Ich mit unserer Jugend unterwegs, um den Feind von den Dächern zu holen.«

Er gestikulierte heftig.

»Es mußte sein. Zu groß war die Hetze, die von diesen Sendern ausging. Es drohte die Gefahr, daß sie unseren sozialistischen Staat unterminierten.«

Das sagten die Nazis auch, bemerkte Butkus. Nein, er dachte es nur, in Wahrheit blieb er stumm und starrte den Hund an.

Ingeborg Strobele fühlte wohl, daß noch eine Frage in der Luft hing.

»Die Dinge sind nicht vergleichbar«, sagte sie plötzlich. »Radio London war schließlich ein Freiheitssender, der die Wahrheit nach Deutschland brachte, aber der RIAS war weiter nichts als Lüge und Hetze.«

Butkus dachte an den anderen, der zehn Jahre in einem Konzentrationslager gesessen hatte und später sein eigenes Land zum Konzentrationslager machte, es einmauern und Menschen auf der Flucht erschießen ließ. Und sich nichts dabei dachte. War das schon Schizophrenie? Nein, es war viel einfacher: Einmal ist es richtig, einmal ist es falsch. Einmal geht es um einen Freiheitssender und dann um einen Hetzsender. Das rechtfertigt alles. »Ein Gewehr ist dann eine gute Sache, wenn es für eine gute Sache da ist«, steht in Claudias Lesebuch.

Auf dem Uferweg watschelten Schwäne.

»Die sind auch schon wieder da«, sagte Butkus.

»Unsere Schwäne bleiben im Winter am Schweriner See«, erklärte die Frau. »Wenn es sehr kalt ist, kommen sie übers Eis bis vor die Haustür und lassen sich füttern.«

Vor der Insel Kaninchenwerder schien der Geist des Kommerzienrates Köller über dem Wasser zu schweben.

»Es waren schwere Jahre des sozialistischen Aufbaus«, sagte der Geist, und Butkus glaubte zu wissen, wie seine Augen leuchteten. »Zunächst galt es, den faschistischen Augiasstall auszumisten.«

Da war sie wieder, die klassische Bildung.

Butkus trat ans Fenster und blickte zu den Schwänen.

»Unsere Stadt war getränkt von faschistischem Gedankengut«, hörte er die Stimme hinter sich. »Die Mecklenburger gaben den Hitleristen schon vor 1933 eine Mehrheit und blieben dem Führer treu bis zum bitteren Ende... Jede Straße, jede Mauer, selbst der Dom trugen den faschistischen Geist in sich. Wir mußten das Volk entgiften. Damit die faschistische Seuche nicht wieder ansteckt, waren die Grenzen zu schließen und zuverlässig zu schützen. Schwerin liegt nur fünfzig Kilometer von der Grenze entfernt, wir waren immer Frontstadt.«

Nachdem Eva sich ausgezogen hatte, nannte sie ihn Petermännchen. Du bist der Schweriner Schloßgeist, der den Namen Peter angenommen hat, wußte sie und ließ sich willig von dem Poltergeist ins Schilf tragen.

»Uns kann die Wende nichts anhaben«, sagte Ingeborg Strobele, »wir sind alte Leute und werden so weiterleben wie bisher. Wir sind nicht in den Westen gereist, um die hundert Mark abzuholen. So etwas haben wir nicht nötig, nicht wahr, Walter?«

Wenn er jetzt den Schrank öffnet und eine Flasche Rum rausholt, reiße ich den Tisch um, fuhr es Butkus durch den Kopf.

»Laßt uns nur hoffen, daß die sozialistischen Errungenschaften der DDR erhalten bleiben«, sprach Strobele feierlich. »Ich bin da recht zuversichtlich, auch was die kommende Wahl angeht. Die Jugend ist für uns, nicht wahr, Ingeborg? Vierzig Jahre sozialistische Erziehung sind nicht einfach auszulöschen. Und schließlich unsere Arbeiter, die vierzigtausend Bewohner der Siedlung Großer Dreesch sind unsere Leute, nicht wahr, Ingeborg?«

Die schmuddelige Kreatur im Schoß der Frau träumte. Ein Zittern lief durch den kleinen Körper, Herrchen und Frauchen lachten, als der Spitz mit geschlossenen Augen wimmernde Laute von sich gab.

»Neben den sozialistischen Errungenschaften gab es aber auch Mängel und Mißstände, denen man keine Träne nachweinen sollte«, sagte Butkus vorsichtig. »Ich denke da an die Toten.«

»Ich höre immer Tote!« ertönte Strobeles aufgebrachte Stimme.»Wer spricht von unseren Grenzsoldaten, die bei ihrer verantwortungsvollen Arbeit vom Westen aus erschossen wurden? Das gleicht sich aus, lieber Freund, da hat keine Seite der anderen etwas vorzuwerfen.«

»Glauben Sie wirklich, daß DDR-Grenzsoldaten vom Westen aus erschossen wurden?« fragte Butkus und sprach so leise, als müsse er sich für diese zweifelnde Frage entschuldigen.

»Ich sehe das Bild vor mir, im August 1988 eine ganze Seite im ›Neuen Deutschland‹ mit Namen und Fotos unserer Grenzschützer, die umgebracht wurden.«

»Vielleicht«, sagte Hans Butkus unsicher – er konnte sich das schlecht vorstellen, wie sollte es nur zugegangen sein? –, »vielleicht«, sagte er, »waren das Unfälle, oder sie wurden von eigenen Kameraden erschossen, die in den Westen fliehen wollten.«

»Wat schräben is, is schräben!« triumphierte Ingeborg Strobele, und ihr Mann bekannte, große Angst zu haben, daß der Kapitalismus eines Tages die DDR kaufen werde. »Für hundert Mark Begrüßungsgeld und ein Dutzend Bananen verkaufen die Menschen unsere sozialistischen Errungenschaften. Der große Reichtum unserer Republik, die volkseigenen Betriebe und Genossenschaften werden den Monopolherren in den Rachen geworfen.«

»Sie glauben also, die DDR wird zu billig verkauft?«

Ja, das glaubte der Genosse Strobele. Der erste Arbeiter- und Bauernstaat auf deutschem Boden ist mehr wert, er ist im Grunde unbezahlbar.

»Der Kapitalismus kauft alles«, meinte die Frau, »auch Ideen und Ideale. Er hat sogar Menschen gekauft. Stellen Sie sich vor, die BRD kaufte ihre Agenten, die Verräter, Klassenfeinde, Spione und konterrevolutionären Elemente aus unseren Gefängnissen. Schon Marx sagte: Der Kapitalismus handelt mit Menschen wie mit Aktien und Goldbarren.«

Dies war der Augenblick, als Butkus die Nerven verlor. Erst kreiste es wirr vor seinen Augen, dann schoß es ihm heiß unter die Kopfhaut. Er legte beide Hände vorsichtig auf die Tischplatte, grub die Nägel in das Eichenholz, wie das der Kommerzienrat Köller in seiner Verzweiflung getan haben mochte. Plötzlich umklammerte er die Vase, ein Metallgefäß mit Trockenblumen, schwer genug, um den Spitz damit zu erschlagen.

Vor sich sah er Stroboles entsetzte Augen.

Die Frau wollte den Raum verlassen, aber Strobele bat sie zu bleiben.

Butkus hatte die Vase nur ergriffen, um sich daran festzuhalten. Wie gelähmt saß er, versuchte, sich mit den Schwänen abzulenken, die ungewöhnlich weiß und majestätisch über das Wasser glitten.

Rum mußte her oder eine Axt oder ein Revolver.

Oder du mußt gehen, bevor etwas Schlimmes geschieht.

Butkus beruhigte sich erst, als er mit Eva unter schattigen Buchen Richtung Störkanal radelte, seine Hand auf ihre Schulter legte, die weich und warm war und braun wie Schokolade.

Schon damals gab es Schwäne, weißer als dieser dreckige Spitz, Eva summte ein Lied, und Petermännchen, der Schweriner Schloßgeist, pustete ihr Kühlung auf die braune Haut. »Wir wollen niemals auseinandergehn…« Im Sommer 1959 konnte man das noch singen.

»Zum Menschenhandel gehören immer zwei, einer, der kauft, und einer, der verkauft«, sagte Butkus, nachdem er endlich zur Besinnung gekommen war.

Nun wußten die beiden, auf welcher Seite er stand. Sie warfen sich verstehende Blicke zu, und Strobele erzählte unaufgefordert von jener deutschen Mutter, der über Radio London die Nachricht zukam, der Sohn sei wohlbehalten in kanadischer Gefangenschaft. Mit Freudentränen hörte sie die Botschaft, dann ging sie zur Gestapo, vier Stunden später wurde Walter Strobele verhaftet…

»So sind die Deutschen. Sie bespitzeln und denunzieren, das liegt ihnen im Blut. Schon zur Kaiserzeit saßen die Spitzel in den Kneipen und lauschten, ob sich da sozialistische Umtriebe anbahnten.«

Butkus spürte, wie es wiederkehrte. Er dachte an die Nacht im März und verlangte Rum.

»Sie hatten doch immer Rum in Ihrem Schreibtisch am Demmlerplatz«, sagte er. »Trinken wir eine Flasche Rum aus, und danach reden wir über alles.«

Die Frau sprang auf und holte tatsächlich Rum aus dem Nebenzimmer.

Sie schenkte drei Gläser randvoll.

Worauf sollte man trinken? Wir kennen uns kaum. Bloß keine Gewalt, nur Frieden, Frieden, Frieden… »Freundschaft«, der Gruß der Freien Deutschen Jugend.

Also, der Rum schmeckte.

Der Spitz begann zu winseln, Ingeborg Strobele nahm ihn auf den Arm. So stand sie vor ihm, in der einen Hand das leere Glas, in der anderen den Hund.

»Ich habe da eine sonderbare Geschichte gehört«, sprach Butkus sie an. »Ich kann sie fast nicht glauben, aber Sie können mir bestimmt helfen, Sie sind gewissermaßen sachverständig. Ein Bekannter in Hamburg erzählte von einer Reise zur Leipziger Messe. Er habe die Gelegenheit wahrgenommen, eine Tante zu besuchen, die als Lehrerin in Leipzig tätig war. Am letzten Morgen brachte er sie in seinem Westauto zur Schule. Daraufhin wurde die Lehrerin entlassen.«

»Das ist üble Verleumdung!« ereiferte sich die nordische Schönheit. »Ich war in führenden Positionen des Schuldienstes, ich gehörte zu der Kommission, die das Programm zum polytechnischen Unterricht ausarbeitete, ich weiß, wovon ich rede. Wegen solcher Kleinigkeiten wurde niemand entlassen. Es müssen schon vorher Unregelmäßigkeiten vorgekommen sein, politische Unzuverlässigkeit, keine feste Bindung an die marxistisch-leninistische Weltanschauung, unerlaubte Westkontakte. Die Fahrt im Westauto zur Schule war nur der Tropfen, der das Faß zum Überlaufen brachte.«

Wieder lief ein Faß über. An der Böschung des Transitparkplatzes lief es aus und im Winter 43, als Radio London bis Schwerin sendete. In diesem Land laufen ständig Fässer über.

Butkus sagte, er müsse nun gehen. Er bedankte sich für das Weihnachtsgebäck und den Angolakaffee. Der Hund rannte zur Tür.

Strobele begleitete ihn ins Freie.

Er zeigte zu einem schattigen Platz in der Gartenecke, den Strobeles Spaten verschont hatte.

»Dort liegen unsere Hunde begraben.«

Der Spitz kläffte an der Gartenpforte.

»Sie haben einen ungewöhnlichen Namen«, sagte Strobele. »Wo kommen Sie eigentlich her?«

»Ich bin in Ostpreußen geboren.«

»Also in der Sowjetunion?«

»Nein, im südlichen Ostpreußen, in Masuren.«

»Was verbindet Sie mit Schwerin?«

»Meine Mutter lebte hier von 1945 bis zu ihrem Tod, sie liegt auf dem Alten Friedhof begraben. Ihr kam Schwerin genauso schön vor wie Masuren.«

»Ich habe Masuren nur flüchtig kennengelernt«, sagte Strobele. »Auf dem Heimweg aus sowjetischer Gefangenschaft kam unser Zug durch jene Landschaft, aber es geschah nachts, ich habe nur wenig gesehen.«

Strobele wollte ihm die Hand reichen, aber Butkus hatte schon die Gartentür zwischen sie gebracht.

Der Hund bellte den Kindern nach. Strobele grüßte die Kindergärtnerinnen, die mit den Kleinen im Sand spielten. Auch an diesem Tag hatte er ein aufmunterndes Wort für die Jugend bereit, denn Strobele liebte Kinder.

Butkus ging den Weg, den er mit Eva gefahren war. Als er die Halbinsel erreichte, kotzte er Angolakaffee, Rum und Weihnachtsplätzchen ins Gebüsch. Dann ging er erschöpft in die Hocke, lehnte sich an den Stamm einer Eiche, spürte das feste Holz in seinem Rücken und das trockene Laub des Vorjahres unter sich.

Es wäre nun an der Zeit, die Militärkommandantur aufzusuchen.

Freundschaft, Genossen! Ihr habt Strobele vergessen. Der lebt in einer Villa in Zippendorf und wartet auf euren Besuch. Drei Uniformierte werden aufbrechen, um Strobele, weil gehbehindert, auf einen Lastwagen zu laden. Aufbruch in eines der großen Lager, Fünfeichen zum Beispiel oder Magnitogorsk. Den Rest erledigt die Zeit.

Du hast es gut, Strobele. Du konntest deinen Peiniger der verdienten Bestrafung zuführen. Aber was soll ich, Hans Butkus, mit dir anfangen?

Plötzlich sah er ihn in der Ferne. Wie er am Strand entlanghumpelte, die Hand über die Augen hielt und auf den See blickte, als suche er die Schwäne. Bedächtig ging er, schaute immer wieder suchend hinaus, als sei ihm etwas verlorengegangen. Zum erstenmal fühlte Hans Butkus so etwas wie Mitleid mit dem alten Mann, der dort einsam den Strand abwanderte. Später wird er sagen, daß sein Mitleid nur Feigheit gewesen sei. Weil du zu feige warst, ihn mit einem Faustschlag niederzustrecken, erfandest du das Mitleid.

Aus dem Haus am See stieg eine blaue Rauchsäule, trieb hinauf zum alten Kurhaus und verteilte sich im Geäst der Bäume. Ingeborg Strobele bereitete das Abendbrot.

———————

Seine Hand, die lange gezittert hatte, lag völlig ruhig. Die Stadt lebte fern; hinter dem Apachenhügel, wo die roten Brüder residierten, war die Sonne untergegangen, in Zippendorf herrschte totale Finsternis.

Der Gedanke an ein warmes Abendessen widerte ihn an. Was trinkt man zu solchen Anlässen? Rum wäre wohl angebracht. Er ließ sich eine Flasche aufs Zimmer bringen. Das Mädchen, sehr hübsch, aber doch nicht so hübsch wie Claudia heute und Eva damals, brachte zu der Flasche mehrere Gläser und machte ein besorgtes Gesicht. Muß das denn sein?

Na, wenn schon betrinken, dann allein in einem Hotelzimmer. Kein Kuba-Rum übrigens, sondern Rum aus Jamaika, wie ihn die Seefahrer trinken, wenn sie zum Kreuz des Südens aufbrechen oder während der Passage durch den Nord-Ostsee-Kanal.

Also, wie heißen die Personen, mit denen Sie zusammengearbeitet haben? War es nicht ein gewisser Lüder vom VEB Fischfang in Rostock?

Er nahm sich vor, die halbe Flasche auszutrinken, ein heißes Bad zu nehmen, danach übermüdet einzuschlafen, um am Morgen frisch und fröhlich aus den Federn zu springen. »Allzeit bereit«, sangen die jungen Pioniere, wenn sie mit Claudia um den See radelten.

Du bist bescheuert, Butkus. Ein Fünfundfünfzigjähriger kramt in der alten Geschichte herum und betrinkt sich an Jamaika-Rum. Ich kenne keinen Lüder.

Aber Sie geben zu, sich danach erkundigt zu haben, wie man über den Nord-Ostsee-Kanal in den Westen kommt.

Nichts gebe ich zu.

Trinken wir auf das Wohl der Deutschen Demokratischen Republik! Rums, da fiel das Glas um. Das macht nichts, das macht überhaupt nichts, Scherben bringen Glück. Was hat der alte Poltergeist in einem Hotelzimmer zu suchen? Du gehörst ins Schloß, Petermännchen!

Noch könntest du ins Auto springen und davonbrausen, noch ist der Rum in der Flasche. Zu Christa ins Bett kriechen. Sie wird dir kalte Umschläge um die Schläfen wickeln... Die erste Reise war angenehm, o Johnny.

Die Rezeption stellte ein Telefongespräch durch.

»Hast du morgen etwas Bestimmtes vor?« hörte er Claudias Stimme. Er murmelte etwas von Strobele ersäufen, aber es klang nicht sehr überzeugend.

»Dann komm doch mit nach Warnemünde«, sagte sie. »Es ist nicht weit, nur eine Stunde mit dem Auto.«

»Deine Mutter hat mich nicht in Waldheim besucht, warum sollte ich sie in Warnemünde besuchen?«

Da war es raus, und das Telefon verstummte.

»Ich denke, sie durfte nicht nach Waldheim«, antwortete Claudia nach einer langen Pause.

»Hat sie dir das gesagt?«

»Sie sagte immer, es sei sinnlos, zu dir zu fahren, du hättest ja Besuchsverbot.«

»Aber schreiben oder mal ein Paket schicken!« schrie er ins Telefon.

Alle Häftlinge bekamen Post, nur ich saß da wie einer, der keinen Menschen hat. Zwei Briefe in fünfzehn Monaten. Im ersten tat es ihr leid, im zweiten teilte sie schon mit, daß sie unter den gegebenen Umständen wohl die Scheidung einreichen müsse. Die weitere Post kam von den Gerichten.

»Soll ich ihr einen Gruß bestellen?« fragte Claudia.

»Herzliche Grüße, das wäre glatt gelogen!«

»Hast du getrunken?«

»Ein bißchen«, gab Butkus zu.

»Tu mir einen Gefallen, Vater, setz dich in diesem Zustand nicht mehr ans Steuer.«

Er versprach, im Hotelzimmer zu bleiben, heiß zu baden und bald zu schlafen. Es tat ihm wohl, daß sie so besorgt war. Aber dieser Rum ist reines Teufelszeug! Man spürt ihn sogar durchs Telefon.

Später, als er im heißen Wasser lag, fiel ihm ein, daß sie Vater gesagt hatte.

Jener Mensch in Waldheim besaß keinen Namen, er ließ sich mit Genosse Oberleutnant anreden und saß hinter einem Schreibtisch. Ihm gegenüber auf einem Hocker, der mit Metallbolzen im Zementfußboden verankert war, damit die Sitzgelegenheit nicht als Wurfgeschoß zweckentfremdet werden konnte, durfte Hans Butkus Platz nehmen.

Der Genosse Oberleutnant wollte Näheres über die Schleuserorganisation erfahren. Um das Gedächtnis zu beleben, spendierte er eine Zigarette – damals rauchte Butkus noch.

Sie hatten Kontakt mit einer Familie Lüder aus Wismar. Das waren die Leute, die unsere Republik als blinde Passagiere über See verlassen wollten.

Ich habe den Namen nie gehört, antwortete Butkus.

Die Hand kam näher, plötzlich leuchtete zwischen Daumen und Zeigefinger ein Flämmchen, ging aus, der Daumen schnippte erneut.

275

Feuer, bitte, sagte der Genosse Oberleutnant und hielt ihm die Flamme unter die Nase.

An jenem Abend rauchte er die letzte Zigarette seines Lebens. Während die weißen Ringe Richtung Fenster davonschwebten, hörte er, daß jenem Lüder vom VEB Fischfang ein neuer Weg zum illegalen Verlassen der Republik eingefallen war. Per Fischdampfer durch den Nord-Ostsee-Kanal. Einzige Bedingung: Du mußt schwimmen können, weiter nichts als schwimmen. Bevor dieser Lüder mit Ehefrau und vierzehnjährigem Sohn – auch die konnten schwimmen – die Republik verließ, führte er ein längeres Gespräch mit Hans Butkus. Das jedenfalls behauptete der Mann mit dem Feuerzeug.

Wo sollte das stattgefunden haben?

Das wollen wir von Ihnen wissen! schrie das Feuerzeug.

Es gab nun keinen Zweifel mehr, der illegale Menschenhandel hatte sich der DDR-Handelsschiffahrt bemächtigt, eine Schleuserbrücke Nord-Ostsee-Kanal war entstanden. Die eine Schleuse in Holtenau, eine zweite in Brunsbüttel, und dazwischen Brücken von solcher Höhe, daß kein Schiff die Masten umlegen oder die Fahrt verlangsamen mußte.

Wieder kam die Hand über den Tisch, diesmal ohne Feuerzeug. Ein kurzer Schlag, die brennende Zigarette flog durch den Raum, landete auf dem Zementfußboden und rollte in die Ecke.

Wie ich sehe, wollen Sie uns nicht helfen, stellte die Stimme sachlich fest. Dann befahl sie, die Zigarette auszutreten. Wir wollen schließlich nicht die Bude abbrennen!

Butkus erhob sich und trat die Zigarette aus. Das genügte nicht, er mußte sich bücken, die Reste einsammeln und in den Papierkorb werfen.

Hinter ihm fiel ein Schemel um.

»Raucht deine Mutter immer noch, Claudia?«

»Ja, sie kann es nicht lassen.«

Die hatte keinen, der ihr die Zigarette aus der Fresse schlug.

Daß die Anstalt in Waldheim von einer glimmenden Zigarette in Brand zu setzen wäre, hielten Sachverständige übrigens für völlig ausgeschlossen. Steine und Felsen brennen nicht. Es waren tüchtige Baumeister, die August dem Starken diese Zucht-, Armen- und Waisenanstalt errichteten. Ein Vierteljahrtausend hat das Bollwerk die sonderbarsten Kreaturen beherbergt, darunter auch Nummer 615/68. Vor die Anstaltskirche ließ der gütige Herrscher eine Linde pflanzen, die die Zeit überdauerte. Sie bot Amseln und Sperlingen Schutz, verbreitete Ende Juni süßliche Düfte. Tausende erlebten so, wenn sie aus dem Zellenhaus in den Hof blickten, die Illusion eines warmen Sommers mit blühenden Linden und summenden Bienen. Man konnte sich duftenden Honig vorstellen.

Dagegen kann nur Rum helfen. Auf das Wohl des Genossen, der ihm das Rauchen abgewöhnt hatte.

Noch einmal spielten Zigaretten in seinem Leben eine Rolle. Bei seiner Entlassung. Nun war es ein Oberst – wie du siehst, kommst du in höhere Chargen, Hans Butkus, du wirst wichtig –, ein freundlicher Herr, der versöhnlich mit der Zigarettenschachtel winkte.

Nein, nach Schwerin ging es nicht.

Ihre Frau ist in Warnemünde verheiratet mit einem Offizier der Weißen Flotte, sagte der Oberst. Noch nicht mal die Hälfte der Strafe verbüßt, und schon schenken wir Ihnen die Freiheit. Ist das nicht großzügig? Sie dürfen sogar in den Westen.

Die fünfzigtausend Westmark, die diese Großzügigkeit der DDR einbrachte, erwähnte er mit keinem Wort, wohl aber die Gegenleistung, die er für soviel Großzügigkeit erwartete.

Sie haben doch einen Bruder in Köln, der bei einer Behörde arbeitet und viel herumreist. Da Sie keine weiteren Angehörigen im Westen besitzen, werden Sie wohl gleich zu ihm fahren.

Der freundliche Herr machte eine Pause und lächelte.

Wir möchten, daß Sie herausfinden, welche Aufgaben Ihr Bruder bei den vielen Reisen zu erledigen hat. Weiter nichts.

Die Hand schob einen Zettel über den Tisch, auf dem eine Lichterfelder Adresse stand. An sie sollte er schreiben, weiter nichts. Eine Kleinigkeit nur, weiter nichts.

Er ließ heißes Wasser nachlaufen und trank Rum, nun schon nicht mehr aus dem Glas, sondern aus der Flasche.

Er starrte auf den Zettel, sah Buchstaben und Zahlen, dachte an die sechzehn Monate, die ihm noch fehlten, an die Nachtverhöre mit Schlafverbot am Tage. Plötzlich kam wieder die Hand des Offiziers, eine vertrauenerweckende Hand, die darum bat, einzuschlagen, es zu versprechen.

Sie schob die Zigarettenschachtel über den Tisch, schob sie bis an den Zettel mit der Lichterfelder Adresse.

Ich wußte doch, daß Sie vernünftig sind. Bitte bedienen Sie sich.

Nein, danke, flüsterte Butkus. Ich rauche nicht mehr.

Lieber Bruder, sie kennen dich, sie haben dich in den Papieren. Warum reist du soviel durch die Gegend? Kennst du etwa auch die hohen Brücken über den Nord-Ostsee-Kanal? Sie vermuten, daß du für den Klassenfeind arbeitest, also gegen sie. Auch Strobele kennt dich. Lange bevor ich dir von ihm erzählen konnte, wußte er, daß es dich gibt. 1951, nach dem verbotenen Westausflug, sagte Strobele:

Du hast doch einen Bruder in Köln. Deine Mutter schreibt ihm regelmäßig Briefe, nicht wahr? Und sie bekommt auch Briefe, nicht wahr?

Nur zum Geburtstag und zu den Feiertagen.

Was schreibt dein Bruder denn so?

Daß er gesund ist und viel arbeiten muß.

Und was schreibt die Mutter?

Ich weiß nicht, was sie schreibt.

Selbst unwichtige Dinge nutzt der Klassenfeind, um uns zu schaden, erklärte Strobele. Zum Beispiel: Die Butter ist teurer geworden... Es gibt keine Stiefel zu kaufen... Das genügt schon zur Hetze gegen unseren Arbeiter- und Bauernstaat.

Siebzehn Jahre war er damals alt und durchaus guten Willens aufzuschreiben, was Köln und Schwerin sich mitzuteilen hatten, wenn er es nur gewußt hätte. Denn er glaubte, einer guten Sache zu dienen. Wenn Mutter wirklich dem Feinde arglos mitteilte, sie habe erst Ende Dezember einen Sack Brikett Winterfeuerung bekommen... Müßte man sie nicht vor solchen Sätzen schützen?

Ich glaube gar nicht, daß dein Bruder ein Agent ist, beruhigte Strobele ihn. Der ist genauso arglos wie deine Mutter. Aber die westdeutschen Faschisten öffnen die Briefe, die hin- und hergehen, und sammeln daraus Informationen zur Hetze gegen unseren Staat. Die Schweriner erlebten ein frostiges Weihnachtsfest, erst Ende Dezember kam die Brikettzuteilung. Das werden sie in ihren Zeitungen schreiben, um gegen uns zu hetzen.

Damals hätte er es tun können, um der guten Sache willen. Aber was Mutter nach Köln schrieb, war so belanglos, daß selbst der schlimmste Feind nichts damit anzufangen wußte.

»Liebe Ostergrüße. Hänschen und ich hatten ziemlichen Schnupfen, aber jetzt sind wir über den Berg.«

Schnupfen ist doch sehr bezeichnend. Der kommt von kalten Füßen, und kalte Füße kommen von der verspäteten Brikettzuteilung. Und schon weiß der Feind Bescheid.

Er kroch aus der Badewanne und stellte den Fernseher ein. Zwei Tage vor der Volkskammerwahl brachte der Sender einen Bericht über die Wende.

»Gorbi, hilf uns!« schrien die Plakate, die an den Kameras vorbeigetragen wurden.

Du wolltest heiß baden, und jetzt stehst du nackt, in der Rechten Jamaika-Rum, in der Linken ein Handtuch, auf dem Teppich und hörst, wie sie in Leipzig »Wir sind das Volk!« rufen. Mit diesem Volk hattest du auch zu tun, Hans Butkus. »Im Namen des Volkes!« stand über dem Urteil in der Strafsache Butkus.

Dagegen hilft nur Rum.

»Ich liebe euch doch alle!« schreit eine kleine Person in einen großen Saal.

Gelächter im Publikum. Das kann doch einen Seemann nicht erschüttern... Weißt du eigentlich, daß Günther Prien, der Held deiner Kindertage, in ein sächsisches Zuchthaus geriet? So trifft man sich wieder, nicht auf den Meeren, sondern hinter Gittern.

Wie war das nun mit den Schleusen des Nord-Ostsee-Kanals? Es gab eine Zeit, da war der Nord-Ostsee-Kanal der schwache Punkt im Abwehrsystem der DDR. Butkus fiel mitten hinein in das schwarze Loch. Ein albernes Gespräch im Rostocker Hafen, die Frage, ob DDR-Handelsschiffe um Skagen fahren oder den kürzeren Weg durch den Kanal suchen... Du hattest Ermessensspielraum, Strobele. Du hättest das Gespräch als harmloses Interesse an der Seefahrt verstehen können, aber nein, du wähltest die gefährlichere Möglichkeit: Vorbereitung zur Republikflucht... Denn wir fahren gegen Engeland... So, so, der Prien hat auch im Zuchthaus gesessen... So viele Helden enden im Zuchthaus... Nur Strobele nicht, der gräbt den Garten um.

»Stasi in die Produktion!«... »Stasi an die Stanze!«... »Tabula rasi mit der Stasi!« So schöne Sprüche trugen sie durchs Fernsehen.

Die Schiffsbewegungen im Nord-Ostsee-Kanal interessierten ihn sehr. Während die Kollegen die Morgenzeitungen lasen, studierte Butkus den »Täglichen Hafenbericht«. Stieß er auf das Zeichen DD und die Heimathäfen Wismar, Stralsund und Rostock, zog er einen dicken Strich und dachte an die Familie Lüder, die bei Hochdonn in den Kanal gesprungen war, gerade als ein D-Zug nach Westerland lärmend über die Hochbrücke rasselte. Ein Schiff namens »Freiheit«, Heimathafen Rostock, verließ am 9. November 1989 den Kanal in die Elbe, beladen mit weiter nichts als Schrott. Avisiert wurde das Motorschiff »Fritz Reuter« auf einer Leerfahrt nach Kuba. Und bitte den Rum nicht vergessen und Süßigkeiten für meine kleine Tochter.

Er drehte an den Knöpfen des Radios. Und was kam aus dem Äther ins Schweriner Hotelzimmer? Radio London. Na, so ein Zufall. Es stand mal einer auf der Plattform eines LKWs und dirigierte den Blitzkrieg der FDJ gegen die NATO-Antennen. Auch Radio London mußte damals dran glauben. So etwas war nur mit Rum zu ertragen.

Im Hintergrund Beethoven. Stalins Werk bleibt unsterblich. Die Tränen, die die Junglehrerinnen im März 1953 weinten, sind nicht umsonst geflossen.

»Die Justiz ist ein Instrument des Kampfes gegen den Klassenfeind.« Wer sagte das? Nein, nicht Strobele, das war der Vorsitzende des Strafsenats.

Was machen Sie nur für dumme Sachen, jammerte der Pflichtverteidiger und legte ihm väterlich den Arm auf die Schulter. »Recht ist, was dem Volke nützt... Das Recht und der Wille des Führers sind eins!« Ach, Grabow, du hättest im neuen Deutschland deinen Weg gehen können, dein Lebenstraum, Amtsrichter in Parchim zu werden, hätte sich leicht erfüllen lassen, auch ohne zweites Staatsexamen. Volksrichter, Volksstaatsanwalt, alles wäre möglich gewesen, wenn du nur die rechte Gesinnung gezeigt hättest.

Und wo fand er diesen Satz: »Das sozialistische Recht ist Ausdruck des Willens der Werktätigen!«

Noch ein Schluck, und es fällt dir ein.

Genau, er klebte in der dritten Etage des Zellenhauses Waldheim an der Wand. Und irgendwo stand: »Arbeit macht frei!«

Es wird Zeit, unter die Dusche zu gehen. Eiskalt, bitte, um einen klaren Kopf zu bekommen.

»Jede Rechtsprechung hat sich an das Prinzip der sozialistischen Parteilichkeit zu halten.« Da wollen wir uns bitte nicht einmischen.

Kaum berührte ihn das kalte Wasser, floh der Rum aus seinem Körper. Die Welt wurde sonnenklar. Natürlich, Grabow und Strobele waren Brüder. Jeder erfüllte nur Pflichten für seine Bewegung... Bewegungen sind immer auch Einschränkungen der Vernunft... Engagierte sind kurzsichtig, so kurzsichtig wie Strobele, den sie der schlechten Augen wegen fast nicht im Krieg gebraucht hätten.

Als er auf warm stellte, verschwammen die Gedanken. Er setzte sich wie ein Schneider mit gekreuzten Beinen unter die Dusche, schloß die Augen und ließ die Wärme über seinen Körper laufen.

Setzen Sie sich ordentlich hin, Mann! schrie eine Stimme von der Tür. Nicht anlehnen, nicht stützen, auf dem Hocker sitzen und warten. Liegeerlaubnis gibt es erst ab 19 Uhr 30. Während des Schlafens dürfen Gesicht und Hände nicht bedeckt werden.

An der Tür der gewohnte Zählappell. Der Zellenälteste meldet die Anwesenden. Nummer 615/68 ist unter der Dusche eingeschlafen. In Workuta trugen sie die Toten zum Zählappell an die Rechenmaschine. Ob Rolf auch Waldheim kennengelernt hat? Im Arbeitshaus beim Zusammenbau von Elektromotoren wurde ihm klar, daß Rolf niemals freiwillig im Uranbergbau verschwunden war. Den hatte der Teufel dahin geschafft, wo die Konterrevolution hingehörte, vielleicht zurück nach Workuta.

Wir wollen auch jenen Ingenieur aus Halle nicht vergessen, der im Jahr 1958 mit Frau und zwei kleinen Kindern nach West-Berlin floh. Während er auf die Weiterreise nach Westdeutschland wartete, spielten die Kinder in der Sandkiste. Plötzlich waren sie verschwunden. Nach einer halben Stunde meldete sich das Telefon und sagte, wenn er die Kinder wiedersehen wolle, müsse er zurückkehren nach Halle. Als Ingenieur werde er dringend gebraucht. Er hat seine Kinder erst zwanzig Jahre später wiedergesehen, denn als er zurückkehrte, brauchten sie ihn so dringend, daß sie ihn nach Waldheim schickten, wo er noch saß, als Hans Butkus dort zu Gast war.

Auch das war nur mit Rum zu ertragen.

Während er unter dem Wasserstrahl saß, läutete das Telefon. Für Ablenkungen dieser Art hatte er keine Zeit, aber der Lärm wollte nicht enden. Also ging er, Wasserspuren auf dem Teppich hinterlassend, an den Apparat.

Ein Gespräch aus Warnemünde.

»Nein, nur das nicht!« schrie Butkus. »Ich dusche gerade, ich bin nicht zu sprechen.«

Gegen das Telefon half nur Rum.

Am Ostersonntag antreten zur Besichtigung des Thälmannfilms. Ernst Thälmann beim Marsch der Arbeiter durch Hamburg, Thälmann als Redner auf einer Großkundgebung in Berlin, Thälmann im KZ, wie er den Genossen Mut machte und sie zum Durchhalten anspornte.

Wenn das Telefon wieder läutet, ich bin nicht da.

Um sieben Uhr in der Frühe Hofgang. Die Kinderschar bildete einen Kreis und tanzte um die Linde. »Und wieder blühet die Linde«, sang ein berühmter Knabenchor vor dem Portal der Anstaltskirche. Sieh mal nach oben, sagte einer und zeigte auf die Wetterfahne. Da stand die Jahreszahl 1779. Das war, soviel ich weiß, vor der französischen Revolution. So lange blühte schon die Linde, zog der Duft von Honig und Sommer hinauf zu den Zellen.

Nachts flammte das Licht auf, ein prüfender Blick durchs Guckloch. Sie wissen doch, es ist verboten, während des Schlafens Gesicht und Hände zu bedecken. Warum wohl? Wollen sie das Lächeln sehen, das über die Gesichter der Träumenden huscht?

Er saß nackt unter der Dusche, hatte nichts, womit er Gesicht und Hände bedecken konnte.

Wieder schrillte das Telefon. Das ist die Kleine, Hübsche, Dunkle aus dem HO-Laden. Ich habe ihr alles bezahlt, ich bin nichts schuldig geblieben... Gehen wir zum Baden oder gleich in die warme Stube? Soweit er erinnerte, hatte sie durchaus ihre weißen Flecken auf der braunen Haut. Sogar in jenem heißen Sommer, als alles bräunte, blieben weiße Flecken zurück, die nur Hans Butkus sehen durfte.

Nein, für Warnemünde war er nicht zu sprechen.

Unglücklicherweise erhob zu der Zeit, als er im Arbeitshaus Waldheim an Elektromotoren bastelte, die Konterrevolution im östlichen Bruderland ihr Haupt. Da wurden die Organe besonders wachsam. Also sprechen wir mal über die konterrevolutionären Kontakte zu Prag... Prag, war das nicht die schöne Stadt, in der zwanzig Jahre später die Mütter ihre Kinder über Botschaftszäune warfen und hinterherkletterten? Du bist noch nie in Prag gewesen, Butkus.

Die Sache mit der Konterrevolution betraf auch nicht ihn, sondern seinen Zellennachbarn, einen jungen Menschen namens Krümel. Der war wegen antisozialistischer Aktivitäten im kulturellen Bereich vom Studium ausgeschlossen worden, arbeitete im VEB Komet Küchenmaschinen und besaß Verwandtschaft nahe dem Böhmerwald. Anläßlich einer Familienfeier gab er nach mehreren Gläsern Branntwein von sich, es müsse nun ein neuer Anfang gemacht werden mit einem geläuterten, humanen Sozialismus. Das fiel ihm ein, während jenseits des Böhmerwaldes schon die Konterrevolution tobte. Als die Bruderstaaten den neuen Anfang wagten und der bedrängten Tschechoslowakei zu Hilfe eilten, stand er gerade im Wege und wurde in Schutzhaft genommen, nein, das war das falsche Wort, er wurde einfach überstellt.

Also packen Sie mal aus. Mit welchen Elementen in Prag hatten Sie Verbindung, Herr Krümel?

Nur mit Feuer und Wasser.

Nun machen Sie sich mal nicht lustig.

Und mit meiner Oma im Böhmerwald.

Da gerade die Konterrevolution tobte, mußten sie an Krümel ein Exempel statuieren. Das hieß fünf Jahre. Danach wäre die

Konterrevolution ohnehin vorüber. In fünf Jahren hat der Sozialismus weltweit gesiegt.

»Die Arbeiter- und Bauernmacht ist die größte Errungenschaft in der Geschichte Deutschlands.« Dieser Satz fand sich nicht bei Krümel, sondern in dem Urteil der Strafsache Butkus.

Kein Anschluß unter dieser Nummer.

Er meldete sich bei der Rezeption und sagte, man möge ihn mit Warnemünde verschonen.

Schwerin ist judenfrei, meldete Grabow seiner Gauleitung. Zwanzig Jahre später war Schwerin westantennenfrei.

Nachdem er die Zigarettenreste aufgesammelt hatte, meinte der Genosse Oberleutnant, Hans Butkus sei ein Kapitalistenschwein im Dienste der Bonner Ultras.

Nun ging ihm wirklich alles durcheinander, die Worte ließen sich nicht mehr in Reih und Glied halten. Es marschierten die vaterlandslosen Gesellen mit den Junkern und Ausbeutern, die Novemberverbrecher, die Kriegsgewinnler, Judenschweine, Nazischweine, Kapitalistenschweine, Kommunistenschweine, Stasischweine kreuz und quer durchs deutsche Wörterbuch. Soll das kein Ende nehmen?

Es trinken die Matrosen von allen Spirituosen am liebsten Rum aus Jamaika.

Von nichts kommt nichts, sagte Strobele und grub den Garten um. Was hatte der kleine Krümel noch angerichtet?

»Wi hadden beid' grugliche Verbreken begahn; hei hadd en por Minschen ümbröcht, un ik hadd up ene dütsche Uneversetät an den hellen lichten Dag de dütschen Farwen dragen.«

Das kam von Fritz Reuter, und den gab es in der Waldheimer Anstaltsbibliothek, wenigstens den. Jemand hatte den Satz dick unterstrichen.

Krümel, Krümel, was machst du bloß für Sachen!

Als die Bruderstaaten Hilfe gaben, traf er sich mit Freunden in seiner Wohnung. Im Westfernsehen sahen sie, wie die Hilfe vonstatten ging. Westfernsehen allein wäre nicht schlimm gewesen, aber wenn du dazu Gäste einlädst, wird daraus schon eine Cliquenbildung, verbunden mit Propaganda für die BRD und Verherrlichung des Imperialismus. Wer das Gesehene und Gehörte verbreitet, begeht Boykotthetze. Armer Krümel, du hättest Radio London hören sollen. London sendet immer, auch wenn die Feindflieger das Reichsgebiet anfliegen.

Es wäre noch ein Wort zu verlieren über das Renegatenzentrum Köln, von dem aus die Verräter den sozialistischen Aufbau zu stören versuchten. Da saßen jene, die vor ihrem gemeinsten Verrat an der DDR wichtige Funktionen im Arbeiter- und Bauernstaat ausgeübt hatten, nun aber einer friedensgefährdenden Tätigkeit im Zusammenspiel mit den geschlagenen Generalen und den Monopolherren nachgingen. Wie der Zufall es will, lebte ein gewisser Gerhard Butkus, Bruder des Beschuldigten, ebenfalls in Köln und arbeitete dort in staatlichen Diensten. Da liegt es doch nahe, daß man sich ein bißchen zuarbeitet, Nachrichten sammelt und weiterleitet. Das Ende kennen wir: ein schöner Spätsommertag, die Böschung am Transitparkplatz, der Briefumschlag.

Meine Mutter war gerade gestorben, ich wollte meinem Bruder ein Foto ihres Grabes...

Sie haben hier keine Erklärungen abzugeben, Beschuldigter!

Wer hatte ihn auf dem Transitparkplatz fotografiert? Abgedrückt im Augenblick der Briefübergabe?

Auch Strobele veranlaßte in der bewußten Märzennacht, daß Butkus von vorn, hinten und seitwärts fotografiert wurde. Außerdem wurden ihm zehn Fingerabdrücke abverlangt.

»Die Erziehung des Beschuldigten erfolgte im reaktionär-bürgerlichen Sinne.«

Mutter, Mutter, was hast du angerichtet? Einspruch, Euer Ehren! Mein Vater war Sozialdemokrat und Gewerkschaftler, bis er in Ausübung seines Dienstes bei der Deutschen Reichsbahn zu Tode kam.

Eben darum. Der Vater ist zu früh gestorben, um noch heilsamen Einfluß auf die Erziehung seines Sohnes nehmen zu können.

Sie hätten sagen müssen, Ihr Vater sei Mitglied der KPD gewesen, das hätte vielleicht geholfen, erklärte der Verteidiger, als alles zu spät war.

Im Schweriner Bahnhof lief der letzte Zug ein. Die Lokomotive blieb stumm am Bahnsteig stehen, qualmte und dampfte nicht mehr. Reisende eilten über den Bahnhofsplatz und verliefen sich in der stillen, dunklen Stadt. Der Lokomotivführer Karl Butkus trat den Heimweg an, um sich der Erziehung seines mißratenen Sohnes anzunehmen.

»Friede und Gesundheit«. Wo waren ihm diese Worte begegnet? Richtig, im Warteraum des Häftlingsarztes in Waldheim. Und wo gab es »Kraft durch Freude«? Am Angerburger Bahnhof. Und wo wurde an der »Hebung der Volksgesundheit« gearbeitet? Jedenfalls nicht auf den Rum-Schiffen, die das Teufelszeug von Kuba und Jamaika durch den Nord-Ostsee-Kanal nach Rostock brachten.

Bist du endlich betrunken, Hans Butkus?

Er war nun ziemlich sicher, im Keller von Waldheim Grabows Geist begegnet zu sein, nicht Petermännchen, sondern einem bösen Geist. Der rumorte in jenem Raum, den sie in der Nacht vom 3. zum 4. Dezember 1950 mit Stroh und Holz schalldicht abschlossen. Sechsundzwanzig Personen, zumeist Naziaktivisten der übelsten Sorte, wurden einzeln in den Keller geführt. Sie mußten sich auf einen Stuhl stellen, bekamen einen Strick um den Hals. Sobald die Schlinge fest saß, trat der Oberwachtmeister mit dem Stiefel zu. Rums, da fiel der Schemel um… Der nächste bitte.

Die Waldheimer Prozesse erlangten insofern eine gewisse Berühmtheit, behauptete der kleine Krümel, bevor ihn die Konterrevolution verschlang, als sie auf einer Stufe standen mit den Nürnberger Prozessen und den Moskauer Prozessen… Der nächste bitte.

»In Waldheim rechnete die DDR mit der Nazivergangenheit ab; es hätte dem westdeutschen Staat gut angestanden, etwas Ähnliches in Hannover oder Stuttgart zu veranstalten.«

Woher kam das? Ach, das hatte Strobele beim Kaffeetrinken am Nachmittag gesagt.

Es stimmt übrigens nicht, daß Grabow mit Vaters Eisenbahn nach Brest-Litowsk geschafft wurde, um dort auf die breite Spur nach Sibirien gesetzt zu werden. Ferdinand Grabow kam, als im Februar 1950 die sowjetischen Internierungslager aufgelöst wurden, nachdem er in Fünfeichen schon kräftig abgenommen hatte, ins kleine Städtchen Waldheim, nördlich von Chemnitz. Das wußte Krümel aus sicherer Quelle. Die Sowjetmacht gab die verbliebenen Häftlinge, allesamt Kriegs- und Naziverbrecher, in die Obhut der DDR. 3385 Verfahren wurden in kürzester Zeit abgewickelt, davon endeten 3308 mit einem Schuldspruch. Der nächste bitte.

»Du mußt alles vergessen, was du einst besessen, Amigo«, sang der kleine Krümel und nannte das den LPG-Schlager, die Hymne der Zwangskollektivierung.

Der Genosse Oberleutnant blätterte, als er das Protokoll erstellte, mehrere Male im Duden. Mit wieviel R schreibt man Errungenschaft?

Nun ist der Rum alle.

Draußen bellten die Schäferhunde. Sie rannten in dem zwei Meter breiten Streifen zwischen Drahtzaun und Mauer, die August der Starke errichten ließ.

»Wir haben die Lehre aus der Geschichte gezogen.« So klang die Stimme des Staatsanwaltes in der Strafsache gegen Butkus.

Die Nacht war zur Hälfte verbraucht – und kein Rum mehr. Er starrte den Telefonapparat an. Gäbe er noch einmal Laut, würde er abheben. Er fühlte sich stark, er konnte alles sagen.

———

Ich habe dir noch zu erzählen, wie sich die Masurische Seenplatte für westliche Besucher öffnete. Die aus der DDR durften schon früher ins östliche Bruderland, aber deine masurische Oma äußerte nie den Wunsch, Angerburg-Vorstadt zu besuchen, obwohl sie dort ein Grab zu pflegen hatte und ein halbes Jahrhundert angefüllt mit Erinnerungen. Als sich die Masurische Seenplatte öffnete und auf dem Baltischen Meer Seefahrt wieder möglich wurde, war es plötzlich leichter, von Hamburg nach Masuren als zu der so nahen Mecklenburgischen Seenplatte zu reisen. Um jene Zeit öffnete August der Starke die Tore seiner Anstalt. Ein Zug brachte Hans Butkus in die Hauptstadt, ein kurzer Spaziergang, danach empfing ihn jenes West-Berlin, das er vor zwei Jahrzehnten verbotenerweise flüchtig gesehen hatte. Zwei Tage später der erste Flug seines Lebens. Er endete, wie der Genosse Oberst richtig vorausgesehen hatte, in Köln. Dort erwartete Gerhard den kleinen Bruder, der aus der Kälte kam.

So, das wäre geschafft, du bist frei, und wir gehen erst einmal kölsch essen.

Noch bevor die Suppe kam, gestand er dem Bruder, was er dem Genossen Oberst in die Hand versprochen hatte.

Gerhard lachte. Vergiß den feuchten Händedruck.

Hattest du wirklich mit Spionage zu tun? fragte Hans Butkus.

Die Genossen sind hysterisch, überall wittern sie Verrat, Spionage und Geheimdienste. Du bist zu nichts verpflichtet, keinem bist du etwas schuldig, du bist ganz frei.

Danach kam die Suppe.

Von einem Renegatenzentrum Köln hatte Gerhard noch nie etwas gehört. Wir haben den Dom, den Verfassungsschutz und die Fordwerke, sagte er und lachte.

Zwischen Hauptgang und Dessert beschlossen die Brüder, nach Angerburg-Vorstadt zu reisen.

Aber nicht durch die DDR, murmelte Hans Butkus. Niemals mehr durch die DDR.

Zwei Wochen verbrachte er bei seinem Bruder in Köln, schrieb einen Brief an Eva, einen zweiten an Claudia. Du warst schon in einem Alter, in dem du Briefe deines Vaters lesen konntest. Ist der Brief nicht angekommen? Hat deine Mutter ihn dir unterschlagen?

Jedenfalls gaben die östlichen Adressen keine Antwort.

Er suchte Arbeit. Er wälzte die Stellenanzeigen der großen Zeitungen, und plötzlich war er am Wasser. Wie der Zufall so spielt. Ein Vorstellungsgespräch hundertfünfzig Kilometer von Schwerin entfernt in einem schmucken Gebäude mit Aussicht auf den Elbstrom und die einkommenden Frachtschiffe, verbunden mit fernen Ozeanen, mit Ostafrika und Südamerika, natürlich auch mit den baltischen Häfen und sehr nahe dem meistbefahrenen Kanal der Erde mit seinen Schleusen und Brücken.

Nach dem Gespräch hatte er Zeit, die Grenze zu besuchen. »Halt! Lebensgefahr!« stand auf einem Schild zwischen Hamburg und Schwerin. Die Wegweiser nach Gadebusch und Ludwigslust verliefen im Sand.

Heute wußte er nicht mehr, ob er bei diesem Grenzbesuch Tränen vergossen hatte. Jedenfalls kam einer vom Grenzschutz und sagte: Haben Sie Angehörige drüben?

Jawohl, Hans Butkus hatte eine schulpflichtige Tochter, eine Frau mit schwarzen Haaren, brauner Haut und weißen Brüsten. Die lebten drüben unbehelligt in den Tag hinein, während er auf der anderen Seite von »Halt! Lebensgefahr!« im trockenen Gras saß. Es kann schon sein, daß er damals weinen mußte, zum letztenmal übrigens.

Die beiden Frauen wollten nicht mit nach Angerburg, denn es war ja keine richtige Urlaubsreise, sondern ein Stück Nostalgie zweier Männer mittleren Alters, die dahin wollten, wo sie einmal Räuber und Gendarm gespielt und schwimmen gelernt hatten. Außerdem war Birgit noch zu klein. Mit Kleinkindern über die stürmische Ostsee, das geht nicht. In Polen mußt du Schlange stehen, um Milch für das Kind zu kaufen, sagte Christa. Gerhards Frau, eine Lustige aus dem Siegerland, hatte mit der Ostromantik, wie sie es nannte, überhaupt nichts am Hut. Wenn schon reisen, dann lieber Teneriffa.

Gerhard kam mit seinem Auto – wieder Kölner Kennzeichen, wieder hellblau – nach Hamburg, um ihn abzuholen. Als die Sonne aufging, sahen sie die Türme Lübecks, um acht Uhr öffnete das Fährschiff am Skandinavienkai sein großes Maul, gegen neun Uhr verließ die »Gösta Berling« den Travemünder Hafen Richtung Angerburg-Vorstadt. Es war der 26. Juli 1974, das Wasser stank wie in Rostock, die Möwen waren von Osten herübergekommen und saßen auf den Dalben, nur der Wind wehte von Westen.

Drüben ist deine DDR, sagte Gerhard und zeigte in die Sonne. Friedlich sah sie aus, wie verschlafen. Ein großer Naturschutzpark, könnte man denken, grüne Laubinseln, die endlosen Baumreihen der Alleen, mittendrin die goldgelben mecklenburgischen Getreidefelder. Nur die Wachttürme waren so schwarz wie immer.

Er war vierzig Jahre alt und befand sich zum erstenmal auf einem richtigen Schiff, wenn wir die Träumereien von der Reise durch den Nord-Ostsee-Kanal und Günther Priens »Mein Weg nach Scapa Flow« nicht mitrechnen.

Wolltest du nicht Kapitän werden? fragte Gerhard und lachte.

Das Schiff fuhr unter zypriotischer Flagge mit philippinischen Matrosen. Aber die Reisenden waren Deutsche, Bornholmurlauber und Ostlandfahrer, für die sich die Masurische Seenplatte geöffnet hatte. Wismar, Warnemünde, Rostock und Schwerin ließen sie rechts liegen, auch Eva und das Kind. Hans Butkus glaubte, im gleißenden Licht des Südens die Mündung der Warnow zu erkennen.

Da lebt meine Ex-DDR-Frau, sagte er. Sie hat mir verdammt

viel bedeutet. Drei Monate nach meiner Verhaftung lernte sie einen Mann aus Warnemünde kennen, einen Kapitän der Weißen Flotte. Im Scheidungsurteil, das mir in Waldheim zugestellt wurde, fand ich ihre neue Adresse: Warnemünde.

Wo sind deine persönlichen Sachen geblieben? fragte Gerhard. Ich meine Anzüge, Schuhe, Unterwäsche, Dinge, die man nicht mitnehmen kann ins Gefängnis.

Hans Butkus klammerte sich an die Reling und starrte zu jenem Flecken Küste, wo er die Mündung der Warnow vermutete.

Weiß nicht, sagte er und zuckte mit den Schultern. Sie wird das Zeug wohl dem Rat der Stadt zur Aufbewahrung gegeben haben. Da liegt es heute noch, oder die Motten haben es gefressen, oder es ist Volkseigentum geworden. Auch Mutters persönliche Erinnerungen werden da gelandet sein, denn Eva gingen die alten Klamotten aus Angerburg nichts an. Die nahmen nur Platz weg und verstaubten.

Als Waldheim sich für ihn öffnete, machte er dem Genossen Oberst den Vorschlag, erst einmal nach Schwerin zu reisen. Ich muß meinen Haushalt auflösen und die persönlichen Gegenstände mitnehmen, sagte er, hoffte aber im stillen, Claudia zu treffen oder Eva oder beide oder Lieschen Lehmkuhl oder irgendeinen Menschen, der ihn anging.

Seien Sie froh, daß wir Sie rauslassen, und fragen Sie nicht soviel nach Schwerin, sagte der Oberst. Es gibt in Schwerin keinen Menschen, der etwas mit Ihnen zu tun haben will. Und persönliche Gegenstände gibt es auch nicht mehr.

Auf der Schiffsreise nach Osten, die an den unsichtbaren Städten und an der Steilküste von Rügen vorbeiführte, dachte er häufig an Eva. Das lag wohl an der Nähe. Eva erschien ihm bräunend auf dem Sonnendeck, auch abends auf der Tanzfläche. Als das Schiff heftig schwankte, schmiegte sie sich an ihn. Halt mich fest, sagte Eva, sonst gehe ich zu den Fischen. Wollen wir noch baden oder gleich in die warme Stube? fragte sie. Er teilte die Kabine mit seinem Bruder, für Eva war da kein Platz. Kein raschelndes Schilf, keine summenden Gräser, kein Haferfeld weit und breit. Als die Sonne im Westen ins Meer fiel, sah er sie neben der zypriotischen Flagge stehen, rauchend natürlich, Asche in die Ostsee stippend. Nördlich Saßnitz trafen sie eine DDR-Fähre. Er meinte, Evas Mann als Kapitän auf der Brücke zu sehen. Dieser Warneke gehörte zu den Reisekadern, und seine Frau begleitete ihn, wann immer sie konnte. Damals wußte er nicht, daß Eva noch ein Kind bekommen hatte, auch ein Mädchen, aber nicht so hübsch wie Claudia. Während der Vater über die Ostsee dampfte, hütete Eva in Warnemünde das Kind.

Cuba libre schenkte der Barmixer ein. Nach dem dritten Glas verwechselte Hans Butkus die Namen, sagte Eva statt Christa und mußte von seinem Bruder zur Ordnung gerufen werden: Du bist doch schon fünf Jahre geschieden!

In Bornholm verließen jene das Schiff, denen es auf Baden und Bräunen ankam, wie Eva.

Wir hätten unsere Frauen in Bornholm absetzen und auf der Rückfahrt abholen können, sagte Gerhard, als der Strom der Urlauber von Bord ging.

Die auf dem Schiff Zurückbleibenden hatten anderes im Sinn. Sie fuhren zu fernen Kindertagen und den unauslöschlichen Ereignissen des Jahres 1945. Sie fanden nur noch ältere Menschen an Bord, die Gespräche kreisten um vergangene Zeiten.

Ella Butkus wäre wohl mit ihnen gereist, schon des Angerburger Friedhofs wegen, auf dem sie ein Grab zu pflegen hatte. Sie hätte auf dem Schiff gute Bekannte getroffen, Leute aus Nordenburg, Drengfurt, Lötzen oder Kruglanken, es wäre einiges zu bereden gewesen.

Vater ist viel mit der Eisenbahn rumgekommen, sagte Gerhard, aber Köln und Hamburg hat er nie gesehen. In Schwerin ist er einmal gewesen. Er war ostpreußischer Delegierter auf einem Kongreß der Eisenbahnergewerkschaft vor 1933.

Sie saßen an der Bar, tranken Cuba libre, auf der Tanzfläche schwebte Eva, und die masurische Oma kratzte mit Schaufelchen und Harke an einem Erdhügel. Gerhard erzählte von dem Eisenbahner Karl Butkus, der in jüngeren Jahren ein redseliger Mensch gewesen war und den Söhnen viel von seinen Reisen berichtet hatte. Nach dem Krieg wollte er mit der Familie quer durchs Deutsche Reich bis an den Bodensee reisen, aber nicht als Lokomotivführer, sondern in gepolsterten Sitzen zweiter Klasse.

Hans Butkus beneidete den Bruder, der elf Jahre älter war und mit Vater lange Gespräche geführt hatte. Als Hänschen alt genug war, mit dem Vater zu sprechen, war der schon ein schweigsamer Mann geworden, der gern am Küchentisch saß und Pfeife rauchte. Er beneidete auch den Vater, weil der sich einen Jugendtraum erfüllt hatte und Lokomotivführer geworden war. Sein jüngster Sohn träumte nur von Scapa Flow, einäugigen Seeräubern und Klabautermännern; als er zum erstenmal mit einem Schiff die Ostsee überquerte, war er schon vierzig Jahre alt.

Als die Eisenbahn noch nicht vom totalen Krieg in Anspruch genommen wurde, nahm Vater seine beiden Jungs manchmal mit zu Tante Grete nach Nordenburg. Auch fuhren sie mit ihm die Seenstrecke Angerburg – Lötzen – Rastenburg – Angerburg, die einen ganzen Tag dauerte. Auf den Bahnhöfen durften sie Vaters Arbeitsplatz besichtigen.

Kannst mal Kohlen schippen, Kleiner, aber mach dir nicht die Söckchen dreckig!

Wenn Feierabend war, holten sie Vater vom Bahnhof ab. Aus fünf verschiedenen Richtungen konnte sein Zug einlaufen, so ein gewaltiger Knotenpunkt war dieses Angerburg. Vater hinterließ regelmäßig die Uhrzeiten, zu denen er planmäßig aus Goldap, Lötzen, Rastenburg, Nordenburg oder Angerapp eintreffen mußte. Sobald er seine Lokomotive übergeben hatte – er brachte sie in den Schuppen, wie man Pferde nach getaner Arbeit in den Stall bringt –, wusch er am Hydranten die Hände, nahm seine Jungs und marschierte mit ihnen die Bahnhofstraße abwärts bis zu jenem Hotel, in dessen Garten sommertags rosa Speiseeis verkauft wurde. Jeder eine Tüte Eis in der Hand, Vater die Pfeife im Mund, so kehrten die drei Butkusmänner heim. Mutter holte Rührei und Spirkel aus der Röhre und fragte, was er in der Welt gesehen habe. Später unterblieben solche Heimholungen mit dem Umweg zum Eisgarten, weil Vater nicht mehr die genauen Ankunftszeiten nennen durfte. Am Eingang zum Bahnhof hing das Transparent: »Räder müssen rollen für den Sieg!« Vor den Germania-Lichtspielen plakatierten sie den schwarzen Mann. »Psst, Feind hört mit!«

Als der Gitarrenspieler Damenwahl ansagte, kam tatsächlich eine Dame an die Bar, aber natürlich nicht Eva, nicht im entferntesten glich sie Eva, und Hans Butkus sagte, er habe schon zu viel Cuba libre getrunken, um eine Dame sicher über das rollende Deck zu geleiten.

Es war übrigens kein Arbeitsunfall, behauptete Gerhard. Vater ist im Krieg gefallen wie ein Soldat. Lokomotivführer in den partisanenverseuchten Gebieten Weißrußlands waren wie Soldaten an der Front. Ihre Züge wurden in die Luft gesprengt, Eisenbahner hinterrücks erschossen, damit die Räder endlich aufhörten, für den Sieg zu rollen.

Hans Butkus wunderte sich über den Ausdruck »partisanenverseucht«. Das machten die elf Jahre Altersunterschied. Als Gerhard sprechen lernte, besaßen die Substantive andere Adjektive, war das Volksempfinden gesund, die Pripjetsümpfe waren partisanenverseucht, und der Mann vor den Germania-Lichtspielen war schwarz.

Vater ist nicht freiwillig zum Dienst in die partisanenverseuchten Gebiete gegangen, sein Einsatz in Weißrußland war eine Art Strafversetzung.

Wie das? Was hatte er angestellt?

Nichts Besonderes, er war nur nicht beliebt bei den braunen Herrschaften. Als 1933 die Gewerkschaften gleichgeschaltet

wurden, weigerte er sich, in die Arbeitsfront einzutreten. Er grüßte niemals Heil Hitler und spendete ungern für das Winterhilfs-
werk, »Mutter und Kind« und andere segensreiche Einrichtun-
gen. Das nahmen sie übel. Vater galt als unsicherer Kantonist.
Hätten sie Lokomotivführer nicht dringend gebraucht, wer weiß,
wo sie mit ihm geblieben wären.

Sachsenhausen, fiel ihm ein. Vater also auch. Schon mit ihm
fing es an und hörte nicht mehr auf, das Verfolgen, In-Schutzhaft-
Nehmen, Strafversetzen, Bespitzeln, Denunzieren. Und immer
nur, weil einer nicht glaubte, weil er skeptisch war, weil er anders
dachte.

Anfangs setzte er alle Hoffnungen auf den ostpreußischen
Gauleiter, der auch als Eisenbahner angefangen hatte, zum
Schluß hatte er gar keine Hoffnung mehr.

Gerhard besaß noch deutliche Erinnerungen an den 1. September 1939. Alle Eisenbahner hatten bereitzustehen, die Lokomotiven unter Dampf zu halten. Er begleitete Vater zum Bahnhof am
frühen Morgen vor der Schule.

Hör mal gut zu, sagte der Eisenbahner Karl Butkus, als er auf
die Lokomotive kletterte, die kalt und leblos im Schuppen stand
und darauf wartete, in den Krieg zu rollen bis zu den partisanenverseuchten Gebieten. Er erzählte vom Reichstagsbrand und zwei
Eisenbahnern, die er gut kannte. Die wurden drei Tage nach dem
Feuer in Schutzhaft genommen. Als sie vier Monate später zu-
rückkehrten, waren sie gebrochene Menschen. Der eine schrie
lauter Heil Hitler als alle anderen, der andere ging schweigend
seiner Wege, verlor kein Wort über das, was ihm zugestoßen war.
Im Mai 1933, als sie die Gewerkschaftshäuser besetzten, wurden
wieder ein paar von Vaters Kollegen verhaftet, im Juni, als sie die
Sozialdemokratische Partei verboten, noch einmal. Auch wurde
ein Eisenbahnerkollege aus Sensburg, den Vater gut kannte, als
Abhörer von Radio Moskau vorübergehend in Schutzhaft genommen. Das »vorübergehend« dauerte fünf Jahre, erst im Krieg,

als sie jeden Eisenbahner dringend brauchten, kam er wieder. Unserem Vater war lange vor dem Krieg auf dem Königsberger Ostbahnhof dieses Plakat aufgefallen: »Vor Juden und Taschendieben wird gewarnt«. Er hörte davon, daß sie der Neidenburger Synagoge die Fensterscheiben eingeworfen hatten, und das zu einer Zeit, als Synagogen noch geachtete Gotteshäuser waren. Er kannte einen, der sich plötzlich abgebildet in einer Zeitung wiederfand. Was war geschehen? In Allenstein hatte er ein jüdisches Geschäft betreten, um Schuhe zu kaufen. Als er den Laden verließ, stand da ein guter Deutscher mit dem Fotoapparat und drückte auf den Auslöser. Am nächsten Morgen war er in der Zeitung, und die Überschrift lautete: »Arier kaufen nicht bei Juden!«

Die Deutsche Reichsbahn, Abteilung totaler Krieg, setzte unseren Vater da ein, wo es besonders gefährlich war, nämlich in den partisanenverseuchten Gebieten, behauptete Gerhard.

Karl Butkus ein Antifaschist! Warum hast du mir nicht früher davon erzählt! Das hätte auf Strobele einen gewaltigen Eindruck gemacht. Mensch, Butkus, Sie kommen aus einer proletarischen Familie, Vater war Lokomotivführer, ein richtiger Arbeiter. Der dreht sich im Grabe um, wenn er sieht, was aus seinem Sohn geworden ist. So ungefähr hätte sich das angehört nachts um halb drei. Schließlich hätte Strobele ihm eine Zigarette angeboten als kleine Vergünstigung wegen des proletarischen Vaters. Oder noch besser: Weil du einen antifaschistischen Vater hattest, lassen wir das mit dem Nord-Ostsee-Kanal auf sich beruhen. Der Vater war Lokomotivführer, den Sohn interessierte die Schiffahrt, so etwas kann vorkommen. Um drei Uhr in der Frühe wäre er wieder in Lankow gewesen und hätte Eva aus dem Schlaf geholt. So ein Schreck in der Abendstunde, hätte sie gesagt und wäre noch einmal ins Bad gegangen, um sich hübsch zu machen. Denn einmal hatten sie noch gut.

Warum haben Sie sich so beharrlich geweigert, unseren Betriebskampfgruppen beizutreten? fragte Strobele – und das muß so gegen zwei Uhr siebenundvierzig gewesen sein.

Ja, warum? Darauf wußte er keine Antwort. Warum wollte der Lokomotivführer Karl Butkus nicht in die Deutsche Arbeitsfront eintreten? Warum verweigerte er den Deutschen Gruß? Es war wohl die ostpreußische Dickschädeligkeit, von der die masurische Oma oft gesprochen hatte.

Damit haben Sie sich viel verscherzt, stellte Strobele fest, Sie hätten Betriebsleiter werden können, wenn Sie ein bißchen mehr Einsatz für unseren sozialistischen Staat gezeigt hätten.

Vater ist viel herumgekommen, hörte er Gerhards Stimme. Der sah dieses und jenes. Seine Lokomotive zog auch Sonderzüge, die ohne Fahrplan unterwegs waren. Als ich zu den Soldaten einberufen wurde, unternahmen wir einen Spaziergang auf der Bahnstrecke Richtung Goldap, Vater in seiner Eisenbahnerkluft, ich in HJ-Uniform.

Eines muß ich dir sagen, Junge, bevor du in den Krieg gehst. Denke nicht, daß du für eine gute Sache kämpfst. Opfere dich nicht auf. Versuche, dein Leben zu retten, weiter nichts.

Damals war ich wütend auf ihn, diese Feigheit, dieser Defätismus, aber er legte mir den Arm auf die Schulter und erzählte von einem Viehtransport in Polen, auch so ein Sonderzug. In den Begleitpapieren hieß es Rinder und Schweine, es waren auch richtige Viehwaggons, aber als Vater vorüberging, hörte er hinter den verschlossenen Türen menschliche Stimmen.

Hat Vater Menschen nach Treblinka gefahren?

Gerhard zuckte mit den Schultern.

Sollte er den Zug entgleisen und die Viehwaggons die Böschung hinunterstürzen lassen? Ein Lokomotivführer darf nur voraus schauen. Zeigt das Signal Grün, hat er zu fahren, ohne zu fragen. Die Fracht, die seine Lokomotive zieht, geht ihn nichts an. Er hat auf das Feuer im Kessel zu achten, auf den Druckmesser, auf die Haltezeichen, die roten und grünen Signale.

Der Eisenbahner Karl Butkus könnte jetzt 76 Jahre alt sein und eine schöne Pension beziehen, sagte sein Sohn Hans.

Gerhard schüttelte den Kopf.

Die 1898 Geborenen aus den deutschen Ostprovinzen hatten schlechte Aussichten, ihren 76. Geburtstag zu feiern. Es kam soviel dazwischen. Wenn die Partisanen nicht seinen Zug in die Luft gesprengt hätten, wäre er als Soldat gefallen, denn vom Militär blieb er nur befreit, weil die Eisenbahn ein kriegswichtiger Betrieb war und Lokomotivführer gebraucht wurden. Wäre er weder Eisenbahner noch Soldat gewesen, hätte ihn die Rote Armee erschossen, als sie am 24. Januar 1945 in Angerburg einmarschierte. Oder sie hätte ihn nach Sibirien verschleppt und dort sterben lassen.

Workuta, zum Beispiel, sagte Hans. In Schwerin kannte ich einen, der hatte Workuta einmal überlebt.

Unserem Vater standen zwei Weltkriege im Wege, dazu Workuta und die partisanenverseuchten Gebiete. Wäre er wirklich bis nach Schwerin gekommen, hätte Fünfeichen auf ihn gewartet, denn ein Lokomotivführer, der Viehtransporte nach Treblinka geschafft hat, darf nicht ungestraft davonkommen. Karl Butkus wurde 46 Jahre alt. Der Mutter sagten sie, er sei bei einem Arbeitsunfall tödlich verunglückt. Auf dem Stadtfriedhof an der Nordenburger Straße begruben sie einen leeren Sarg.

———

Am Vormittag hielt ein Auto mit Kölner Kennzeichen unter den Linden an der Paßdorfer Bucht. Im Gras saßen zwei Männer. Vor ihnen der See wie mit Silberpapier ausgelegt. Die Sonne stand über Kehlen, der Wind wehte von Steinort herüber, hinter ihnen fuhr die Eisenbahn von Rastenburg nach Angerburg. Sie fanden keinen Menschen in der Paßdorfer Bucht. Springende Fische und Haubentaucher zerteilten das Silberpapier, Libellen flogen im

Tiefflug die Böschung an. Gegenüber, auf Tiergartenspitze zu, wateten Kühe im Schilf.

Noch einmal schwimmen lernen.

Damals war der See wärmer.

Was hast du eigentlich mit der Höheren Töchterschule auf der Insel angestellt?

Na was wohl, wenn man einundzwanzig ist und allein mit einem Mädchen auf einer Insel?

Und mir sagtest du, du hättest sie in Latein abgefragt.

Du warst doch erst zehn Jahre alt und wußtest nicht, daß es zweierlei Menschen gibt.

Die Insel, die schon damals einen verlassenen Eindruck gemacht hatte, sah aus wie vom Himmel gefallen und vergessen. Sie lag im Dunst des Sommermorgens, von Schilfwäldern umarmt, eine Insel ohne Zugang.

Kahnchenfahren müßten wir oder mit Schlittschuhen hinüberlaufen oder mit einem Segelboot durchs Schilf brechen. Und am Ufer wartet Eva.

Gerhard sprach von den Radtouren um den Mauersee. Im Sommer 1974 fuhren sie die gleiche Strecke mit dem Auto. Vor Stobben hielten sie auf einer Anhöhe und fotografierten die Insel Upalten, die nicht so aussah, als gäbe es da noch Waldmeisterlimonade.

In diesem Wald herrschte dreieinhalb Jahre das Oberkommando des Heeres, wußte Gerhard. Wenn die Herren ihre Fähnchen gesteckt hatten, fuhren sie gern ins »Deutsche Haus« zum Kartenspielen. Angerburg blühte auf. Die Hotels waren ständig belegt, in der Sommerzeit brachten die Offiziere ihre Familien nach Angerburg, Generalskinder lernten im Mauersee schwimmen und besuchten die Höhere Töchterschule.

Unter den alten Eichen verirrten sie sich nach Steinort. Das Herrenhaus war nicht abgebrannt, aber dem Verfall preisgegeben. In der Diele fanden sie eine Tischtennisplatte, ein Kiosk verkaufte *piwo* und Zigaretten. Beachtlich die Freitreppe aus massivem Holz, die nach oben führte. Im ersten Stock hatte ein Flügel überlebt: Gebr. Perzina, Schwerin. So hatte sich mittels der Klaviere das mecklenburgische und das masurische Wasser schon damals verbunden.

Auf dem Dach des Herrenhauses klapperten Störche.

Der Weg nach Haarschen, quer durch Schilf und Sumpf, sei für Automobile bedenklich, warnte ein alter Mann, der mit Besen und Schaufel über den Steinorter Gutshof wanderte. Also kehrten sie um, machten einen Abstecher in die Görlitz, um schweigend die Betontrümmer des Dritten Reiches zu besichtigen.

Für den, der hier hauste, haben Millionen ihr Leben gelassen, sagte Gerhard und klopfte mit der Faust gegen das Gestein. Ritterkreuze, Eiserne Kreuze, Nahkampfspangen, Gefrierfleischorden..., wenn wir uns die Geschichte in der Rückschau ansehen, sind alle Helden umsonst gestorbene Dummköpfe. Günther Prien ist für ihn nach Scapa Flow gefahren und unser Vater auf Nimmerwiedersehen in die partisanenverseuchten Gebiete. Für Grabow wäre es ein Gottesdienst gewesen, diese Stätte zu betreten, den Geist zu atmen, der aus diesen Mauern wehte.

Es stank nach modernder Fäulnis.

Vater hat den 20. Juli 1944 nicht mehr erlebt, sagte Hans, als sie an der Stelle vorbeikamen, an der das Kartenhaus zusammenbrach.

Was hielt Mutter von der Explosion, die sich zwanzig Kilometer südwestlich von Angerburg ereignete?

Sie hat den Führer in seinem Betonbunker immer verteidigt. Auch gegen Karl Butkus. Wenn der abends heimkehrte und erzählte, er habe von Greueltaten im Osten gehört, meinte sie, der Führer wisse davon sicher nichts, er würde das niemals zulassen. Bis zum Abend des 20. Januar 1945, als er längst Ostpreußen verlassen und sich andere Bunker gesucht hatte, war sie auf seiner Seite. Danach nahm sie seinen Namen nicht mehr in den Mund.

Unter dem Laubdach unschuldiger Bäume spazierend, an den Betonquadern vorbei, die die Organisation Todt in den masurischen Wald gekarrt hatte, kam es Hans Butkus so vor, als sei es eine zusammenhängende Geschichte: Vaters Eisenbahn, diese Betontrümmer, die Mauern Augusts des Starken, Grabow, Strobele, die Toten von Raben Steinfeld und Fünfeichen..., alles eine Geschichte.

Gerhard behauptete, der andere, der im Mausoleum am Roten Platz Aufgebahrte, gehöre auch dazu, Adolf und Josef seien Brüder und Nationalsozialismus und Kommunismus Schwestern.

Eigentlich ein guter Ort für Eulen und Fledermäuse. In den Baumkronen über dem zerborstenen Gestein Krähennester, hier hausten die schwarzen Seelen derer, die für ihn gestorben waren. Womit wir wieder am Anfang wären.

Nach dieser Gedenkstunde kehrten sie zurück an die Nordspitze des Sees. Wo die Straße im rechten Winkel nach Osten abzweigte, kam ihnen ein Güterzug entgegen. Vaters Eisenbahn lebte also noch und verbreitete stinkenden Kohlenrauch. Die Linden an der Chaussee nach Tiergarten hatten ausgeblüht.

Noch im Sommer 44 pflückten wir Blüten und lieferten sie in der Schule ab, sagte Hans. Angeblich wurden verwundete deutsche Soldaten von Lindenblütentee wieder gesund.

Keine Spur des Eisenbahnerhauses in der Vorstadt. Wie hieß noch der Fachausdruck aus jener Zeit? Gerhard kannte ihn: dem Erdboden gleichmachen.

Den Bahnhof gab es. Der wurde in jenem Jahr gebaut, als Vater auf die Welt kam, aber wie du siehst, leben Bahnhöfe länger als Väter. Der Angerburger Bahnhof sah so leer aus wie am Abend des 23. Januar, als die letzten die Stadt verlassen hatten. Gerhard wollte Vaters Wasserhydranten knipsen, aber bevor es dazu kam, sprang ein junger Pole aus der Tür und winkte heftig. Weißt du nicht, daß es verboten ist, Bahnhöfe und andere strategische Anlagen zu fotografieren? Daraufhin wählte Gerhard als Motiv die

Pferdefuhrwerke, die noch immer durch die Stadt klabasterten. Früher brachten sie Rüben und Kartoffeln zum Bahnhof, holten Kohlen und Kunstdünger aus den Güterwagen, und manchmal trabten sie die Nordenburger Straße entlang, die Hufeisen schlugen Funken aus den Pflastersteinen. An die zwanzig Männer warteten vor einem Wodkaladen, der erst um halb zwölf öffnen wollte. Auf dem Hügel vor der Kirche versammelte sich eine Hochzeitsgesellschaft. Neben dem Kulturhaus im Park saßen Veteranen in der Sonne und kämpften mit dem Schlaf. Die Angerapp floß nordostwärts wie damals, als Günther Prien nach Scapa Flow fuhr und von der Brücke herab englische Schiffe versenkt wurden.

Die ostpreußischen Flüsse haben die Besonderheit, daß sie nicht in Seen hinein, sondern aus Seen herausfließen, sagte Gerhard. Ob es noch Aale gibt?

Das Schloß war eine Ruine, die Post auf dem Wege der Renovierung. Sie parkten neben der Adolf-Hitler-Schule.

Am Abend des 24. Januar 1945 muß es hier stark gebrannt haben.

Zwei Portionen Speiseeis, so rosa wie damals, als der Eisenbahner Butkus in die Westentasche griff und ein paar Dittchen über die Tonbank kullern ließ.

An der Kaserne vorbei nach Süden. Auf dem Konopkeberg machten sie Rast wegen der schönen Aussicht. Hinter ihnen lagen die noch erkennbaren Schützengräben der beiden Weltkriege. Neben der Straße das Denkmal eines sowjetischen Soldaten, an die fünf Meter hoch, zu seinen Füßen Blumensträuße. Der Steinkoloß blickte, die Maschinenpistole vor der Brust, über den Mauersee zum Oberkommando des Heeres. Ein Trupp polnischer Soldaten marschierte in die aufgewühlte Landschaft. Von Ogonken her hörten sie Gewehrfeuer.

Unter ihnen lag der Heldenfriedhof Jägerhöhe . . . hatte gelegen. Das Kreuz, das über alle Wasser, Inseln und Halbinseln in die Wolken geragt hatte, gab es nicht mehr.

Hier hätten sie Vater begraben können, sagte Gerhard.

Jenseits des Wassers die roten Dächer von Kehlen und eine Baumallee. Auf dem Mauersee weißes Segeltuch.

Eine Landschaft wie in Finnland, meinte Gerhard. Warst du schon mal in Finnland?

Hans schüttelte den Kopf. Angerburg, Schwerin, Hamburg, mehr habe ich nicht gesehen. Halt, doch, im ersten Sommer mit Christa war ich auf einer dänischen Insel, und natürlich in Waldheim.

Wir müßten Fahrräder auftreiben und einmal um den See radeln, schlug Gerhard vor.

Den Schweriner See kann man auch mit dem Rad umfahren, erwiderte sein Bruder. Er dachte an Eva und den schönsten aller deutschen Sommer. Mit Eva am Uferweg des Lankower Sees, gerade breit genug für zwei, die engumschlungen gingen. Eva brachte es sogar fertig, im Neumühlener See zu baden, obwohl es das Schweriner Trinkwasser war und ein Schild »Baden verboten« sie warnte. Mein schöner, sauberer Körper kann doch dem Schweriner Trinkwasser nichts schaden!

Eher fahren wir mit dem Fahrrad durch Grönland als um den Schweriner See, meinte Gerhard.

Über dem Mauersee drifteten Sommerwolken ostwärts. Segelschiffe umrundeten die Halbinsel Kehlen. Erntewagen schwankten auf gelben Feldern.

Am häufigsten habe ich an unsere Kinderzeit gedacht, als ich im Zellenhaus von Waldheim saß.

Auf dem Konopkeberg, den See zu Füßen, die Wälder in der Ferne, Eva wie eine Elfe über dem Wasser schwebend, fing es wieder an: Schwerin und Waldheim, Strobele und die Nacht im März.

Euch gehört die Zukunft, sagten die neuen Propheten. Ihr Arbeiter- und Bauernkinder könnt alles werden. Willst du studieren? Morgen kannst du anfangen. Willst du Bauer auf eigener Scholle sein? Hier hast du Land. Wir enteignen die Großgrundbesitzer und geben die Erde euch. Werdet Neubauern in Mecklenburg! Hat Mutter dir nicht nach Köln geschrieben, daß Neubauern in Mecklenburg kostenlos Land erhalten? Sie kam vom Land, war das fünfte Kind eines Bauern, das mit tausend Mark Aussteuer in die Stadt heiratete. Aber das Landleben blieb ihr im Herzen. Als sie hörte, wie großzügig die neuen Herren mit dem Land umgingen, wollte sie auch eine Landwirtschaft übernehmen, mit dir zusammen, Hänschen war noch zu klein für solche Pläne. Als Hänschen groß genug war für Mutters Landwirtschaft, gehörte das Land schon nicht mehr den Neubauern, sondern der Genossenschaft. Lieschen Lehmkuhl arbeitete nicht auf dem eigenen Hof, sondern in der LPG »Einheit«. So schnell ging das.

In der Stadt kauften sie Ansichtskarten und schrieben an ihre Frauen.

Verwechsle bloß nicht wieder die Namen, sagte Gerhard.

Es wäre noch der Friedhof zu besuchen. Hans hatte eine ungefähre Erinnerung an die Stelle, an der Vater begraben lag. Sie irrten eine halbe Stunde die Wege auf und ab, fanden aber nichts. In Wirklichkeit war er auch nicht hier begraben. Eine Sprengladung zerriß die Lokomotive im partisanenverseuchten Gebiet und zerstreute Vater in alle Winde.

Den Abend verbrachten sie am Wasser, wo die Dampfer der Masurischen Schiffahrtsgesellschaft anlegten und abfuhren. Auf einem Segelschiff spielte eine Mundharmonika. Kühe brüllten den aufgehenden Mond an.

Weißt du, sagte Hans zu seinem Bruder, weißt du, daß ich diesen Strobele, wenn ich ihm wirklich noch einmal begegnen sollte, daß ich ihn töten könnte?

Dem wirst du nie begegnen, antwortete Gerhard. Und das ist auch gut so.

Sonntag, der 18. März 1990. Sonnenaufgang um 6 Uhr 28.

Am Rande eines Hochs über Frankreich strömte milde Luft nach Norddeutschland. Später werden die Wetterfrösche feststellen, daß dieser Tag der wärmste 18. März seit Beginn der Temperaturaufzeichnungen gewesen ist. Vom Eise befreit sind Strom und Bäche, deklamierte die klassische Bildung. Südwind wehte über den See wie in jenem Sommer, als er mit Eva im Gras lag und sie partout bräunen wollte, während das Metall der Fahrräder glühte. Die Meteorologen äußerten die Vermutung, die Natur habe sich einbeziehen lassen in den gewaltigen Umsturz- und Reinigungsprozeß, der Europa durchwühlte. Ungewöhnliche Winterstürme waren über den alten Kontinent gebraust, hatten den Unrat fortgefegt, der sich hinter Betonmauern und Stacheldrahtzäunen angesammelt hatte, fort hinter das Uralgebirge und über den Polarkreis hinaus. Jedem Sturm folgte ein Schwall Warmluft, Norddeutschland erlebte den wärmsten Frühling des Jahrhunderts.

Bevor Hans Butkus nach Schwerin reiste, stürmte es wieder. Das gab Arbeit, Frachter strandeten an felsigen Küsten, verspäteten sich, konnten nicht auslaufen, lagen in den Schleusen fest.

In so stürmischen Zeiten wollen Sie Urlaub nehmen, Herr Butkus? – Ich muß nach Schwerin, sagte er. Es ist da etwas aufzuklären, das keinen Aufschub duldet.

Ein sonniger Tag zog herauf, gerade so ein Tag, um mit Eva um den See zu fahren. Natürlich nicht mit Eva, sondern mit seiner Tochter, die ein Fahrrad für ihn geliehen hatte, ein Herrenrad sogar, wie sie stolz am Telefon verkündete.

Er frühstückte hastig, gab den Schlüssel ab und zahlte. Zwei Flaschen Rum standen auf der Rechnung. Und er glaubte, er hätte in jener Nacht nur eine getrunken.

»Geht es wieder zurück nach Hamburg?« fragte die junge Frau an der Rezeption.

Butkus nickte. »Vorher mache ich mit meiner Tochter eine Radtour um den Schweriner See.«

Die Redner waren verstummt, die Plätze leergefegt, die hoffnungsvollen Bilder schauten vereinsamt von den Hauswänden. Morgen kommt VEB Stadtreinigung und fegt die Reste zusammen. Eine ziemliche Stille herrschte in der Stadt Heinrichs des Löwen. Sowjetische Soldaten, jung, blaß und voller Heimweh, spazierten am Wasser und fütterten die Schwäne. Das Schloß leuchtete, als sei dort in den frühen Morgenstunden ein Fest zu Ende gegangen. Auch der See leuchtete. »Wir Thälmannpioniere lieben und schützen den Frieden.« Der Spruch aus Claudias Lesebuch war überklebt von den Wahlplakaten der neuen Zeit: »Weiter so, Deutschland!«

Die Sonntagszeitung berichtete, der Erste Kreissekretär von Köthen im Bezirk Halle sei freiwillig aus dem Leben geschieden. Wieder eine Stimme weniger.

»Schicksalswahl für ganz Deutschland« lautete die Schlagzeile des »Hamburger Abendblattes«, das wie selbstverständlich am Schweriner Bahnhofskiosk auslag, als sei Hamburg tatsächlich nur einhundertfünfzig Kilometer entfernt.

Um sieben Uhr morgens begann die Wahl. Als er zehn Minuten nach sieben durch die August-Bebel-Straße am Pfaffenteich fuhr, stand vor dem Wahllokal 66 schon eine Menschenschlange. 12,4 Millionen Wahlberechtigte zum letztenmal in einer Schlange. Lieschen Lehmkuhl wird vergeblich die Liste Nationale Mecklenburger suchen und schließlich nach Gewicht wählen.

Neben dem Dom lag die Morgensonne auf den Dächern. Bald werden die Glocken läuten, denn es war der Tag des Herrn. Lieschen Lehmkuhl erinnerte sich, daß die Schweriner Glocken auch zu den bedeutenden weltlichen Feiertagen Laut gegeben hatten. Selbst die Faschisten ließen läuten: Einzug des Reichsstatthalters Hildebrandt in die mecklenburgische Hauptstadt mit einem Gottesdienst im Dom... Nationaler Trauertag zur Erinnerung an die Schmach von Versailles mit einem Gottesdienst im Dom... Führers 50. Geburtstag mit einem Gottesdienst im Dom... Schließlich wurden die Glocken eingeschmolzen, ging das Metall in die Kanonen. Als Dschingis-Khan über die Stadt herfiel, läuteten keine Glocken mehr. Danach vergaßen sie, neue Glocken zu gießen, denn der Sozialismus braucht nicht mit Glocken ausgeläutet zu werden, der lebt aus sich selbst, aus den humanen Ideen, dem sozialistischen Bewußtsein, dem neuen Menschen.

Auch in die Zippendorfer Bucht fiel das wärmende Sonnenlicht, aber keiner grub den Garten um, denn es war der Tag des Herrn. Butkus fuhr die Plater Straße hinauf zum Apachenhügel der roten Brüder. Er traf Lenin auf seinem Sockel, in einen Mantel gekleidet und doch fröstelnd. Der Fernsehturm kam ihm vor wie ein Leuchtturm am Meer, in den Fenstern des Turmcafés spiegelte sich die Sonne. Die Magdeburger Straße noch im Schatten. Als er einbog, sah er Claudia auf dem Balkon stehen und winken. Es kam ihm vor, als sei er gerade fünfundzwanzig Jahre alt geworden und hole sein Mädchen ab, um mit ihm den See zu umfahren.

Sie schob die Räder aus der Haustür, er prüfte die Luft und die Höhe des Sattels.

»Einen schöneren Tag hätten wir uns nicht aussuchen können«, sagte sie und lachte.

»Wenn Engel reisen, pflegte die masurische Großmutter zu solchen Anlässen zu sagen.«

Sie trug Jeans und Turnschuhe, eine blaue Bluse wie die FDJ, darüber einen gelben Pullover, die kleinen, prallen Brüste beulten den Baumwollstoff.

Sie ist mindestens so schön wie Eva, dachte er. Aber gescheiter.

»Regenjacken brauchen wir wohl nicht«, stellte sie fest, als sie einen Verpflegungskorb auf dem Gepäckträger befestigte. Er sah gelbe Limonade, ein paar Äpfel, belegte Brote und Käsekuchen. Was fehlte, war die Decke. Eva hatte eine Wolldecke auf den Gepäckträger geschnürt, denn man kann ja nie wissen. »Ich habe schon gewählt«, sagte Claudia.

Er fotografierte sie, wie sie zwischen den Rädern stand und ihn anlachte. Als ein Mann vorüberging, wohl auch einer von denen, die früh zur Wahl wollten, bat er ihn, sie beide zu knipsen. Er trat nahe an das Mädchen, legte den Arm um die Schulter und wartete auf das Klicken des Auslösers.

»Willst du gar nicht wissen, wen ich gewählt habe?« fragte Claudia und lachte ihn an.

Sie wird ihre Partei gewählt haben, dachte er, denn es ist üblich, daß Parteimitglieder ihre Partei wählen. Oder etwa nicht? Hier am Großen Dreesch wird die Partei des Demokratischen Sozialismus zur stärksten Kraft werden, denn hier leben viele, die dem Sozialismus dankbar sein müssen für eine Neubauwohnung im fünften Stock mit Blick über den See. So hatte Strobele sich das gedacht, und so wird es wohl kommen.

»Ich habe euch gewählt«, sagte sie nach einer Weile. »Mutter wird euch auch wählen. Sie sagt, wir müssen uns jetzt ganz auf den Westen konzentrieren, anders geht es nicht.«

Sieh mal an. Eva weiß immer, wo die Sonne aufgeht. Ein Menschenleben lang im Osten, aber jetzt wird es Zeit, sich auf den Westen zu konzentrieren.

»Ich soll dir schöne Grüße von Mutter bestellen.«

Er vergaß, danke zu sagen, hantierte am Fahrrad, überprüfte Handbremse und Rücklicht.

»Mutters HO-Laden wird wohl auch bald schließen«, hörte er. »Dann wird sie arbeitslos und hat kaum Aussicht, neue Arbeit zu finden, denn sie ist nun auch schon fünfzig.«

Stimmt. Bei der letzten Radtour mit Eva um den See war sie gerade zwanzig und er fünfundzwanzig Jahre. Zusammen lagen also fünfundvierzig Jahre im Haferfeld drüben an der Leezener Steilküste, und wenn einer den Kopf hob, sah er das milchigweiße Wasser des Sees und dahinter die Türme Schwerins in der flimmernden Hitze.

»Wie alt bist du?« fragte Claudia.

»1934 geboren«, erwiderte er. »Das war ein sehr heißer Sommer, erzählte mir die masurische Oma. Und 1947 gab es wieder einen heißen Sommer mit großem Badebetrieb am Lankower See. Dann kam 1959. Das war der schönste aller Sommer. Die Deutschen Holzwerke Schwerin verpflichteten sich, 1959 ihre Schlafzimmerproduktion um dreihundert Stück zu erhöhen. Das tut doch nicht nötig, Genossen. Wir brauchen kein Schlafzimmer, wir liegen im Haferfeld oder unten im Schilf, wo die Pompäsel die Köpfe zusammenstecken und zuschauen.«

»Im Sommer neunundfünfzig habt ihr euch kennengelernt, nicht wahr?«

»Hat sie dir das erzählt?«

»Sie sagte, daß sie einen Tag mit dir um den Schweriner See gefahren sei, und es sei furchtbar heiß gewesen.«

Heute fahre ich mit meiner Tochter um den See, dachte er. Aber es ist natürlich nicht Sommer, es ist überhaupt alles anders, du bist ein alter Mann, und unten am See lebt Strobele.

Sie fuhren die Plater Straße abwärts, Claudia eine halbe Radlänge voraus, er sah sie halb von hinten und glaubte wirklich, sie sei Eva. Zusammen waren sie nun einhundertundfünf, weiß Gott, kein Alter, um in Haferfeldern zu liegen. Wenigstens das haben wir gemeinsam, das Altwerden. Aber auch das geht im Osten schneller, wie die Statistiken wissen: Die Menschen im Sozialismus sterben früher.

Um zum Wasser zu kommen, mußten sie durch Zippendorf. Über die Crivitzer Straße immer bergab, an der Gastwirtschaft »Zur Eiche« vorbei, auf den Spiegel des Sees zu. Ein blasser Nebelstreifen hing über den Dächern, die Türme der Stadt verbergend. Auf Kaninchenwerder rief ein Kuckuck, nein, das war der Kuckuck des Sommers 59, am Morgen des 18. März hämmerte ein Specht in der Pappel.

Eine helle Rauchfahne wie von untergegangenen Schiffen suchte sich den Weg durch Baumkronen. Er hielt an und sah, daß

310

Strobele Gartenabfälle verbrannte. Der hatte genug gegraben. Dschingis-Khan legte auch Feuer, als er die Stadt besuchte. März ist die Zeit, die schäbigen Reste zu verbrennen, April geht auch noch; es gab Jahre, da brannten die heimlichen Feuer Ende April und die offenen Feuer im Mai. Strobele verbrannte Gartenabfälle, keine Bücher, keine Bilder, keine belastenden Dokumente, wirklich nur Gartenabfälle. Der Spitz rannte, wie unsinnig kläffend, um das Feuer.

»Komm!« rief Claudia. »Wenn wir um den See wollen, müssen wir fahren.«

Der Strand von Zippendorf, an dem, als Grabows Zeit zu Ende ging, Tausende von Flüchtlingen lagerten, war ohne Menschen. Ein Schwanenpaar zischelte den beiden Radfahrern hinterher.

Erster Halt im Sand. Wie eine weiße Mondsichel lag der Strand vor dem Wasser. Butkus zeigte zu der Rauchwolke.

»Jetzt brennt er.«

»Ich habe meine Kollegen in der Schule gefragt und nichts Nachteiliges über die beiden Strobeles gehört«, sagte Claudia.

Die Häuser jenseits der Mondsichel schienen unbewohnt. Oder die, die darin lebten, schliefen noch, verschliefen die erste Stunde dieses Wahlsonntages. Eigentlich wäre es Zeit, den Hund auszuführen.

Als Eva den Strand von Zippendorf erreichte, warf sie das Fahrrad in den Sand, streifte Rock und Bluse ab und rannte an den im Sand spielenden Kindern vorbei ins Wasser. Hans hütete die Fahrräder. Sie schwamm hundert Meter hinaus, winkte ihm zu. Nun ging sie wieder zum Wasser, aber nicht barfuß, sondern in Turnschuhen, ging vor dem auslaufenden See in die Hocke, hielt beide Hände hinein. Und er bewachte wieder die Fahrräder.

Jetzt bist du dran! rief Eva, als sie aus dem Wasser kam. Aber vorher mußte er ihr beim Umziehen helfen. Er nahm die Decke, die sie vorsorglich eingepackt hatte, und hielt sie um ihren nassen Körper. Im Schutz der Decke zog sie sich um. Er blickte über den

Deckenrand, verfolgte die Wassertropfen, die über ihre nackte Gänsehautbrust perlten.

Mach nicht so gierige Augen, sagte Eva.

Danach rannte er ins Wasser, sie blieb bei den Rädern und ordnete ihr Haar.

»Der See hat höchstens zehn Grad«, behauptete Claudia. »Aber in drei Monaten ist der Strand voller Menschen.«

»Gehst du hier oft zum Baden?« fragte er und dachte an den nassen, braunen Körper und die Gänsehautbrüste.

»Für alle, die am Großen Dreesch wohnen, ist Zippendorf der nächste Badestrand.«

Es ging nun in den mächtigen Buchenwald. Unter lichten Baumkronen blühten die ersten Buschwindröschen, in diesem Jahr kam alles früher, sogar die Blumen. Der Kuckuck wird bald rufen, die Kinder werden am Sandstrand spielen, und Eva wird ins Wasser laufen. Es wird ein besonderes Jahr. Die gewaltigen Stürme im Winter, dann die Wärme im Frühling, im März schon die ersten Anemonen und vielleicht ein Sommer wie 1959, guter Wein im Oktober und Schnee im Dezember. Ein Jahr wie 1990 wird es nie wieder geben.

Er legte, während sie nebeneinander fuhren, die Hand auf ihre Schulter. Claudia zuckte zusammen und blickte sich erstaunt nach ihm um. Rasch nahm er die Hand fort, ließ sich zurückfallen, fuhr hinter ihr, sah ihre Füße auf den Pedalen, die schlanken Beine. Manchmal dachte er, sie sei nicht seine Tochter. Evas Tochter, ja, aber nicht seine Tochter.

Als sie die Brücke über den Störkanal überquerten, ging sie scharf in die Bremse.

»Hier war das SS-Massaker von Raben Steinfeld.«

Es sprach nun die Unterstufenlehrerin und Pionierleiterin Claudia Warneke, die den Kindern die Ankunft des Elendszuges schilderte, die Bekleidung der Häftlinge beschrieb, die Uniformen der SS-Schergen. Sie sprach feierlich, nannte die, die hier ihr

312

Leben lassen mußten, antifaschistische Kämpfer und hätte, wäre es nicht März gewesen, einen Blumenstrauß in freier Natur gepflückt, um ihn am Gedenkstein niederzulegen.

Die einundsiebzig von Raben Steinfeld sind doch nicht meine Toten, hatte Butkus schon einmal gedacht.

Sie stellten die Räder zusammen und besichtigten das Mahnmal, ein Relief des Todesmarsches, in der Mitte eine kniende Mutter.

Schon wollte er dem Kind erzählen, daß der Großvater auch ein antifaschistischer Kämpfer gewesen sei, der mit seiner Lokomotive in die Luft gesprengt worden war. Aber nein, lieber doch nicht. Sie könnte die Frage stellen, ob der masurische Großvater vielleicht Viehwaggons nach Treblinka gebracht hat. Das kannst du dem Eisenbahner Karl Butkus nicht antun.

Sie erreichten die südlichste Spitze des Sees, Schwerin lag fern wie eine Fata Morgana. Bald werden die Glocken des Domes läuten, ein Zittern wird über das Wasser laufen und kleine Wellen ans Ufer werfen. In den kahlen Bäumen schlugen die Finken.

»Mutter läßt übrigens schön grüßen«, sagte Claudia, als sie den Wanderweg am Wasser entlangfuhren.

»Das hast du schon heute früh gesagt.«

»Ich dachte, du hättest es überhört.«

Wirklich, ein großartiger Wanderweg, zwei Schritte vom Wasser entfernt. Erlen standen zur Hälfte im See, die Wellen klatschten gegen die Wurzeln, Äste hingen weit hinaus. Als er mit Eva fuhr, warf das Laub tiefen Schatten, und Eva jammerte, daß sie während der Fahrt nicht bräunen konnte. Nun fiel Sonnenlicht auf Claudias Rücken und bräunte durch die blaue Bluse.

Zur Steilküste hinauf schoben sie ihre Räder. Oben setzten sie sich auf einen gefallenen Baum und blickten nach Schwerin. Kein Segelboot war unterwegs, der See so leer wie an keinem Sonntagmorgen. Wie sie haben die Soldaten der Roten Armee, die in den ersten Maitagen das Ostufer des Schweriner Sees erreichten, die Türme der Stadt gesehen. So mag Dschingis-Khan, bevor er über das Eis kam, auf Schwerin geblickt haben.

Sie war achtundzwanzig Jahre alt, noch immer mochte er ihr nicht alles sagen. Sie wird es nicht verstehen, sie wird dich auslachen, dachte er. Die Übergabe eines Fotos vom Grab der Mutter auf einem Transitparkplatz bei Ludwigslust ist staatsfeindliche Verbindungsaufnahme. Ein Gespräch mit einem Angehörigen der Handelsmarine über die Reise eines Bananendampfers durch den Nord-Ostsee-Kanal ist Vorbereitung des ungesetzlichen Grenzübertritts. Die Spaziergänge durchs Lankower Torfmoor mit Rolf aus Workuta, der am 18. Juni 1953 wie vom Erdboden verschwand, waren konspirative Treffen mit einem konterrevolutionären Element.

Für solche Kleinigkeiten kommt niemand ins Zuchthaus, wird sie sagen. Da müssen andere Dinge geschehen sein.

Was zum Teufel ist denn noch geschehen? Schon 1951 ein unerlaubter Westbesuch in Berlin… Eine Wandschmiererei am Schweriner Bahnhof: »Schwarzes Brot und dünnes Bier, Grotewohl, wir danken dir«. Nicht er hatte den Spruch in jugendlichem Überschwang an die Ziegelmauer geschrieben, aber er stand mit anderen dabei, als es geschrieben wurde. Und alle lachten. Mitgegangen, mitgefangen. Unter welchen Paragraphen fiel Lachen? War das schon Hetze für den Klassenfeind?

Das ist lächerlich, wird sie sagen. Dafür kommt niemand nach Waldheim.

Claudia griff in ihre Tasche und gab ihm einen Zettel. »Das ist Mutters Adresse.«

Er steckte das Papier schweigend ein. Warum sollte er dieser Person schreiben oder sie besuchen? Sie bedeutete ihm nur Unangenehmes, erinnerte ihn an die schrecklichsten Tage seines Lebens.

Sie zog den Pullover aus, um zu bräunen. Wie ihre Mutter, dachte er.

Zehn Uhr morgens. Noch immer läuteten keine Glocken.

»Mutter ist auch schon im Westen gewesen«, fing Claudia an. »In Lübeck hat sie hundert Mark Begrüßungsgeld abgeholt und ist einen Tag lang durch die Innenstadt gebummelt. Wie kommt ihr bloß dazu, hundert Mark Begrüßungsgeld zu verschenken? Welche Absicht verfolgt ihr damit? Was steckt dahinter?«

Er wußte es nicht, war auch zu sehr mit Lübeck beschäftigt, sah Eva mit hundert Mark in der Tasche durch die Breite Straße bummeln und westliche Zigaretten kaufen.

»Mutter sagt, nun kann sie verstehen, warum du unbedingt in den Westen wolltest. Ich hätte mit ihm gehen sollen, sagt sie. Vor der Mauer wäre es noch gegangen.«

Das sagt sie heute; wo es zu spät ist, so etwas zu sagen.

Er starrte unter sich. Die Wellen schlugen gegen das Gestein.

Stell dir das mal vor. Deine Mutter wäre mit mir vor der Mauer in den Westen gegangen. Du kommst im Westen auf die Welt, nur fünfzig Kilometer entfernt, und wirst ein anderer Mensch. Du hörst anders, liest anders und siehst anders, du lernst ein anderes Denken.

»In Lübeck lernte Mutter einen Mann kennen, der sie vor einer Woche in Warnemünde besucht hat, einen vom Bundesgrenzschutz.«

Alle Achtung, Eva am Arm einer grünen Uniform. Die fällt immer auf die Beine. Kaum ist die Weiße Flotte tot, hängt sie sich an die grüne Uniform. Sie fällt auch immer auf die richtige Seite.

Bei Görslow erreichten sie offenes Feld. Der See trat zurück, verschwand in einer Senke. Der Hafer reichte Eva bis zum Bauchnabel. Plötzlich warf sie die Decke, die sie vorsorglich mitgebracht hatte, ins Haferfeld, legte sich auf den Rücken und setzte ihre nackte Haut der Sonne aus.

Mach mir bloß keinen Schatten, sagte sie.

Du könntest ja deinen Rücken bräunen, schlug er vor.

Ach, so einer bist du.

Sie balgten sich im volkseigenen Hafer, wälzten ein Areal von vier mal vier Metern platt, über ihnen hingen Lerchen und eine Sonne, die Evas Rücken bräunte. In den Halmen wisperte der Südwind.

»Was hast du?« fragte Claudia.

Er war stehengeblieben und blickte über die Felder, auf denen die Wintersaat zu wachsen begann.

»Ich muß ein bißchen verpusten«, sagte er. Das war auch so ein Ausdruck von der masurischen Oma. Wenn Claudia zu Besuch kam, nahm Ella Butkus das Kind an die Hand, führte es in die Wohnstube und sagte: Nun wollen wir beide uns erst mal verpusten.

Da es keine Decke und kein Haferfeld gab, suchten sie sich eine Stelle mit trockenem Gras am Wegrand. Er lehnte mit geschlossenen Augen an einem Baum, hörte das Rascheln des Butterbrotpapiers und Claudias Stimme, die nach Joghurt fragte.

Es kam ihm so vor wie an der Böschung des Transitparkplatzes, nur daß sie allein saßen, während dort ein ständiges Gehen und Kommen gewesen war, offenbar hatte es bei Ludwigslust auch Fotografen gegeben.

Während sie Joghurt löffelte, erzählte er die Geschichte seines Bruders, mit dem er auf einem Transitparkplatz im trockenen Gras gesessen hatte, genauso wie hier.

»Ich habe erst jetzt erfahren, daß du einen Bruder hattest«, sagte Claudia.

Das sieht der Frau ähnlich. Diese Person in Warnemünde hatte dem Kind nichts von einem Onkel im Westen erzählt, am liebsten hätte sie auch den Vater verschwiegen.

»Briefe hätte ich ihm nicht schreiben dürfen«, sagte Claudia. »Auch an dich nicht. Als Lehrerin ging das nicht. So waren unsere Vorschriften.«

Sie sprach ohne Bedauern, als wäre da nichts zu machen. So waren halt die Vorschriften.

»Normal ist das nicht«, murmelte Hans Butkus. Vorschriften, die einem Kind verbieten, mit seinem Vater Briefe zu wechseln, was ist das für ein Recht?

Wir sind ja schon wieder bei den Anklagen und Vergleichen, dachte er. Nicht an diesem strahlenden Sonntagmorgen, der etwas Besseres verdient hatte.

Irgendwo läuteten Glocken, aber nicht in Schwerin. Es kam aus einem der Dörfer östlich des Sees, ein helles Bimmeln, als käme Vaters Eisenbahn von Nordenburg. Oder schlug jemand mit dem Hammer gegen eine Pflugschar?

Nicht Hafer, sondern Roggen wuchs auf dem Acker um Görslow. Die Saat war gut durch den milden Winter gekommen, schon grünte es eine Handbreit über der Erde.

»Wir haben ungefähr die Hälfte des Weges um den inneren See zurückgelegt«, sagte Claudia.

Gut, daß sie nicht so war wie jene in Warnemünde. Nicht immer auf die richtige Seite fallen. Stehen zu dem, was geschehen war. Er hatte sie nie gemocht, die braven Deutschen, die nach 1945 nicht müde wurden, von ihren Witzchen über den Führer zu erzählen und daß sie so lange an den Radioknöpfen gedreht hätten, bis sich London meldete, auch die vielen nicht, die 1945 plötzlich entdeckten, daß sie eigentlich immer dagegen gewesen und schon lange vor Stalingrad auf die richtige Seite gefallen waren.

»Nicht alles in der DDR ist schlecht«, behauptete Claudia. »Wir haben Errungenschaften, die historisch einmalig sind.«

Ja, verteidige sie nur, deine sozialistischen Errungenschaften, dachte er. Du bist meine Tochter, du fällst nicht gleich auf die richtige Seite, du gehörst zu denen, die am 30. April 1945 geweint haben und Jahre brauchten, um zu begreifen, daß sie mißbraucht worden sind. Vor ihnen ein weites Feld: Hitler und die Autobahnen, Eva und der Bundesgrenzschutz, Vater und die nach Osten fahrenden Güterzüge, die DDR mit ihren historischen Errungenschaften.

Einfahrt in Leezen. Damals gab es hier die größte Milchvieh-anlage des Bezirks Schwerin. Auch Claudias Kindermilch kam aus Leezen.

Sie fuhren an einer Menschenschlange vorbei, die vor einem Wahllokal wartete.

»Sogar zum Wählen müßt ihr Schlange stehen!« rief er.

»Es soll die letzte Schlange sein«, lachte sie.

Er erinnerte sich der letzten Wahl, die diesen Namen verdiente, im Oktober 1946. Mutter wußte nicht, wen sie wählen sollte, und fragte brieflich bei ihrem großen Sohn im Westen an.

»Nur nicht die Kommunisten!« kam die Antwort.

Damals wählten 43% der Schweriner die SED, 36% die CDU und 20% die LDP.

Von dem Dorf Rampe führte eine lange Abfahrt hinunter zu der schmalen Landzunge, die den inneren See vom Nordteil trennte. Der heftige Fahrtwind brachte Kühlung, in der sommerlichen Hitze war es angenehm, hier hinunterzurasen. Rechts und links der Straße Weidengestrüpp und hohes Röhricht. Eva dachte wie-der an Baden. Da niemand in der Nähe war, gingen sie nackt ins Wasser, schwammen einen Steinwurf hinaus und umarmten sich im Schweriner See. Es war nicht leicht, sich in diesem Zustand über Wasser zu halten.

Am 18. März 1990 trieb der Südwind eine heftige Brandung gegen das Nordufer des inneren Sees. Das Rohr schlingerte und wisperte. Claudia sagte wieder, daß das Wasser keine zehn Grad habe und viel zu kalt sei, um hinauszuschwimmen und sich zu umarmen. Draußen kreuzte ein einsames Segelboot.

Am Heck flatterte eine schwarz-rot-goldene Fahne ohne Ham-mer und Zirkel. Beide sahen es, sprachen aber nicht darüber, viel-leicht war es auch eine optische Täuschung.

»Der hat sein Schiff früh zu Wasser gelassen«, sagte Butkus nur. »Vor Ostern kommen die Boote eigentlich nicht hinaus.«

Er erzählte vom Wedeler Yachthafen, wenn sie die Schiffe aus der Halle fahren, auf den Haken nehmen und ins Wasser platschen lassen. Dann geht es die Elbe abwärts bis Brunsbüttel, durch den Kanal nach Kiel-Holtenau und in die offene Ostsee. In diesem Frühling werden viele nach Wismar und Warnemünde segeln, und keiner wird sich etwas dabei denken.

»Wie bist du damals in die BRD gekommen?« fragte sie, als sie, von Norden kommend, auf die Stadt zuradelten.

»Der Westen hat mich nach fünfzehn Monaten freigekauft.«

»Richtig für Geld? Die Kapitalisten haben Geld für dich bezahlt?«

Als Unterstufenlehrerin wußte sie das besser. Den letzten Menschenhandel in Deutschland gab es vor 200 Jahren, als die Fürsten in Geldverlegenheit waren und Soldaten an England verkauften, damit sie Amerika daran hindern sollten, frei zu werden.

»Wie sind sie auf dich gekommen? Warum wurdest du gekauft?«

»Mein Bruder hat sich darum gekümmert.«

»Hattest du ihm geschrieben?«

»Nein, schreiben ging nicht. Er erfuhr es von einem, der mit mir in der Zelle gesessen und ein halbes Jahr früher in den Westen verkauft worden war. Der besuchte Gerhard in Köln und erzählte ihm von mir. Mein Bruder schrieb ans Ministerium in Bonn, die setzten mich auf ihre Wunschliste für den Freikauf.«

Sie blickte ihn zweifelnd an.

»Warum hat der Westen das getan? Brauchte er DDR-Bürger als billige Arbeitskräfte? Ich habe gelernt, daß er bis August 1961 unsere besten Fachkräfte abwarb, dann wurde den Werbern das Handwerk gelegt und der Schutzwall errichtet.«

»Aber die BRD ließ nicht locker«, sagte Butkus, »sie kaufte die Menschen aus den Gefängnissen. In fünfundzwanzig Jahren sind vierunddreißigtausend DDR-Bürger für dreieinhalb Milliarden Westmark verkauft worden.«

Das glaubte sie nicht. So viele! Eine ganze Armee. Und für

soviel Geld! Das mußte ein Irrtum sein. Davon hätte man in der DDR etwas gehört. Und überhaupt, wo ist das viele Geld geblieben?

»Wer hat gezahlt?« fragte Claudia.

»Die Bundesrepublik Deutschland. Anfangs tauschte man Ware gegen Ware. Der Westen lieferte Butter, Getreide und Südfrüchte, die ersten Häftlinge wurden mit drei Waggons Kali bezahlt. Später nahm die DDR auch Bares.«

Aber es muß sich doch rechnen, das Kapital will sich vermehren. Wer für dich Geld ausgibt, erwartet es mit Zins und Zinseszins zurück.

Claudia fragte, ob er immer noch in Raten jenen Kaufpreis abzahle, der für ihn überwiesen werden mußte.

Butkus schüttelte den Kopf.

»Von mir hat keiner Geld verlangt, ich zahle Steuern wie jeder andere Bürger, mehr nicht. Nur die Gesellschaft mit den großen sozialistischen Errungenschaften, die auf den lichten Höhen der Kultur wandelte, durchdrungen war vom humanistischen Grundanliegen, ließ sich die Menschen bezahlen.«

»Du bist schon wieder zynisch«, sagte sie.

Also gut, schweigen wir. Aber als die ersten Häuser der Stadt auftauchten, fing er doch wieder an und erklärte die Preisgestaltung im Menschenhandel.

»Die DDR errechnete die Unkosten, die ihr durch die fragliche Person entstanden waren. Die größte Summe bestand aus den Ausbildungskosten, deshalb waren Akademiker und Spezialisten um vieles teurer als einfache Arbeiter.«

»War es nicht recht und billig, daß jeder, der diesen Staat verlassen will, vorher seine Schulden begleicht?«

Im Falle Butkus bestanden die Unkosten aus einem bedeutenden Posten Schulgeld, darin enthalten die Gehälter der Lehrkräfte, umgelegt auf die Zahl der Schüler in all den Jahren. Das läpperte sich zusammen. Dazu die Sachkosten. Die Schulräume waren stets ordentlich beheizt und beleuchtet. Kindergartenkosten fielen nicht an, denn Hänschen verbrachte seine Kinderzeit am masurischen Wasser und auf Lehmkuhls Bauernhof, das war Kindergarten genug. Dafür stand seine Berufsausbildung auf der Rechnung. Er hatte dem Volk der DDR viel Geld gekostet. Die Gegenrechnung, daß er mehr als zwölf Jahre gute Arbeit für dieses Volk geleistet hatte, ließen sie nicht gelten. Gute Arbeit im Sozialismus sei selbstverständlich. In der Position »Sonstiges« summierten sich die Kosten seiner Überwachung. Hochqualifizierte Fachleute mußten ihm Tag und Nacht mit modernstem Gerät auflauern, seine Briefe öffnen, sie auswerten, Akten anlegen, Berichte schreiben bis in die Nachtstunden. Welch ein Aufwand! Schließlich Waldheim. Auch das Zuchthauspersonal will leben, die Hunde im Laufgraben fressen Fleisch. Fünfzehn Monate freie Kost und Logis. Mit dem bißchen Schraubendrehen im Arbeitshaus ist das nicht zu bezahlen.

Alles in allem kamen sie auf knapp fünfzigtausend Mark West. Auf eine handelsübliche Verzinsung der Auslagen wurde großzügig verzichtet, sonst wäre dieser Butkus nicht zu bezahlen gewesen. Und was wird mit Frau und Kind?

Für die reicht das Geld nicht. Ihre Frau ist übrigens schon anderweitig verheiratet, und dem Kind geht es gut.

Gerhard sagte damals, es sei wie mit dem Branntwein. Nur der Staat dürfe das Zeug vertreiben. Der sozialistische Staat habe sich das Menschenhandelsmonopol gesichert, nur er dürfe seine Bürger für teures Geld verkaufen. Für die anderen hat er das Strafgesetzbuch erfunden und die Straftatbestände einfacher Menschenhandel und staatsfeindlicher Menschenhandel.

Fünf Stunden unterwegs. Mit Eva hatte die Fahrt länger gedauert, die vielen Unterbrechungen, die Bäder im See und die Balgerei im Haferfeld.

Ein Lastwagen überholte sie, bestückt mit roten Fahnen und Transparenten: »Der Sozialismus wird siegen!« Es sind ihre Leute, dachte er. Wäre sie nicht mit dir unterwegs, würde sie mit denen auf der Plattform stehen, wie Strobele damals, als er gegen die NATO-Antennen durch die Stadt brauste.

»Als ich 1970 in den Westen kam, habe ich sofort an dich geschrieben, an die alte Adresse in Lankow. Natürlich wußte ich, daß ihr in Warnemünde lebtet, aber ich dachte, die Post wird den Brief nachsenden. ›Claudia Butkus ist hier unbekannt‹, vermerkten sie auf dem Umschlag und schickten ihn mir zurück. Ihr hattet Kontaktsperre. Deine Mutter war mit einem Offizier der Weißen Flotte verheiratet, das schloß jeden Briefwechsel mit dem Westen aus. Nicht einmal Geburtstagsgrüße eines Vaters an seine Tochter beförderte die Post.«

Von Nordosten kommend, fuhren sie in die Stadt, bogen ab zum Pfaffenteich, umrundeten ihn bis zum Arsenal. Dort stieg die Unterstufenlehrerin Claudia Warneke vom Fahrrad, um den Kindern zu erklären, daß im Arsenal 1918 der Arbeiter- und Soldatenrat getagt habe. Während des Kapp-Putsches gingen von dort aus die Putschisten gegen die Schweriner Werktätigen vor.

Als Hänschen Butkus nach Schwerin kam, hausten im Arsenal Flüchtlinge aus Pommern. Wem das Arsenal im Sommer 59 gehörte, als sie abends erschöpft von der Sonnenhitze vorbeigeradelt waren, wußte er nicht mehr. Eva müßte es wissen, die arbeitete ganz in der Nähe.

Sie führten die Räder durch die Fußgängerzone. Eva hätte hier ein Eis verlangt. Claudia blieb in der Hermann-Matern-Straße vor einem Wandrelief stehen, das zu Ehren der fünfzehn Schweriner Bürger angebracht war, die im März 1920 unter den Schüssen der Kapp-Soldateska ihr Leben lassen mußten. Wieder geschah es im März.

Die Türme des Schlosses übergossen von Sonnenlicht, der Dom in den Farben des Nachmittags. Die Stadt voller Menschen. Sie spazierten durch die Straßen, als wäre es ein bedeutender Feiertag. Unter ihnen Schaulustige aus dem Westen, die von Lübeck, Ratzeburg und Hamburg gekommen waren, um dabeizusein.

Vor den Wahllokalen standen Menschengruppen und diskutierten über den möglichen Ausgang. Einige erinnerten sich des Oktobers 1946, wenige wie Lieschen Lehmkuhl des Sommers 1932, als die Mecklenburger der NSDAP in freien Wahlen zur absoluten Mehrheit verhalfen. In Mäkelborg passiert süss allens hunnert Johr späder, doch dit geschüht 'n bäten früher.

Als der denkwürdige März 1990 ins Land zog, gaben die Meinungsforschungsinstitute den Sozialdemokraten 53 %.

»Sie werden gewinnen«, sagte Claudia und tippte auf ein Plakat in der Hermann-Matern-Straße. »Zweitstärkste Partei wird die PDS«, sagte sie. »Danach kommt der Rest.«

Er wollte sie in ein Café einladen, aber alle waren überfüllt. Der Parkplatz vor dem Schloß quoll über von Westautos. Die Germania blickte von der Siegessäule auf das Menschengewimmel, zeigte unablässig mit dem Schwert in den Himmel. Diese Säule wurde den gefallenen Mecklenburgern von 1870/71 errichtet, sie überdauerte die Revolution von 1918, den Kapp-Putsch, den Zweiten Weltkrieg, die Rote Armee und alle Märzmonate, auch die Kommunisten wagten es nicht, Hand anzulegen an die stattliche Person auf der Säule.

»Das Schweriner Schloß ist nach dem Vorbild von Chambord an der Loire erbaut worden«, erklärte die Fremdenführerin Claudia Warneke.

»Bald kannst du auch an die Loire reisen«, sagte er, als sie durch den Schloßgarten radelten.

Sie bogen nun auf den Seeuferweg, der nach Zippendorf führte. Wenn wir hier weiterfahren, kommt uns das Ehepaar Strobele beim Sonntagsspaziergang entgegen, dachte Butkus. Claudia wird absteigen, um die beiden zu begrüßen. Schließlich kannte man sich.

Das ist mein Vater aus dem Westen, wird sie sagen.

Die nordische Schönheit wird freundlich lächeln und erklären, daß man sich nicht fremd sei.

Am Ende des Schiffsanlegers Zippendorf spielten Kinder. Wenn sie hineinfallen, sind sie tot wie der Kommerzienrat Köller, der hier seiner Schande der Armut ein Ende gesetzt hatte. Auf den Bänken saßen Spaziergänger, die Sonne im Rücken, den See vor Augen.

Strobele war nicht zu Hause. Sein Anwesen lag im Schatten der Bäume, alle Fenster geschlossen, die Gartenarbeit ruhte. Wo am frühen Morgen die Rauchsäule gestanden hatte, spielte der Wind mit Aschenresten, schwarze Flocken wirbelten auf und davon.

Hans Butkus stieg vom Fahrrad und trat an den Zaun.

»Bist du immer noch nicht mit ihm durch?« fragte Claudia.

Er öffnete die Pforte, schon stand er im Vorgarten.

»Du darfst nicht Strobeles Grundstück betreten.«

Es ist nicht Strobeles Grundstück, es gehört dem Volk, dachte er.

Seine Hand erreichte die Wände. Er tastete sie ab wie ein Blinder, der seinen Weg sucht. Der schmuddelige Spitz gab keinen Laut, Sperlinge tschilpten in der Dachrinne. Er blickte durchs Fenster, er berührte den Türdrücker. »Vorsicht, bissiger Hund!«

»Vater!« hörte er Claudias Stimme von der Straße her.

Hans Butkus bewegte sich wie ein Kranker, der zum erstenmal das Haus verlassen darf, vorsichtig, Schritt für Schritt, umkreiste er das Gebäude. Auf den geharkten Gartenwegen hinterließ er verräterische Spuren. Vor der Erde, die Strobele umgegraben hatte, blieb er stehen. Sie glänzte schwarz und fettig, ein moderiger Geruch stieg auf. Überhaupt fühlte er, wie es aus der Erde in seinen Körper strömte, eine unbekannte Kraft. Jetzt könnte er es tun, in diesem Augenblick wäre er stark genug.

Einen Steinwurf entfernt sah er Evas Gesicht, oder war es Claudia? Sie winkte heftig. Eine Fahrradglocke schellte. Aus der Ferne drang ein unbestimmtes Summen an sein Ohr. Es kam vom

See, wurde stärker... Ach, die Schwäne! Sie kamen im Tiefflug über das Wasser... Wu... Wu... Wu... sangen die sowjetischen Flieger über den masurischen Seen. In der Zippendorfer Bucht gingen sie nieder, Wasser schäumte vor ihren weißen Leibern, eine Bugwelle eilte ihnen voraus und klatschte in den Sand.

»Du darfst da nicht eindringen«, sagte Claudia vorwurfsvoll.

Kannst du dir vorstellen, daß ich da in der Stube gesessen und mit den beiden Kaffee getrunken habe? Kein Wort des Vorwurfs brachte ich über meine Lippen. So einen Vater hast du. Unfähig zu sprechen, und das nicht aus Großmut, sondern aus Feigheit. Sie hätten mich nicht verstanden, sie hätten es nicht begriffen, diese beiden hatten nur Pflichten erfüllt, weiter nichts.

»Laß uns weiterfahren«, drängte Claudia.

Was soll ich anfangen mit einem wie Strobele? Die Nazis hatten ihre Lager: ein Wink genügte. Die Rote Armee mit ihren sehr fernen Lagern: ein Wink genügte. Die DDR besaß Waldheim und Bautzen: ein Wink genügte. Aber wir haben nichts. Es wird keine Brandenburger Prozesse geben, keine Umerziehung, wir stehen uns mit nackten Händen gegenüber. Die Täter von damals sind alte Leute geworden und bekommen Rente.

»In fünf Jahren ist dein Strobele tot«, sagte Claudia.

Das hieß doch wohl, du sollst ihn in Ruhe lassen, Hans Butkus. Die Zeit erledigt das besser als du. Beschmutze dich nicht mit dieser alten Geschichte.

»Ja, ja, ja, ich könnte ihn in Ruhe lassen, wenn er nur ein wenig kleinlaut, ein bißchen schuldbewußt wäre. Aber er ist so gottserbärmlich selbstgewiß, so sicher, so ganz ohne Reue, und er wird nicht aufgeben, er wird, solange er lebt, für seinen Sozialismus kämpfen, er wird agitieren, er wird das Brot des Kapitalismus fressen, aber das Lied des Kommunismus singen. Solche Menschen sind gefährlich, man kann sie nicht gewähren lassen.«

»So haben alle gedacht«, bemerkte Claudia. »Grabow, als er Strobele verhaften ließ, Strobele, als er Grabow ins Lager schaffen ließ und dich nach Waldheim. Im Kopf läuft immer das gleiche ab: Sie sind gefährlich, man muß sie aus dem Verkehr ziehen, beseitigen, in Schutzhaft nehmen. Vielleicht sollten wir anfangen, einmal anders zu denken.«

Die letzte Steigung hinauf zum Fernsehturm, der der Sonne im Wege stand, der die Häuser überragte wie ein drohender Finger. Hinter ihnen der See mit seinen bewaldeten Inseln, das liebliche Zippendorf, hinter ihnen Strobele mit der ganzen elenden Vergangenheit, sehr weit entfernt auf der anderen Seite das Leezener Steilufer mit seinen Haferfeldern und Viehherden.

»Willst du noch zu einem Kaffee raufkommen?« fragte sie, als die Räder in die Magdeburger Straße einbogen.

»Es wird Zeit, nach Hause zu fahren«, antwortete er.

Sie brachten gemeinsam die Räder in den Keller.

Als sie die Kellertür abschloß, als das Schloß zuschnappte und der Schlüssel sich drehte, hörte er sie in die Kellerdunkelheit sagen: »Vielleicht wird das die größte Leistung des Westens sein, daß er auf jede Abrechnung verzichtet hat. Die Verfolgten verfolgen nicht mehr ihre Verfolger. Ende des Kreislaufes. Schlußstrich. Wir fangen neu an.«

Sie ist wirklich anders als diese Person in Warnemünde, dachte er. Vielleicht lag das deutsche Unglück daran, daß wir zuviel abgerechnet haben: mit den Junkern, mit dem Adel, den Novemberverbrechern, den Vaterlandsverrätern, den Juden, den Faschisten, den Militaristen und Konterrevolutionären. Eine endlose Geschichte der Abrechnung, einer jagt den anderen in die Lager, in die Gefängnisse oder in die Emigration.

»Das müssen die entscheiden, die etwas zum Abrechnen haben, die ihre Kinder an der Mauer verloren oder in Fünfeichen oder Workuta«, sagte Hans Butkus.

»Also Leute wie du.«

Er schwieg. Was ihm widerfahren war, sah plötzlich so klein und nichtig aus, so unbedeutend und nicht der Rede wert.

»Ich weiß nicht, ob wir damit durchkommen«, sagte er zu ihr. »Es gibt zu viele, die eine Rechnung offen haben. Der Kommunismus hat von der Oktoberrevolution bis heute mehr unschuldige Menschen umgebracht als der Faschismus in seinen blutigen zwölf Jahren.«

Der Satz stand im dunklen Kellervorraum, prallte gegen die Stahltür und suchte ein Echo. Nebenan knackte das Metall der Fahrräder. Sie ließ den Schlüssel fallen. Wäre es nicht so dunkel gewesen, hätte er gesehen, daß sie sich, während sie nach dem Schlüssel suchte, die Augen wischte. Eilig ging sie die Treppe hinauf, er folgte langsam.

Sein Auto stand auf dem Parkplatz, umgeben von Trabants, Wartburgs und Skodas. Auf ein schwedisches Auto hatte jemand in den Staub getextet: »Statt Volvos schwedische Gardinen«.

»Warte bitte noch einen Augenblick!« rief sie und rannte hinauf in ihre Wohnung.

Der Wagen war aufgeheizt, eine Wärme empfing ihn wie in jenem Sommer. Damals besaß er kein Auto, nur ein Fahrrad, aber eine große Jugend, hohe Erwartungen und eine Zukunft.

Sie kam atemlos die Treppe herunter. In der Hand hatte sie einen Briefumschlag. Den zeigte sie ganz ungeniert, ging damit auf ihren Vater zu, überreichte den Brief und sagte: »Das ist Fred.«

Er dachte an den Transitparkplatz in Ludwigslust und die vielen geheimnisvollen Augen und Fotoapparate. Wieder wurde von einer DDR-Bürgerin ein Briefumschlag an einen Westdeutschen übergeben. In dem Umschlag befand sich ein Paßfoto. Butkus sah einen jungen Mann mit langen schwarzen Haaren, schmalem Gesicht und großen Augen. Auf einem Zettel stand der Name: Fred Jeschonke, Alter: 28, Größe: 1,79, Augen: blau.

»Fred ist bei euch im Westen, aber ich weiß seine Adresse nicht«, hörte er Claudias Stimme. »Vielleicht könntest du Nachforschungen anstellen, er muß doch irgendwo gemeldet sein.«

»Seit wann ist er fort?«

»Vor einem halben Jahr reiste er nach Ungarn.«

Butkus starrte das Bild an, sah es Nacht werden und September. An der deutsch-österreichischen Grenze erscheinen die ersten Trabis. Ein junger Mann mit langen schwarzen Haaren springt aus dem Auto und macht das Victory-Zeichen. Den grünen bundesdeutschen Reisepaß hält er vor die Kamera.

Ich grüße meine Freundin Claudia in Schwerin!

Nein, das sagt er nicht, er umarmt nur einen Grenzpolizisten. Eine Sektflasche explodiert, die letzte Flasche Rotkäppchen. Sie lassen die Flasche kreisen. Großaufnahme. An der Grenze beginnen sie zu singen. Schwenk der Kamera zu den Passanten, die nachts an die Grenze gekommen sind... Wir begrüßen unsere Landsleute im freien Teil Deutschlands! schreit einer ins Mikrofon... So ein Tag, so wunderschön wie heute, singen die anderen.

An jenem Abend meldete ADN: Wir wollen denjenigen, die unsere DDR verlassen, keine Träne nachweinen.

Den Spruch wird man sich merken müssen.

Der Nachrichtensprecher West erklärte nur, Ungarn habe am 11. September 1989 seine Grenzen geöffnet.

Zum Sendeschluß die Nationalhymne oder »Völker, hört die Signale« oder »So ein Tag, so wunderschön wie heute...«.

»Das ist verdammt lange her«, sagte Butkus zu seiner Tochter.

»Vielleicht ist er krank oder anderweitig verhindert«, entschuldigte Claudia das lange Schweigen.

»Im Westen gibt es keine Schweigelager und keine Kontaktsperren«, sagte er. »Die Post vom Aufnahmelager Gießen nach Schwerin ist höchstens drei Tage unterwegs.«

Er versprach, nach diesem Fred zu suchen.

Aber vielleicht ist es besser, wenn du ihn nicht findest, dachte er. Wer in sechs Monaten kein Lebenszeichen von sich gibt, dem solltest du keine Träne nachweinen. Die große Freiheit führt nicht nur zusammen, sie trennt auch, ging es ihm durch den Kopf. Es ist die Freiheit, die Frau zu verlassen und die Kinder, den Mann zu betrügen, die alten Brücken abzubrechen und irgendwo neu zu beginnen.

Sie reichte ihm scheu die Hand. Zum erstenmal spürte er ihr Gesicht, ihren Atem, den Duft ihres Haares. Als sie klein war, hatte er sie oft auf dem Arm getragen, ihr ins flaumige Haar gepustet. Wenn seine Lippen das kleine Ohr berührten, begann das Kind zu juchzen. Zweiundzwanzig Jahre Kontaktsperre, kein Kuß auf die Wange, keine Umarmung. Die Zeit stiehlt uns die Kinder, macht sie zu Fremden. Nur keine Träne nachweinen dieser Zeit, dieser verlorenen Zeit.

»Also jetzt nach Hause?«

»Ja, ich will in Hamburg sein, bevor es dunkel wird.«

»Am besten fährst du vom Großen Dreesch gleich zur Autobahn Hagenow, dann brauchst du nicht mehr durch die Stadt.«

Er wollte aber durch die Stadt. Über Gadebusch und Lankow war er gekommen, über Lankow und Gadebusch wollte er gehen.

»Wir werden uns schreiben.«

»Wenn du nach Hamburg kommst, mußt du uns besuchen.«

»Auf dem Weg an die Loire komme ich bei euch vorbei.«

Sie lachte.

Im Rückspiegel sah er, daß sie winkte.

---

Rechts ab in die große Leninallee. Das Radio sprach von Staus an den nördlichen Grenzübergängen und starkem Rückreiseverkehr auf der Ostsee-Autobahn.

Vor einem Wahllokal blieb er stehen. Keine Menschenschlangen mehr, aber doch ein reges Kommen und Gehen. Kleine Gruppen standen zusammen, rauchten Zigaretten und hörten auf zu sprechen, als er aus dem Auto stieg. Ein Streifenwagen der Volkspolizei hielt in einiger Entfernung auf dem Bürgersteig.

Noch eine Stunde, dann hat die DDR gewählt. Dann befinden sich zwölf Millionen weiße Blätter in den Boxen, sind vierhundert Sitze in der Volkskammer vergeben.

An der Grenze ist sowieso ein Stau, dachte er, als er an den Wartenden vorbei zu dem Wahllokal schlenderte. Vor der Treppe zum Eingang standen junge Leute, um den Alten und Behinderten die Stufen hinaufzuhelfen.

Durchs Fenster blickte er in einen großen Raum, in eine Halle, eine Aula oder was war das hier? Er sah die Helfer an langen Tischen sitzen, sah sie Scheine ausgeben, Listen durchsehen und abhaken. Und dann erblickte er ihn. Kerzengerade vor der Wahlurne, das Kreuz durchgedrückt, feierlicher Gesichtsausdruck, die Arme gekreuzt über der Urne, sie behütend wie der Erzengel, ein Stück Karton über den Schlitz haltend, den Wahlvorgang fest im Blick, funkelnde Brillengläser. Er sah aus wie Walter Strobele. Er nickte jedem freundlich zu, der an die Urne trat, schien ihn zu ermuntern, frohen Herzens den Briefumschlag einzuwerfen. Großer Gott, dieser Strobele gräbt nicht den Garten um, er kämpft als Wahlhelfer an der demokratischen Front, achtet darauf, daß die Stimmzettel ordnungsgemäß in den Kasten kommen, daß die sozialistische Willensbildung sich vom Herzen über den Kopf in die Urne ergießt.

An der Stuhllehne hing seine Krücke. Kein Zweifel, es war Strobele.

Wo blieb Dschingis-Khan?

Strobele blickte auf. Erst schien er ein wenig irritiert, dann erkannte er den Mann am Fenster, der ihm bei der Arbeit zuschaute. Er hob die Hand zum freundlichen Gruß und lachte.

Butkus dachte, er müsse davonlaufen. Nun wird alles besudelt. Die weißen Stimmzettel werden schwarz, die Urne wird schmutzig, das Ergebnis ein einziger Gestank. In vier Jahren – dann wird Strobele, wenn er noch lebt, seinen 75. Geburtstag feiern – wird ihm der Bürgermeister der Stadt Schwerin für jahrzehntelanges

Wirken im kommunalen und gesellschaftlichen Bereich einen Verdienstorden überreichen. Hat sich um die Vaterstadt verdient gemacht, wird er sagen. Der war von 1945 bis zur Wende dabei, wird er sagen. Immer an vorderster Front. Und Strobele, wenn er noch lebt, wird in seinen Dankesworten mit einem gewissen Stolz darauf hinweisen, bei der ersten freien Wahl in der DDR dabeigewesen zu sein, an maßgeblicher Stelle, versteht sich, mit an der Spitze.

Wo blieb Dschingis-Khan? Warum zitterten diesem Strobele nicht die Hände? Ruhig saß er da, selbstbewußt, sich seiner Sache sicher. Butkus spürte das alte Kribbeln in den Fingern. Er preßte die Hand gegen den kalten Stein, bis sie still wurde. Was mag in den Wählern vorgehen, die diesen Strobele kennen, die von seinem verantwortungsvollen Wirken wissen? Müssen sie nicht zu Tode erschrecken, wenn sie ihn als obersten Hüter der Wahlurne erblicken?

Ein jüngerer Mann blieb neben Butkus stehen.

»Sind Sie von der Stasi?« fragte er und gab sich als Wächter des Neuen Forums zu erkennen. »Ich beobachte Sie schon eine Weile, Sie laufen ums Wahllokal und schauen durch die Fenster, als suchten Sie einen.«

Butkus schüttelte den Kopf.

»Man kann ja nie wissen«, meinte der Wächter. »Die Brüder sind noch voll aktiv, die haben nichts anderes gelernt als ermitteln, ausspähen, überprüfen, zuführen. Sie schreiben jeden auf, der das Wahllokal betritt, sie notieren, wann die Sonne aufgeht und wann sie verschwindet. Da drin am langen Tisch sitzen auch ein paar von den alten Genossen.«

In diesem Augenblick sah Butkus, wie Ingeborg Strobele zügig die Leninallee überquerte, ihr voraus an langer Leine der Hund. Sie trug eine Plastiktüte Marke West, ging forschen Schrittes die Stufen hinauf, fragte nicht, ob man einen Hund in ein Wahllokal mitnehmen dürfe, sondern verschwand hinter der

Glastür. Durchs Fenster sah Butkus, wie die Frau sich an den Wartenden vorbeischlängelte. Was haben Hunde im Wahllokal zu suchen? Gleich wird der Spitz zu kläffen beginnen, weil er Herrchen entdeckt hat. Ingeborg Strobele erschien im Rücken der Wahlhelfer, stellte die Plastiktüte auf einen Tisch und entnahm ihr eine silberne Kaffeekanne, eben jene, aus der sie Hans Butkus eingeschenkt hatte. Heißer Kaffee für das Wahlkollektiv. Eine Stärkung der Werktätigen bei ihrer schweren Arbeit zum erfolgreichen demokratischen Aufbau der Republik. Und braune Plätzchen gab es dazu, die allerletzten von Weihnachten.

Ingeborg Strobele stellte jedem der Helfer einen Plastikbecher auf den Tisch, schenkte dampfenden Kaffee ein. Es gab eine leichte Stockung im Verlauf der Wahlhandlung, doch war sie von untergeordneter Bedeutung und führte nur zu allseitiger Heiterkeit. Walter Strobele legte einen dicken Aktenordner auf den Schlitz der Wahlurne, um mit beiden Händen den Plastikbecher an den Mund zu führen. Der Hund bekam ein braunes Plätzchen und wurde von Frauchen auf den Arm genommen.

Nachdem sie die tatkräftigen Helfer verläßlich betreut hatte, begab sie sich in den hinteren Teil des Raumes, nahm auf einer Bank Platz und beobachtete den Wahlvorgang aus der Ferne, der Hund auf ihrem Schoß tat ein gleiches. Einige Wähler gingen, nachdem sie ihrer demokratischen Pflicht genügt hatten, zu ihr, schüttelten ihr kurz die Hand und wechselten ein paar Worte. Man kannte sich.

Warum fährst du nicht endlich nach Hause?

Butkus setzte sich ins Auto, schaltete das Radio ein und starrte zu dem Gebäude, in dem die kleinen weißen Zettel die Welt verändern wollten. Hinter den Wohnblöcken des Großen Dreesch versank die Sonne. Lange Schatten fielen auf Zippendorf, der Schatten des Fernsehturms reichte auf den See hinaus, er baute eine Brücke hinüber nach Kaninchenwerder. Das Verkehrsstudio des NDR meldete vom Übergang Selmsdorf/Schlutup einen Stau des Rückreiseverkehrs bis an die Stadtgrenze von Wismar. Der Nachrichtensprecher wußte von reger Wahlbeteiligung in den Bezirken der DDR zu berichten. Die Norm sei fast erfüllt, die Mitglieder der Brigaden hätten bereits zwei Drittel der Ernte eingebracht, überall gebe es schöne Ergebnisse, der Fünfjahresplan könne fortgeschrieben werden. Der Vorsitzende des Staatsrates wird ein Grußtelegramm an die Werktätigen schicken, in dem er seine Anerkennung für die geleistete Arbeit ausspricht. Medaillen werden geprägt und überreicht, eine Flasche Rotkäppchen-Sekt gehört jetzt auf den Tisch, nicht dieser angolanische Kaffee aus Plastikbechern.

In der Leninallee flammten die Straßenlaternen auf, obwohl die Stasi den Sonnenuntergang erst für 18 Uhr 29 festgestellt hatte.

Wenige Minuten vor Schließung des Wahllokals kam ein etwas verwildert aussehender Mann aus dem Gebäude gerannt. Mit zwei Sätzen sprang er die Treppe hinunter, strauchelte, fing sich, taumelte auf die Forsythienbüsche zu, die noch nicht blühten, aber schon dicke gelbe Knospen trugen, und kotzte im hohen Bogen in die Natur.

Butkus hörte ihn stöhnen.

»Soll ich einen Arzt rufen?«

»Ich brauch' keinen Arzt, ich brauch' 'ne Kalaschnikow.«

Der Mann sah zum Erschrecken elend aus. Ein rundes Gesicht voller Flecken und Narben, strähniges schwarzes Haar hing über beiden Ohren, aus den Nasenlöchern wucherten Haarbüschel, es fehlten Zähne. Er sah asiatisch aus, und Butkus fiel ein, daß nach dem Kriege in Schwerin, sogar in Lankow, Kinder geboren wurden mit runden Gesichtern, schmalen Augenschlitzen und blauschwarzem Haar, die in der Schule sowjetische Indianer genannt wurden.

Nachdem der Mann sich beruhigt hatte, setzte er sich auf die

Steintreppe, wischte mit dem Ärmel über den Mund, spuckte seitwärts, um den faden Geschmack loszuwerden.

»Da will ich zur Wahl gehen, und wen treffe ich? Den Kerl, der
mich zugeführt hat. Ich sofort raus, bevor ich den Tisch um-
schmeiße.«

»Wie heißt er?« fragte Butkus.

»Namen sind Schall und Rauch... Hab' ihn aber sofort wieder-
erkannt... Das Schwein mit der Krücke.«

»Er heißt Walter Strobele«, sagte Butkus und setzte sich zu
dem Indianer auf die Treppe.

»Wie er heißt, ist scheißegal, jedenfalls gehört er nicht vor die
Wahlurne. Der gehört hinter Gitter oder unter die Erde.«

Er holte eine kleine Flasche aus dem Mantel und trank daraus
klare Flüssigkeit.

»Kann ich dir nicht anbieten«, entschuldigte er sich, »ist das
reinste Teufelszeug.«

Als er getrunken hatte, fragte er, wo der Kerl mit der Krücke
wohne.

»In Zippendorf am Strand.«

»Hat sich 'ne feine Gegend ausgesucht. Viel zu gut für so einen. Ich werd' mal hingehen und die Angel ins Wasser halten.
Wenn er vorbeikommt, stell' ich ihm ein Bein und halte ihn so
lange unter Wasser, bis er das Atemholen vergißt.«

»Was hat er dir getan, dieser Strobele?«

»Na, erst einmal hat er mich zur Arbeit auf den Friedhof geschickt«, brummte der Mann und spuckte seitwärts.

Aber das war nicht das Schlimmste. Er mußte von vorn anfangen. Da sah es so aus, daß der Junge, den sie in der Schule Indianer riefen, gern zur Handelsmarine gegangen wäre, VEB Fischfang oder so. Aber die Genossen meinten, das ließe sich schlecht
machen. Du hast einen Bruder im Westen, der auch zur See fährt,
aber ganz weiß ist und kein Indianer. Es könnte vorkommen, daß
ihr euch vor Island trefft und Nachrichten austauscht. Am besten,

du wirst Friseur. Also gut, Friseur. Mit siebzehn schrieb er an die Wandtafel der Friseurschule: »Nieder mit der SED.« Eigentlich hatte er nichts gegen die SED, aber der Satz stand plötzlich an der Tafel, weiß auf schwarz. Vermutlich kam das von der verhinderten Fischerei vor Island. Damals blieb es bei einer Verwarnung.

Das mit dem Friseur klappte einigermaßen, danach zwei Jahre Volksarmee, nicht gerade freundlich für einen Haarschneider, aber auszuhalten. Was folgte, war die schönste Zeit im Leben des Indianers. Er heiratete Monika, sie bekamen eine Tochter, die hübsch aussah, Mandelaugen hatte, dunkle Haut und schwarzes Haar, eben wie die Tochter eines Indianers.

»Irgendwie fiel uns ein, ich glaube, Monikas Mutter wollte es unbedingt, daß das Kind getauft werden sollte. Ein schwerer Fehler. Wie es später zur Hausdurchsuchung gekommen ist, weiß kein Mensch. Jedenfalls war der Kerl mit der Krücke dabei, sie fanden religiöse Schriften und führten mich zur Klärung eines Sachverhaltes zu. Das dauerte sechs Monate. In der Anklageschrift stand: Verleumdung der DDR und Verbreitung von Hetzschriften gegen den Arbeiter- und Bauernstaat. Das müssen die religiösen Papiere gewesen sein.«

Was sie als Verleumdung des Staates bezeichneten, wußte er nicht mehr. Er wiederholte zwar mehrfach jenen Satz, den er als Siebzehnjähriger an die Friseurschultafel geschrieben hatte, aber nur in Gedanken, und Gedanken sind frei, Gedanken lesen kann der mit der Krücke auch nicht.

Es kostete jedenfalls drei Jahre mit Anrechnung der Untersuchungshaft. Die Frau ließ sich scheiden, bei Staatsverleumdung gibt es Verfahrenserleichterungen. Die Tochter vergaß ihren Vater, Besuche fanden nicht statt. Als sich der Friseur eine Glatze scheren ließ, bekam er 21 Tage Arrest in der Dunkelzelle, bis die Wolle nachgewachsen war. Das wäre ja noch schöner, kahlköpfig demonstrieren zu wollen, daß es in den Strafanstalten der DDR zugeht wie dazumal in Buchenwald oder Sachsenhausen!

Nach Verbüßung der Strafe schickten sie den Indianer auf den Friedhof. Für 375 Mark im Monat Gräber ausheben. Den Toten kann er nicht schaden, Hetzschriften sind da völlig wirkungslos, aber als Friseur wäre er gefährlich, Friseure reden ja pausenlos.

»Sieben Ausreiseanträge habe ich gestellt, sieben wurden abgelehnt. Meine Tochter ist längst im Westen, will mit ihrem Vater nichts zu tun haben, weil der ein bißchen heruntergekommen ist, auch mehr trinkt, als einem Totengräber zukommt, was mit der Arbeit zusammenhängt, mit dem Wühlen in der sandigen Erde und den Gesprächen mit den kommenden Toten und den gewesenen Toten.«

Auch die geschiedene Frau ist schon drüben, soll angeblich in Hannover einen Friseurladen haben. Nur den Indianer brauchten sie zum Gräberausheben.

Dieser Krückenmensch verschaffte ihm sicherheitshalber noch den Paragraphen 48. Einmal wöchentlich mußte er sich beim Abschnittsbevollmächtigten melden. Vor bedeutsamen Feiertagen, zum Beispiel am 40. Jahrestag der Republik, wurde der Friedhofsarbeiter in Gewahrsam genommen, um zu verhindern, daß er sich an unerwünschten Demonstrationen beteiligte und unnötig unglücklich machte. Also Schutzhaft. Wir schützen euch vor unbedachten Handlungen, Genossen, seid unbesorgt.

Hinter ihnen wurde die Tür abgeschlossen. Der Wahlvorgang war beendet. Strobele und seine treuen Helfer machten sich an die Auszählung. Durchs Fenster sah Butkus, wie Strobele die Klappe der Wahlurne öffnete. Ein Berg von Papieren ergoß sich über den Tisch. Fleißige Hände begannen zu sortieren, stapelten kleine Häufchen, entnahmen die Stimmzettel den Briefumschlägen. Sorgfältig glätteten die Hände das Papier, ordneten die Zettel nach Parteizugehörigkeit, einer der Berge wuchs unermeßlich.

»Wenn der große Haufen zur PDS gehört, hänge ich mich auf«, sagte der Totengräber.

Er begann heftig zu phantasieren, redete davon, daß er, bevor er sich selbst davonmache, dieses Schwein beiseite schaffen müsse. »Der gehört in eine der vielen Gruben.« Den Plan, in Zippendorf zu angeln und Strobele, wenn er vorbeikommt, ein Bein zu stellen, gab er auf. So einer gehört gleich in die Kuhle, nicht erst der Umweg über Angeln, Beinstellen und Zippendorfer Strand.

Er behauptete, daß Totengräber die perfekten Mörder sein könnten. Eine Kuhle mehr ausheben, den Kerl hineinwerfen und zuscharren. Auf dem Friedhof ist ein Hügel mehr, wer fragt danach? Kein Kommissar sucht Leichen auf einem Friedhof. So faselte er, gab dem Kriminalschriftsteller Wallace, mit dem er persönlich zu tun gehabt hatte, den guten Rat, sich weniger um Gärtner als um Totengräber zu kümmern. Plötzlich war er verschwunden.

Die Tür wurde geöffnet.

»Kommen Sie ruhig rein und schauen Sie zu!« hörte Butkus. »Die Stimmenauszählung ist öffentlich.«

Das war Strobele. Er stand in der Tür und machte eine einladende Geste.

»Ich muß nach Hause fahren«, antwortete Butkus mit letzter Kraft.

Er schlenderte über die Straße, klammerte sich an sein Auto, preßte die Hände fest gegen das kühle Blech und unterdrückte jedes Zittern.

---

Hat dich der Indianer angesteckt, oder was ist los mit dir? Er dachte schlimme Dinge, nächtliche Verhöre fielen ihm ein, Gewehrschüsse, Feuer. Drüben sortierte Strobele weiße Zettel, die Frau saß daneben und schaute zu.

Butkus spürte das Verlangen, nach Zippendorf zu fahren und die Tür aufzubrechen. Kein Hund würde anschlagen, kein Posten

»Stoi!« rufen. Er könnte Feuer legen oder eine Bombe deponieren oder einen Gruß an die Wand schmieren: H. B. war da!… Juda verrecke!… Nieder mit den Faschisten!… Stasi raus!… Was man so schreibt in einem Jahrhundert.

Er starrte in die Forsythienbüsche, wo der Indianer sich entleert hatte. Er sah den Streifenwagen der Volkspolizei davonfahren und schaltete das Standlicht ein, denn über die Neubausiedlung Großer Dreesch fiel die Dämmerung.

Im Autoradio hörte er die erste Hochrechnung.

»Eine Sensation bahnt sich an«, sagte die Stimme aus dem Rechenzentrum. »Fünfzig Prozent für die Konservative Allianz.« Butkus sah Strobele seine eigene Niederlage auszählen. Der Berg zur Rechten wuchs und wuchs, links von ihm zwei kleine Häuflein. Bis zuletzt hoffte Strobele, seine PDS werde größer sein als die Sozialdemokraten, diese Genugtuung wollte er doch wenigstens haben.

Im Radio sprach jemand davon, daß das Wort »sozialistisch« für den Rest des Jahrhunderts diskreditiert sei. Rest des Jahrhunderts, das wären ja nur noch zehn Jahre, und dann fängt es von neuem an.

»Wir wollen nicht vergessen, daß der Nationalsozialismus auch ein Sozialismus war«, fuhr die Stimme fort. »Alles Furchtbare, das den Deutschen in diesem Jahrhundert zugestoßen ist, wuchs aus diesem Wort. In diesem Zeichen kann niemand mehr siegen.«

Ende des Kommentars. Das Radio spielte »Chattanooga Choo Choo…«.

Es werden nun keine Sonderzüge mehr fahren, dachte Butkus, weder nach Workuta noch nach Treblinka oder nach Pankow. Der Lokomotivführer Karl Butkus hat keine Arbeit mehr.

Wie er Strobele so sah, überkam ihn ein starkes Gefühl der Genugtuung. Jeder Zettel, den er auf den großen Haufen türmte, mußte ihm zur schweren Last werden. Man sah es dem alten

Mann an, wie sauer ihm die Arbeit wurde. Manchmal ließ er die Hände sinken, wie um auszuruhen, aber die treuen Helfer schoben ihm weitere Zettel über den Tisch, er mußte zählen... zählen... zählen.

Strobele zählte seine eigene Niederlage aus, die Wähler hatten ihn bestraft. War das nicht genug?

Wie oft willst du noch nach Zippendorf fahren? Du kennst schon jeden Sandkrümel vor seinem Haus, die Bäume nicken dir freundlich zu.

Der rötliche Lichtschein des Fernsehturms spiegelte sich im See, das Wasser schlug hörbar an die Bootsstege. Über der Stadt stieg eine Rakete in den Himmel, ein Überbleibsel der Silvesternacht, jemand hatte Grund zum Feiern.

Es wird Zeit, zu verschwinden. Strobele hat ausgezählt. Bald kommt er heim und sieht dich am Zaun stehen und gaffen. Es wird keine Siegesfeier auf dem Apachenhügel geben. Die Frau wird auf dem Beifahrersitz hocken und den Hund streicheln.

Wir haben es gut gemeint, wird Strobele zu ihr sagen. Aber die Menschen taugen nichts, sie sind undankbar und der sozialistischen Ideale nicht würdig. Jede Stimme für den Kapitalismus ist mit hundert Mark Begrüßungsgeld erkauft worden.

Die Frau wird den Hund streicheln und lange schweigen. Endlich wird sie sagen: Der Sozialismus hatte vierzig Jahre Zeit, dem Volk soviel zu geben, daß es wegen hundert Mark Begrüßungsgeld nicht zum Klassenfeind überläuft.

Hoho! wunderte sich Strobele. Da spricht die alte BDM-Führerin.

Du kannst gegen die Nazis sagen, was du willst, aber das Volk haben sie gut versorgt. Noch im April 1945 gab es genügend Lebensmittel.

Keiner soll hungern, keiner soll frieren!... Gemeinnutz geht vor Eigennutz!... Sozialismus der Tat! rezitierte Strobele die alten Parolen.

Als sie Zippendorf erreichten und das Licht der Scheinwerfer auf den See fiel, sagte Strobele: Und die Autobahnen hat der Führer auch gebaut.

Ingeborg Strobele streichelte den Hund.

Wenn ich damals nicht gewesen wäre, hätten sie dich nach Fünfeichen gebracht oder in ein Lager am Polarkreis oder noch weiter.

Aber vielleicht hätte ich Kinder bekommen, wenn du nicht gewesen wärst.

Darauf wußte er keine Antwort.

Weil er gehbehindert war, stieg sie üblicherweise aus, um das Tor zu öffnen. An diesem Abend blieb Ingeborg Strobele im Auto und streichelte den Hund.

Weißt du eigentlich, daß ich Verwandtschaft in Hamburg-Bergedorf habe? fragte sie. Vor dem Krieg hat eine Schwester meiner Mutter nach Bergedorf geheiratet. Ich habe dort zwei Cousinen, die wir in nächster Zeit besuchen sollten.

Er sagte nichts zu den Cousinen, sondern stieg aus, hangelte sich ohne Krücke zur Einfahrt, um das Tor zu öffnen. Während die Frau den Hund ins Haus trug, verschloß Strobele das Auto und spazierte zum See, wie er das oft getan hatte, besonders an warmen Sommerabenden.

———

Noch immer kein Ende der Staus vor dem Grenzübergang Selmsdorf. Die Hochrechnungen im Radio verfestigten sich.

Er fuhr langsam durch die Stadt, hielt gern vor roten Ampeln, bewunderte das Schloß, das ihm festlich illuminiert vorkam, umkurvte den Pfaffenteich, der wie ein schwarzes Loch inmitten der erleuchteten Stadt lag, fuhr die Reihe der amerikanischen Panzer ab, die dieses Gewässer umzingelt hielt. In einer Julinacht, als Hänschen elf Jahre alt werden sollte, waren aus den amerikanischen Panzern sowjetische Panzer mit dem roten Stern geworden.

Er fuhr an dem Feierabendheim vorbei, in dem Lieschen Lehmkuhl auf ihren 90. Geburtstag wartete. Im Gemeinschaftsraum werden die Alten vor dem Westfernseher sitzen, um zu erfahren, was es Neues in der Welt gibt. Ik bün ja nich nieglich, awer ik mach giern allens weiten, wird Lieschen Lehmkuhl sagen und den siebzigjährigen jungen Leuten von den Wahlen zum Reichstag erzählen, damals, als es noch ein Reich gab und sie einen Sattlergesellen zum Präsidenten bestimmten.

Wat tausamen sall, kümmt tausamen, un süll't de Düwel 't mit de Schuwkor tausamen koren, wird sie sagen, wenn das endgültige Wahlergebnis feststeht und es Zeit ist, för olle Lüd tau Bed tau gahn.

Am Demmlerplatz hielt er ohne bestimmten Grund. Das prachtvolle Justizgebäude war in Dunkelheit gefallen, nur oben in dem Raum, in dem er mit Strobele nächtliche Gespräche geführt hatte, schien ihm ein rötliches Nachleuchten erkennbar.

Er erreichte die Kreuzung in Lankow, an der er sich entscheiden mußte. Halblinks ging es auf der 104 nach Gadebusch, geradeaus führte die Wismarsche Straße nordwärts. Links sprang die Ampel auf Grün, geradeaus zeigte sie Rot. Also fuhr er links, im Schrittempo zu dem fünfstöckigen Haus in der Artur-Becker-Straße, in dem er mit Eva bis März 1968 gelebt und geschlafen hatte. Die da nun wohnten, waren nicht zu Hause, jedenfalls sah es dunkel aus. Vielleicht steckten sie im Stau an den Grenzübergängen, oder sie feierten in den »Bürgerstuben«, oder sie schliefen. Menschenleer der Platz, auf dem Lehmkuhls Bauernhof gestanden hatte. Das Auto rumpelte vorbei an den alten Linden über das Lankower Dorfpflaster. Da, wo in jener Nacht der Wagen geparkt hatte, der für ihn bestimmt war, blieb er stehen. Warum mußte es nachts sein? Am frühen Morgen wäre es auch gegangen. Aber nein, Strobele war ein Nachtmensch, dem in der Dunkelheit die stärksten Gedanken kamen.

Als er die letzten Häuser von Lankow erreichte, meldete sich das NDR-Verkehrsstudio, um zu sagen, daß sich auch vor dem Grenzübergang Mustin ein kilometerlanger Stau gebildet habe.

Bei schönem Frühlingswetter sind viele herübergekommen, um zuzuschauen, wie die DDR wählt. Nun wollen sie schnell nach Hause, um es im Fernsehen noch einmal zu erleben. Na, das wird eine lange Nacht werden vor den Grenzübergängen. Strobele, der Nachtmensch, wird bis zum Sendeschluß hoffend vor dem Gerät sitzen und dann wie der Kommerzienrat Köller auf den Fähranleger hinausspazieren... Nein, das wird er nicht tun, er wird sich zu Ingeborg ins Bett legen und fragen: Was haben wir falsch gemacht?

Wegen des Staus bei Mustin kehrte er um und fuhr nun doch die Grevesmühlener Straße hinauf nach Norden. Dabei versetzten ihn die Hochrechnungen in Hochstimmung. Wer gewonnen hatte, war ihm gleichgültig, es genügte: Strobele hatte verloren. »Alles für das Wohl des Volkes!«, so stand es jahrelang auf straßenüberspannenden Transparenten und in Evas Schaufenster. Nun hatte sich das Volk von den Wohltaten abgewandt. So schön können Wahlen sein.

In der Tasche fand er das Foto jenes Fred, den Claudia suchte, auch den Zettel mit Evas Adresse. Er legte beides auf den Beifahrersitz, blickte manchmal, wenn er vor roten Ampeln hielt, zu dem hübschen Jungen, der auf und davon gelaufen war in die Freiheit des Westens.

Du hast zwei Töchter, Hans Butkus, sprach er in die Radiomusik hinein. Sie sind gänzlich verschieden, aber doch deine Töchter. Dem Lokomotivführer Butkus wurden zwei Söhne geboren, weil die Zeit nach Söhnen verlangte. Auch der halbe Jurist Grabow erhielt zwei Söhne, um sie in Rußland zu verlieren. Dir aber gab die Vorsehung, nein, die Vokabel war längst verbraucht... Zwei Frauen hast du und von jeder eine Tochter.

»Nie wieder Krieg!« stand auf einem Wahlplakat am Ende der Stadt.

Er dachte, es sei gut, Töchter zu haben. Den Töchtern gehört die Zukunft. Sie werden eher aus den Verstrickungen herauskommen, die dieses Jahrhundert in Ketten gelegt haben. Alle Grabows und Strobeles waren männlich. Er war nach Schwerin gefahren, um mit Strobele abzurechnen. Daraus wurde nichts. Aber er hatte eine Tochter wiedergefunden. Das wog mehr.

Du darfst ihr keine Fragen stellen oder gar Vorwürfe machen, sonst verlierst du sie, ging es ihm durch den Kopf. Egal, was sie in den achtundzwanzig Jahren getan hat, es ist deine Tochter. Auch Strobele wollte er nicht mehr nachstellen. Der war genug bestraft mit dieser einen Nacht.

Dein ganzes Leben hast du mit Frauen zugebracht, fiel ihm ein. Erst die lange Zeit mit der Mutter in Lankow, dann mit Eva und Claudia, mit Christa und Birgit, immer nur Frauen. Am Demmlerplatz herrschten die Männer und in Waldheim. Rolf aus Workuta war der einzige Mann, an den er angenehme Erinnerungen hatte, von Vater und Bruder abgesehen. Ob er noch lebte? Ob er in diesem Augenblick durch die dunklen Straßen einer DDR-Stadt rannte, um seine Freude hinauszuschreien? Oder gehörte er zu den vielen, die den Abend des 18. März 1990 nicht mehr erleben durften, weil ihnen der lange Atem der Geschichte versagt blieb?

Kennst du Thornton Wilder? Ach, das war lange her. Inzwischen kannte er ihn, nur der Fragesteller war ihm abhanden gekommen.

Zwischen den Zahlen und Prozenten sollten sie ein Requiem spielen für die Millionen, die diesen Tag nicht mehr erleben durften.

»Marx ist tot und Jesus lebt«, so absonderliche Sprüche wird man nie wieder auf Wahlplakaten finden.

Für Claudia wird er Fred suchen und für sich diesen Rolf aus Workuta. Er dachte an eine Anzeige in dem armseligen Zentralorgan:

»Gesucht wird Rolf aus Workuta, der am 17. Juni 1953 fünfundzwanzig Jahre alt war, in einer Werkskantine in Schwerin den RIAS hörte und am Morgen des 18. Juni 1953 nicht mehr zur Arbeit erschien. Sein Freund Hans ...«

Rolf wüßte vieles zu sagen. Der wäre ein Mann für die Volkskammer, belastet mit weiter nichts als fünf Jahren Workuta. Der könnte auch Reden halten. Warum rauft ihr euch die Haare und weint wegen der verschobenen Devisen, der Jagdhäuser und der Villen in Wandlitz? wird er ihnen zurufen. Was allein zählt, sind die Toten an der Mauer, die nach Sibirien Verschickten und die, die sie in den Nächten holten, um damit die Zuchthäuser zu füllen.

Butkus fuhr in beschwingter Stimmung, er fuhr auch zu schnell. Du brauchst dich nicht so zu beeilen, vor Selmsdorf ist ein kilometerlanger Stau. Unterwegs kannst du dich immer noch entscheiden, ob du über Selmsdorf oder Mustin nach Hause willst, je nach Verkehrslage.

Plötzlich war die Entscheidung da. Links ging es nach Grevesmühlen, rechts nach Wismar, geradeaus ging gar nichts mehr.

Hans Butkus fuhr rechts. Bevor du stundenlang vor dieser Grenze stehst, kannst du dir Wismar ansehen oder einen Abstecher nach Rostock machen. Einmal in Warnemünde am Meer stehen und sehen, daß nichts rot ist außer dem Abendglühen der Wolken. In Warnemünde saß Eva jetzt vor ihrem Fernsehgerät, rauchte eine Zigarette nach der anderen und wunderte sich, daß die Farbe Rot in den Bezirken der DDR nicht mehr gefragt war.

Auch Strobele saß vor dem Kasten und hoffte bis zum Ende. Wenigstens Berlin, das rote Berlin, wird den Sozialismus nicht verraten für schnöde hundert Mark West. Ingeborg Strobele konnte ihn nicht mehr leiden sehen und ging hinaus. In vierzig Ehejahren hatte sie sich daran gewöhnt, getrennt spazierenzugehen, weil er die Krücke brauchte und sie niemals den richtigen Gleichschritt finden konnte. Nun wird alles anders, sagte sie dem Hund.

Es kam ihr an diesem Abend so vor, als hätten nun jene gesiegt, mit denen die BDM-Führerin Ingeborg Weinert damals verloren hatte.

Der Mann vor dem Flimmerkasten, der auf das rote Berlin hoffte, tat ihr leid. Er hatte nur diese eine Idee, und jetzt glitt ihm alles aus den Händen. Damals hofften sie auch auf Berlin. Berlin wird niemals fallen, hieß es noch im April 1945.

Wie ein abgebrochener Männerarm grüßte ein mächtiger Vierkantturm über die kahlen Alleebäume. Das war Wismar.

Um in die Innenstadt zu kommen, hätte er sich links einordnen müssen, aber Butkus stand rechts. An der nächsten Ampel das gleiche Theater. Rechts ging es nach Rostock. Von Wismar nach Rostock waren es nur fünfzig Kilometer. Und kein Stau.

Wenn seine Niederlage feststeht, wird Strobele sich was antun. Es starben so viele in diesen Tagen: Parteisekretäre, LPG-Vorsitzende, Stasioffiziere, nicht zu vergessen die verdienten Angehörigen der Grenztruppen, die nachts aus dem Schlaf schreckten, weil einer vor ihrem Bett stand und fragte, wofür sie fünftausend Mark Belohnung erhalten hatten. Sogar Evas Offizier der Weißen Flotte war zum Klabautermann gegangen. Warum nicht Strobele? Grabow ist gestorben, warum nicht Strobele? Zum Sterben reicht das, was er in vierzig Jahren angerichtet hat, allemal. In seinem Garten läßt sich tief graben. Bald kommt der Indianer und macht ihm eine Kuhle.

Damals erschossen sich Ortsgruppenleiter und Bauernführer, weil sie das Ende ihrer Welt kommen sahen. Die Schlechtesten waren es nicht, die auf diese Weise ihren Abschied nahmen, also wird auch Strobele davongehen, um einen guten Eindruck zu hinterlassen.

In zwanzig Jahren DDR war er niemals bis zum Strand von Warnemünde gekommen. Wismar ja, auch Bad Doberan und das schöne Heringsdorf, aber niemals Warnemünde. Eva schaffte es in kürzester Zeit. Kaum war er fort, reiste sie nach Warnemünde, kam, sah und siegte über die Weiße Flotte.

Na, das Gesicht möchte ich sehen, wenn Hans Butkus in der Tür steht.

Einfahrt Bad Doberan. Eine hohe Mauer umgibt das ziegelrote Münster. Plötzlich ist da ein Loch in der Mauer, und ein Wegweiser sagt: Nach Warnemünde sind es 16 Kilometer. Also fahren wir die 16 Kilometer. Immer den Sternen nach. Der Große Wagen kommt von Dänemark her über die Ostsee gerollt, wird vermutlich am Hochhaus des Hotels »Neptun« anecken.

Eine Kastanienallee führt parallel zum Strand. Keine Kastanien poltern aufs Autoblech, keine Blätter taumeln im Scheinwerferlicht, es gibt nur die schwarzen Stämme und die in den Himmel zeigenden kahlen Äste. Rechter Hand Wohnhäuser, links bewachsene Dünen, dahinter das Meer. Eva braucht nur über die Straße zu gehen, schon ist sie am Meer, Strobele braucht nur über die Straße zu gehen, schon ist er im Schweriner See.

Stolteraa, das Gästehaus der SED, lag verlassen zwischen Hauptstraße und Düne, daneben ein Wald aus schlanken Kiefern. Dort hatte keiner gewählt, es gab auch nichts zu feiern. Wie wäre es mit einem Tänzchen in der Disco »Daddeldu«? Tanzen war doch deine Leidenschaft, Eva. Die masurische Oma hütete das Kind, und die Eltern gingen zum Tanzen. »Im Hafen von Adano am blauen Meer...«

Er blickte hinauf zu den Fensterreihen und dachte, daß auch sie, die da oben lebte, eine Strafe verdient hätte. Plötzlich wünschte er sich Zigaretten. Seit Jahrzehnten nicht mehr geraucht, aber hier überkam ihn der Wunsch, eine Zigarette in den Mund zu stecken, mit den Fingern leise aufs Blech zu trommeln und auf dem Daumen zu pfeifen. Sie hatten ihr verabredetes Zeichen. Wenn er pfiff, kam sie ans Fenster. Fünf Minuten später war sie unten, um mit ihm auf den Feldwegen entlangzuspazieren, die es in Lankow noch gab, anfangs in züchtigem Abstand, dann immer heftiger umschlungen. Weiches, kühles Gras, überall Blumen; es gab zweifellos mehr Blumen als heute. Blaue Libellen schwebten über ihnen. Erst mal 'ne Zigarette, sagte Eva hinterher.

Sie lebte am Meer, hatte mehr Sand vor der Haustür als Strobele in Zippendorf. Das hatte sie dem Offizier der Weißen Flotte zu verdanken.

Über ihrem Haus der Große Wagen, der von Dänemark her aufs Herz Europas zurollte. Fest im Meer der Sterne verankert der Nordstern. Er stand an der gleichen Stelle, als der Jude Melchior nachts mit einem verdunkelten Fischkutter das Reichsgebiet verließ und als die Feindflieger, von Norden kommend, das Reichsgebiet ansteuerten, um Rostock zu zertrümmern. Auch die Schiffe, die im Frühling 45 Flüchtlinge über das Meer brachten, orientierten sich an diesem Stern, ebenso die Sperrbrecher auf ihrem Weg in den Westen. Karl Butkus sah ihn, als er mit seiner Lokomotive durch partisanenverseuchtes Gebiet raste, der Leutnant Grabow erblickte ihn im Dezember 1941 zum letztenmal, als er den Weihnachtsbrief an seine lieben Eltern schrieb, und solltest du jemals mit der Masurischen Schiffahrtsgesellschaft am späten Abend, von Lötzen kommend, Richtung Angerburg unterwegs sein, leitet dich der nördliche Stern über die Wasserfläche des Mauersees.

Butkus saß auf der wärmenden Motorhaube und dachte, daß sie vielleicht nicht da sei und alles Pfeifen vergeblich wäre. In der Ferne sah er die beleuchteten Helligen der Werft. Es war ihm so, als verließe ein Schiff der Weißen Flotte den Hafen.

Der Stau vor Selmsdorf löste sich allmählich auf.

Du kannst nach Hause fahren.

Die Uhr am Armaturenbrett zeigte Viertel vor neun, dreiviertel neun, wie die masurische Oma immer gesagt hatte. Mit Eva war sie nicht recht einverstanden gewesen. Hübsch ist sie ja, pflegte sie zu sagen, aber sie raucht zuviel. Rauchen war damals noch ein Argument. Es kostete viel Geld, außerdem glaubte Ella Butkus, daß vom vielen Rauchen der Mutter die Kinder klein bleiben. Schließlich: Wie sieht es aus, wenn eine Frau auf die Straßenbahn wartet und dabei in aller Öffentlichkeit eine Zigarette raucht? Im übrigen war Eva der Mutter ein bißchen zu hiwwelig.

An der Eingangstür zwei Namensreihen, links fand er W. Warneke. Das war der Seeoffizier. Hieß der etwa auch Walter?

Warum hast du dich umgebracht? Die weißen Schiffe fahren doch weiter, und die Sterne der Seefahrer sind auf allen Meeren und in allen Ideologien die gleichen.

»Na, so eine Überraschung!« hörte er eine Stimme im Treppenhaus. Eva stand in der Tür, das Licht aus der Wohnung fiel an ihr vorbei auf den grauen Beton.

Nun bloß keine Gefühlsduseleien und Umarmungen! rief er sich zur Ordnung. Nach den ersten Schritten blieb er erschrocken stehen. Die Person, die ihn da oben erwartete in der sperrangelweit geöffneten Tür, in der rechten Hand eine Zigarette, die linke machte eine einladende Geste, diese Person war nicht Eva. Sie hatte ein aufgeschwemmtes Gesicht, die Haare waren kürzer, wohl auch gefärbt. Sie klammerte sich ans Treppengeländer, stand vornüber geneigt, immer bereit zu fallen. Bald wirst du ein verkrümmtes Rückgrat haben und aussehen wie die Brockenhexen, die auf dem Besen reiten. Eva hatte er vor vier Stunden in Schwerin verlassen. Dieses hier war eine altgewordene Verkäuferin oder eine Putzfrau aus dem Gästehaus der SED, eine alleingelassene Witwe.

Nun bloß keine Gefühlsaufwallungen.

»Ich wollte mal sehen, wie es dir geht.«

Ihre Hand war feucht, auch etwas kühl und knochig hart.

»Du störst kein bißchen, ich sitze allein vor der Glotze und seh' mir das Wahlspektakel an.«

Ihre Stimme war unverändert, die war in zweiundzwanzig Jahren nicht gealtert, immer etwas rauchig. Wenn Eva sang, dachte jeder an Zarah Leander. »Kann denn Liebe Sünde sein…«

In der Wohnung stank es nach Rauch und Branntwein.

»Auf diese Wahl mußte ich erst mal einen Schnaps trinken«, entschuldigte sie die Buddel auf dem Tisch.

Im Wohnzimmer lief das Fernsehgerät, Wahlberichterstattung auf allen Kanälen. Butkus sah einen, der aus dem Busch vor die Kamera trat, eine Banane ins Bild hielt und behauptete, die Affen hätten die Wahl gewonnen.

»Na, haben wir nicht gut gewählt?« hörte er Evas Stimme. »Wir haben euch gewählt«, sagte sie und drückte den roten Knopf. »Den Quatschkasten brauchen wir jetzt nicht mehr.«

Sie musterte ihn im Licht der Deckenleuchte und behauptete, er sehe aus wie damals. »Auf zweihundertfünfzig Meter hätte ich dich erkannt.«

»Du bist auch unverändert«, log er. Dabei schrie die Veränderung zum Himmel. Sie wog gerade noch hundert Pfund. Sie trug einen enganliegenden blauen Pullover, aber er sah keine Hügel. Wo sind die knackigen Brüste geblieben? Sie haben sich zurückgebildet, sind in den Körper gekrochen, weil sie nicht mehr gebraucht wurden.

»Du rauchst ja immer noch«, bemerkte er und zeigte auf den kippengefüllten Aschenbecher.

»Mensch, ich komm von dem Zeug nicht los, aber seit einem Vierteljahr nur noch Westzigaretten, die sind gesünder.«

Sie öffnete das Fenster und ließ die rauchige Luft ins Freie entweichen. Dann holte sie die Flasche. »Nach so langer Zeit brauchen wir einen Begrüßungsschnaps.«

Sie drückte ihm die Buddel in die Hand, stellte Gläser auf das Tischchen und sagte: »Schenk mal ein, Schnapseinschenken ist Männersache.«

Als er den Flaschenhals über die Gläser hielt, spürte er deutlich das Kribbeln in seinen Fingern.

»Wie lange ist es schon aus mit uns?« fragte Zarah Leander.

Wenn du zu Besuch nach Waldheim gekommen wärst, hätten es ein paar Jahre weniger sein können, dachte Butkus. Aber du hattest ja nichts eiliger zu tun, als die Weiße Flotte zu heiraten. Und geschrieben hast du auch nicht. Nun ja, Schreiben war nie deine Stärke.

Er hustete von dem Rauch, der sich in den Gardinen verfangen hatte, auch von den Möbeln abstrahlte, vor allem aber aus ihrem Mund entwich. Jeder Atemzug brachte diesen scheußlichen Rauch in die Stube. Braune Zähne hast du auch, Eva.

»Auf das Wiedersehen nach zwanzig Jahren!« rief sie und hob das Glas. »Eigentlich gehörst du ja zu uns, du kommst mir vor wie einer von den Heimkehrern damals nach dem Krieg.«

»Zweiundzwanzig Jahre«, verbesserte er, »genau zweiundzwanzig, es war auch im März.«

Nun sah er, daß ihre Hände zitterten.

»Wie gefällt dir eigentlich unsere gemeinsame Tochter?« wollte sie wissen.

»Sie ist das Beste, das wir zustande gebracht haben.«

Eva lachte heiser. »Ist es wahr, daß du noch ein Kind im Westen hast?«

»Birgit ist achtzehn.«

»Ich hab' auch noch 'ne Tochter, die ist neunzehn. Mal ehrlich, Hans Butkus, ist das nicht zum Lachen? Wir beide haben drei Mädchen, drei Halbschwestern. Wie wär's, wenn wir die mal zusammenbringen hier in Warnemünde oder bei dir in Hamburg oder bei Claudia in Schwerin? Gruppenbild mit Hahn im Korb, du mit deinen Weibern, zwei Frauen und drei Mädchen.«

Du lachst zu schrill, Eva.

Sie wollte ihm etwas zu essen machen.

»Ich habe gerade mit Claudia gegessen«, log er und fragte nach ihrer Arbeit.

»Noch bin ich Leiterin eines HO-Ladens. Du weißt ja, über der Tür Transparente vom Sieg des Sozialismus, und hinten gibt es Baumwollschlüpfer. Das wird bald zu Ende gehen, denn es geht alles zu Ende. Ich werde wohl zum Putzen in die Stolteraa gehen, wenn die Genossen mich noch brauchen können. Aber mit der SED geht es auch zu Ende, also braucht die kein Gästehaus am Strand und keine alten Frauen zum Putzen.«

Eva holte Salzstangen und goß wieder ein.

»Für mich nicht«, wehrte er ab, »ich muß noch fahren. Bei euch gilt ja null Promille.«

Sie lachte. »Bei uns gilt gar nichts mehr. So, wie die heute gewählt haben, geht es zu Ende mit der DDR. Und nach Hamburg kannst du mitten in der Nacht nicht fahren, das lasse ich auf keinen Fall zu.«

Eva öffnete die Türen zu den anderen Räumen.

»Platz hab' ich genug! Du kannst in Kathrins Zimmer schlafen oder auf der Couch im Wohnzimmer. Kannst auch zu mir ins Schlafzimmer kommen, wenn du keine Angst hast.«

Sie trank ihr Glas aus.

»Hast du mit deinem Freund Strobele gesprochen?«

Er nickte.

»Na, dann weißt du ja Bescheid. Dieses Schwein hat mich ganz schön unter Druck gesetzt. Wir wissen alles über Ihren Mann, Frau Butkus! Er betreibt Hetze für den Klassenfeind und bereitet die Republikflucht vor. Wenn Sie nicht mit uns zusammenarbeiten, werden Sie das Erziehungsrecht für Ihre Tochter verlieren und die schöne Wohnung in Lankow.«

Butkus nahm nun doch das Glas und führte es langsam an die Lippen. Er schloß die Augen, dachte an Zyankali und daran, daß alle sterben müssen, nur Strobele nicht.

»Wir raten Ihnen dringend ab, Ihren Mann zu besuchen«, hörte er Evas Stimme. »Sie schaden sich und dem Kind. Sie werden nie eine Leitungsfunktion bekommen, wenn Sie den Kontakt nicht abbrechen. Und was soll aus einem Kind werden, das mit einem solchen Vater in Verbindung bleibt? Wenn ich Ihnen einen guten Rat geben darf, Frau Butkus, lassen Sie sich scheiden, und vergessen Sie diesen Mann.«

Eva suchte nach Papiertaschentüchern.

»Ein paarmal bestellten sie mich ein und stellten Fragen. Über dich wollten sie alles wissen und natürlich über deinen Bruder in Köln.«

Hans Butkus erinnerte sich nicht, jemals Tränen in Evas Augen gesehen zu haben. Weinen war niemals ihr Geschäft gewesen.

Bloß nicht weich werden, dachte er und hielt sich mit beiden Händen am leeren Glas fest.

»Einmal haben wir noch gut«, sprach Zarah Leander. »Die Schweine kamen um halb zwölf, als wir gerade ins Bett gehen wollten.«

Sie schaltete die Deckenleuchte aus, nur die kleine Lampe über dem Fernsehgerät verbreitete spärliches Licht.

»Tangobeleuchtung«, sagte sie und lehnte sich an den Kleiderschrank, stand wie Lili Marleen unter der Laterne, die Zigarette glimmte im Halbdunkel. Die Hände glitten an ihrer Taille abwärts, sie löste die Strümpfe, streifte einen nach dem anderen von den Füßen. Das konnte sie immer noch, sich auszuziehen.

»Du kannst mal Musik machen«, hörte er Zarah Leanders Stimme. Ohne Widerspruch fiel er vor der Musiktruhe auf die Knie und legte den »Blue Tango« auf. Fünfziger Jahre oder so, jedenfalls verdammt alt.

Sie zog die Bluse aus. Nun sah er, daß die Brüste doch noch da waren, braun wie im schönsten aller Sommer, Wassertropfen perlten über die Gänsehaut.

Er hörte das Klicken eines Druckknopfes, das sanfte Schnurren eines Reißverschlusses.

Halb zwölf, gleich klingelt es an der Tür. Wenn sie kommen, kommen sie im März.

»Wir wollen niemals auseinandergehn«, sang die Musiktruhe.

»Damenwahl«, hauchte die Leander.

———

Als der Morgen dämmerte, verließ er das Haus. Eva verabschiedete ihn vom Balkon, im Mund die erste Zigarette.

»Du kannst ruhig mal wiederkommen«, hörte er ihre Stimme.

Butkus wischte die Feuchtigkeit von den Scheiben.

»Und grüß deine Christa schön!« fiel es vom Balkon herunter.

Er fühlte sich wie erbrochen. Ein unrasiertes Gesicht begrüßte ihn im Rückspiegel, die Augen gerötet, alles an ihm stank nach Rauch. Als der Motor ansprang, hob er flüchtig die Hand.

Eva nahm die Zigarette aus dem Mund und winkte.

Vereinsamte Wahlplakate an den Kastanienbäumen.

»Es lebe die Oktoberrevolution 1989!« hatte jemand an eine Mauer geschmiert.

Um nicht so allein zu sein, schaltete er das Radio ein.

Auf die Konservative Allianz entfielen 47,7 %, auf die SPD 21,8 %, auf die PDS 16,3 % und die Liberalen 5,3 %.

Die Hauptsache war, Strobele hatte verloren.

Eine Zeitung begrüßte den neuen Tag mit der Schlagzeile: »DDR wählte die deutsche Einheit«.

»Wir wollen niemals auseinandergehn«, dudelte Evas Musiktruhe.

Es folgte eine merkwürdige Sendung. Der Suchdienst des Deutschen Roten Kreuzes, München, Infanteriestraße 7a, suchte Menschen. An diesem 19. März 1990 ging es um »Personen, die als Kinder im Kriegsgeschehen verlorengegangen sind«.

Das war fünfundvierzig Jahre her und hatte sich immer noch nicht gefunden. Was haben wir bloß angerichtet in diesem Jahrhundert?

»Gesucht werden die Angehörigen eines Mädchens, das vermutlich im Dezember 1944 geboren wurde. Das Kind wurde am 4. Februar 1945 in einem Kinderwagen auf der Frischen Nehrung gefunden. Die Mutter, die den Kinderwagen schob, hatte eine Schußverletzung an der Schulter. In dem Kinderwagen befanden sich zwei Paar Kinderschuhe, eine rote Decke und ein blau-rot kariertes Tuch.«

Hans Butkus schämte sich, aber nicht dieser einen Nacht mit Eva wegen, die sie ihm vor zweiundzwanzig Jahren gestohlen hatten. Das sei geschenkt.

Wieder kam eine Eva vor.

»Eva Schmidt aus Königsberg/Ostpreußen, Jägerstraße 12, sucht ihre Kinder Erika und Gerhard Schmidt. Die drei und zwei Jahre alten Kinder befanden sich in der Nacht vom 13. zum 14. Februar 1945 im Keller des Hauptbahnhofs Dresden. Die Mutter wurde verschüttet. Als man sie fand, waren die Kinder fort.«

Wo warst du in der Nacht vom 13. zum 14. Februar 1945, Hans Butkus? Irgendwo in Pommern.

Er schämte sich seiner Feigheit wegen. Nichts hatte er ausgerichtet. Strobele wird guten Gewissens weiter seinen Garten umgraben, mit Eva, die ihn so jämmerlich im Stich gelassen hatte, war er zu Bett gegangen. Die bringt es fertig, eines Tages in Hamburg aufzutauchen, um Christa kennenzulernen.

Da hast du zweiundzwanzig Jahre deine Wut herumgetragen und bist nicht fähig, sie zu äußern. Kein Wort des Vorwurfs kommt über deine Lippen. Du hast ihm die Hand gegeben und seinen Kaffee getrunken.

»Gesucht werden die Angehörigen von Anna Strötzel aus Rosengarten bei Angerburg. Anna Strötzel war mit ihrer Mutter bis Bütow in Pommern geflüchtet, dort starb die Mutter im März 1945.«

Schon damals war der März ein schlimmer Monat. War es nicht März, als Ella und Hänschen Butkus in Schwerin ankamen?

Aus lauter Feigheit wirst du Toleranz predigen, Hans Butkus. Laßt uns die schlimme Vergangenheit vergessen, wirst du sagen. Verbrennt die Archive. Wenn sich der Rauch verzogen hat, können wir ein neues Leben beginnen. Keiner soll sich fürchten. Strobele nicht und Claudia nicht. Eva sowieso nicht, die fällt immer auf die richtige Seite.

Die Opfer sollen ihre Wut hinunterspülen und die Täter den aufrechten Gang üben. Keine Brandenburger Prozesse. Einmal muß es aufhören, nur wenn Dschingis-Khan käme, wüßte jeder einen Namen.

Kein Stau mehr in Selmsdorf. Das NDR-Verkehrsstudio meldete zähfließenden Verkehr vor dem Elbtunnel Richtung Norden. Der Nachrichtensprecher wiederholte das amtliche Endergebnis: Strobele hatte verloren.

Im Rückspiegel ging die Sonne auf.

---

Am Morgen rief das Sekretariat an, Butkus solle in den dritten Stock kommen.

Abel stand am Panoramafenster und besichtigte Elbe und Hafen.

»Wie ich höre, sind Sie eine Woche in Ihrer alten Heimat gewesen«, begann er und reichte ihm die Hand. Er fragte, wie es drüben denn so aussehe.

Butkus nickte nur und wußte nichts weiter zu sagen, als daß er seine Tochter aus erster Ehe zweiundzwanzig Jahre nicht gesehen und jetzt in Schwerin besucht habe.

»Nach dem Ausgang der Wahlen haben wir den Eindruck, daß es die DDR nicht mehr lange geben wird«, sagte Abel. »Um nicht die Zeit zu verschlafen, werden wir in Rostock ein Büro eröffnen.

Wir glauben, daß Sie der geeignete Mann sind, dieses Büro zu leiten.«

Nur nicht Rostock! fuhr es ihm durch den Kopf.

»Ich denke, wir hatten vor dem Krieg eine Filiale in Magdeburg«, erwiderte er leise.

»Rostock ist der größte Seehafen der DDR, mehr als die Hälfte der Tonnage ist dort beheimatet. Wenn wir drüben präsent sein wollen, muß es Rostock sein. Die Magdeburger Zweigniederlassung werden wir später eröffnen, wenn wir das enteignete Grundstück zurückerhalten.«

Magdeburg ja, Schwerin auch, gegen Wismar wäre nichts einzuwenden, aber bitte nicht Rostock! wühlte es in seinem Schädel.

»Von unseren siebzig Mitarbeitern sind Sie der einzige, der sich in Mecklenburg auskennt«, sagte Abel. »Denken Sie in Ruhe darüber nach, Herr Butkus, es ist die Chance Ihres Lebens. Was da im Osten geschieht, ist einmalig, mein lieber Butkus. So etwas war noch nie und wird niemals wieder kommen. Und wir wollen dabeisein.«

Nun schaute auch Butkus aus dem Fenster in den ruhig dahinfließenden Strom.

»Ihre Bezüge werden natürlich erhöht, auch übernimmt die Firma die anfallenden Mehrkosten. Sie brauchen nicht sofort nach Rostock umzuziehen, wir beschaffen Ihnen ein Zimmer im schönen Seebad Warnemünde. Zu den Wochenenden kehren Sie zu Ihrer Familie nach Hamburg zurück. So furchtbar weit ist es ja nicht. Und wenn wir eines Tages Magdeburg zurückerhalten, übernehmen Sie Magdeburg.«

Butkus versprach nachzudenken, aber in seinem Kopf hämmerte es längst, daß Rostock auf keinen Fall gehe. Im Grunde hatte er nichts gegen die alte Hafenstadt, nur das schöne Seebad war ihm zuwider.

Als erstes wusch er sich die Hände.

Dann rief er Christa an, um zu sagen, daß er unter keinen Umständen nach Rostock gehen werde.

Auch Christa meinte, er solle sich das in Ruhe überlegen. Vielleicht wäre es wirklich eine große Chance.

Aber niemals Rostock!

Es war 9 Uhr 15. Und wieder begann ein schöner Tag in Deutschland.

―――――――――

Im Juni erhielt Birgit einen Brief von Claudia, in dem sie nähere Einzelheiten ihrer Radtour mitteilte. Einen Zeitungsausschnitt hatte Claudia mit einer Büroklammer beigeheftet. Ein handschriftlicher Zettel sagte: »Für meinen Vater.«

Es war eine Todesanzeige aus einer Schweriner Zeitung:

»Plötzlich und unerwartet verstarb am 22. Juni 1990 der Genosse Walter Strobele, Träger des Vaterländischen Verdienstordens und anderer Auszeichnungen, im Alter von 71 Jahren. Wir werden seiner ehrend gedenken.
Partei des Demokratischen Sozialismus«

Am Rand der Anzeige, ganz unten, hatte Claudia mit ihrer klaren, deutlichen Unterstufenlehrerinnenhandschrift vermerkt:

»Dschingis-Khan war in der Stadt.«

*Deutsche
Geschichten
aus Ost und West*

»Erzählungen aus
Vergangenheit und
Gegenwart, mit Tragik,
Scherz und viel tieferer
Bedeutung, unbequemen
Fragen und blanken
Alltagsfreuden: Surminski
bereitet damit jedem
intelligenten Leser eine
Freude.« *(Welt am Sonntag)*

Ullstein

# Glückliche
# Kindheit

In einfachen poetischen Worten zaubert der Erfolgsautor Arno Surminski das Bild einer glücklichen Kindheit im ländlichen Ostpreußen der ersten Hälfte dieses Jahrhunderts.

**Lentz**